KB242400

한국설화
연구

한국설화연구

이영수 지음

한국학술정보㈜

설화는 '이야기'이다. 이야기이긴 하되 단순한 이야기가 아니다. 허구적인 요소를 포함한 이야기로, 그 속에는 설화 전승집단의 사고가 내재되어 있다. 설화 연구는 이러한 설화에 내재되어 있는 설화 전승집단의 사고를 밝히는 것이다. 다양한 형태의 설화가 존재하기에 그에 따른 설화 연구도 다각적으로 이루어질 수밖에 없다. 이 책에 수록된 논문들은 설화를 본격적으로 공부하면서 발표한 것들을 정리한 것이다. 기존의 연구 성과를 정리한 것이 있는가 하면 새롭게 시도해 본 연구들도 있다.

이 책의 제목을 『한국설화연구』라는 조금은 거창해 보이는 어휘를 선택하였다. 이처럼 제목을 거창하게 붙인 것은 이 책에 수록된 논문의 성격이 다양하기 때문이다. '저승설화'와 '극락설화'는 사후세계에 관한 이야기이다. '저승설화'는 삶에 대한 애착을 보여주는 것으로, 저승에 갔던 사람이 어떻게 하여 이승으로 귀환하게 되었는가에 이야기의 초점을 맞춘다. 이에 비해 '극락설화'는 죽음을 긍정적인 시각에서 바라보고 등장인물 스스로가 극락을 추구한다는 점에서 '저승설화'와 차이를 보인다. 이들 설화는 죽음과 관련되었다는 공통점에도 불구하고 죽음을 바라보는 설화 전승집단의 사고가 판이하게 다름을 알 수 있다.

　‘궁예설화’와 ‘온달설화’에 등장하는 궁예와 온달은 역사적으로 널리 알려진 인물이다. 역사적으로 궁예는 폭군의 이미지가 강한 인물임에도 불구하고 ‘궁예설화’에 등장하는 궁예는 포악한 이미지가 상당히 희석된 상태로 전승하고 있다. 그리고 지역에 존재하는 증거물을 활용하여 궁예가 탁월한 능력을 지니고 있음을 드러낸다. 이것은 ‘온달설화’의 경우도 마찬가지다. 온달의 비극적 죽음과 공주의 결연담은 교훈과 재미를 추구하는 설화에 있어서 좋은 소재거리이다. ‘궁예설화’와 ‘온달설화’에서 이야기의 허구성에 주안점을 둔 경우는 민담적인 색채가 강하게 나타나며, 역사성에 무게를 두고 지역적인 증거물을 활용하는 경우는 전설적인 색채를 띠며 전승하게 된다. 이것은 설화 전승집단이 역사적 사실을 재해석하고 허구적으로 재구성한 까닭이다.

　‘봉씨설화’는 한 씨족의 시조설화라는 점에서 신화적 성격을 지니고 있다. 이 설화는 고려 중엽 이후 하음 봉씨에 의해 창작·전승된 것으로, 시조의 출생과정을 신이하게 묘사하고 신격화함으로써 여타 씨족보다 명문으로서의 우위성을 선양하고자 하는 목적에서 만들어진 것으로 보인다. ‘손돌목 전설’은 전설의 내용에 대한 설화 전승집단의 확신이 설화를 전승시키는 원동력임을 보여준다. 전설에 등장하는 역사적 사실은 실제의 역사적 사실과 분명한 차이를 보인다. 하지만 설화 전승집단은 전설상의 역사적 사실을 실재했던 역사적 사실로 받아들인다. 이러한 인식이 시대를 초월하여 전설을 전승하게 되는 계기가 되었던 것이다.

'인신공희설화'는 과거 우리나라에서도 다양한 형태의 인신공희가 행해졌음을 보여준다. 우리나라의 경우, 대부분의 '인신공희설화'는 주로 어떤 대상에 의해 재난이 발생하고 이의 해결을 위해 그 대상에게 인간을 제물로 바치는 형식을 취하고 있다. 인신공희가 발생하는 원인(재난)과 그 소멸과정이 설화의 핵심을 이루고 있다. '산이동 설화'는 광포설화의 하나이다. 이러한 광포설화는 하나의 유형으로 묶어서 전체적인 안목에서 일목요연하게 정리하는 작업도 필요하지만 왜 그와 같은 설화가 그 지역에 전승하게 되었는가를 살피는 일도 중요하다고 생각한다. 여기서는 인천 지역에 국한하여 '산이동 설화'의 특징을 살펴보았다.

이제야 비로소 설화가 어느 정도 눈에 들어온다. 그동안 무엇을 어떻게 공부했는지 스스로 정리할 필요를 느꼈다. 이 책의 출판을 계기로 설화 연구에 더욱 매진하고자 한다. 항상 옆에서 묵묵히 지켜봐 준 아내 희정과 사랑스런 두 딸 민혜·혜연에게 고마움을 표한다. 끝으로 채종준 사장님과 출판기획을 맡은 임은정, 송지연 님에게 감사의 뜻을 전한다.

2008년 4월

이 영 수

목 차

한국 저승설화의 유형 연구

—구전설화를 중심으로—

I. 서 론

우리 속담에 "개똥밭에 굴러도 이승이 좋다."거나 "죽어 석 잔 술이 살아 한 잔 술만 못하다."는 말이 있다. 현실에서의 삶이 힘들고 고달프더라도 죽는 것보다는 사는 것이 더 좋다는 것을 비유적으로 표현한 말이다. 여기서 생에 대한 애착을 엿볼 수 있다. 한국인의 삶에 대한 애착은 저승설화에서도 찾아볼 수 있다. 저승설화는 사람이 죽어서 간다고 믿는 사후세계와 관련된 이야기이다. 일반적으로 저승이라고 하면 "사람이 죽은 뒤에 그 혼령이 가서 산다고 하는 세상"[1] 또는 "염라대왕이 심판하는 곳이라는 이미지로 그 뜻이 고착화"[2]되어 있다. 하지만 구전되는 저승설화에서는 죽음을 앞둔 사람이 저승사자와 맞닥뜨리는 상황까지를 저승에 포함시키고 있다는 점에서 이를 좀 더 포괄적인 개념으로 사용하고 있다.

설화 전승집단이 이승에서의 직·간접적인 경험을 바탕으로 구현한 것이 저승이다. 저승은 이승에 신성적인 요소가 가미되어 상징적인 의미 부여를 한 공간이다. 한국인은 이승에서의 삶이 다하면 죽어서 저승에 간다고 한다. 이때 죽음은 이승과의 단절을 의미하지 않는다. 죽음을 삶의 한 연장이라고 믿기에, 죽음은 삶의 끝이 아닌 그것의 계속이며 그 계속되는 과정에 저승이 존재한다는 것이다.[3]

---

1) 한글학회 지음, 『우리말 큰사전』(어문각, 1992), 3559쪽.
2) 朴泰尙, 「異界說話 硏究」, 『說話文學硏究(上)』, 화경고전문학연구회(단국대학교 출판부, 1998), 607쪽.
3) 安炳國, 「저승설화 연구」, 『우리문학연구』 16집(우리문학회, 2003), 237쪽.

이승과 저승은 별개의 공간이지만 현실과 동떨어져서 존재하는 것이 아니다. 저승은 이승의 불완전을 완성시키기 위한 현실적인 공간이며 시간으로, 사람을 종교적·도덕적인 존재로 만들기 위해 존재한다.[4] 그래서 이승과 저승은 생과 사를 대변하지만, 생활 방식과 사회상에 있어서 큰 차이를 보이지 않는다.

저승은 "인간사회의 고통·처벌과 관련하여 모든 가능한 상상력이 이루어낸 세계"[5]이면서 동시에 영속적인 삶을 희구하는 사람들의 염원을 반영한 곳이기도 하다. 우리나라의 대표적인 구전자료집인 『한국구비문학대계』에만 하더라도 120여 편의 저승설화가 수록되어 있다.[6] 그만큼 저승에 대한 설화 전승집단의 관심이 지대함을 알 수 있다. 저승설화가 전국적으로 광범위하게 전승되는 것은 이승에서의 삶이 지속되기를 바라는 염원과 사후세계에 대한 불안감을 다소나마 해소하고자 하는 욕구를 충족시키기 위해서이다.

오늘날 다양한 형태의 저승설화가 전승하고 있다. 저승설화의 전승 과정에서 설화 전승집단이 관심을 기울이는 것은 죽음이 아닌 삶이다. 그래서 사후세계인 저승을 다룬 것임에도 죽음이 아닌 삶에 대한 이야기가 저승설화의 주를 이룬다. 삶의 주체는 사람이다. 따라서 본고에서는 죽음의 대상인 사람에 초점을 맞추어 논의를 진행

---

4) 최래옥, 「저승설화연구」, 『국어국문학』 93(국어국문학회, 1985), 462쪽.

5) 조흥윤, 「한국지옥 연구―巫의 저승」, 『민족과 문화』 7집(한양대 민족문화연구소, 1998), 12쪽.

6) 조동일 외, 『韓國口碑文學大系(別冊附錄 I)』(한국정신문화연구원, 1989), 569~574쪽 참조.

하고자 한다. 이에 따라 저승설화의 전승 양상을 살펴보면, 크게 생전에 수명 연장하는 이야기와 죽었다가 다시 살아난 이야기, 그리고 저승에 정주하는 이야기로 대별할 수 있다. 본고에서는 이들 유형에 속하는 각각의 설화를 분석하여 어떤 방식으로 전승하고 있는가를 살펴본다. 이 과정에서 한국인의 생사관, 내세관 그리고 윤리관 등이 드러날 것으로 기대된다.

Ⅱ. 생전에 수명 연장하는 이야기

저승설화 중에는 죽음을 경험하기 이전에 인위적인 방법을 통해 수명을 연장하는 이야기가 전승하고 있다. 수명 연장 방법에 따라 인정을 쓰고 수명을 연장하는 경우와 저승사자의 접근을 원천봉쇄함으로써 수명을 연장하게 되는 경우로 나눌 수 있다.

1. 인정 쓰고 수명 연장하기

한국인은 사람의 수명이란 타고나는 것으로 여긴다. 사람에게는 각자 주어진 수명이 있기에 이승에서 천수를 누리기도 하고 반대로 짧은 생을 살기도 한다. 여기서 단명은 불행한 죽음을 뜻한다. 불행하게 죽은 사람의 영혼은 저승으로 가지 못하고 구천을 떠돌게 된다. 구천을 떠도는 영혼은 이승에서 온전한 삶을 살지 못한 탓에 사람에게 해를 끼치는 악령이 된다고 생각한다. 죽은 사람의 영혼이 구천을 떠돌지 않기를 바라는 설화 전승집단의 염원을 반영한 것이 「인정 쓰고 수명 연장하기」이다. 이 유형의 설화는 사람에게 인정을 받는 대상에 따라 크게 북두칠성 형과 저승사자 형으로 나눌 수 있다.

먼저, 북두칠성에게 인정을 쓰는 경우를 <저승차사 대접하여 명 이은 아들>을 통해서 살펴보겠다. 이 설화의 개요를 정리하면 다음과 같다.

가. 어느 집에 시주승이 찾아온다.
나. 이때 열서너 살 먹은 아이가 시주를 한다.
다. 시주승이 "저 도령은 아무 때 아무 때 호성(虎城)에 간다."고 한다.
라. 부모가 이 말을 듣고, 시주승이 시키는 대로 하겠다고 한다.
마. 호성에 간다고 한 날에 백화산이란 곳에 집을 짓고 온갖 음식을 장만하여 아이를 혼자 놓아둔다.
바. 밤중에 허연 영감 세 명이 들어온다.
사. "아무 데 아무것이가 이래 모도 음석을 해다 놨는갑다."고 하면서 차려놓은 음식을 먹는다.
아. 음식 대접을 받은 대가로 옥황님이 관리하는 장부를 갖고 와 아이의 수명을 고쳐준다.
자. "너, 야이 우리 나가걸랑 봐라. 니 지금은 북두칠성 없다. 없는데 우리 나가마 북두칠성 있다."고 한다. 이들이 북두칠성이다.
차. 아이는 칠십둘인가 하나까지 살다가 죽었다.[7]

---

7) 『韓國口碑文學大系』 7-8(한국정신문화연구원, 1983), 143~145쪽. 이하 『대계』로 약함.

위의 설화에서 단명할 운명을 타고난 아이는 북두칠성에게 인정을 바침으로써 수명이 연장되고 있다. 이와 유사한 이야기가 <북두칠성과 수명>8)이다. <북두칠성과 수명>에서는 동냥 왔던 중에 의해 19년밖에 살 수 없다는 것을 알게 된 소년이 남산 꼭대기에서 바둑을 두는 노인을 찾아가 열심히 사정하여 99년까지 장수하였다고 하는 이야기이다. 이들 설화는 민간신앙의 하나인 성수신앙(星宿信仰)과 관련된 것이다.

해와 달을 신격시하였던 사람들은 별 속에도 신이 존재한다고 믿고, 그 기능은 일월신과 유사하다는 관념을 갖게 되었다. 일월성신은 설상풍우(雪霜風雨)의 기상을 좌우하는 직능을 지니고 있는 신으로 간주되었을 뿐만 아니라, "萬物之精上爲列星(『說文』)"이라 하여 성은 만물의 정기 중 최상위의 영을 지칭한다고 한다.9) 그리고 성수는 그 수효가 많기 때문에 각각의 위치에 따라 여러 형상을 나타내며, 인간 사회의 다양한 모습을 투영한 것으로 인식하였다.10) <저승차사 대접하여 명 이은 아들>에서 아)단락을 통해 북두칠성은 저승사자의 역할뿐만 아니라 사람의 수명을 관장하는 직분을 담당하고 있는 인물로 그려져 있다. 우리 민족은 오래전부터 북두칠성을 신앙하는 칠성 신앙을 믿어왔는데, 이것이 불교와 습합되어 민간 신앙으로 일반화되었다고 한다. 이런 칠성신은 인간의 수명을 관장하는 것으로 알려져 있다. 설화 전승집단은 민간 신앙의 하나인 칠성

---

8) 임동권, 『한국의 민담』(서문당, 1996), 208~209쪽.
9) 朴桂弘, 『韓國民俗研究』(형설출판사, 1973), 50쪽.
10) 박대복, 『고소설과 민간신앙』(계명문화사, 1995), 60쪽.

신앙을 저승설화에 원용하여 이승에서의 삶이 지속되기를 바라는 욕구를 합리적으로 설명하고 있다.

자)단락에서 아이를 향해 던진 북두칠성의 말을 통해 하늘에서 북두칠성이 사라지는 이상 현상이 죽음과 연계된 것임을 짐작할 수 있다. 고대에는 별의 움직임이나 이동이 국가의 흥망성쇠와 큰 인물의 운명과 관련된 것으로 믿었다. 이를 잘 보여주는 예가 『삼국사기』 권41 열전1 김유신 상(上) 조에 실려 있다.[11] 선덕여왕이 승하하고 진덕여왕이 즉위하자, 비담과 염종은 여왕으로서는 정사를 잘 다스릴 수 없다고 하면서 반란을 일으킨다. 10여 일의 공방전을 벌였으나 승부가 나지 않았다. 그러던 병진날 밤에 월성에 큰 별이 떨어진다. 이를 비담 등은 여왕이 패망할 징조라 한다. 이에 여왕이 크게 두려워하여 어찌할 바를 모른다. 김유신이 밤에 허수아비를 연에 매달아 공중에 띄우니, 마치 불덩이가 하늘로 올라가는 것처럼 보였다. 김유신은 사람들을 시켜 간밤에 떨어졌던 별이 도로 하늘로 올라갔다고 선전하였다. 그리고 사기가 오른 장병을 독려하여 비담 등의 무리를 물리쳤던 것이다. 김유신은 민간에서 믿는 성수신앙을 역으로 이용하여 위기에 처한 나라를 구해냈던 것이다. 그리고 『동국세시기』에 별의 위치를 통해 한 해의 풍흉을 점치는 습속이 있었음을 알 수 있다. 성수는 신으로서 숭배되는 대상일 뿐 아니라, 그 변이 현상을 통해 길흉화복을 점쳤던 것이다.

다음으로 저승사자에게 인정을 쓰고 수명을 연장하게 되는 경우

---

11) 金富軾, 『三國史記』, 金鍾權 역(명문당, 1993), 638~639쪽.

를 <삼천갑자 동방삭의 유래>를 통해 살펴보겠다. 설화의 개요를
정리하면 다음과 같다.

    가. 옛날 어느 동네에 '갑자'는 위에, '소경'이 아래에서 농사를
       짓는다.
    나. 갑자는 소경 몰래 아래 논에 있는 물을 자기 논으로 끌어들
       인다.
    다. 소경은 점을 쳐보고는 갑자가 내일 모레 죽을 놈이라고 한다.
    라. 이 말을 들은 갑자는 소경에게 살 방도를 물어본다.
    마. 소경은 갑자에게 "떡 한 모집 해다 놓구, 돈 백량허구 신 시
       커리(켤레)하구 갖다 놓구서는 저녁이 인제 다리 밑이 앉었
       어."라고 일러준다.
    바. 새벽녘에 굴레복덕(굴레박대기)한 사람이 셋이 온다.
    사. 이들은 갑자가 차려놓은 음식을 먹고 신을 나눠 신는다.
    아. 갑자를 데리고 저승으로 간다.
    자. 염라대왕이 명부를 끼고 조는 틈을 타서 열십자를 일천 천자
       로 바꾼다.
    차. 저승사자는 염라대왕에게 분부하신 놈을 잡아왔다고 한다.
    카. 염라대왕은 명부를 확인하고는 갑자가 아직 들어올 때가 아
       니라고 하면서 지상으로 돌려보낸다.
    타. 그래서 삼천갑자가 되었다고 한다.[12]

    동방삭과 관련된 설화는 우리에게 널리 알려져 있으며, 그만큼 다
양한 형태를 띠며 전승하고 있다. 위에서 살펴본 <삼천갑자 동방삭

---

12) 『대계』 4-4, 334~337쪽.

의 유래>는 그중의 하나이다. 소경의 논에서 부당하게 자기 논으로 물을 끌어들였던 동방삭은 자신이 30세에 단명하게 된다는 소리를 듣게 된다. 동방삭은 소경에게 "죽능 것두 아시……능 것 보닝께 사시능 것두, 살 것두 인저 아닝개 좀 살려 주쇼-."[13]라고 매달린다. 소경은 동방삭에게 풍족한 대접을 받고 그에게 살 방도를 알려준다. 그는 소경이 일러준 대로 음식을 장만하여 저승사자를 맞이한다. 동방삭을 잡으러 오던 저승사자들은 허기가 져 동방삭이 차려놓은 진수성찬을 먹고 각자 돈과 신을 챙긴다. 저승사자들은 동방삭에게 음식대접을 받았음에도 그를 저승으로 끌고 간다. 또 다른 이야기인 <삼천갑자 동방삭>에서는 "야 그 동네 갈 같으믄 그 서른 살 먹은 아무것이가 있다. 그놈 데려 가자."[14]고 하면서 다른 사람을 대신 잡아가기도 한다. 그것은 저승사자의 직분이 사령을 저승으로 인도하는 것이기 때문이다. 저승사자는 자신의 직분을 충실히 수행하는 동시에 인정을 받은 대가로 동방삭의 수명을 연장시켜주고 있다.

「인정 쓰고 수명 연장하기」에서 북두칠성 형과 저승사자 형의 경우, 인정을 쓴 결과로 인하여 수명을 연장하게 되었다는 점에서는 공통점을 지닌다. 하지만 북두칠성 형에서는 인정을 쓴 사람의 수명이 그 자리에서 바로 연장되는 데 비해 저승사자 형에서는 저승을 체험하거나 아니면 다른 사람이 대신 죽음으로써 수명을 연장하게 된다. 그래서 음식대접을 받는 사)단락 이후에 변화가 생겨 이야기

---

13) 위의 책, 335쪽.
14) 『대계』 5 - 4, 142쪽.

의 전개 방식에 차이를 보이게 된다. 이것은 인간사회에서 사람의 맡은 바 직분이나 지위에 따라 일을 처리하는 방식이 다르듯이, 저승에도 상하의 위계질서가 존재하기에 자신에게 주어진 범위 내에서 맡은 바 직분을 수행하게 됨을 보여주는 것이다.

2. 영육분리 막고 수명 연장하기

사람이 이승에서 삶을 영위할 수 있는 것은 육신 이외에 눈에 보이지 않는 '무형의 기[精氣]'[15]인 영혼이 존재하기에 가능하다. 사람의 생사는 이 영혼이 육신에 머물러 있는가의 여부로 결정된다고 한다. 즉 영혼과 육신의 합일된 상태는 삶이요, 이의 분리는 죽음을 의미한다. 이것은 영혼을 생명의 근원으로 인식한 결과이다. 따라서 생명의 근원인 영혼이 육신에서 분리되는 것을 막을 수만 있다면 사람의 수명은 무한대로 연장할 수 있게 된다. 이런 설화 전승집단의 사고를 반영한 것이 「영육분리 막고 수명 연장하기」이다. 「영육분리 막고 수명 연장하기」는 사람의 영육을 분리하려는 저승사자의 시도를 사전에 봉쇄함으로써 수명을 연장한다는 이야기이다.

<저승사자를 쫓은 오성대감>

가. 어느 재상가의 삼대독자가 병석에 누워 죽을 날만 기다린다.
나. 절손을 염려하여 그 동네의 용하다는 봉사에게 점을 친다.

---

15) 김태곤, 『巫俗과 靈의 세계』(한울, 1993), 43쪽.

다. 봉사는 "개를 살리면 내가 죽는다."고 하면서 점괘를 알려주
　　려고 하지 않는다.

라. 재상은 봉사의 자식들이 평생 먹고 살만한 재물을 주겠다고
　　약속한다.

마. 봉사는 '오성대감이 사흘 저녁만 아이를 데리고 자면 살게 된
　　다.'고 한다.

바. 재상이 오성대감을 찾아가 자초지종을 이야기하자, 오성대감
　　이 승낙한다.

사. 저승사자와 오성대감이 대면한다.

　　사-1. 저승사자가 아이를 잡아가겠다고 하자, 오성대감은 절
　　　　　손하기 때문에 보내줄 수 없다고 한다.

　　사-2. 저승사자는 오성대감을 저승으로 데려가겠다고 위협하
　　　　　지만, 오성대감은 꼼짝도 하지 않는다.

아. 아이를 잡아가는 것이 불가능하자 아이를 대신하여 봉사를
　　잡아간다.[16)

　<저승사자를 쫓은 오성대감>은 영육의 이원적 관념을 반영한 설
화이다. 혼과 육신에 관한 이원적 관념에 의하면, 영혼과 육신은 상
호 밀접한 관계에 있는 서로 독립된 별개라는 것이다. 그래서 영혼
과 육신은 상호 분리가 가능하며, 이 영혼이 육신을 떠나면 죽게
되는 것이다.[17) 이런 역할을 저승사자가 담당하는 것으로 여겼던
것이다. 사람이 죽는 것은 저승사자가 영혼을 육신에서 분리시켜 저
승으로 데려가기 때문이다. 따라서 저승사자에 의해 강제로 영육 분

---

16) 『대계』 3-2, 118~121쪽.

17) 村山智順, 『朝鮮의 鬼神』, 김희경 옮김(동문선, 1990), 81쪽.

리가 이루어지지 않는 한, 사람은 죽지 않고 이승에서 삶을 지속할 수 있는 것이다.

사)단락에서 염라대왕의 지엄한 명을 거행하는 저승사자는 오성대감의 위세에 눌려 아이에게 접근조차 못한다. 오성대감이 한 가문의 '절손'을 이유로 저승사자의 접근을 막자(사-1), 그는 오성대감을 저승으로 데려가겠다고 위협한다.(사-2) 하지만 오성대감을 향한 저승사자의 위협은 공염불에 지나지 않는다. 그것은 아)단락에서 아이 대신에 수명 연장 방법을 알려준 봉사를 잡아가는 것에서 알 수 있다. 이렇게 대속에 의한 죽음이 가능하기에 죽음이란 언제 닥칠지 모르는 공포의 대상인 것이다. 오성대감과 저승사자의 대결은 삶과 죽음의 갈림길에서 죽음에 저항하는 것이라고 할 수 있다.[18] 오성대감은 죽음과의 대결에서 승리함으로써 한 가문을 절손의 위기에서 구하게 된다.

이 밖에 이 설화에 내재되어 있는 저승 관련 사실을 정리하면 다음과 같다. 첫째, 저승사자의 출입이 방문을 통해서 이루어지고 있다는 점이다. 저승사자가 방문을 통해 드나든다는 것은 저승의 생활 방식 또한 이승과 별반 차이가 없음을 보여주는 것이다. 둘째, 저승사자의 활동 시간이 저녁이라는 것이다. 이것은 저승사자가 사자(死者)의 일원이기 때문에 해가 있는 낮에는 활동하지 못하는 것으로 여긴 까닭이다. 셋째, 저승사자의 권위가 절대적이지 못하다는 점이

---

18) 이은봉, 「한국인의 저승사자와 환생 이야기」, 『한국종교연구』 2집(서강대학교 종교연구소, 2000), 305쪽.

다. 일반적으로 저승사자는 염라대왕의 지엄한 명을 받아 사람의 목
숨을 빼앗는 것으로 알려져 있다. 하지만 이 설화에 등장하는 저승
사자의 경우, 오성대감의 위엄에 눌려 자신의 역할을 충실히 수행하
지 못한다.

　사람의 수명은 천명에 의해 정해지지만, 천명이란 신성불가침의
절대적인 힘을 소유한 것이 아니다. <저승사자를 쫓은 오성대감>에
서 사람의 노력으로 천명을 바꿀 수 있다는 설화 전승집단의 의식
을 엿볼 수 있다.

Ⅲ. 죽었다가 다시 살아난 이야기

　대부분의 저승설화는 '죽을 때가 안 된 사람이 죽었다.'는 전제하
에 이야기가 전개된다. 죽을 때가 아닌 사람이 죽음을 경험하게 되
는 것은 저승의 실수이거나 또는 그 필요에 의해서이다. 죽은 사람
의 저승에서의 행적을 중심으로 살펴보면, 「저승 구경하기」, 「임무
완수하기」, 「예전 쓰기」, 「천생연분 맺기」 등으로 세분할 수 있다.

1. 저승 구경하기

　천수를 누린 사람만이 죽는 것이 아니다. 사람은 저승사자나 저
승 관리의 실수로 인해 수명을 다 채우지 못한 상태에서 죽기도 한

다. 이렇게 해서 죽은 사람은 저승의 심판관에 의해 그 잘못이 시
정되어 다시 이승으로 되돌아오게 된다. 죽을 때가 아닌데 죽어서
저승을 구경한다는 점에서 이를 「저승 구경하기」라 한다. 이런 유형
의 설화가 저승설화의 주를 이루고 있는데, 이는 죽었다고 믿었던
사람이 소생하는 현상을 합리적으로 설명하기 위한 것으로 보인다.
「저승 구경하기」는 다시 명부의 기록을 착각하여 죽은 경우와 동명
이인을 잘못 잡아간 경우로 나눌 수 있다.

먼저 수명이 남은 사람이 저승에 간 경우를 <저승에 갔다 온 할
머니>를 통해 살펴보겠다. 이 설화의 개요는 다음과 같다.

> 가. 90세 먹은 노인이 죽어 시신을 염습하여 입관한다.
> 나. 장례 전날, 관에서 이상한 소리가 나서 열어보니 노인이 살아
> 난다.
> 다. 노인이 저승에 갔더니 더 있다 오라고 해서 이승으로 왔다고
> 한다.[19)]

위의 설화는 '죽음 — 저승의 심사 — 이승으로의 회귀'를 간략하게
구술한 것이다. 이 설화에서 노인이 살아난 것은 주어진 수명을 다
살지 못했기 때문이다. 일반적으로 저승에는 사람의 수명을 기록해
놓은 명부가 있다고 한다. 죽은 사람은 명부에 기록된 수명만큼 살
았는가를 심사받고, 만약에 미진한 부분이 발견되면 그만큼의 생을
이승에서 더 살게 된다고 한다. 저승에 갔던 노인은 "너는 올 시간

---

19) 최운식·최진형, 『한국구전설화집 10(충남 예산편)』(민속원, 2005), 241쪽.

이 안 되서 몇 년 더 있다 와라."고 하여 이승으로 돌아와 몇 년을 더 살게 되었다는 것이다.

<저승에 갔다 온 할머니>처럼 저승의 경험담을 간략하게 구술한 설화가 있는가 하면 저승의 심사 이후를 <저승 구경 갔다 온 사람>처럼 흥미롭게 꾸민 이야기도 전승되고 있다. 이 설화의 개요를 정리하면 다음과 같다.

가. 한 젊은이가 죽는다.
나. 염라대왕이 명부를 보고는 아직 죽을 때가 아니라고 한다.
다. 염라대왕의 배려로 저승 구경을 한다.
　　다-1. 한 군데를 가니 기름이 지글지글 끓는 곳이다. 이곳은 "만사만생이라 만 번을 죽이고 만 번을 살군다."고 한다. 젊은이가 대방경과 화엄경을 읽고 다녀 하루의 휴식을 얻게 된다.
　　다-2. 또 한 곳을 가니 아는 노인을 만난다. 그곳에서도 젊은이가 경을 읽자 하루의 휴식을 얻게 된다. 죄를 지어 고통을 당하던 안노인은 젊은이에게 영감에게 법화경을 읽어 자신을 구제해 달라고 부탁한다.
라. 이승으로 나올 때 강아지를 준다.
마. 젊은이는 강아지를 앞세우고 이승으로 온다. 이때 다리를 건너던 강아지가 떨어져 깜짝 놀라 깨어보니 이승이다.
바. 젊은이는 노인을 찾아가서 저승에서 부탁받은 바를 전한다.
사. 노인은 점쟁이를 데려가서 경을 베낀다.
아. 한 사람이 오더니 안노인이 극락으로 갔다는 소식을 전한다.[20]

---

20) 『대계』 2-5, 109~112쪽.

<저승 구경 갔다 온 사람>은 앞에서 살펴본 <저승에 갔다 온 할머니>처럼 잘못 죽은 것으로 판명되지만 바로 이승으로 돌려보내지 않는다. 다)단락에서 젊은이는 염라대왕의 배려로 저승 구경을 하게 된다. 그런데 다-1)과 다-2)단락에서 보듯이 젊은이가 목격한 저승은 불교와 무속에서 말하는 공포와 고통이 가득한 지옥이었던 것이다. 지옥은 극악한 죄를 지은 사람들이 가서 고통을 받는 곳으로, 죄질에 따라 백이십여 개 정도의 다른 지옥이 있다고 한다. 그중에서도 가장 괴로운 곳을 무간(無間)지옥이라고 하는데, 한없는 고통 속에서 나고 죽음을 되풀이하는 곳이라고 한다.21) 다-1)단락에서 기름이 지글지글 끓고, "만사만생이라 만 번을 죽이고 만 번을 살군다."22)고 한 것으로 보아 젊은이는 여러 지옥 중에서 '무간지옥'을 경험한 것으로 보인다. 다-1)단락을 보면, 영원히 지속될 것처럼 보였던 형벌이 이승에서 들어온 자의 적선에 의해 영혼에게 하루의 휴식이 주어지고 있다. 이것은 지옥에서 받는 형벌이 영원히 지속되는 것이 아님을 보여준다.

지옥의 형벌이 영원한 것이 아님은 다-2)단락에서도 볼 수 있다. 다-2)단락에서 죄를 지은 안노인은 젊은이에게 자신을 구제할 수 있는 방법을 알려주고, 그에 따라 사)단락에서 이를 이행하자, 아)단락에서 죄 지은 안노인이 극락으로 간다. 이것은 지옥이란 죄를 지은 사람이 가는 곳이지만, 그곳에서의 형벌은 이승에 살아 있는 자

---

21) 『한국민속대사전 2』(민족문화사, 1991), 1312쪽
22) 『대계』 2-5, 110쪽.

의 노력 여하에 따라 모면하게 될 수도 있음을 보여준다.

라)단락에서 젊은이는 개의 인도를 받으며 이승으로 돌아온다. 무속 신화에서도 저승에서 이승으로 가는 길을 안내하는 역할을 하얀 강아지가 맡는다. 차사 본풀이에서 염라대왕은 자신을 만나고 돌아가는 강님에게 흰 강아지 한 마리를 주면서 뒤따라가면 살아날 방도를 알 수 있다고 한다. 앞장서서 가던 강아지가 행기못에 이르러 강님의 목을 물고 못에 풍덩 빠진다. 이에 놀라 눈을 떠 보니, 강님은 이승에 와 있었다고 한다.23) 이렇게 강아지가 영혼이 이승으로 되돌아오는 길에 안내자의 역할을 하는 것은 "영혼의 여정이 순탄하기를 희구하는 인간심리의 발현"24)이라 하겠다.

마)단락에서 영혼은 이승으로 귀환하는 도중에 외나무다리를 건너다가 떨어지게 된다. 외나무다리는 이승과 저승을 연결해 주는 유일한 통로인 것이다. 저승설화에서 강아지의 안내를 받은 영혼이 무사히 다리를 건넜다는 사람의 경험담은 없다. 도중에 실족해서 떨어진 사람이 깨어나서 자기가 꿈처럼 경험한 이야기를 전하거나25) 아니면 건너오는 도중에 다리가 부러졌다고 한다. 여기서 이승으로 돌아오던 영혼이 다리에서 떨어진다는 것은 새로운 인간으로 거듭나게 됨을 상징적으로 보여주는 사건이라 하겠다. 바)~아)단락은 이승으로 돌아온 사람의 행적과 그에 따른 결과이다. <저승 구경 갔다 온 사람>은 생전에 쌓은 죄악으로 지옥에 떨어졌다고 하더라도

---

23) 韓國文化象徵辭典編纂委員會, 『韓國文化상징사전』(동아출판사, 1992), 23쪽.
24) 朴桂弘, 앞의 논문, 23쪽.
25) 임동권, 『한국민속문화론』(집문당, 1989), 489쪽.

형벌을 받는 동안 그 심성에 변화가 생기면 지옥을 벗어나 극락으로 옮겨갈 수 있다는 설화 전승집단의 사고를 반영하고 있다.

한편, 이름이 비슷하거나 동명이인의 경우 저승사자의 실수로 잘못 죽기도 한다. 여기서는 <저승에 갔다 온 이야기>의 경우를 살펴보겠다. 이 설화의 개요를 정리하면 다음과 같다.

> 가. 김용운이가 병환으로 앓다가 죽게 된다.
> 나. 육체는 죽어서 방에 있는데, 영혼은 굴레벙거지 쓴 놈이 꼭두잡이 해 저승에 간다.
> 다. 재판관이 굴레벙거지 쓴 놈에게 어느 면에 산 김용운을 잡아 왔느냐고 묻는다.
> 라. 재판관은 사람을 잘못 잡아왔다고 한다.
> 마. 김용운에게 너는 괜히 왔으니 냉큼 나가라고 해서 살아난다.
> 바. 아들을 시켜 전라도 무슨 면의 이장에게 편지를 보낸다.
> 사. 회답이 온 것을 보니, 자기가 살아온 날 그 사람이 죽었다고 한다.[26]

저승의 재판관은 "전라도 무슨 면 무슨 면에 사는 김용운을 잡아 오랬더니"[27] 엉뚱한 사람을 잡아 왔다고 저승사자를 혼내고서는 잘못 죽은 김용운을 돌려보냈다는 것이다. 앞에서 살펴본 <저승에 갔다 온 할머니>처럼 수명이 남은 사람이 저승을 경험하는 설화의 경우는 할머니가 누구의 잘못으로 저승에 가게 되었는지가 명확하지

---

26) 『대계』 3-1, 413~414쪽.
27) 위의 책, 413쪽.

않다. <저승에 갔다 온 이야기>에서 김용운을 잡아간 '굴레벙거지를 쓴 놈'은 저승사자를 지칭한다. 또 다른 설화인 <저승에 갔다 온 사람>28)에서도 저승의 재판관인 최판관의 명을 거행하던 저승사자의 잘못으로 '박영래' 대신에 '박경래'라는 사람이 죽는다. 이런 유형의 설화에서는 저승의 재판관이 저승사자의 잘못을 시인하고 그것을 바로 시정하게 된다.

이승으로 되돌아온 사람은 본래의 삶을 회복하게 된다. 이처럼 저승사자의 부주의로 죽었다가 살아난 사람들에 의해 저승의 실상이 전해지게 된다. 엉뚱하게 죽었던 사람이 저승 구경을 하고 이승으로 돌아온다는 것은 저승설화의 특징 중 하나이다. 이렇게 살아온 사람은 바)와 사)단락처럼 자신이 저승에서 들은 내용이 사실인가를 확인한다. 그 결과, 저승에서 재판관과 저승사자가 주고받은 내용이 사실임을 입증하게 된다는 공통점을 지닌다.

저승의 재판관이나 저승사자가 죽어야 할 사람 대신에 엉뚱한 사람을 저승으로 인도하는 것은 저승에서 일어나는 제 현상을 이승의 전이로 생각하였기 때문이다. 그래서 저승에서도 이승과 마찬가지로 실수가 존재하는 것이다. 저승의 실수로 인해 죽었던 사람이 다시 살아나는 경우를 대체로 세 가지 유형으로 나누어 볼 수 있다. 첫째는 죽은 사람이 다시 소생하여 생명을 연장하는 경우요, 둘째는 죽은 사람이 다른 사람의 육신을 빌려서 소생하는 경우요, 셋째는 죽은 사람이 동물 등으로 다시 태어나는 것으로 나누어 볼 수 있다

---

28) 최운식, 『한국의 민담』(시인사, 1988), 70~72쪽.

고 한다.[29] 본고에서는 첫 번째 경우만 다루었지만, 두 번째와 세 번째의 경우도 구전되는 저승설화에서 얼마든지 찾아볼 수 있다.[30]

2. 임무 완수하기

저승설화에 나타난 저승의 실상을 보면, 이승의 현실을 토대로 하여 형상화되었음을 알 수 있다. 저승의 업무를 처리하는 과정에 실수가 존재하고, 어려운 상황에 봉착해서 이를 자체적으로 해결하지 못하기도 한다. 저승에 적임자가 없으면, 이승에서 문제를 해결할 인물을 찾게 된다. 이때, 저승의 부름을 받은 사람은 자신에게 주어진 수명과 상관없이 죽게 된다. 이렇게 죽은 사람은 저승에서 부과한 과제를 완수하는 동안 일시적으로 죽음을 경험하게 된다. 저승의 과제를 완수하고 이승으로 돌아온다는 점에서 이를 「임무 완수하기」라 한다.

「임무 완수하기」에서 이승의 인물에게 부과되는 저승의 과제는

---

29) 張德順, 『韓國說話文學硏究』(박이정, 1995), 315쪽.

30) 다른 사람의 몸을 빌려 소생하는 설화로는 『대계』 4-2에 수록된 <영혼과 육체가 뒤바꾸다(生居鎭川 死居龍仁)>를 들 수 있다. 죽을 때가 되지 않은 사람이 저승사자의 실수로 염라국에 갔다가 다시 지상으로 내려온다. 그런데 신체가 없어져서 다른 사람의 몸으로 환생한다는 이야기이다. 이렇게 살아난 노인을 진천과 용인의 자식들이 서로 모시겠다고 하자, 판관이 "生居鎭川이요 死居龍仁"이라는 판결을 내린다.
그리고 죽은 사람이 동식물 등으로 재생하였다는 설화도 널리 전승되고 있다. 이와 관련해서는 崔雲植, 「再生說話의 再生樣式」, 『說話』, 民俗學會 編(교문사, 1989), 33~55쪽 참조할 것.

저승의 상황에 따라 다르기 때문에 다양한 양상을 띠며 전승하게 된다. 『한국구비문학대계』에 수록된 저승설화에 국한해서 저승에서 부과된 과제를 살펴보면, '임시로 저승사자의 임무 수행,[31] 친구의 대리 근무[32], 저승의 밀린 사무 처리,[33] 염라국의 대들보 고치기[34]' 등이 있다. 저승에서 부과되는 과제는 시대의 변화에 따라 새로운 형태를 띠게 될 것으로 보인다.

　여기서는 임시로 저승사자의 임무가 주어진 <힘센 권장군>을 중심으로 살펴보겠다. 이 설화의 개요를 정리하면 다음과 같다.

　　　가. 강릉에 권장군이 살고 있다.
　　　나. 진부의 도적을 잡아달라는 부탁을 받는다.
　　　다. 초립동이가 권장군을 여러 가지로 시험하고 힘을 기르라고
　　　　　한다.
　　　라. 힘을 기른 권장군이 도적을 소탕하고 집으로 온다.
　　　마. 저승에서 권장군에게 안동의 아무개를 잡아오라는 분부를 내
　　　　　린다.
　　　바. 권장군은 아들에게 사흘 동안 방문을 열지 말라고 한다.
　　　사. 권장군이 안동의 아무개 집을 가보니 탱자나무 울타리가 쳐

---

31) 임시로 저승사자의 직분을 수행하는 설화로는 <꿈 이야기>(『대계』 3-1), <강한영의 죽음>(『대계』 6-10), <저승사자 노릇한 울산(蔚山) 조병사(趙兵使)>(『대계』 8-8), <힘센 권장군>(『대계』 8-13), <저승 갔다 온 이야기>(『대계』 8-14) 등이 있다.

32) <저승 이야기>, 『대계』 6-4, 364∼367쪽.

33) <수명을 30년 더 연장한 사람>, 『대계』 6-12, 1026∼1028쪽; <몽길 초한전>, 『대계』 5-6, 360∼361쪽.

34) <잘못 저승 갔다 온 동명이인>, 『대계』 3-3, 793∼795쪽.

　　　져 있다.
아. 탱자나무 울타리를 둘러보던 권장군은 허술한 곳을 발견하고
　　집안으로 들어간다.
자. 권장군이 수명이 다한 사람을 결박하여 집밖으로 나온다. 이
　　때, 기둥이 빠진다.
차. 아무개를 저승으로 보내자, 염라대왕이 고맙다고 한다.
카. 권장군이 깨어나서 안동의 아무개 집을 방문한다.
타. 사람이 죽고, 집안의 기둥이 넘어진 것을 보고 자신이 그 사
　　람을 저승에 인도한 것을 확인한다.[35]

　<힘센 권장군>의 나)~라)단락은 권장군이 비범한 능력을 지닌
인물임을 드러내기 위한 것이다. 이들 단락은 <지하국대적제치설
화>에서 지하의 대적을 물리치기 위해 지하로 간 젊은이가 대적을
제치하기 위해 힘을 기른다는 내용과 유사하다. <힘센 권장군>은
<지하국대적제치설화>의 모티프 일부를 차용하여 권장군의 능력을
드러내고 있다. 모티프 차용이 가능했던 것은 <지하국대적제치설
화>가 각 지방에 전승하기 때문이다.[36] 장사 도적을 소탕하고 집으
로 돌아온 권장군은 마)단락에서 저승의 방문을 받게 된다. 저승에
서 권장군에게 "태사들이 가서 잡으러 갈 수 없으이까, 너가 가서
좀 잡아 와 다와."[37]고 하면서 저승사자의 임무를 부여한다. 이렇게
저승에서 임무를 부여받는 사람은 바)단락에서 보듯이 자신이 죽을

---

35) 『대계』 8-13, 548~551쪽.
36) 孫晋泰, 『韓國民族說話의 硏究』(을유문화사, 1991), 106~116쪽 참조.
37) 『대계』 8-13, 550쪽.

34

것을 미리 알고 후손에 의해 자신의 신체가 훼손되지 않도록 예방 조치를 취한다. 그것은 이승에서의 본래 삶을 살기 위해서는 시신이 온존한 상태로 보존되어 있어야 하는 까닭이다.

사)단락에서 수명이 다한 안동의 아무개는 집 주위를 탱자나무로 둘러싸고 저승사자의 접근을 막는다. 예로부터 민간에서는 대문에 부적을 붙이거나 집의 울타리나 장독대 옆, 밭 둘레에 봉숭아나 복숭아나무를 심어 질병이나 사귀를 쫓는 풍습이 있었다. 저승사자는 탱자나무가 무서워 집안으로 들어갈 수 없었던 것이다. 또 다른 설화인 <강한영의 죽음>에서도 저승사자는 "삽살개 두 마리, 대문짝에는 용을 그려서 딱 해놓고 두 마리 문 앞에 지키고 앉었고, 그런디 사자가 못 잡아가. 사자가 잡아 가야 할 텐디, 못 들어가."[38] 자신의 맡은 바 직분을 수행하지 못한다. 그것은 개가 예부터 집 지키기와 사냥 등의 역할뿐만 아니라 잡귀와 병도깨비, 요귀 등의 접근을 막아 재앙을 물리칠 수 있는 능력을 지니고 있다고 믿었기 때문이다.[39]

염라대왕은 저승사자가 온전히 그 임무를 수행할 수 없음을 수긍하고 이승에서 권장군을 불렀던 것이다. 아)와 자)단락에서 권장군은 저승사자가 무서워하는 탱자나무 울타리를 넘어 집안으로 들어가서 안동의 아무개를 잡아다가 저승에 인계한다. 이 과정에서 약간의 저항이 있었음을 자)단락을 통해 알 수 있다. 하지만 안동의 아

---

38) 『대계』 6-10, 541쪽.
39) 『韓國文化상징사전』, 23쪽.

무개가 힘으로는 권장군을 당해낼 수 없었다는 것이다. 이것은 영혼이 육체에서 이탈하여 죽은 상태임에도 권장군이 지닌 능력은 이승과 별반 차이가 없음을 보여준다. 이승에서의 능력이 저승에서도 그대로 발휘된다는 점에서 죽음을 삶의 연장선상에서 이해하는 한국인의 생사관을 엿볼 수 있다.

3. 예전(禮奠) 쓰기

저승의 사무 착오로 엉뚱한 사람이 죽는다는 것은 이미 살펴본 바 있다. 「저승 구경하기」에서는 잘못 죽은 것으로 판명난 사람을 아무 조건 없이 이승으로 회귀시킨다. 그런데 저승설화 중에는 저승에서 그에 상응하는 대가를 치루고 이승으로 돌아온다는 이야기가 전승하고 있다. 저승의 재판관이 살려주는 대가를 요구하는 것은 죽은 사람의 이승에서의 삶이 올바르지 못한 것으로 판단하기 때문이다. 저승에 예물을 바치는 것은 이승에서의 삶을 속죄한다는 의미를 포함한다. 이를 「예전(禮奠) 쓰기」라 한다.[40] 최운식에 의하면, 이 유형의 설화 중에서 전설의 형식을 띠고 전승하는 설화가 18편이며, 민담으로 전승되는 설화가 3편이라고 한다.[41] 먼저 전설의 형식으로 전승되는 설화의 하나인 <덕진다리 이야기>를 살펴보겠다. 이

---

40) 최운식은 이와 같은 유형의 설화를 '저승 재물 차용 설화'라고 명명한 바 있다. 최운식, 「'저승 재물 차용 설화' 연구」, 『한국민속학보』 11집(한국민속학회, 2000), 111~134쪽 참조.
41) 위의 논문, 112쪽.

설화의 개요를 정리하면 다음과 같다.

　　가. 옛날에 덕진이라는 계집애가 있었다.
　　나. 부잣집에서 애를 봐주면서 몇 십 년을 살았다.
　　다. 어떤 부자가 죽어서 저승에 가니, 염라대왕이 벌금을 내면 살
　　　　려주겠다고 한다.
　　라. 부자가 돈이 없다고 하자, 덕진의 창고에 있는 돈으로 예전을
　　　　쓰고 나가라고 한다.
　　마. 예전을 쓰고 살아난 부자가 덕진에게 저승에서 빌린 돈을 갚
　　　　으려 한다.
　　바. 덕진은 자신은 모르는 일이라고 하며, 부자에게 사람들이 다
　　　　닐 수 있는 다리를 놓아달라고 한다.
　　사. 그래서 영광읍내에 덕진다리가 놓이게 되었다.[42]

　<덕진다리 이야기>는 전라남도 영광읍에 덕진다리가 놓인 내력을
설명한 설화이다. 나)단락에서 부모도 없이 자란 덕진이는 부잣집의
허드렛일을 하면서 몇 십 년을 살았다고 한다. 생활의 방편으로 남
의 집안일을 돕던 덕진의 행위가 오히려 저승에서는 적덕(積德)을
쌓는 계기가 된다. 그래서 라)단락을 보면, 그녀의 저승 창고는 부
자에게 돈을 빌려줄 수 있을 정도로 재물이 그득했던 것이다. 다)단
락에서 염라대왕은 부자에게 "너 돈을 좀 여그서 벌금을 바쳐라. 바
치면은 너 내보내주마."[43]고 한다. 여기서 '벌금'은 다른 사람에게
인정을 베풀지 않고 자신의 욕심만 채운 부자를 징치하는 의미를

---

42) 『대계』 6−6, 108∼109쪽.
43) 위의 책, 109쪽.

담고 있다.

마)단락에서 덕진의 재물 덕에 살아난 부자는 바)단락에서 덕진에게 은혜를 갚으려고 한다. 그런데 덕진은 부자가 주는 돈을 받지 않고 자신의 명의로 사람이 다닐 수 있는 다리를 놓아달라고 부탁한다. 바)단락은 저승에 있는 덕진의 창고에 재물이 가득한 것이 결국은 그녀의 선행에서 비롯된 것임을 보여준다. 사람들은 이승에서 남을 위해 재물을 쓰면, 그것이 저승 곳간에 쌓이는 것으로 믿었다. 선행에 대한 보상이 내세까지 이어진다고 믿는 한국인의 의식이 바탕에 깔려 있음을 알 수 있다.[44] 염라대왕이 부자에게 '예전 쓰기'를 강요하는 것은 선행을 강조하고 이의 실천을 요구하는 것으로 볼 수 있다.

또 다른 설화인 <덕진골 처녀가 놓은 다리>에서는 "음식장사로 하며, 배고푼 사람 밥 주고 옷없는 사람 인자 아옷 주고 전부 이래 적선했는기라."[45]고 하여 저승의 덕진 창고가 재물로 그득한 것이 그녀의 선행에서 비롯된 것임을 구체적으로 드러내기도 한다. 사)단락에서 '덕진다리'의 존재는 이 설화의 진실성을 뒷받침하는 역할을 한다. <덕진다리 이야기>는 증거물에 의해 이야기의 진실성이 확보된다는 점에서 전설에 해당한다.

「예전(禮奠) 쓰기」 설화에서 이야기의 진실성을 뒷받침하는 단락이 구술되지 않은 경우는 민담의 형식을 띠며 전승하게 된다. 민담

---

44) 최운식, 앞의 논문, 133~134쪽.
45) 『대계』 7-13, 120~121쪽.

의 유형으로 전승되는 설화인 <저승 갔다 와서 마음 고친 구두쇠>
의 내용을 간략하게 정리하면 다음과 같다.

> 가. 한 마을에 김 씨와 박 씨가 살았는데, 박 씨는 도척 소리를
>   들으며 살았다.
> 나. 박 씨는 사람들이 자신에게 아쉬운 소리를 하면 짚단을 주곤
>   한다.
> 다. 도척이가 병들어 죽어서 저승에 갔다.
> 라. 염라대왕이 아직 올 때가 안 되었다며 저승 구경을 시켜준다.
> 마. 자신의 창고엔 짚단 하나만 놓여 있는데, 못사는 김 서방의 창
>   고엔 금은보화가 가득한 것을 보고 자신의 잘못을 깨닫는다.
> 바. 박 씨는 착한 일을 하며 살다가 죽을 때에는 도척이라는 소
>   리를 면한다.[46]

　위의 설화는 앞에서 살펴본 <덕진다리 이야기>와 이야기의 구성
면에서 차이를 보인다. <저승 갔다 와서 마음 고친 구두쇠>는 착한
사람의 선행에 이야기의 초점이 맞춰져 있다. 그래서 염라대왕은 부
자인 박 씨에게 예전을 쓰라고 강요하는 대신에 그의 저승 창고를
보여줌으로써 스스로 잘못을 깨닫게 한다. 박 씨는 "햐 이거 참 내
가 이승에서 암만 잘 살고 해도, 이 밑에 집에 사는 아무 거시기만
못하구나, 죽어지면 이렇게 될 테니 이거 큰일났구나."[47] 하면서 자
신의 잘못을 깨닫고는 이승에서 착하게 살게 되었다는 것이다. 여기

---

46) 『대계』 3-4, 252~254쪽.
47) 위의 책, 253쪽.

서 이승에서의 풍요로운 삶이 저승에서의 행복을, 이승에서의 빈곤이 저승에서의 불행을 보장하지 않는다. 오히려 저승설화에서는 정반대의 결과를 가져온다. 이승에서 남에게 적선을 베푼 사람은 저승에서 복을 받는다고 한다. 「예전 쓰기」 유형의 설화가 전승하는 것은 선행의 중요성을 일깨우고자 한 설화 전승집단의 의도가 내포되어 있는 것이다.

4. 천생연분 맺기

저승에서 자신들의 사무 착오를 인지하지 못하고 똑같은 실수를 반복하는 경우가 있다. 똑같은 실수를 반복하는 것은 이승의 사회상을 반영한 곳이 저승이기 때문이다. 저승은 완전무결한 사회가 아니다. 이런 저승의 실수는 자신의 운명을 개척하고자 하는 인물에 의해 시정된다. 이 과정에서 천생배필을 만난다는 점에서 이를 「천생연분 맺기」라 한다. <오대째 자손 없는 집안[저승서 맺은 연분]>에서는 저승에서 천생연분을 만나는 과정이 흥미롭게 전개되고 있다. 이 설화의 개요를 정리하면 다음과 같다.

    가. 옛날 어느 정승 집안이 몇 대에 걸쳐 15살에 청혼하고 16살에 죽는 일이 거듭된다.
    나. 이 집안의 9대손이 장가를 가야할 때가 되었는데, 더 이상 과부를 만들 수 없다며 거절한다.
    다. 방문을 걸어 잠근 소년은 아무 날 죽을 것이니 아무도 접근하지 말라고 한다.

라. 죽어서 저승에 간 소년은 최판관을 만나 '왜 자기 집안의 남자들이 단명하게 되는지' 그 내력을 캐묻는다.

마. 저승의 재판관은 문서를 확인하고는 잘못을 시인하고 '칠팔십 세 까지 살다가 오라.'고 한다.

바. 이때, 자기와 비슷한 또래의 처녀가 저승으로 잡혀 온 것을 보고, 소년은 처녀를 살려달라고 청원한다.

사. 저승에서는 소년의 청원을 들어주고, 소년은 처녀와 함께 이승으로 나온다.

아. 처녀는 소년에게 초매고리를 하나 뜯어 주고는 확 달아나버린다.

자. 소년은 장가들라는 집안의 권유를 물리치고, 팔도 유람길에 나선다.

차. 처녀가 준 초매고리에는 "곡조문전에 방설랑자'라는 문구가 있었다.

카. 소년은 설랑자라는 방이 붙은 집을 찾아간다.

타. 소년은 처녀와 저승에서 있었던 일을 소상히 아뢰고 자신을 사위로 삼으라고 한다.

파. 처녀가 주고 간 초매고리를 증표로 내놓자, 처녀가 자신을 살려준 은인임을 확인하다.

하. 두 사람은 천생 연분이라고 하여 결혼해서는 자손을 많이 퍼트렸다고 한다.[48]

　　일반적으로 죽음에 대한 감정 가운데 가장 뚜렷한 것이 공포와 슬픔이라고 한다. 이런 감정은 다른 사람의 죽음을 통해서 느끼게

---

48) 『대계』 2 - 9, 76~80쪽.

되는 것으로, 죽음을 극히 부정적으로 생각하는 태도에서 연유한다고 한다.[49] 그래서 사람들은 죽음을 맞이할 때 수동적인 자세를 취하게 된다. 이에 비해 <오대째 자손 없는 집안[저승서 맺은 연분]>에서 소년은 죽음에 대해 저항의식과 자신의 운명을 개척하고자 하는 의지를 분명히 드러내고 있다.

> "난 장가를 못 들겠읍니다. 아, 우떡해 장가를 못 드나 남에 처녀를 데려다가 청년 과부를 만들어서 아, 우리 할아버지가 할머니를 아, 몇 대조부터 과부를 만들어 내려 왔는데. 내가 또 나머(남의) 처녀를 데려다가 과부를 만들어 놓고 내가 이거 죽으면 뭐 하겠소. 나는 장게를 안 간다."[50]

위의 인용문은 나)단락에 해당한다. 소년은 자신이 단명할 운명을 타고났다고 믿는 사람들의 생각을 정면으로 거부한다. 여기서 소년이 자신의 운명이라고 믿는 바에 순응하지 않고, 이를 타개하고자 하는 뜻을 우회적으로 표현하고 있다. 라)단락에서 소년은 저승의 재판관에게 '무슨 죄로 인하여 우리 집 남자들이 16세의 나이에 단명하게 되었는가.'라며 반문한다. 소년의 이의제기로 마)단락에서 저승의 실수를 바로잡고, 자신의 수명을 연장하게 된다.

바)단락에서 소년은 천생배필이 될 처녀를 만나게 된다. 소년은 저승에서의 용무를 마치고 돌아오는 길에 자신과 비슷한 또래의 처

---

49) 崔吉城, 『韓國의 祖上崇拜』(예전사, 1986), 35쪽.
50) 『대계』 2-9, 77쪽.

녀가 잡혀온 것을 본다. 소년은 "인생에 태어나가지고서는 세상의 문을 못 보고"51) 들어온 것을 안타깝게 생각하고 처녀를 살려주기를 청원한다. 사)단락에서 저승의 재판관이 소년의 청원을 들어주는 것은 소년의 선조들이 단명한 것에 대한 보상차원에서 이루어지는 것으로 볼 수 있다. 또 다른 설화인 <곡조목하(曲棗木下)에 방설낭자(訪薛娘子)>에서는 "그러면 다시 나는 팔십 뒈여야 올 것이고 이 설낭자가 십팔 세 정명이 매기지마는 우리 조상네 팔십 세 정명뒌 것을 삼십 세에도 죽고 스십 세에도 죽고 오십 세에도 죽고 흔, 그 정명을 빌어 놔 가지고 이 아이를 흔 팔십 세 정명을 멘들어 가지고(만들어서) 보내며는 저가 가면서 입벗(말벗)이나 흐겠읍니다."52)고 한다. 여기서 소년은 자신의 조상이 정명을 다 채우지 못하고 죽었으니 그 대신에 설낭자의 수명을 늘려달라고 요구한다. 저승에서는 소년의 요구가 타당하다고 인정하고 설낭자의 수명을 연장시켜준다. 그리고 <저승에서 만난 배필>에서는 소년이 재판관에게 "내 명을 둘이 노나 가이고(나눠 가지고) 삼실 살 썩 살구로 그래 노나 주, 이 처녀를 노나 주세요."53)라고 한다. 이런 소년의 마음 씀씀이를 저승의 재판관이 어여삐 여겨 두 사람의 수명을 늘려준다.

　저승에서 소년으로 하여금 처녀를 데리고 나가라고 한 것은 그녀가 소년의 배필임을 암시하는 것이다. 아)단락 이후는 소년이 자신의 신부를 찾는 탐색담에 해당한다. 처녀는 소년에게 초매고리를 정

---

51) 위의 책, 78쪽.
52) 『대계』 9 - 2, 269쪽.
53) 『대계』 7 - 8, 995쪽.

표로 주고 달아난다. 연분을 맺은 사람들이 서로 헤어질 때는 그에 대한 정표를 주고받는 것은 일반적인 현상이다. 처녀가 달아났다고 한 것은 사는 곳이 다른 두 사람이 끝까지 동행할 수 없음을 보여준 것이다. 이런 처녀의 행동이 소년으로 하여금 처녀를 찾아 나서게 하며, 두 사람이 천생연분임을 세상 사람에게 공표하는 계기가 된다. 자)단락에서 소년이 집안의 권유를 물리치고 처녀를 찾아 길을 떠나는 것은 그녀를 천생배필로 여기기 때문이다. 부부의 인연이란 이미 하늘에서 정해진 것이기에 임의적으로 바꿀 수 없다고 여기는 것이다. 이런 생각을 잘 보여주는 설화가 결혼식에서 청실홍실을 사용하게 된 내력을 설명한 <청실홍실>이다.[54] 젊은 청년이 자신의 배필이 천민 출신의 딸이라는 것을 알고, 그 어미 등에 업혀 있는 아이를 칼로 찌르고 도망간다. 그런데 청년이 혼인할 나이가 되어서 약혼을 하면 처녀마다 죽는 변괴가 일어난다. 할 수 없이 천민의 딸과 혼인했는데, 알고 보니 자신이 죽이려 했던 아이였다는 것이다.

소년은 초매고리에 쓰인 '곡조문전 방설랑자'라는 단서를 통해 처녀가 사는 집을 찾게 된다. 그리고 저승에서의 자초지종을 아뢰고 초매고리를 증표 삼아 처녀와 결혼하게 된다. 이 설화는 결혼한 두 사람이 아들 딸 많이 낳고 잘 살았다는 해피엔딩으로 결말을 맺는다. 「천생연분 맺기」 유형의 설화는 이야기의 구성 면에서 다소간의 차이가 발견되지만, '소년이 단명할 운명을 타고난 처녀를 살리고

---

54) 김용덕, 『한국의 풍속사 I 』(밀알, 1994), 240~241쪽.

그녀와 결혼한다'는 내용은 대동소이하다.

Ⅳ. 저승에 정주하는 이야기

저승설화는 사람이 죽은 것을 전제로 한 것이다. 그래서 이승으로 회귀하지 않고 저승에서 신으로 좌정한 이야기가 전해지고 있다. 신으로 좌정하는 경우, 염라대왕이냐 아니며 저승사자이냐에 따라 이야기의 전개 방식이 달라진다. 따라서 두 가지 경우를 별개의 유형으로 구분한다.

1. 염라대왕으로 좌정하기

저승설화에서 저승의 주재자는 '옥황상제'·'염라왕'·'하나님'·'저승 왕님'·'상제' 등으로 불리기도 하지만 보편적으로 '염라대왕'이라고 한다. 염라대왕은 '염마(閻魔)'라고도 하는데, 인도 신화의 신 야마(Yamani)에서 온 말이라고 한다. 중국에서는 도교 사상과 결부되어 사람의 행위에 따라 그 생사를 지배하는 신으로서 시왕(十王) 중의 하나로 꼽았다. 우리에게 알려진 염라대왕 풍속은 중국의 영향을 받은 것이다.[55] 저승설화 중에서 죽은 사람이 저승에 가서 염라대왕으로 좌정하는 설화가 있다. 이와 같이 죽어서 염라대왕으

---

55) 『한국민속대사전 2』, 1037쪽.

로 좌정하는 설화를 「염라대왕으로 좌정하기」라 한다. 이승의 사람이 죽어서 염라대왕으로 좌정하는 경우를 <효도하여 왕이 된 아들>을 통해 살펴보겠다.56) 개요만을 적으면 다음과 같다.

가. 옛날에 삼 형제를 둔 사람이 죽음이 임박하여 자식들에게 장사지내는 방법을 알려준다.
나. 큰 아들과 둘째 아들은 아버지의 뜻을 거역하고, 막내만이 아버지의 뜻에 수긍한다.
다. 막내아들은 아버지의 뜻에 따라 장례를 지내고 집을 나선다.
라. 정처 없이 길을 가던 막내는 창문이 옥이고 집이 청결한 곳을 발견하고 그 집으로 들어간다. 막내는 꽃다운 처녀를 만나 동침하는데, 아침에 일어나 보니 바위 위였다.
마. 다음날 밤에 처녀로부터 자초지종을 듣고, 처녀가 써 준 편지를 들고 서울 김 정승 댁을 찾아간다. 김 정승은 처녀가 막내에게 준 편지와 금반지를 보고, 그를 사위로 대한다.
바. 막내가 처녀 방에서 기거하는데, 밤마다 처녀가 찾아와 동침한다. 그럭저럭 일 년이 지난 어느 날 처녀는 환생한다.
사. 임금의 태자가 병들어 죽었다. 임금은 막내가 처녀를 살린 것을 알고, 한 달의 말미를 주며 염라대왕을 잡아오라고 한다.
아. 한 달째 되는 날, 막내 부부는 사자상을 준비하여 저승사자를 대접하고, 그 대가로 저승으로 인도해달라고 한다.
자. 인간 사회에서는 보지도 못한 궁궐에 당도하니, 용상에 앉아

56) 이 밖에 죽은 아버지가 저승에 가서 염라대왕으로 좌정하는 설화로는 <아버지는 염라대왕 아들은 지상대왕>(『대계』5-7), <귀신 데려온 이야기>(『대계』7-6), <부친의 유언>(『대계』8-9), <저승 갔다 온 효자>(『대계』8-11), <저승 왕된 친구와 부자>(『대계』8-14), <저승 왕 아버지>(『구비문학 현지답사 보고서-전라남도 장흥군』, 국민대학교, 2006.) 등이 있다.

있는 염라대왕은 다름 아닌 자기 아버지였다.

카. 아버지의 말을 안 들은 형들은 죽어서 저승에서 짐승의 형상
을 하고 있었다.

타. 임금에게 내일 오시에 찾아가겠다고 전하라 한다.

파. 다음날 오시가 되자 사린교를 타고 공중에서 염라대왕이 임
금을 찾아온다. 그러자 임금은 왜 내 자식을 잡아갔냐고 하면
서 원수라고 한다.

하. 염라대왕은 임금을 저승으로 데려가고, 그 자리에 막내를 앉
힌다.[57]

<효도하여 왕이 된 아들>은 풍수설과 효행을 바탕으로 하여, 몇 개의 모티프를 첨가해서 한 편의 이야기로 꾸며 낸 것으로 보인다. 그래서 양적인 면에서 방대할 뿐만 아니라 이야기의 전개 과정에서 사건들이 연속해서 일어나게 된다.

이 설화에서 아버지가 왜 저승의 염라대왕으로 좌정하게 되었는지 명확하지 않다. 다만 가)단락에서 아버지는 자식들에게 "나 죽거들랑 니가 그러지 말고, 이 뒷산 밑에 가만 큰 고목 나무가 있으니, 그 나무 동쪽으로 뻗는 뿌리를 들씨만 자연 일어난다. 일어나니께에, 나를 갖다가(가져다가) 무조건 집어 더리터리라(던져라.)"[58]고 하는 유언을 남긴다. 아버지가 염라대왕으로 좌정하는 것은 풍수설과 연계해서 생각해 볼 필요가 있다. 풍수설은 우리 민족의 기층적 사상체계를 이루어 온 수많은 사상들 중의 하나로, 신라 이후의 역

---

57) 『대계』 8-5, 560~570쪽.
58) 위의 책, 561쪽.

사상 우리 민족에게 깊은 영향을 미친 관념 중 하나이다.[59] 이런 풍수설은 이론 체계의 다의성과 난해함으로 말미암아 일반 사람들이 이해하기 쉽지 않다. 그래서 일반인과 풍수가가 인식하는 풍수에는 차이가 있다고 한다.[60] 그런데도 설화 전승집단은 풍수와 관련된 여러 가지 사실들을 이야기 속에 포함시켜 구술함으로써 흥미를 유도하는 것이다.

막내아들이 아버지의 유언을 실천함으로써 부친은 저승에 가서 염라대왕의 자리에 오른다. 이것은 아버지가 알려준 장지가 명당임을 의미한다. 원래 명당은 황제가 신하의 배하(拜賀)를 받는 땅을 일컫는 용어로, 혈(穴)에 참배하는 곳이란 의미에서 사용한 것으로 보인다.[61] 하지만 설화 전승집단에게 있어서 죽은 자가 명당에 묻히는 것은 산 자의 발복을 의미한다. <효도하여 왕이 된 아들>에서 막내아들이 집을 떠나 방랑하면서 처녀를 만나 연분을 맺고, 이로 인해서 정승의 사위가 되고 마침내는 왕의 자리에 오르는 것도 부친을 명당에 모신 것과 무관하지 않다.

저승의 왕인 염라대왕이 되기 위해서는 어떤 성품과 자격 요건을 갖추어야 하는 것일까. 문헌설화에서는 대개 고결한 인품으로 일세(一世)의 기림을 받은 인물이 염라대왕으로 좌정하게 된다고 한다. 그것은 저승이 이승과 다름없다면 고매한 성품을 지닌 인물이 저승을 통치하는 것이 좋겠다는 희망에서 그렇게 되었다는 것이다. <남

---

59) 崔昌祚, 『韓國의 風水思想』(민음사, 1993), 11쪽.
60) 張長植, 『韓國의 風水說話』(민속원, 1995), 164쪽.
61) 崔昌祚, 앞의 책, 63쪽.

염부주지>의 박생이 염라대왕으로 초빙된 것도 그런 경우라 한다. 염라대왕은 박생이 정직하고 사심이 없으며, 과단성이 있다는 점을 들어서 저승의 기강을 바로잡는 일을 수행할 수 있다고 하면서 그에게 염라대왕 자리를 선양한다.[62]

이에 비해 구전설화에서는 염라대왕의 자격 조건이나 인물 됨됨이에 대한 설명이 구체적으로 드러나지 않는다. 카)단락에서 그나마 일편을 볼 수 있다. 아버지가 막내아들에게 보여준 형들의 모습은 "코를 끼서 달아매 놓고, 마, 인간으로 볼 수가 없어. 그런 형용을 입혀 놨거던. 자기 아버지한테, '왜 그랬읍니까?' '아 부모 말 안 듣는 놈들, 그 다 짐승만 못하니, 그러나 따나 그래도 그런 형용이라도 내놨다.'"[63]던 것이다. 여기서 염라대왕이 된 아버지는 효를 내세워 자식들에게 끔찍한 형벌을 가하고 있다. 물론 동서고금을 막론하고 효는 중요한 덕목 중의 하나이다. 그런데 <효도하여 왕이 된 아들>에서는 부모에게 무조건적으로 순종하는 것을 효라고 하여 절대적인 복종을 강요하고 있다. 이것은 자식에게 무조건적인 희생을 강조하는 사회상을 반영한 것이다. 이 설화에 등장하는 아버지에게서 고매한 성품을 기대하기는 어려울 듯하다.

저승의 왕인 염라대왕은 이승의 절대적 권력자인 임금의 도전을 받게 된다. 사)단락에서 임금은 태자가 죽자, 막내아들이 죽은 처녀를 살려낸 것을 알고 염라대왕을 잡아오라고 한다.

---

62) 안병국, 앞의 논문, 257~258쪽.
63) 『대계』, 8-5, 569쪽.

　　"그럴 이유가 있다. 너는 저승 염라대왕, 나는 인간 대왕인데 왜
　해필이면 숱한, 허다한 사람 다 두고 내 자슥 하나 있는 것 잡아 갔
　노. 살려내라."64)

　　위의 인용문은 파)단락에 해당한다. 이승의 임금은 염라대왕에게
"허다한 사람 다 두고 내 자슥 하나 있는 것 잡아 갔노."라며 따지
고 든다. 이것은 문헌설화에서 염라대왕으로 좌정하는 인물과 달리
구전설화에서는 그 존재가 알려지지 않은 인물이 신으로 좌정하기
때문으로 보인다. 염라대왕에게 도전장을 던졌던 이승의 왕은 하)단
락에서 보듯이 저승으로 끌려가고, 그 자리를 막내아들이 차지하게
된다. 또 다른 설화인 <아버지 묘를 잘 써서 왕이 된 이야기>에서
는 "이놈. 죽은 사람 일 년째 되는 사람을 살리라 하니 이는 무고한
놈이라. 나라 정치를 못할 놈이라."65)고 하면서 왕을 죽이고 자기
아들을 대신 왕의 자리에 앉힌다. 염라대왕은 죽은 지 일 년째 되
는 사람을 살리는 것은 불가능하다고 한다. 여기서 염라대왕이 전지
전능한 힘을 소유한 인물이 아니며, 따라서 그 권위도 절대적이지
못한 것으로 볼 수 있다. 설화 전승집단은 죽음이란 불가항력적인
일이기에 이승과 저승의 대결에서 저승의 손을 들어주는 것이다.

---

64) 같은 곳.
65) 위의 책, 332쪽

2. 저승사자 되기

저승설화 중에는 죽은 사람이 저승사자의 직분을 맡았다는 이야기가 여러 편 전승되고 있다. 죽은 사람이 저승에 머무는 것이 아니라 저승사자의 직분을 수행하기에 이를 「저승사자 되기」라 한다. 사람의 혼령을 저승으로 인도하는 저승사자가 이승에서 보통 사람과 똑같이 살았던 사람 중에서 선발된다고 하는 것은 죽음의 세계가 결코 차가운 세계는 아니라는 생각을 반영한 것이다.[66] 「저승사자 되기」 설화 중에서 <장절공 신숭겸 전설>을 살펴보겠다.[67] 이 설화의 개요를 정리하면 다음과 같다.

> 가. 신숭겸은 중국으로 사신을 가는 도중에, 저승에서 마마의 직분을 부여받은 친구를 만나게 된다.
> 나. 저승사자에게 자신의 외아들을 살려달라고 부탁한다.
> 다. 조선으로 돌아오던 신숭겸은 저승사자를 만나 자신의 외아들을 잡아가고 있음을 눈치 챈다.
> 라. 신숭겸은 저승사자에게 친구 간의 의리를 내세워 아들을 살릴 방도를 알아낸다.
> 마. 국사를 마치고 집으로 돌아오자, 집안은 외아들이 죽었다고

---

66) 홍태한, 「한국 무가에 나타난 저승」, 『한국문화연구』 3집(경희대학교 민속학연구소, 2000), 212쪽.
67) 이밖에 죽은 사람이 저승사자가 되는 설화로는 <종놈 복에 먹고 산 정승>(『대계』 7-13), <낮 귀신>(『대계』 6-12), <그림자 없는 사람>(『대계』 4-2), <죽마고우 김진사 아들과 이진사 아들>(『대계』 7-11), <저승 차사와 친한 사람의 적선>(『대계』 8-4) 등이 있다.

난리가 났다.

바. 신숭겸은 친구가 알려준 대로 찔레나무를 구해서 아들의 종
아리를 때린다.

사. 영혼이 육체로 돌아와 살아난다.[68]

<장절공 신숭겸 전설>에 등장하는 저승사자의 모습은 우리가 알고 있는 저승사자의 형상과는 거리가 멀다. '전설의 고향'과 같은 텔레비전 드라마에 등장하는 저승사자의 모습은 검은 두루마기를 입고 고깔을 쓰고, 죽은 사람을 인정사정없이 저승으로 끌고 간다. 염라대왕의 준엄한 명령을 거행하기에 냉정하기가 얼음장과 같아서 그를 눈으로 보는 것은 고사하고 상상만으로도 소름이 끼치는 존재로 인식되고 있다.[69] 그런데 위의 설화에 등장하는 저승사자의 어디에도 '냉정하기가 얼음장' 같은 모습을 찾아볼 수 없다. 오히려라)단락에서 친구 간의 의리를 내세우며 아들을 데려가는 법이 어디 있느냐는 신숭겸의 말을 듣고, 아들을 살릴 방도를 자세히 설명해 주는 인간미를 드러내고 있다.

또 다른 설화인 <무당이 대감(大監) 찾는 유래>에서는 "야 친구. 나는 사실 죽어서 재판관의 시종이 됐어. 그런데 영을 받고 보니 하필 자네의 손자가 되었으니 안 잡아가면 내가 3년 동안 저승에 못 가. 그렇게 되면 객귀가 될 것이고 참 자네 손자를 잡아가면 내가 저승에 갈 것이로되 자네하고 살어서나 죽어서나 우리 인정이

---

68) 『대계』 1-2, 531~536쪽.
69) 이은봉, 앞의 논문, 296쪽.

다를 게 있는가?"[70]고 하면서 저승사자 스스로가 자신의 소임을 망각하고 저승의 명을 거스른다. 저승사자인 김 대감에게 중요한 것은 저승의 법도가 아닌 이승의 정리였던 것이다. 이 설화에서 저승사자인 김 대감은 3년 동안의 객귀 생활을 감수하면서까지 이승에서 맺은 이 대감과의 우정을 지킨다. 여기서 법보다 정리를 우선시하는 한국 사회의 일면을 엿볼 수 있다.

바)단락에서 신숭겸이 아들을 살리기 위해 종아리를 때리는 것은 '구타법의 풍습'을 응용한 것이다. 구타법은 귀신에 반항해서 직접 행위 내지 협박 행위를 통해 귀신을 격퇴하는 방법의 하나이다. 사람의 신체를 때려서 고통을 주면 신체에 잠입해 있던 귀신이 그 고통을 견디지 못하고 물러남으로써 병이 쾌유한다는 것이다.[71] 이때 복숭아나무 가지, 특히 동쪽으로 뻗은 가지를 사용한다고 한다. 그것은 동남향으로 뻗은 가지에는 양기가 충만하여 구마(驅魔)의 힘이 왕성하다고 믿기 때문이다.[72] 민간에서 귀신을 쫓는데 사용되는 구타법이 <장절공 신숭겸 전설>에서는 죽은 아이를 살려내는 방법으로 활용되고 있다.

<장절공 신숭겸 전설>에서 저승사자 중에는 천연두를 퍼트리는 직분을 수행하는 사자가 있으며, 이 직분을 우리나라 사람이 죽어서 맡았다고 한 점이 특이하다. 천연두가 이 땅에 전래된 것은 조선 초기 중국으로부터라고 한다. 그래서 두신의 이름을 <강남호구별성

---

70) 『대계』 3-2, 68~69쪽.

71) 村山智順, 앞의 책, 218쪽.

72) 위의 책, 221쪽.

(江南戶口別星)>, <강남호구객성(江南戶口客星)>, <호귀마마(胡鬼媽媽)>, <서신(西神)>이라고 불렀다고 한다. 이 역신은 매우 결벽하고 신경질적이어서 불결하고 부정한 행위·술·생선·고기 또는 더러운 냄새가 나는 것, 시끄러운 연회 등을 싫어했다고 한다.[73]

「저승사자 되기」 설화에서는 일반적으로 알려진 저승사자의 형상과는 배치되는 인간의 정리를 우선시하는 저승사자의 모습을 발견하게 된다. 그 밖에 이 유형의 설화에서는 이승에서의 주종관계, 상하관계, 은광(恩光) 등이 그대로 저승까지 이어진다고 한다.

Ⅴ. 저승설화를 통해 본 설화 전승집단의 전승의식

지금까지 살펴본 저승설화를 통해 드러난 설화 전승집단의 전승의식을 간략하게 정리하면 다음과 같다. 첫째, 저승의 존재를 인식하고 있다. 사람이 죽는다고 그 존재 자체가 소멸하는 것이 아니다. 살아 있을 때와 마찬가지로 사후세계에도 영혼이 거처하는 공간이 존재한다. 이 공간이 바로 저승인 것이다. <저승 구경 갔다 온 사람>에서처럼 저승을 지옥으로 묘사하기도 하지만, 일반적으로 저승설화에서의 저승은 누구나 죽으면 가야 하는 곳을 지칭한다. 그래서 저승의 실체가 명확하게 드러나지 않는 경우가 대부분이다. 설화 전승집단이 사후세계로 저승을 상정한 것은 영육분리의 이원적 사고

---

73) 위의 책, 145쪽.

를 토대로 한 것이다. 영육분리의 이원적 사고는 원시 신앙에서부터 오늘날의 현대 종교에 이르기까지 신앙적 중추가 되었으며, 우리나라뿐만 아니라 세계 여러 민족의 신앙이나 장속(葬俗) 등에서도 찾아볼 수 있다고 한다.[74] 설화 전승집단은 현실적인 체험이 불가능한 저승 세계의 실체를 인정하고, 이를 실생활에서 얻은 경험을 살려 흥미진진한 내용으로 꾸민 이야기가 바로 저승설화인 것이다.

둘째, 죽음이 아닌 삶에 이야기의 초점을 맞춘다. 이것은 생을 긍정하고 죽음을 부정하는 설화 전승집단의 의식에서 비롯된 것으로 볼 수 있다. 이처럼 죽음을 부정하고 삶을 긍정하는 것은 종교 이전의 인간의 본능인 것이다. 아무리 종교적으로 죽음을 미화하더라도 죽는 것이 사는 것보다 좋다고 하지 않는다.[75] 사람들은 현실에서의 생활이 고달프고 힘들더라도 저승이 아닌 이승에서의 삶이 오래 지속되기를 염원한다. 만약 죽어야 하는 시기가 도래한다면 그 시기는 지금이 아닌 먼 훗날의 어느 날이기를 바라는 것이다. 저승설화가 죽음 이후의 세계를 다룬 것임에도 불구하고 '죽었다가 다시 살아났다'는 이야기가 주를 이루는 이유가 여기에 있다. 설화 전승집단에게 있어서 피하고 싶은 것이 죽음이요, 가고 싶지 않은 곳이 저승인 것이다.

셋째, 이승의 사회상을 반영한 곳이 저승이라고 생각한다. 저승은 죽은 자가 안주하는 공간이기에 산 자의 활동 영역인 이승과는 구

---

74) 최운식, 「재생설화를 통해서 본 한국인의 靈魂觀과 來世觀」, 『韓國說話研究』(집문당, 1994), 251쪽.
75) 최길성, 앞의 책, 36〜37쪽.

별되는 세계이다. 그런데 설화 전승집단에 의해 구현된 저승의 모습
은 "아주 궁궐이 참 유명해. 우리 머 참 인간 사회에서는 보지도 못
한 궁궐에."76)처럼 일생생활에서 흔히 볼 수 있는 것을 좀 더 과장
되게 표현한 것에 지나지 않는다. 설화 전승집단이 자신의 경험을
토대로 저승의 모습을 형상화하였음을 알 수 있다. 결국 이승의 또
다른 모습이 저승인 것이다. 그래서 저승의 실수로 엉뚱한 사람이
죽음을 경험하고, 인정이라는 명목하에 뇌물을 받고 수명을 연장시
켜주며, 친구 간의 의리를 앞세워 자식의 목숨을 구하는 것이다. 설
화 전승집단은 저승설화를 통해 나를 우선시하고 공사 구분이 명확
하지 않은 우리 사회의 실상을 보여주고 있다.

　넷째, 효행을 강조한다. 「염라대왕으로 좌정하기」에서 부친은 '뒷
산의 큰 고목나무나 바위'가 자신의 묏자리라고 유언한다. 부친은
상식을 벗어난 곳에 묘를 쓸 것을 요구한다. 설화 전승집단은 상식
을 벗어난 이곳이 명당임을 풍수설을 끌어들여 설명한다. 그리고 부
친의 요구는 자식들의 효와 불효를 가늠하는 잣대가 된다. 그 결과
부친의 유언을 충실히 수행한 막내아들은 대갓집의 처녀와 결혼하
고 나중에는 한 나라의 임금이 되는 복을 누리지만, 이를 거역한
아들들은 저승에서 짐승의 형상으로 태어나는 끔찍한 형벌을 받는
다. 저승설화의 효행은 절대적인 순종을 의미함을 알 수 있다.

　다섯째, 설화 전승집단은 저승설화를 통해 선행을 강조하고 있다.
설화 전승집단이 생각하는 선행은 다른 사람을 배려하는 마음가짐

---

76) <효도하여 왕이 된 아들>, 『대계』 8 - 5, 568쪽.

이다. 선행의 결과는 내세의 보상으로 이어진다고 생각한다. 이러한 생각이 잘 드러난 것이 「예전 쓰기」이다. <덕진다리 이야기>에서 덕진은 예전을 쓰고 살아온 사람이 돈을 갚는다고 하자 자신의 이름으로 다리를 놓아 달라고 하고, <저승 갔다 와서 마음 고친 구두쇠>에서 도둑소리를 듣던 구두쇠가 개과천선하여 타인을 위해 자신의 재산을 내놓게 되는 것이다. 이들은 자신의 이익을 추구하지 않고 오직 남에게 베푸는 삶을 살게 된다. 한 사람의 선행이 또 다른 사람의 선행으로 이어지는 것이다. 결국 한 사람의 선행은 내세에서 보상을 받을 뿐만 아니라, 이승에서 이웃사랑을 실천하는 계기가 되는 것이다.

Ⅵ. 결 론

저승설화는 죽음 이후의 세계에 관한 것이므로, 현실적으로 이와 관련된 설화의 전승은 불가능하다. 그럼에도 불구하고 저승설화는 사람의 죽음과 환생을 이야기의 중심에 놓고 광범위한 지역에서 폭넓게 전승되고 있다.

지금까지 본고는 저승설화를 크게 1) 생전에 수명 연장하는 이야기와 2) 죽었다가 다시 살아난 이야기, 그리고 3) 저승에 정주하는 이야기로 구분하고, 각각의 유형에 속하는 설화들을 세분화하여 살펴보았다.

‘생전에 수명 연장하는 이야기’는 죽음을 전제로 하였으되 설화에 등장하는 사람이 직접적으로 죽음을 체험하지 않는다. 그래서 이 유형의 설화는 ‘이승→이승’의 구조로 되어 있다. 이들 설화는 단명할 운명을 타고난 사람이 인위적인 방법을 통해 수명을 연장한다는 공통점을 지녔다. 여기서 인위적인 방법이란 저승을 상징하는 인물에게 인정을 쓰거나, 죽어야 할 사람에게 접근하지 못하게 하는 것을 말한다. 「인정 쓰고 수명 연장하기」에서는 인정을 받는 대상이 북두칠성이냐 저승사자냐에 따라서 수명 연장 방법에 차이를 보였다. 그것은 인간 세상과 마찬가지로 저승 세계도 엄연히 상하의 위계질서가 존재하기 때문이다. 「영육분리 막고 수명 연장하기」에서는 아이의 영혼을 저승으로 데려가려는 저승사자의 시도가 종국에는 실패하여 죽지 않았다고 한다. 이것은 영육 분리의 이원적 사고를 반영한 것으로, 설화 전승집단이 사람의 노력으로 천명을 바꿀 수 있다고 생각한 것에서 비롯된 것이다.

‘죽었다가 다시 살아난 이야기’는 설화에 등장하는 사람이 저승을 경험하고 이승으로 돌아온다는 점에서 ‘이승→저승→이승’의 순환 구조로 되어 있다. 이 유형의 설화는 ‘죽을 때가 안 된 사람이 죽었다.’는 것을 전제로 이야기를 시작하였다. 이것은 이승과 저승을 단절된 세계가 아닌 상호 교류가 가능한 세계로 여긴 설화 전승집단의 인식에서 비롯된 것이다. 천명이 남은 사람이 일시적인 죽음을 경험하게 되는 것은 저승의 실수이거나 아니면 그 필요에 의해서였던 것이다. 「임무 완수하기」에서 저승은 난관에 봉착하자 이를 스스로 해결하지 못하고, 이승의 도움을 받아 처리하게 된다. 그래서 저승에서 필요로 하는 사람은 일시적인 죽음을 경험하는 것이다. 이 유형의 설화에서는 미리 저승에서 필요한 당사자의 '죽음과 이승으로의 귀환'이 암시되어 있다는 점이 특이하다.

저승의 실수로 인해서 죽은 사람의 행적을 살펴보면, 단순히 저승을 구경하는 경우와 살려주는 것에 조건이 붙는 경우, 그리고 천생배필을 만나게 되는 경우가 있다. 저승의 실수를 전제로 한 것이지만 전체적인 이야기 전개 과정이 상이하다. 그래서 이들 설화를 「저승 구경하기」, 「예전 쓰기」, 「천생연분 맺기」의 세 유형으로 나누어 고찰하였다. 「저승 구경하기」는 명부의 기록을 착각하여 죽은 경우와 동명이인의 다른 사람이 죽는 경우가 있다. 이렇게 죽은 사람은 저승에서의 잘못이 바로잡히면 조건 없이 이승으로 돌아와 나머지 삶을 살다가 죽는다. 그런데 저승에서의 잘못이 바로잡혔다고 해서 무조건 이승으로 돌아오는 것은 아니다. 「예전 쓰기」에서는 저승에서 자신들의 잘못은 덮어둔 채, 엉뚱하게 잡혀 온 사람에게 살려주는 대가를 요구하고 있다. 이것은 죽은 사람의 이승에서의 삶이 올바르지 않은 것으로 여겼기 때문으로, 예전은 속죄의 의미를 갖는다. 이런 유형의 설화가 전승되는 것은 설화 전승집단이 이승에서의 선행을 강조했기 때문이다. 「천생연분 맺기」에서 소년과 처녀는 저승에서의 인연으로 이승에서 천생배필이 되었다. 이 유형의 설화에서는 저승의 재판관을 향한 소년의 적극적인 행동이 단명할 처녀의 수명을 연장시킨다. 「천생연분 맺기」는 민간에서 행해지는 사후혼과의 연관성도 고려해 볼 필요가 있다고 생각한다. 이는 추후의 과제로 남겨둔다.

'저승에 정주하는 이야기'는 사람이 죽어서 저승에서 신으로 좌정하여 이승으로의 회귀가 이루어지지 않는다. 그래서 '이승→저승'의 구조로 되어 있다. 죽은 사람이 신으로 좌정할 때, 염라대왕이냐 아니면 저승사자이냐에 따라 설화의 서사 구조가 다르기에 이를 「염라대왕으로 좌정하기」와 「저승사자 되기」로 구분하였다.

「염라대왕으로 좌정하기」는 효행과 풍수설이 결합되어 한 편의 이야기를 구성한 것이다. 이 유형의 설화에는 문헌자료와 달리 염라대왕이 될 만한 인물과 그 자격 요건 등이 구체적으로 드러나지 않는다. 염라대왕의 자리에 오르는 사람의 면모를 살펴보면, 일상적인 삶을 살았지만 남들보다 조금은 비범하다고 평할 만한 인물에 불과하다. 그래서 저승설화에서 염라대왕은 전지전능한 권능을 지니지 않는다. 「저승사자 되기」에 등장하는 저승사자는 인정을 중요시하는 인물상이다. 이 유형의 설화에 등장하는 저승사자는 자신의 직분을 망각하거나 친구 간의 우정을 내세운 사람에게 죽은 사람을 살릴 수 있는 방법을 알려준다. 이런 저승사자의 모습에서 사람의 정리를 앞세우는 사회상이 반영되었음을 알 수 있다.

본고는 전체적인 맥락에서 저승설화의 전승 양상을 조망하였다. 앞으로 이를 바탕으로 설화 속에 내재되어 있는 한국인의 저승관을 천착해 볼 생각이다.

극락설화 연구
─구전설화를 중심으로─

1. 서 론

설화 중에는 등장인물이 '서천 서역국', '신선세계', '극락' 등을 추구하며, 그곳을 향해 길을 떠나거나 아니면 특정 행위를 지속적으로 반복함으로써 이를 성취하는 이야기가 전승되고 있다. 여기서 '서천 서역국·신선세계·극락'은 내세에 존재하는 것으로 여겨지는 이상 세계를 달리 표현한 말이다. 이들 용어 중에서 보편적으로 널리 통용되는 것이 극락이 아닌가 한다.[1] 본고는 설화의 등장인물 스스로가 극락을 동경하여 그것을 추구한다는 점에서 이를 '극락설화'라고 한다.

극락은 '극락세계'의 준말로, 고뇌의 연속인 현실 세계의 상대적 개념으로 "지극히 안락하고 아무 걱정이 없다고 하는 곳"이다. 하지만 <尙州五福洞傳說>의 오복동처럼 지상에서의 이상적인 삶을 꿈꾸는 것은 아니다. 오복동은 아무도 가 보지 못한 일종의 이상촌으로, 부귀와 생존경쟁이 없는 지상 낙원을 의미한다.[2] 이에 비해 극락설화에서 사람들이 추구하는 극락은 죽음의 체험을 전제로 한 사후세계인 것이다. 일반적으로 사후세계라고 하면, 저승을 떠올린다. 저승은 불교의 천상·지옥·아귀·수라와 같은 미망의 세계는 물론, 기독교의 연옥과 낙원 등을 포함하는 것으로 여긴다.[3] 저승은 죽음

---

1) 본고에서는 설화의 등장인물이 동경하고 추구하는 이상 세계를 '극락'으로 통일하여 사용한다.
2) 孫晋泰, 『韓國民族說話의 研究』(을유문화사, 1991), 55~60쪽.
3) 안병국, 「'저승'관념에 관한 비교문학적 고찰 — 저승설화 연구를 위한 시

이후의 세계 전반에 걸쳐 두루 통용되는 용어로, 이와 관련된 이야기를 통상 저승설화라고 한다. 오늘날 다양한 형태의 저승설화가 전승되고 있는데, 설화 전승집단의 주된 관심사는 죽음이 아닌 삶에 관한 것이다. 그래서 대부분의 저승설화는 "죽었던 사람이 어떤 연유로 해서 이승으로 되돌아왔다"는 식의 이야기이다.[4] 이러한 저승설화의 저변에는 죽음에 대한 부정적 시각과 이를 회피하고자 하는 의식이 깔려 있는 것이다.

극락설화에서의 극락도 죽음을 전제로 한다는 점에서 저승의 범주에 포함된다. 하지만 이 유형의 설화에 등장하는 인물은 죽음을 부정하거나 회피하지 않고 이를 적극적으로 수용한다는 점에서 저승설화와는 변별된다. 그들은 극락에 들어가고자 하는 믿음이 있기에 죽음을 기꺼이 받아들이고, 종국에는 자신이 염원하는 바를 성취하게 된다. 이러한 극락설화는 죽음이 아닌 삶에 이야기의 초점을 맞춘 저승설화와는 구별되는 특징을 지닌다. 따라서 극락설화와 저승설화는 구분하여 논의할 필요가 있다.

본고는 구전되는 극락설화를 이야기 전개 방식에 따라 세 가지 형태로 나누어 살펴보고자 한다. 그리고 설화에 나타난 극락의 의미를 고찰한다. 이 과정에서 극락설화에 내재되어 있는 설화 전승집단의 전승의식이 드러날 것으로 기대된다. 본고에서 논의의 대상으로 삼은 설화는 모두 16편이다.

론 ― 」, 『한국사상과 문화』 제26집(한국사상문화학회, 2004), 325쪽.
4) 이영수, 「저승설화의 전승 양상에 관한 연구 ― 구전설화를 중심으로 ― 」, 『比較民俗學』 33집(비교민속학회, 2007), 535~570쪽 참조.

2. 극락설화의 전승 형태

현재 전승되는 극락설화의 경우, 전국적인 분포 양상을 보이는
저승설화에 비해 양적·형태적인 면에서 빈약한 편이다. 실제로 우
리나라의 대표적인 구전자료집인 『한국구비문학대계』에 수록된 설
화의 수를 보더라도 저승설화가 120여 편인데 비해 극락설화는 13
편에 불과하다. 이처럼 수적인 면에서 극락설화가 저승설화에 비해
적은 것은 삶이 아닌 죽음에 이야기의 초점을 맞췄기 때문이다. 생
을 중시하는 한국인의 심성에서 볼 때, 죽음을 긍정적으로 바라보는
극락설화의 전승이 상대적으로 저승설화에 비해 적은 것은 당연하
다 하겠다.

극락설화는 등장인물이 어떠한 방식으로 극락을 추구하느냐에 따
라 크게 1) 자각형, 2) 심판형, 3) 염불형 등으로 세분할 수 있다. 본
고는 이들 각각의 설화형에서 전형에 해당하는 설화를 중심으로 논
의를 전개하고자 한다.

1) 자각형

자각형 설화는 설화의 등장인물이 현실에서 저지른 자신의 잘못
을 깨닫고, 이를 참회하는 과정을 통해 극락으로 들어간다는 이야기
이다. 극락설화 중에서 <천국이냐 지옥이냐>,[5] <신선이 된 도둑>,[6]

---

5) 『한국구비문학대계』 1-6(한국정신문화연구원, 1982), 516~518쪽. 이하 『대계』

<도둑이 상좌되어 득천한 이야기>,7) <개과천선한 도둑>8) 등의 설화가 이에 속한다. 이상의 4편의 설화 중에서 <신선이 된 도둑>을 중심으로 논의를 진행하고자 한다. 이 설화의 개요를 정리하면 다음과 같다.

> 가. 옛날 앞집에는 도둑이, 뒷집에는 가난한 진사 내외가 살았다.
> 나. 진사는 출산한 아내를 위해 도둑네로 도둑질을 하러 왔다가 도둑의 부인에게 붙잡힌다.
> 다. 도둑은 아내의 행동을 나무라고, 신선이 되기 위해 길을 나선다.
> 라. 길은 나선 도둑은 도중에 스님을 만나 동행하고, 어떤 암자에서 부처 옆에 앉아 있는 예쁜 처녀를 만난다.
> 마. 스님은 도둑에게 처녀와 함께 살라고 하면서 그의 마음을 떠본다.
> 바. 도둑은 스님의 제의를 거절하고, 스님과 함께 길을 나선다.
> 사. 스님의 명에 따라 다시 법당을 찾은 도둑은 호랑이가 처녀를 잡아먹는 광경을 목격한다.
> 아. 도둑은 절벽에 있는 천도복숭아를 따오라는 스님의 명에 만경창파와 같은 물을 건너간다.
> 자. 천도복숭아를 따던 도둑은 나무가 부러져 아래로 떨어지고, 이때 자신과 똑같은 모습을 한 사람이 죽어 있는 것을 발견한다.
> 차. 도둑은 따온 천도복숭아를 스님과 나눠먹고, 스님은 도둑이

라 약한다. 그리고 설화의 원문을 인용할 경우, 본문에 페이지만을 적는다.

6)『대계』7-9, 868~873쪽.

7)『대계』8-6, 131~138쪽.

8) 최웅·김용구·함복희,『강원설화총람』V(북스힐, 2006), 585~591쪽.

신선이 되었음을 알려준다.

위에서 보듯이 <신선이 된 도둑>은 남의 것을 탐내던 도둑이 개과천선하여 극락에 들어가 신선이 되었다는 이야기이다. 이 설화에서 도둑이 극락을 찾아 나선 계기는 다)단락에서 보듯이 지난날 자신의 행동이 결코 바람직하지 않음을 깨달았기 때문이다. 이것은 다른 자각형 설화의 경우도 마찬가지다. <천국이냐 지옥이냐>에서는 백정이란 직업상 살생을 많이 저지른 것에 대한 죄책감에, <도둑이 상좌되어 득천한 이야기>에서는 자기 집에 든 도둑을 죽인 아내의 행위에, <개과천선한 도둑>에서는 힘들게 사는 노인이 자신의 집에 도둑질을 하러 온 것을 보고 자신의 행동을 부끄럽게 여겨 극락을 찾아 나선다. 즉 주인공은 자신의 행동에 회의를 느끼고, 이를 반성하는 의미에서 극락을 찾아 나섰던 것이다.

만약에 생전에 저지른 잘못을 시정하지 않으면 죽어서 지옥으로 떨어지게 된다. 이를 잘 보여주는 설화가 <독세지옥 이야기>이다.[9] <독세지옥 이야기>는 '죄를 많이 지으면 독세지옥으로 간다.'는 것을 알면서도 참회하지 않아 결국은 독세지옥에 떨어진 사람의 이야기이다. 그런데 독세지옥은 우리가 생각하는 육체적 고통이 수반되는 무시무시한 지옥이 아니다. 그곳은 죽은 사람을 "깨끗한 방에다 데려다 놓고 일도 안 시키고 이거는 마 아무것도 안 시키고 이거 마 편하게" 놀고먹게 하는 곳이다. 이곳에 온 사람은 처음에 그 편

---

9) 조희웅 · 노영근 · 박인희 엮음, 『영남 구전자료집』 2(박이정, 2003), 186~187쪽.

안함에 즐거워한다. 하지만 "가마히 그래서 앉아 있으나 그래 하루 이틀 며칠 지나니까 고만 염증이나."(187쪽)는 곳이다. 편안하지만 그 무료함에 정신적 고통을 당한다는 것이다. 결국 지옥은 육체적이든 정신적이든 간에 괴로움에 몸부림치는 곳으로 형상화되었음을 알 수 있다.

라)단락에서 도둑은 스님과 동행하게 된다. 도둑이 극락을 탐색하는 과정에서 만난 스님은 마)와 바)단락에서 보듯이 선악을 판별하는 인물이다. 스님은 극락을 찾아 나선 사람의 의지를 시험함으로써 그를 새로운 세계로 인도하는 구원자이자, 다른 한편으로는 이 세상에서의 생명을 앗아가는 저승사자이기도 하다. 도둑은 마음속의 탐욕을 물리침으로써 죽음을 모면하게 됨을 사)단락을 통해서 알 수 있다. 도둑은 "나는 처녀도 소용없고 재산도 소용없다. 먹은 마음이고 하이 인지는 앞으로 신선 될 희망 밖에"(871쪽) 없다고 한다. 그에게 중요한 것은 이승에서의 부귀영화가 아니라 지난날의 과오를 깨끗이 씻고 새로운 인간으로 거듭나는 것이다. 도둑은 개과천선하고자 하는 확고한 의지가 있었기에 스님의 제안을 거절하여 목숨을 부지할 수 있었던 것이다. 즉 스님의 제안은 극락으로 들어가는 1차 관문에 해당한다. 이 시험을 통과한 자만이 극락에 들어갈 수 있는 자격을 부여받는다.[10)]

---

10) 다른 자각형 설화에서는 두 사람 이외에 '도둑'(<천국이냐 지옥이냐>, <도둑이 상좌되어 득천한 이야기>), '포수'(<개과천선한 도둑>)가 등장한다. 그런데 이들은 스님의 제안을 받아들여 여색을 탐했기 때문에 모두 호환을 당한다.

1차 관문을 무사히 통과한 도둑에게 또 다른 시험이 기다리고 있음을 아)단락을 통해서 알 수 있다. 1차 관문이 극락에 들어가고자 하는 도둑의 의지를 시험한 것이라면, 2차 관문은 도둑이 극락에 들어갈 만한 심성을 지니고 있는가를 판단하는 시험이다. <개과천선한 도둑>에서는 2차 관문에 대한 언급이 없다. 스님은 1차 관문을 통과한 도둑을 두 갈림길에서 한쪽으로 보낸다. 그래서 이야기가 다르게 전개된다. 스님과 헤어진 도둑은 어느 곳에서 만난 아주머니와 함께 살림을 차린다. 이 설화의 화자는 "그 도둑이었던 사람이 변해 가지고 그래가 얼마나 착하노 그래서 복받아 가지고."라고 하여 민담의 전형적인 결구 형식으로 이야기를 끝맺는다. <개과천선한 도둑>은 자각형 설화 중에서 변형된 것으로 볼 수 있다.

<신선이 된 도둑>에서 스님은 도둑에게 절벽에 있는 천도복숭아를 따오라는 명을 내린다. 도둑이 "이 사람이 보이, 물은 고마 만경창판데" 그곳을 건너 절벽에 올라간다. 그리고 "딸라 그다 보이께네, 한낱으는 좋고 한낱은 나쁜데 자기가 마음먹기로 '좋은 거는 따가주 대사를 주고 나쁜 건 따가주 내가 먹겠다.'"(872쪽)고 한다. 남의 것을 탐내던 도둑이 다른 사람을 배려하는 마음씨를 지녔음을 드러내는 대목이다. 도둑은 스스로의 노력으로 이전과는 다른 사람, 즉 악인에서 선인으로 거듭나게 되었던 것이다.

탐욕스러운 마음은 죽어서도 고치기 힘듦을 <세 학우> 설화에서 볼 수 있다.

　　뒤꼍에는 천도복송이 네 개 열려 있었다. 이 천도복송은 불로장
생하는 신선의 과일이다. 구렁이는 천도복송나무에 올라가서 한 개
는 지가 먼저 따 먹고 세 개를 따 왔다. 신선은 이것을 보고 감사보
고 "자 이것 보게, 저 동무의 맘보가 저러니 어데 구해 줄래야 구해
주겠나." 하고 말했다.[11)]

　　<세 학우>는 한 스승 밑에서 동문수학했던 세 명의 친구이야기이
다. 선생이 세 아이에게 장래 소망을 묻는다. 이에 제 밥보다 남에
게 밥을 더 담아준 친구는 신선이, 공평하게 담은 친구는 감사가,
자기 밥을 남보다 더 담았던 아이는 넓은 들을 차지하고 싶다고 말
한다. 처음과 둘째 아이의 경우는 자신이 원하던 바대로 신선과 감
사가 되어 소원을 성취하지만 셋째 아이는 자신의 욕심 탓에 구렁
이로 변하게 된다. 그런데 셋째 아이는 자신의 탐욕으로 인해 구렁
이로 변했음에도 불구하고 이를 뉘우치지 못하고 모든 일에 자신을
먼저 생각한다. 셋째 아이의 이런 행동을 통해서 인간의 욕심이란
한이 없으며, 그만큼 마음보를 고치기가 쉽지 않음을 보여준다.
　　<신선이 된 도둑>에서 도둑은 절벽에 오르기 전에 만경창파를 건
너게 된다. 이 설화에서 도둑이 만경창파를 건넌다는 것은 그가 새
로운 인간으로 거듭나게 되었음을 의미한다. <도둑이 상좌되어 득
천한 이야기>에서도 스님의 명을 받고 천도복숭아를 땄던 도둑이
'약수 삼천리'에 목욕을 함으로써 마음이 정화된다. 여기서 "물속에
들어가는 것은 '죽음'을, 물에서 다시 나오는 것은 어린이와 같이

---

11) 최인학·엄용희 편저, 『옛날이야기꾸러미』 3(집문당, 2003), 34쪽.

죄나 과거가 없고 새로운 계시를 받아들이고 새롭고 참된 삶을 시작하는 것을 말한다."[12] 즉 도둑은 물을 통한 정화와 재생을 통해 새로운 인간으로 거듭났기에 극락에 들어가게 되는 것이다.

그런데 극락에 들어가기 위해서는 스님이 부여한 과제를 완수해야 함을 <천국이냐 지옥이냐> 설화를 통해서 확인할 수 있다.

> "저기 가서 저 연꽃을 하나 따라."
> 그라거든. 가서 연꽃을 따라니까 연꽃은 안 따지구 뫼이(무엇이) 와서 얼굴만 훌떡 벗겨가. 그래 연꽃두 못 꺾구 나온 거여.
> "인제 그대는 죄를 다 벗었어. 그-거기 들어갈 때 얼굴이 훌떡 벗겨진 게 있잖어. 벗겨진 게 그게 죄 벗은 거여, 그게. 그대로 나가면 죽으면는 참 좋은 신선이나 선공덕은 안되지만 그 뭐 기름가마에 들어가지는 않아. 살생을 했어두 그래 평민은 될 거여, 들어가서."(518쪽)

위의 인용문에서 보듯이, 백정은 스님에게서 연못에 핀 연꽃을 꺾어오라는 명령을 받았음에도 불구하고 무슨 연유에서인지 임무를 완수하지 못한다. 다만 1차 관문을 통과하고 2차 관문에 다다랐기에 생전에 지은 죄를 사함 받는 것으로 이야기를 끝맺고 있다. 여기서 화자는 "신선이나 선공덕은 안되지만", 백정이 생전에 지은 죄를 벗음으로써 "기름가마"에 들어가는 죄악만은 면했다고 한다. 그러면서 죽어서 평민은 될 것이라고 한다. 화자는 사후세계로 극락과 지옥 이외에 또 다른 세계를 상정하고 있는 것이다. 이에 대해서는

---

12) 엘리아데 저, 이은봉 옮김, 『종교형태론』(한길사, 1996), 273쪽.

심판형 설화에서 다시 논의하고자 한다.

<신선이 된 도둑>에서 사람이 극락에 들어간다는 것은 죽음을 전제로 한 것임을 자)단락을 통해서 알 수 있다. 천도복숭아를 따던 도둑은 나무에서 떨어지게 되고, 이때 자신과 똑같은 모습을 한 사람이 죽어 있는 것을 목격한다. 스님은 도둑에게 "니 육체는 하마 거게 떨어졌부고 니는 영혼의 세상이다."(872쪽)고 한다. 스님의 말을 빌리면, 도둑은 자신도 모르는 사이에 죽음을 체험했던 것이다. 차)단락은 이렇게 해서 죽은 도둑은 신선이 되었다는 것이다. 이것은 <도둑이 상좌되어 득천한 이야기>에서도 볼 수 있다. 그런데 극락설화에서의 신선은 앞에서 살펴본 <세 학우>에 등장하는 신선과는 본질적으로 차이를 보인다. 극락설화에서는 죽음을 경험한 사람이 신선이 되지만, <세 학우>에서의 신선은 죽음을 경험하지 않는다. 즉 <세 학우>에서 신선이 사는 세계는 현실계의 연장선상에서 상정된 이상 세계로 볼 수 있다. <신선이 된 도둑>에서 화자가 "그 도둑놈질 하는 것도 맘을 착하게 먹으이께네 그래 됐부러."라고 평한 것으로 보아 신선은 '仙人이라기보다는 善人'에 가까운 것으로 보인다.

2) 심판형

심판형 설화는 자신이 극락에 들어갈 만한 충분한 자격을 지녔다고 믿고 그곳을 찾아가는 사람들의 이야기이다. 그곳을 찾아가는 사람들은 저마다의 명분을 내세워 극락에 들어가기를 원하지만 저승의 판단은 사람들의 생각과는 다르다는 것을 보여준다. 즉 염라대왕이 이승에서의 행적을 나름대로의 기준으로 판단하고, 그에 따라 사람들의 선악을 판별한다. 심판형에 속하는 설화로는 <신선이 된 사람>,13) <부처가 되기 원하는 중·여자·한량>,14) <극락가려고 돌삶은 두 노인>,15) <죽어 신선된 할머니>,16) <극락에 간 사람>,17) <신선이 된 젊은이>18) 등 모두 6편이 있다. 여기서는 <신선이 된 젊은이>를 중심으로 논의를 진행한다. 이 설화의 개요를 정리하면 다음과 같다.

　가. 옛날 어느 부잣집 아들이 부모가 남겨준 유산을 전부 가난한
　　　사람에게 나눠준다.
　나. 부잣집 아들은 좋을 일을 많이 했다고 하면서 천당을 찾아간다.
　다. 도중에 시주를 많이 했다는 중과 좋은 일을 많이 했다는 여
　　　인을 만난다. 이들도 부잣집 아들과 마찬가지로 신선이 되겠
　　　다며 동행한다.
　라. 이들은 세 갈래 길에서 미륵을 만나 '신선이 되고 싶다'고 말
　　　한다. 미륵은 부잣집 아들은 오른쪽으로, 중과 여자는 왼쪽
　　　길로 보낸다.

---

13) 『대계』 1-4, 507~511쪽.

14) 위의 책, 923~925쪽.

15) 『대계』 5-2, 96~98쪽.

16) 『대계』 7-13, 233~236쪽.

17) 『대계』 8-8, 166~167쪽.

18) 최운식, 『한국의 민담』(시인사, 1988), 83~86쪽.

마. 신선이 된 부잣집 아들은 같이 온 일행의 안부가 궁금해 다시
　　미륵을 찾아간다. 그리고 이들이 구렁이로 변한 것을 본다.
사. 부잣집 아들은 자신의 자리로 되돌아와 신선이 되어 좌정한다.

　<신선이 된 젊은이>는 선행을 행한 부잣집 아들이 극락에서 그에
따른 보상을 받는다는 이야기이다. 가)단락에서 부잣집 아들은 부모
가 물려준 많은 재산을 생활이 넉넉하지 못한 사람들에게 적선을
베풀며 살아간다. 그러다 보니 나중에는 자신의 몸밖에는 남은 것이
없었다. 사람들은 이승에서 남을 위해 많은 덕을 쌓으면 저승에서
그에 대한 포상을 받는다고 믿는다. 이런 사람들의 생각을 잘 보여
주는 설화가 <저승에서도 남을 거둔 거두리>[19]이다. 전주에 '거두
리'라는 호를 가진 양반이 살았는데, 그런 호가 붙은 것은 남에게
호의를 베풀며 살았기 때문이다. 이러한 선행의 결과 거두리는 하늘
에 "농협창고같은 놈이 수십 갠디, 어찌튼지 그 거두리 이 참봉 창
고는 하나씩 의복이니 돈이니 곡식이"(879쪽) 가득하였다고 한다.
이와는 반대로 사는 동안에 자신의 이익만을 챙기고 남을 돌보지
않으면 저승의 창고는 텅 비게 된다. 이를 잘 보여주는 설화가 <저
승 갔다 와서 마음 고친 구두쇠>[20]이다. 구두쇠가 저승에 가서 자
신의 창고를 살펴보니, 커다란 창고에 짚단이 한 단밖에 없었다. 그
것은 구두쇠가 "동구미 얻어러 오면 맨들어 쓰라고 짚주고 [청중:
다 알구 있구먼.] 삼태미 얻으러 오면 맨들어 쓰라구 짚주고. 그러

---

19) 『대계』 5 - 4, 878~880쪽.
20) 『대계』 3 - 4, 252~254쪽.

니께 너는 이승에서 한대로, 여 창고에 짚 밖에"(253쪽) 쌓일 것이
없었던 것이다. 위의 설화들은 이승에서 남에게 어떤 덕을 베풀었느
냐에 따라 저승에서의 보상이 제각각 다름을 보여준다.

　선행을 행하면 복을 받게 된다는 믿음이 부잣집 아들로 하여금
나)단락에서 천당을 찾아 길을 떠나게 한다. 이 밖에 심판형 설화에
서 처음에 극락을 향해 길을 떠나는 사람들의 이유로는 <신선이 된
사람>에서는 남자가 남의 여자 천을 봤기에, <부처가 되기 원하는
중·여자·한량>의 중은 불공을 잘해서, <극락가려고 돌 삶은 두
노인>은 불에 구운 돌이 무른 것을 보고, <죽어 신선된 할머니>와
<극락에 간 사람>에서는 부잣집 노인의 극락 구경 등 다양하게 제
시되어 있다. 다)단락에서 극락을 향해가던 부잣집 아들은 도중에
시주를 얻어다가 절을 이룩했다는 중과 좋은 일을 많이 했다는 젊
은 여자를 만나 동행하게 된다. 부잣집 아들이 극락을 찾아갈 때,
중과 젊은 여자가 동행하는 것은 死者의 저승으로의 여정과 무관하
지 않은 것으로 보인다. 저승으로의 여정은 '높은 데는 얕아지고 얕
은 데는 높아'지는 매우 험난할 길로, 사령이 가야 하는 고된 여정
은 14일이나 계속된다고 한다.[21] 이러한 긴 여정에서 동행이 있다
는 것은 서로가 서로에게 의지하고 무료함을 달래는 계기가 된다.
이들은 저승사자에 의해 강제로 끌려가는 사람이 아니라 자신의 의
지에 따라 자발적으로 길을 나선 사람이기에 그들의 여정에는 여유

---

21) 朴桂弘, 「口碑文學에 나타난 韓國人의 靈魂觀」, 『인문과학연구소 논문집
　　』 제7권 1호(충남대, 1981), 23~24쪽.

로움이 깔려 있는 것이다. 이 설화에서 부잣집 아들과 동행하는 인물들을 등장시킨 것은 사람들이 저마다 각양각색의 이유를 내세워 극락에 안주하고자 하지만, 이들 모두가 소원하는 바를 성취하는 것이 아님을 보여주기 위한 설화적 장치로 보인다.

라)단락에서 긴 여정 끝에 미륵을 만난 부잣집 아들 일행은 생전의 선악에 따라 극락과 지옥으로 보내진다. 심판형 설화에서 극락을 찾아온 사람들의 운명을 결정하는 인물은 미륵 이외에 <신선이 된 사람>에서는 신선, <부처가 되기 원하는 중·여자·한량>에서는 노인네, <극락가려고 돌 삶은 두 노인>에서는 굴갓 쓰고 염불하는 사람, <죽어 신선된 할머니>에서는 뱃사공, <극락에 간 사람>에서는 배 선장 등이다. 이렇게 명칭은 다양하지만 이들 모두가 사람들의 선악을 판단하는 재판관의 역할을 하는 것으로 보아 염라대왕을 지칭하는 것으로 볼 수 있다. 따라서 미륵이 머무는 곳을 저승으로 상정해 볼 수 있다. 최운식은 이러한 저승을 두 개의 세계로 구분하여 설명하고 있다. 전자는 영혼이 안주하는 내세이고, 후자는 '기차역의 플랫폼'에 비유할 수 있는 곳으로 죽은 영혼의 거처를 결정하는 세계이다.22) 극락설화에 등장하는 인물이 염라대왕을 만나는 곳은 후자에 해당한다. 여기서 염라대왕이 거주하는 공간은 이승과 내세의 완충지대로써의 역할을 한다. 저승설화가 이런 완충지대에서 다시 이승으로 되돌아가는 이야기가 주를 이룬다면, 극락설화는 내세로 들어가는 이야기가 주를 이룬다. 따라서 저승설화와 극락설화

---

22) 崔雲植, 『韓國說話研究』(집문당, 1994), 276~277쪽 참조.

는 이야기 전개상 명확한 차이를 보이는 것이다.

미륵은 갈림길에서 부잣집 아들은 오른쪽으로, 중과 여자는 왼쪽으로 보낸다. 여기서 오른쪽은 극락을, 왼쪽을 지옥을 의미한다. 이처럼 극락을 오른쪽에 위치한 것으로 여겼음은 바른쪽을 높이 여기는 사고와 행동방식에서 기인한 것이다. 오른쪽을 뜻하는 右는 방향을 표시하는 뜻만 있는 것이 아니라 귀하고(貴) 바르고(正) 또 현명하고 소중하다는 뜻을 담고 있으며, 해가 돋는 동쪽을 뜻한다고 한다. 반면에 왼편을 뜻하는 左는 위에서 내려준다, 멀리한다, 천하다는 뜻으로 쓰인다고 한다. 그래서 소변을 보거나 신발을 신는 등 하찮은 일을 할 때는 왼손을 사용한다. 이러한 존우비좌 사상은 세계 공통적이라고 한다.[23]

<신선이 된 사람>에서도 신선은 중과 여자는 아주 넓은 길로, 남자는 좁은 길로 인도한다. 이에 소로로 보내진 남자는 "아하, 저 사람덜두ー중하구 여자허구 신선 되지만 난 신선 못되는 건 사실이군!"(509쪽) 하고 걱정함에도 불구하고 극락에 가서 신선이 된다. 대로로 보내진 중은 황소로, 여자는 구렁이로 변한다. 여기서 대로는 지옥을, 소로는 극락을 상징하는 것이다. 이런 길의 상징은 무가에서 더욱 분명하게 드러난다. "좌편에 대로 있고 우편에 소로 있을 테니/ 좌편 대로를 버리고 우편 소로로 가옵소서/ 좌편 대로는 악한 사람 잡어가는 길이기로/ 처음에 대로로되 길이 점점 험악하여/ 칼성 쇠성 가시성을 넘어서서 삼천지옥으로 가는 길이옵고/ 우편 소로

---

23) 李圭泰, 『韓國人의 性과 迷信』(기린원, 1990), 331~332쪽.

는 처음은 소로로되/ 착한 사람 잡어가는 길이기로/ 하로에 성인군
자 하나씩 들어가거나 말거나 하는 길이오니"24)라 하여 왼쪽과 대
로가 악을, 오른쪽과 소로가 선을 상징하고 있음을 볼 수 있다. <부
처가 되기 원하는 중·여자·한량>도 갈림길에서 중과 여자, 그리
고 한량이 각기 다른 길을 가지만 그 길이 어떠한지가 명확하지 않
다. 다만 위의 두 설화와 같은 결말을 보이는 것으로 짐작건대 각
각의 길이 선악을 상징하는 것으로 상정할 수 있다. 그리고 <극락
가려고 돌 삶은 두 노인>에서도 욕심을 부린 노인은 극락에 들어가
지 못한다.

마)단락에서 부잣집 아들은 자신과 동행했던 사람들이 어떻게 되
었는지 궁금해서 미륵을 찾아간다. 이에 미륵은 부잣집 아들에게 구
렁이로 화한 중과 여자를 보여준다. 그러면서 이들이 구렁이로 변한
내력을 설명해 준다. "당신은 돈을 가지구 없는 사람을 도와주구 잘
해서 이렇게 신선이 되어 앉았지만, 그 사람들은, 중은 문전 문전
다니면서 남이 피땀 흘려 지은 것을 시주 받아다가 절에 가서 편히
먹구 살었으니깐, 그것은 좋은 일이 안 된구 … (중략) … 여자는
또 그냥 좋은 일만 했다구 하는데, 뭐 좋은 일을 했느냐 하면, 총
각·홀애비 이런 사람하구 접촉이 돼서 그런 좋은 일밖에 안
했"(85쪽)기 때문에 구렁이밖에 될 수 없었다고 한다. 즉 부잣집 아
들이 없는 사람을 도운 것은 선이요, 중과 여자의 경우처럼 다른

---

24) 김태곤, 『한국무가집』 2(집문당, 1976). [홍태한, 「한국 무가에 나타난 저
　　승」, 『한국문학연구』 3집(경희대학교 민속학연구소, 2000), 205쪽에서 재
　　인용].

사람의 재물을 탐하고 자신의 안위만을 생각하는 것은 죄악이라는 것이다. 여기서 타인을 배려하는 마음의 유무가 선악의 판단 기준이 됨을 알 수 있다.

이러한 선악의 판단 기준은 <극락에 간 사람>과 <죽어 신선된 할머니>에게서도 볼 수 있다. 이들 설화에서는 여타의 설화와 달리 갈림길 대신에 강이 등장한다. 이승과 저승 사이에 큰 강이 놓여 있어 사자의 영혼이 이곳을 건너야만 저승에 도달할 수 있다고 하는 사고는 세계 보편적인 것이라고 한다. 그리고 강을 배로 건너는 것보다는 직접 빠지는 것이 보다 원초적일 수 있다고 한다.[25] 이들 설화에는 부잣집 노인에 의해 더럽다고 무시받던 가난한 노인이 극락의 선택을 받는다. 그런데 그 이유가 명확하지 않다. 다만 부잣집 노인이 극락의 선택을 받지 못한 것은 <신선이 된 젊은이>에서와 마찬가지로 "생진에 부자라도 넘한테 주고, 공짜하고 언자 있는 거 잘 안 주고 독하게 하고 그래 해논께 죽어서 구렁이가 돼."(<죽어 신선된 할머니>, 236쪽)었다는 것이다. 즉 남에게 인정을 베풀지 않고 자신의 사리사욕만 채웠기 때문에 극락에 들어갈 수 없었다는 것이다. 이러한 뱃사공의 말 속에는 부자라 하더라도 남에게 인정을 베푼 사람은 지옥으로 떨어지지 않을 것임을 시사한다. 즉 부자는 이승에서 잘 먹고 잘 살았기에 무조건 지옥으로 가고, 반대로 가난한 사람은 이승에서 못 먹고 못 살았기 때문에 그에 대한 보상으로

---

25) 이수자, 김승혜 외, 「저승, 이승의 투사물로서의 공간」, 『죽음이란 무엇인가 — 여러 종교에서 본 죽음의 문제 — 』(도서출판 창, 1990), 56쪽.

극락에 가는 것이 아님을 알 수 있다.

3) 염불형

염불형 설화는 일반인들이 염불을 정성껏 외우는 행위만으로도 극락에 들어갈 수 있음을 보여주는 이야기이다. 극락설화 중에서 <정성들인 염불이라야 극락 가는 법>,[26] <거짓 염불로 극락 간 시어머니>,[27] <'등너메 만절애비' 부르다 극락간 홀어미>,[28] <십 년 공부 나무아미타불>,[29] <엉터리 염불을 해도 진심이면 복받는다>,[30] <십 년 공부 도로아미타불>[31] 등의 6편이 이에 속한다. 이들 설화 중에서 <거짓 염불로 극락 간 시어머니>를 논의의 중심에 놓고 살펴보고자 한다. 이 설화의 개요를 정리하면 다음과 같다.

> 가. 옛날에 어느 시어머니가 시주 온 스님에게 '무슨 소리를 하면 극락에 갈 수 있는가'를 묻는다.
> 나. 스님이 알려준 대로 '나무아비타불'을 열심히 외우다가, 그만 스님이 가르쳐준 말을 잊어버린다.
> 다. 시어머니는 며느리가 거짓으로 알려준 '뒷집의 신영감'을 정성껏 외운다. 내막을 모르는 아들이 어머니를 위해 신 영감을 모셔온다.

---

26) 『대계』 3 - 3, 543~544쪽.
27) 『대계』 6 - 12, 713~715쪽.
28) 『대계』 7 - 13, 299~301쪽.
29) 『대계』 8 - 6, 200~202쪽.
30) 『대계』 8 - 12, 494~495쪽.
31) 조희웅 · 조흥욱 · 박인희 엮음, 『영남 구전자료집』 5(박이정, 2003), 142~144쪽.

　　라. 시어머니와 아들은 죽어서 극락으로 가고, 며느리는 지옥에 떨어
　　　진다.

　이 설화는 무지한 노인이 거짓 염불이나마 정성껏 외운 까닭에 극락에 들어갔다는 이야기이다. 가)단락에서 보듯이 염불형 설화는 앞에서 살펴본 자각형이나 심판형 설화와 달리 직접 극락을 찾아 길을 나서지 않는다. 극락을 탐색하는 대신에 시어머니는 시주 온 스님에게 "뭔 소리를 하면 극락을 간다요?"(713쪽)라고 하면서 사후에 대한, 즉 살아생전에 좋은 세상을 준비하는 것이다. 염불형 설화는 이처럼 본인 스스로가 극락에 들어가는 방도를 마련하는가 하면, <정성들인 염불이라야 극락 가는 법>·<십 년 공부 나무아미타불>·<엉터리 염불을 해도 진심이면 복받는다>에서는 시주 온 중이 그냥, <'등너메 만절애비' 부르다 극락간 홀어미>에서는 보살이 외아들을 홀로 키우는 할머니가 불쌍해서, <십 년 공부 도로아미타불>에서는 딸이 아버지를 사후에 좋은 곳으로 인도하는 등 타인에 의해 준비되기도 한다. 염불형 설화에 등장하는 인물은 자각형이나 심판형 설화에 비해 극락을 염원하는 자세가 다소 소극적이다.

　나)단락을 보면, 시어머니는 스님이 가르쳐준 '나무아미타불'을 열심히 외우다가 무슨 연유에서인지 그만 잊어버린다. '나무아미타불'은 아미타불에 돌아가 의지한다는 뜻으로, 불교의 교리를 몰라도 아미타불만 정성껏 부르는 것으로도 극락정토에 태어난다고 한다. 『삼국유사』에는 원효가 대중을 교화하기 위해서 나무아미타불을 외우게 했다거나 광덕과 엄장이 밤낮으로 아미타불을 외워 서방정

토로 가게 되었다는 이야기가 있다. 그 밖에 염불공덕으로 극락왕생을 했다는 설화로는 경주 남산의 피리사에서 아미타 염불을 열심히 외운 스님이 극락왕생하여 지었다는 염불사, 포천산의 다섯 비구가 염불 기도한 끝에 서방정토에 왕생한 설화, 백월산에서 노힐부득과 달달박박이 정근한 끝에 왕생극락했다는 설화 등이 있다.[32] 이처럼 염불만으로도 죽어서 서방정토, 즉 극락에 갔다는 설화는 우리나라에 널리 구전되고 있다. <거짓 염불로 극락 간 시어머니>는 염불을 통해 극락을 추구한다는 점에서 이들 설화와 무관하지 않은 듯하다. 하지만 염불형 설화의 등장인물이 끊임없이 외우는 염불은 실제로는 염불이 아니라는 점에서 차이를 보인다.

다)단락에서 보듯이 며느리가 시어머니에게 가르쳐 준 것은 '나무아미타불'이 아니다. 며느리는 염불을 잊어버린 시어머니에게 "아거 '뒷집이 신영감 뒷집이 신영감 뒷집이 신영감' 그리 안헙디요?"(714쪽)라고 하면서 염불과는 무관한 '뒷집이 신영감'을 가르쳐 준다. 이런 며느리의 말을 시어머니는 추호의 의심 없이 염불로 받아들인다. 그리고 성심성의껏 '뒷집이 신영감'을 외운다. 또 다른 설화에서는 '저 건네 김첨지 좆천불알 좆천불알'(<엉터리 염불을 해도 진심이면 복받는다>), '남첨지가 좋다불'(<정성들인 염불이라야 극락 가는 법>), '등너메 만절애비'(<'등너메 만절애비' 부르다 극락간 홀어미>) 등으로 조금은 외설스럽거나 상스러운 말들이다. 이러한 말들을 정성껏 외운 시어머니의 행동이 하늘을 감동시켰음을 라)단락

을 통해서 확인할 수 있다. 라)단락을 보면, 거짓 염불이나마 정성스런 마음으로 성심성의껏 외웠기에 "죽어가서 황천에 가니 모르고 헌 소리가 염불이 되어서 극락으로"(715쪽) 보내진다. 지성이면 감천이라고 노인의 '헌 소리가 염불'이 되어 자신을 구원하게 되었던 것이다. 시어머니가 극락에 갈 수 있었던 것은 극락에 대한 믿음이 있었기에 가능 했던 것이다.

극락에 대한 믿음이 결여되면, 아무리 정성껏 염불을 외워도 내세에 들어갈 수 없음을 <십 년 공부 나무아미타불>은 보여준다. 이 설화에서 스님은 어떤 사람에게 십 년 동안 '나무아미타불'을 외우면 좋은 곳으로 간다고 한다. 그 사람은 스님의 말대로 십 년 동안 '나무아미타불'을 열심히 외운다. 하지만 하늘에 득천하기 위해서는 물에 빠져야 한다는 말에 "그래 나는 십 년을 나무마타불을 했는데, 그래 열(여기를) 빠져라 카는데 여 빠지만 죽으까 싶어서 못 빠지겠다."(202쪽)고 하면서 망설인다. 때마침 지나가던 젊은이가 그 소리를 듣고, 물에 빠져서 하늘로 올라가게 되었다는 것이다. 여기서 믿음이 동반되지 않은 염불은 아무리 오랫동안 외워도 헛된 것임을 알 수 있다.

3. 극락설화에 나타난 극락의 의미

지금까지 극락설화를 세 가지 형태로 나누어 살펴보았다. 여기서는 극락설화에 나타난 극락이 어떤 의미를 지니고 있는가에 대해서 알아보고자 한다. 이를 통해 극락을 바라보는 한국인의 의식을 엿볼 수 있을 것이다.

첫째, 설화에 등장하는 극락은 '좋은 세상'이다. 극락설화에서 등장인물이 원하는 극락은 다양한 방식으로 표출된다. 자각형 설화에서 등장인물이 이승에서 지은 죄를 씻기 위해서 극락을 찾아간다는 점에서 극락은 속죄의 공간을 의미하며, 그곳은 통과의례를 거쳐 새롭게 재탄생한 자만이 들어간다는 점에서 성스러운 장소이기도 하다. 결국 등장인물의 속죄 의식이 그를 구원하는 계기가 되며, 모든 사람이 갈망하는 극락에서 영원한 안식을 취하게 되는 것이다. 심판형 설화에서의 등장인물들은 이승에서 적선을 많이 쌓았다고 믿고, 그에 대한 보상으로 극락에 들어가기를 원한다. 하지만 적선에 대한 개념이 이승과 저승이 다름으로 해서 그들 모두가 소망하는 바를 이루지는 못한다. 심판형 설화에서 극락이 적선을 쌓은 자들이 들어가는 곳이라는 점에서 보편적으로 사람들이 죽어서 가고 싶어 하는 이상적인 사후세계를 말하는 것으로 볼 수 있다. 염불형 설화에서는 사후에 편안한 곳으로 인도되기 위한 방편으로 극락을 염원한다. 이러한 염불형 설화는 등장인물이 특정 행위를 통해 자신을 변화시켜 극락에 들어가는 자격을 부여받는다는 점에서 자각형 설화와, 이들이 추구하는 극락이 선한 자의 세계를 지칭하는 것으로 볼 수 있다는 점에서 심판형 설화와 일맥상통한다. 극락설화에서 극락은 등장인물이 추구하는 의도에 따라 달리 표현되지만, 궁극적으로 사후에 사령이 편안하게 쉴 수 있는 공간을 의미한다. 그래서 설화의 등장 인물이 희구하는 곳은 '서천 서역국'·'천당'·'신선세계'·'극락' 등 다양하며, 이들은 신선이 되어 승천하거나 아니면 부처가 되어 염원 하던 바를 이루어 극락으로 들어간다. 설화 전승집단의 입장에서 가장 이상적인 세계, 즉 '좋은 세상'을 지칭하는 용어를 동원하여 극락을 형상화시킨 것이다.

둘째, 극락은 저승에 속한 세계의 하나로, 이곳에 들어간 사람은 저승 세계를 자유롭게 왕래한다. 극락을 찾아 나선 사람들은 도중에 삼거리에 다다르며, 이곳을 지키고 있던 인물에 의해 두 갈래의 길 중 한곳으로 인도된다. 여기서 삼거리는 저승을, 그곳을 지키는 사람은 염라대왕을 의미하며 두 갈래의 길은 각각 극락과 지옥을 뜻한다. 사람은 누구나 죽어서 저승에 가며, 그곳에서 생전의 선악을 가리어 영혼이 최종적으로 머물게 되는 세계를 배정받게 된다. 이 세계가 바로 극락과 지옥이다. 이처럼 내세를 극락과 지옥으로 이분한 것은 일반적인 사후 관념을 반영한 것이다. 그런데 이분된 사후 세계는 단절된 세계가 아니다.

근데 활량이 가서 부처가 됐어. 근데 중허구 여자는 어떻게 됐는 지 같이 동행해서 온 사람으루 알 수가 없어. 소식을-그래 와서 그 삼거리서 노인이 일러 주든 델 또 나와서 노인더러 물었지(<부처가 되기 원하는 중·여자·한량>, 924쪽).

자신과 동행했던 사람들의 안부가 궁금했던 한량은 다시 삼거리로 나와 자신을 극락으로 보내준 노인에게 그들의 행방을 묻는다. 이에 노인은 한량이 갔던 길과 다른 길을 알려주고, 그는 노인이 가르쳐준 곳에서 중과 여자가 구렁이로 변한 것을 확인하고 다시 저승으로 돌아온다. 한량은 '극락→저승→지옥→저승'의 경로를 따라 여행하고 있다. 부처가 된 한량, 즉 선한 자에게 있어서 저승과 내세는 자유롭게 다닐 수 있는 개방된 세계인 것이다.

셋째, 기본적으로 극락은 없는 자들에게 열린 공간이다. 심판형 설화에서 극락의 선택을 받는 사람은 경제적으로 곤궁한 생활을 한 노인이거나 아니면 자선을 통해 자신의 재산을 소진한 부잣집 아들이다. 이에 비해 극락의 선택을 받지 못한 사람은 부잣집 노인이거나 남의 재물을 취해 편안한 삶을 영위한 중과 여자 등이다. 이들의 부유함과 편안함은 다른 사람의 금전적 손해를 기반으로 한 것이기에, 이를 적악으로 본 것이다. 극락설화에서는 가난을 선으로, 부유함을 악으로 규정하고 있다. 마치 "가난한 자는 복이 있다거나 부자가 천국에 들어가는 것이 낙타가 바늘귀를 통과하는 것보다 어렵다"는 성경 구절을 떠올리게 한다. 설화 전승집단은 경제적으로 가난한 사람이 사후에 복을 받는다는 생각을 갖고 있는 것이다.

넷째, 경우에 따라서 극락은 부수적인 인물도 들어갈 수 있는 곳이다. 염불형 설화 중에서 <거짓 염불로 극락 간 시어머니>의 아들은 어머니가 '뒷집이 신영감'이라는 말을 수없이 되풀이하자, 이를 안쓰럽게 생각하여 뒷집의 신영감을 모셔와 어머니 방으로 들여보낸다. 이런 아들의 행동이 하늘을 감동시키는 계기가 되고 그는 죽어서 극락에 간다. <십 년 공부 나무아미타불>에서는 십 년 동안 나무아미타불을 외웠던 사람이 물에 빠지는 마지막 단계에서 두려워 머뭇거리는 순간, 엉뚱하게도 그곳을 지나던 젊은이가 물에 빠져 수행자 대신에 승천한다. <십 년 공부 도로아미타불>에서는 십 년 간 수행한 스님에게 하늘에서 내려준 줄을 부잣집 노인이 가로채 하늘로 올라간다. 우리 속담에 "원님 덕에 나팔 분다"고, 자신의 노력 여하에 상관없이 다른 사람의 덕을 빌어 극락에 가게 됨을 볼 수 있다. 이것은 부단한 자기 수행과 속죄 의식을 통한 자기 정화를 구원의 중심에 두는 기성 종교의 구원관과는 배치되는 것이다. 하지만 가족의 평안과 자신의 안위를 위해 집안에 정화수를 떠놓고 지성으로 축원하던 우리의 심성에 비추어보면 남의 덕으로 극락에 가는 일이 결코 불가능한 것은 아니다.

다섯째, 극락은 노동을 수반하는 공간적 개념이다. 심판형 설화의 하나인 <신선이 된 사람>에 묘사된 극락의 모습을 보면,

> 그때가 신선 된 거야, 초당이 들어갈 쩍이 벌써. 이 동자가 들어가지구서는 그 인저 얼마즘 있다가설라네 이 하이- 이렇게 그 초당이 넓으니까는 한짝 문을 확 열구서,
> "저걸 즘 내다 보슈."
> 그래 아 내다 보니깐 아주 꽃이 펴서 만발허구 기각 맥히거던. 아- 이제 참 중말 아주 참 화란춘성(花爛春盛)이거든.
> "참 좋소." 이리군,
> "그럼 이짝을 좀 보슈."
> 또 문을 열구보니깐, 그저 농부들이 모를 심구 논을 메구 온통 야단이

란 말야. 아주- 그 봤지. 그저 저거 볼 때는 봄이요, 이거 볼 때는 여름
이 됐단 말야, 벌써. 그래 또 한 짝 문을 열구보니까, 그저 단풍이 누렇게
들어가지구 온통 곡식을 타작허구 야단이거든. 그래 또 한 짝 저 마지막
문을 척 열구서 내다보니까, 그저 눈이 하얗거든(509~510쪽).

극락은 시공을 초월하는 곳으로, 사시사철 꽃이 피고 먹을 것이
풍족한 세상으로 그려져 있다. 그런데 이곳의 생활이 이승에서의 삶
과 별반 다르지 않음을 볼 수 있다. 극락은 선택받은 자들의 세상
이지만, 그들에게 필요한 양식은 스스로 구해야 한다. 그래서 "모를
심구 논을 메구" 하는 등의 육체적인 수고로움을 감내해야 한다. 극
락은 사람들이 꿈꾸는 낙원의 모습이되, 무위도식하며 지낼 수 있는
곳을 의미하지는 않는다. 이것은 노동을 신성한 것으로 여겼던 우리
선조들의 의식이 설화 속에 녹아든 것으로 보인다.

여섯째, 극락 가는 방식을 통해 그 위치를 짐작할 수 있다. 극락
에 가는 방식은 크게 도보로 이동하는 경우와 승천하는 경우, 그리
고 도보로 이동한 후 승천하는 경우로 나눌 수 있다. 심판형 설화
에서 등장인물들은 도보로 이동하여 극락에 도착한다. 이것은 극락
을 수평적인 공간의 어느 지점으로 생각한 결과이다. 상장례의 절차
중에서 사자상을 차리고 그 위에 '짚신 세 켤레'를 놓는 것은 수평
적 이동을 통해 사후세계로 간다는 것을 보여준다. 이러한 방식을
통해 극락에 가는 것이 가장 보편적인 방법으로 볼 수 있다. 그런
데 염불형 설화에서는 물에 빠졌다가 승천하거나 줄을 타고 승천한
다. 이처럼 극락을 하늘에 둔 수직적 관념은 불교와 기독교가 유입

되어 내세관에 변화를 주었기 때문으로 보인다. 자각형 설화에서는 도보로 극락을 찾아가며 종국에는 신선이 되어 승천한다. 즉 수평적 관념과 수직적 관념이 혼용되어 있다. 이렇게 볼 때, 설화 전승집단에 의해 상정된 극락의 위치는 지상과 천상임을 알 수 있다.

4. 결 론

본고는 구전설화 중에서 극락을 동경하여 그곳에 들어가고자 하는 염원을 반영한 설화를 극락설화라고 명명하고, 이를 극락에 들어가는 방식에 따라 크게 1) 자각형 2) 심판형 3) 염불형의 세 가지 형태로 나누어 살펴보았다.

자각형 설화는 현실에서 저지른 자신의 잘못을 깨닫고, 이를 참회하는 방법으로 극락을 추구하여 소원하는 바를 성취했다는 이야기이다. 이 설화형에서 주인공은 극락을 탐색하는 과정에서 만난 인물에 의해 부귀영화를 누릴 수 있는 제안을 받지만, 그는 자신의 죄가 중함을 인지하고 이를 거절함으로써 목표로 했던 극락으로 승천하게 된다. 이를 위해서는 <신선이 된 도둑>에서 보듯이 기존의 죄악을 말끔히 씻고 새로운 인간으로 거듭나야 한다. 도둑은 스스로의 노력으로 악인에서 선인으로 거듭났기 때문에 극락에 들어갈 수 있는 자격을 부여받는다. 여기서 통과의례적인 면모를 엿볼 수 있다.

심판형 설화의 경우, 극락에 들어갈 만한 충분한 자격을 갖추었다고 믿는 사람들의 극락 여정담이다. 등장인물은 저마다 현실에서 적선을 쌓았다는 명분하에 극락의 여정에 나서지만, 그들 모두가 소원했던 바를 이루는 것은 아니다. 그것은 염라대왕이 이승에서의 행적을 나름대로의 기준으로 판단하고 선악을 판별하기 때문이다. 사람들은 염라대왕의 심판에 따라 극락과 지옥으로 보내지게 된다. 설화에서 극락으로 가는 길은 소로이거나 오른쪽이며, 지옥은 대로이거나 왼쪽이다. 여기서 소로는 이승에서의 삶이 험난했음을, 대로는 평안한 삶을 살았음을 상징적으로 보여주는 것이다. 소로를 통해 극락으로 간다는 것은 사후세계에서나마 곤궁한 삶에서 벗어나 풍요로운 생활을 영위했으면 하는 설화 전승집단의 염원이 반영된 것이다.

염불형 설화는 등장인물이 정성껏 염불을 외웠기 때문에 그 덕으로 인해 극락에 들어갔다는 이야기이다. 이 설화형을 통해 정성을 중시하는 한국인의 심성을 엿볼 수 있다. 등장인물이 외우는 염불은 극락에 대한 믿음이 수반되어야 하며, 그렇지 못한 상태에서의 염불은 '도로 아미타불'이 된다. 염불형 설화의 등장인물은 자각형이나 심판형 설화와 달리 극락을 찾아 길을 떠나지 않는다는 점에서 조금은 소극적인 자세를 취한다. 설화 전승집단이 다양한 방식으로 극락을 추구하고 있음을 알 수 있다.

극락설화에 나타난 극락의 의미를 살펴보면, 첫째 극락은 '좋은 세상'을 의미한다. 극락은 설화 전승집단의 관점에서 영혼이 안식할 수 있는 가장 이상적인 공간을 말한다. 둘째 극락을 저승 세계의 하나로 인식하고 있으며 이곳에 머무르는 사람은 사후세계를 자유로이 왕래할 수 있다. 선한 자의 세계인 극락이 악한 자의 세계인 지옥 위에 군림하는 것으로 생각해 볼 수 있다. 셋째 극락은 없는 자들에게 열린 공간이다. 이승에서 가난한 자들이 극락의 선택을 받는다. 이승에서의 삶의 방식이 저승에서는 역전된다는 것이다. 넷째 극락은 부수적인 인물도 들어갈 수 있다. 일반적으로 자신의 수행과 속죄에 따른 자기 정화를 기본으로 하는 기성 종교의 구원관과는 달리 다른 사람의 덕을 빌려서도 극락에 갈 수 있다. 다섯째 극락은 노동을 수반하는 공간적 개념이다. 노동을 신성한 것으로 생각하는 설화 전승집단의 의식이 설화 속에 녹아든 것으로 보인다. 여섯째 극락은 도보로 여행할 수 있는 수평적 위치의 어느 지점에 있는가 하면, 신선이 되어 승천한다는 것으로 보아 천상으로 상정하기도 한다. 극락의 위치와 관련해서는 수평적 관념과 수직적 관념이 혼용되어 있음을 알 수 있다.

‘궁예설화’의 전승 양상에 관한 연구

1. 서 론

　신라 말의 혼란기에 독자적인 세력을 구축하여 중부 지방을 중심으로 새로운 나라를 건국한 인물이 궁예이다. 『삼국사기』 <견훤·궁예>조에 기록된 궁예의 행적은 태봉(후고구려)을 세운 건국주로서의 모습보다는 오히려 백성들을 도탄에 빠트린 폭군의 이미지가 강조되어 있다.[1] <궁예전>이 설화화 과정을 거쳐 구전될 수 있었던 것은 궁예 이야기에 내포된 허구적인 요소와 왕임에도 불구하고 비극적인 최후를 맞이한 역사적 사실이 설화 전승 집단의 흥미를 유발했기 때문이다.

　기존의 '궁예설화'에 관한 연구로는, 철원 지방에 전승되는 인물을 연구하면서 그중의 한 사람으로서 궁예를 언급한 경우[2]와 궁예 이야기를 문헌과 구비전승의 비교를 통해 궁예이야기의 특징을 찾고자 한 연구[3]가 있다. 이들 연구는 '궁예설화' 연구의 단초를 마련했다는 점에서 의의가 있다. 기존의 '궁예설화' 연구에 따르면, 궁예를 부정적인 인물로 형상화하기 위해 구전 설화가 전승되었다고 한다. 하지만 설화 전승 집단이 '궁예라는 인물을 부정적으로 형상화

---

1) 이하 『삼국사기』 <견훤·궁예>조에 실린 궁예 관련 기록을 <궁예전>이라 한다.
2) 柳仁順, 「鐵原地方 人物傳說 研究 — 弓裔, 金時習, 林巨正, 金應河, 洪·柳氏, 高진해를 中心으로 — 」, 『江原文化研究 8』(江原大學校, 1998).
3) 조현설, 이종찬·손병국 엮음, 「궁예이야기의 전승양상과 의미」, 『우리 역사인물전승 2』(집문당, 1997).

하기 위해 궁예설화를 전승했을까' 하는 것은 의문이 아닐 수 없다. 물론 포악한 군주상을 대변하는 이미지로 굳어진 궁예의 인물 형상이 구전 설화에도 일정 부분 영향을 미쳤을 것으로 생각된다. 그것은 궁예 이야기가 널리 알려진 까닭에 설화화 과정에서 문헌과 동떨어진 내용의 '궁예설화'를 창작하기는 힘들었을 것이기 때문이다.

본고는 기존의 연구 성과를 바탕으로 해서 '궁예설화'가 갖는 의미를 재조명해 보고자 한다. 이를 위해 먼저 『삼국사기』에 수록된 궁예 관련 기록을 간략하게 살펴보고 이를 구전 설화와 비교·대조하고자 한다. 그것은 '궁예설화'가 궁예의 행적과 증거물 위주의 인물전설로 전승하게 되는 원인과 궁예의 포악성과 관련된 문헌 기록을 설화 전승 집단이 어떻게 수용하고 있는지를 살펴보기 위해서이다. 이러한 일련의 작업을 통해 '궁예설화'에 내재해 있는 설화 전승집단의 전승 의식이 드러날 것이며, 따라서 '궁예설화'가 전승하게 되는 이유를 밝힐 수 있을 것으로 생각된다. 본고에서 연구대상으로 삼은 구전 설화는 모두 43편이다.[4]

---

4) 『한국구비문학대계 1-7』에 1편, 「철원지방 인물전설 연구」에 12편, 『포천군지(하)』에 2편, 『철원군지(하)』에 13편, 『연천군지(상)』에 1편, 『설화』에 5편, 『경기북부구전자료집 1·2』에 23편, 『한국구전설화집 9(충남 청양편)』에 1편 등이다. 이 중에서 『철원군지』에 수록된 13편의 '궁예설화' 중에서 10편은 「철원지방 인물전설 연구」에 있는 자료를 재수록한 것이며, 『설화』의 5편은 기존의 자료집에 있는 '궁예설화'를 재구성하거나 재수록한 경우이다. 따라서 이들을 제외하면 모두 43편이다.

2. 〈궁예전〉에 드러난 궁예의 양면성

〈궁예전〉에 나타난 궁예의 행적을 간략하게 정리하면 다음과 같다.[5]

    A. 궁예는 태어나면서 이가 있고 무지개가 출현하는 등 출생 과정에 신이성이 드러난다.
    B. 왕이 죽이려 하나 유모에 의해 극적으로 구출되고, 이때 한쪽 눈을 잃는다.
    C. 출생의 비밀을 알게 된 궁예는 세달사의 중이 되고, 후에 '왕'이라는 참서를 얻는다.
    D. 강원도 일대에서 세력을 구축한 궁예가 새로운 나라를 세운다.
    E. 왕건이 투항하고, 송도로 천도한 궁예는 왕건을 앞세워 중부 지방의 대부분을 차지한다.
    F. 부석사의 신라왕상 벽화를 칼로 베어 버린다.
    G. 송도에서 다시 철원으로 천도하고, 신라에서 투항하는 자를 모조리 죽인다.
    H. 스스로 미륵불이라 칭하고, 석총과 부인 강씨 그리고 두 아들을 죽인다.
    I. 왕창근이 산 거울의 참서를 통해 장차 왕건이 왕위에 오를 것임을 암시한다.
    J. 왕건이 왕으로 추대되어 거사를 도모하고, 궁예는 백성에 의해 타살된다.

위에서 보듯이, 궁예는 신라의 왕자로 출생하여 그를 따르는 무

---

5) 金富軾, 金鍾權 譯, 『三國史記』(명문당, 1993), 767~782쪽.

리에 의해 장군으로 추대되고 세력을 확장한 후에 태봉을 건국한다. 하지만 왕이 된 이후에는 신라왕상의 벽화를 칼로 베고 신통법(新通法)을 이용해 부인과 아들을 죽이는 극악무도한 폭군의 전형으로 그려지고 있다. 그런데 흥미로운 것은 궁예의 인물 형상이 바뀌는 시점과 왕건이 역사의 전면에 등장하는 시기가 일치한다는 점이다. 즉 전반부에 해당하는 A～D단락에 나타난 궁예의 모습에서는 영웅의 전형적 풍모를 엿볼 수 있다면, 후반부인 E～J단락을 통해서 드러난 궁예의 모습을 보면 의심 많고 살육을 일삼는 폭군의 전형으로 묘사되어 있다.6) 왕건이 역사의 전면에 등장하는 <궁예전>의 후반부인 E단락을 정점으로 해서 궁예는 반인륜적 행동과 잔혹성을 드러내며 서서히 몰락의 길을 걷게 된다. 결국 <궁예전>의 후반부는 '건국주로서의 영웅적인 궁예의 면모가 폭군의 전형적인 모습으로 변모하는 과정'으로, 그 이면을 살펴보면 왕건이 왕권을 획득하게 되는 과정을 합리화하기 위한 이야기라 하겠다. <궁예전>에 드러난 궁예는 '건국주로서의 영웅적인 면모와 폭군의 이미지'가 병존하는 복합적인 성격의 인물이라 하겠다.

3. '궁예설화'의 서사 구조 분석

설화 전승 집단에 의해 <궁예전>의 전반부에 보이는 출생 과정의

---

6) 조현설, 앞의 논문, 245쪽.

신이성, 기아(棄兒) 그리고 극적 구출담과 후반부에 보이는 '궁예의 몰락과 비참한 죽음'을 토대로 하여 한 편의 허구적인 이야기로 재구성된 것이 '궁예설화'이다. 이런 '궁예설화'는 전승과정에서 궁예와 관련된 신이성이 제거되어 행적담 위주의 흥미 본위로 재구된 경우와 궁예의 몰락과 비참한 죽음이 지역에 산재되어 있는 증거물과 함께 활용되어 재구된 경우로 나눌 수 있다.

1) 행적담 위주의 '궁예설화'

'궁예설화' 중에서 <궁예이야기>,[7] <궁예 탄생담> 외,[8] <궁예 이야기>,[9] <궁예 이야기>,[10] <궁예와 구미호>,[11] <궁예왕비로 변한 구미호>,[12] <궁예와 무녀>,[13] <궁예와 미녀>[14] 등은 궁예의 행적을 중심으로 하여 흥미롭게 재구된 설화이다. 이 유형의 '궁예설화'는 다시 <궁예전>의 사건에서 모티프를 취한 것과 이와는 별도로 궁예

---

7) 성기열, 『한국구비문학대계 1-7』(한국정신문화연구원, 1982), 925~928쪽. 이하 <궁예 이야기①>라고 한다. 인용문의 경우는 자료의 쪽수만 밝힌다.
8) 조희웅·노영근·임주영, 『경기북부 구전자료집 1』(박이정, 2001), 436~440쪽.
9) 김기창·박미영, 『한국구전설화집 9(충남 청양편)』(민속원, 2004), 125~126쪽. 이하 <궁예 이야기②>라고 한다.
10) 조홍욱·박인희·조재현, 『경기북부 구전자료집 Ⅱ』(박이정, 2001), 487~489쪽. 이하 <궁예 이야기③>이라고 한다.
11) 유인순, 앞의 논문, 78~79쪽.
12) 최웅·김용구 편저, 『설화』(국학자료원, 1998), 487~489쪽.
13) 위의 책, 497~498쪽.
14) 조홍욱·박인희·조재현, 앞의 책, 363쪽.

의 실정을 소재로 하여 설화화 과정을 거쳐 전승되는 이야기로 구
분할 수 있다.

(1) 〈궁예 이야기①〉

먼저, 『한국구비문학대계』에 수록된 <궁예 이야기①>을 살펴보겠
다. <궁예 이야기①>은 행적담 위주의 '궁예설화' 중에서 비교적
<궁예전>의 서사 구조와 유사한 것이다. 이를 <궁예전>의 서사 단
락을 기준으로 요약하면 다음과 같다.

    A.
    B. 형인 선화공주가 아우인 설화공주의 아들인 궁예를 죽이려 한
       다. 유모에 의해 구출되고, 이때 궁예가 한쪽 눈을 잃게 된다.
    C. 유모는 풍덕에 있는 절에 숨고, 뒤이어 설화공주가 찾아온다.
    D. 궁예가 원주로 가 군대를 모집해서 왕이 되며 삼국을 통일하
       고자 한다.
    E. 왕건이 궁예의 부하가 된다.
    F.
    G. 개성에 도읍을 정했다가 다시 원주로 도읍을 옮긴다.
    H. 궁예는 불도에 미쳐 부인과 아들을 죽인다.
    I.
    J. 왕건이 궁예를 죽인다.

<궁예 이야기①>의 경우 전체적인 맥락에서 살펴보면, 화자가
<궁예전>과는 다른 시각에서 이야기를 구술하였음을 알 수 있다. A

단락에서 출생 과정의 신이성이 탈락되고 바로 B단락부터 이야기가 시작된다. B단락에서 "자기가(선화공주 – 필자주) 아들을 낳아야 세자를 봉할텐데, [조사자 : 네.] 아우가 아들을 낳아서 시기를 했단 말야. 아우의 아들을 세자를 삼게 됐단 말야."15)라 하여 궁예의 출궁 원인을 왕위계승 문제를 놓고 벌어진 권력투쟁의 결과로 보고 있다. B단락에서는 기아 모티프가 생략되어 있다. C단락에서 유모는 자기 딸에게 남복을 입혀 궁예로 착각하게 만들고, 궁예를 업고 달아난다. 그리고 궁예가 활에 맞아 애꾸눈이 되었다고 하여 '안시성 싸움'과 같은 역사적 사건에서 모티프를 취해 궁예가 애꾸눈이 된 내력을 설명하고 있다. 궁예가 죽을 위기에서 극적으로 구출되는 대목에서 화자는 창의성을 발휘하여 새로운 내용을 첨가하고 있다.

이 설화에서 특이한 것은 E단락으로, 왕건이 궁예의 부하가 되는 과정에 대한 설명이다.

> "네가 천상, 왕노릇을 한다. 통일한다. 네가 통일허는데 네가 우선
> 은 지금 궁예한테 달라붙어야 한다 이 말이야. 궁예한테 달려 붙지
> 않으면 너는 까딱하면 큰일난다. 허니, 궁예를 좇아라."(927쪽)

위의 인용문은 E단락에 해당하는 것으로, <궁예전>에서 왕건과 궁예의 운명이 전환을 맞게 되는 대목이다. 화자가 도선을 서산대사라고 한 것은 서산대사가 널리 알려졌기 때문에 생긴 구술상의 착각으로 보인다. 서산대사는 왕건에게 장차 왕이 되어 삼국 통일을

---

15) 성기열, 앞의 책, 925쪽.

하게 될 것이지만 지금은 때가 아님을 알려 준다. 그래서 "왕건하고 왕건 아버지 왕륭이하고 둘이 가서 이 궁예한테 가서 붙어 있었어요."16)라 하여 왕건이 반역하려는 마음을 품고, 때를 기다렸다는 것이다.

이처럼 왕건이 불손한 마음을 품고 있었다는 화자의 시각은 궁예가 폭정을 통해 실권하는 F~G단락에도 영향을 미치고 있다. F~H단락은 <궁예전>에서 궁예를 폭군의 이미지로 형상화시키는 부분이다. 그런데 설화에서는 F와 G단락에서 궁예의 실정이 생략되어 있으며, H단락에서도 "불도한다구, 에 부처님 위한다구 미쳐설라므네 마누라 칼로 찔러 죽이구 아들 죽이구 형게."17)라 하여 <궁예전>에 비해서 폭군으로서의 궁예 이미지가 상대적으로 약화되어 있다. 대신에 J단락에서 왕건이 "아-숨어 있는 것을 잡아 죽였어요, 궁예를."18)이라고 하여 왕건의 반궁예적 행위에 정당성을 부여한 <궁예전>과는 다른 결말을 보이는 것이다.

『삼국사기』의 저자인 김부식은 궁예를 신라의 운수가 다한 시점에 도적의 무리를 만들어 신라의 멸망을 도모하는 인물로 평가하고 있다. 그러면서 "비록 項羽와 李密과 같은 雄才로도 능히 漢唐에 대적하지 못하였는데, 항차 弓裔나 甄萱과 같은 凶人이 어찌 가히 우리 太祖와 서로 대항할 수 있었으랴?"고 하면서 궁예를 "다만 백성들을 못살게 만든 者"로 폄하하고 있다.19) 이러한 평가를 받은

---

16) 위의 책, 927쪽.
17) 상동.
18) 위의 책, 928쪽.

궁예라는 인물을 <궁예 이야기①>에서는 새로운 시각으로 재해석하고 있다. 궁예는 도적의 무리를 이끄는 흉인에서 왕위 계승을 둘러싼 권력 투쟁의 희생양으로 그려져 있고, 궁예의 폭정에 관해서도 '불도에 미쳐 부인과 자식을 죽였다'고 하며 간략하게 언급하고 넘어간다. 물론 처자식을 죽였다는 점에서는 문헌과 마찬가지로 궁예의 반인륜적인 면모가 드러난다. 이에 비해 도탄에 빠진 백성들을 구한 왕건을 삼국통일의 야망을 품고 궁예에게 의도적으로 접근한 인물로 묘사하고 있다. 그래서 왕건이 야심을 드러내는 단락이 길게 구술되어 있다. 이 설화에 등장하는 왕건에게서 영웅적인 면모보다는 권모술수에 능한 인물상을 보게 된다. 화자는 궁예와 왕건을 긍정적인 시각에서 바라보지 않는다. 따라서 <궁예전>처럼 왕건의 왕위 찬탈에 정당성을 부여하지 않는다. <궁예 이야기①>은 화자가 궁예의 입장에서 구술한 것으로 보이며, 오히려 불손한 의도를 품고 궁예에게 접근한 왕건의 행위를 궁예의 행위보다 더 부적절한 것으로 인식하고 있음을 알 수 있다.

(2) 〈궁예왕 이야기〉

『경기북부 구전자료집 1』에는 <궁예 탄생담>, <궁예왕 이야기(1)>, <왕건 이야기>, <궁예왕 이야기(2)>의 4편이 수록되어 있다. 그런데 이들 4편은 동일한 화자에 의해 구술된 것으로, 이야기 전

---

19) 金富軾, 앞의 책, 782쪽.

개상 서로 연결된다는 점에서 한 편의 이야기로 취급하고자 한다. 그리고 이를 <궁예왕 이야기>로 명명한다. 자료집에 수록된 설화의 순서에 따라 줄거리를 요약하면 다음과 같다.

A.
B. 궁예 어머니의 형이 죽이려 하나, 유모에 의해 구출되고 이때 눈을 잃게 된다.
C. 출생 비밀을 알게 된 궁예가 공부에 전념한다.
D. 산 도적을 모아 훈련시키고 철원에 도읍을 정한다.
E.
G. 철원에서 개성으로 천도한다.
    G-1. 개성은 왕건의 아버지가 아흔 아홉 칸을 지고 살던 곳이다.
    G-2 왕건이 왕이 되고자 하는 꿈을 품고 자란 곳이다.
H.
I.
J. 왕건이 거사를 도모하고, 궁예는 철원으로 도망친다.
F. 궁예가 절에서 어머니를 상봉한 후, 신라왕상을 칼로 베고 행패를 부린다.
K. 철원으로 도망친 궁예는 결국 망한다. 철원이 옛 도읍지이다.

  <궁예왕 이야기>는 궁예의 출생 관련 일화와 태봉의 건국, 몰락 직전의 상황이 <궁예전>과 유사하게 구술되어 있다. 이 설화의 화자는 궁예의 어머니와 그를 죽이려는 인물을 모두 선화공주라 한다. 이렇게 화자가 등장인물의 이름을 혼동하는 것은 이들 인물이 설화

에서 차지하는 비중이 그만큼 낮음을 간접적으로 보여주는 것이다.

<궁예왕 이야기>는 A단락을 생략한 채, B단락부터 시작한다. 그런데 B단락에서도 궁예를 죽이려는 이유가 구체적으로 드러나지 않는다. "절에서 무슨 일이 있어서 집안 식구가 다 거기 간 사이에 그 애 하나만 있을 때"[20] 자객을 보내 죽이려고 한다. 이에 비해 유모가 궁예를 구출하는 부분은 장황하게 구술되어 있다. 자객이 몰려오자, 대문을 잠그고 아이를 바꿔치는 과정과 궁예가 애꾸눈이 되는 상황을 상세하게 묘사하고 있다. 그리고 위기 상황에 대처하는 유모를 보통 사람이 아니라고 평가한다.

C단락에서 유모의 입을 통해 출생의 비밀을 알게 된 궁예는 "그 진지부터는 일체 누구 싸움도 안하고 공부만 하고 그랬는데 그러니 크게 될 사람은 달라"[21] 칼과 활 쏘는 법을 배워 장원급제할 실력이 된다. 청년기의 궁예가 원대한 꿈을 품고 있었음을 암시하는 대목이다. 이런 궁예가 D단락에서 "산도둑 그 산적을 하튼 어디서 열이고 백이고 만났다 하면은 포섭을 해. 말 안 들으면 이 자식 죽여버린다고. 그래서 몇 천 명이"[22] 되자 철원에 도읍을 정한다.

<궁예왕 이야기>에서는 왕건의 등장을 알리는 E단락이 생략되어 있고, F단락은 그 순서가 바뀐 채 등장한다. 이렇게 단락이 탈락하거나 순서가 바뀐 것은 앞으로 전개될 설화의 내용이 <궁예전>과는 다른 양상으로 전개될 것임을 암시하는 것이다. G단락에서 궁예는

---

20) 조희웅·노영근·임주영, 앞의 책, 436쪽.
21) 위의 책, 437쪽.
22) 위의 책, 438쪽.

지사의 지시를 받고, 철원에서 "금잔디 밭에 산돼지가 누워서 잠자는 형국"[23]인 개성으로 도읍을 옮기게 되었다는 것이다. 그런데 G-1과 G-2단락에 보듯이, 개성은 왕건 부자가 장차 왕위를 염두에 두고 조성한 곳이다.

> 차차로 그 사람이 벼슬이 올라가고 또 군졸들이 따르고 왕건이를. 그래가지고선 거기서 인제 속으로만 그럭하니 하고 있는데 소문 나면 왕건이가 역적으로 몰려 궁예 앞에 죽갔으니까 그리구서 인제 있는데 왕건이도 자기 앞에 선생이 있는데 왕건이 너 그러지 말고 아무 소리 말고 궁예의 비장으로 그냥 내로 있어라 있으면 있는 동안엔 인제 좋은 기회가 온다.(439쪽)

위의 인용문은 G-2단락으로, 왕건은 대세가 자기에게 유리한 방향으로 조성될 때를 기다렸다는 것이다. 때를 기다리던 왕건이 J단락에서 "미친 짓만 하고 못 쓰겠었거든 궁예가 하는 짓이."[24]라 하여 궁예가 미쳐서 국사를 돌보지 못하는 틈을 타서 거사를 도모한다. <궁예왕 이야기>에서는 포악한 군주로서의 궁예상이 구체적으로 드러나지 않는다. J단락에서 왕건이 "궁엘 내 쫓았지 죽일려고"[25] 하는 것은, G-1과 G-2단락에서 보듯이 왕이 되고자 했던 왕건의 꿈이 이루어진다. 그래서 궁예가 폭군으로 묘사되지 않는다. 궁예가 실정을 저질렀다는 것만으로도 왕건이 왕위에 오를 충분한

---

23) 상동.
24) 위의 책, 439쪽.
25) 상동.

조건이 되기 때문이다.

F단락은 <궁예전>에서 부석사에 행차한 궁예의 행적을 재구한 것이다. 이처럼 <궁예전>과 다른 서사 구조로 이야기가 전개되는 것은, 화자가 이야기의 전개 과정을 혼동하여 생긴 것이거나 아니면 부연설명 단락을 첨가하기 위해 의도적으로 순서를 바꾼 것일 수도 있다. 어느 쪽이든 화자는 F단락에서 궁예를 동정적인 시각으로 바라보고 있음을 알 수 있다.

궁예가 군사를 거느리고 신라를 향하자, 신라에서는 궁예를 대적할 수 없음을 알고 그의 어머니인 선화공주에게 궁예의 남하를 막아 달라고 부탁한다. 모자는 영주에 있는 절에서 수십 년 만에 만나서 회포를 풀게 된다. "수십 년에 만나서 반갑고 울고 해가지고."26) 뒤에 궁예는 <궁예전>에서처럼 신라왕상의 벽화를 칼로 베고, 절에서 행패를 부린다. 이러한 설정은 화자가 궁예의 부석사에서의 행위에 그 나름대로 당위성을 부여한 것으로 보인다. 화자는 궁예가 본래 포악한 성격의 소유자라기보다는 "자기 어머니 인제 늙고 또 삭발을 하고 중을 해."27)서 그에 대한 반발심으로 해서 신라왕상을 베고 절에서 행패를 부린 것으로 이해하고 있는 것이다.

그리고 K단락에서 궁예는 왕건에게 나라를 빼앗기지만, 궁예의 생사와 관련해서는 언급이 없다. 이러한 결말은 화자가 "궁예가 첨을, 철원이야 강원도. 강원도 강원도 철원이 옛날 도읍지야."28)라는

---

26) 위의 책, 440쪽.
27) 상동.
28) 상동.

부연설명으로 보아 철원이 한 나라의 수도였음을 강조하는 데 초점을 맞추고 이야기를 구술했기 때문으로 보인다. <궁예왕 이야기>는 <궁예전>의 서사 구조와 유사하게 전개되지만, 화자의 구술 태도로 보아 궁예와 왕건의 행적보다는 철원이 옛 도읍지였다는 역사적 사실을 부각시키는 쪽으로 이야기를 재구한 것으로 보인다.

(3) 〈궁예 이야기②〉

<궁예 이야기②>는 <궁예전>의 전반부에 해당하는 부분을 간략하게 재구한 것이다. 그 내용을 정리하면 다음과 같다.

> A. 궁예는 태어날 이가 있었다.
> B. 왕이 망조라 하여 아이를 버릴 때, 시녀에 의해 구출된다.
> C. 망나니처럼 행동하는 궁예에게 진실을 이야기한다.
> D. 궁예가 신라의 왕자라 칭하면서 싸운다.

<궁예 이야기②>는 A단락에서 궁예가 태어날 때 이가 났으며, 출생의 신이성은 B단락에서 "이걸(이가 난 것-필자주) 안 왕이 이걸 큰 망조라고 생각해서 이 아이를 버려라"[29]해서 궁예가 죽음에 직면하게 된다. <궁예 이야기②>에서 A와 B단락은 <궁예전>과 동일한 서사 구조를 취한다. 하지만 궁예의 신이한 출생은 일관이 아닌 왕에 의해 불길한 징조로 판단되고, 출생 장소가 궁중이며 그를 구

---

29) 김기창·박미영, 앞의 책, 125쪽.

해 주는 인물이 시녀라는 점은 <궁예전>과 차이를 보인다.

한편, 출생 과정의 신이성은 화자로 하여금 "무예 출중하고, 글도 잘하고 재주가 얼마나 있는지 몰라"[30]라 하여 궁예를 비범한 인물로 인식하게끔 한다. 이러한 화자의 인식은 C단락을 통해서도 그대로 드러난다. 화자에 의해 구술된 C단락의 궁예 모습에서는 <궁예전>의 패륜 내지 폭군의 이미지를 찾아보기가 어렵다. 오히려 성질은 고약하나 남들보다 뛰어난 재주를 지닌 비범한 인물로 궁예를 묘사하고 있다. 따라서 D단락에서 "궁예가 자라서 신라의 왕자라고 자칭하면서 싸웠다는 이야기야."[31]라고 끝맺는 것은 자연스러운 결말 처리라 하겠다.

<궁예 이야기②>에서는 궁예의 행적이 비교적 우호적인 입장에서 기술되어 있으며, 이것은 <궁예전>의 전반부에 나타난 궁예상과 일맥상통한다.

(4) 〈궁예 이야기③〉

<궁예 이야기③>는 <궁예전>에 등장하는 사건의 일부가 모티프로 활용되고, 화자에 의해 궁예의 몰락 과정이 새롭게 재구되어 있다.

> A. 궁예는 등에 손바닥 크기의 비늘을 가지고 태어났다.
> B. 이를 불길한 징조라 하여 궁예를 낭떠러지에 버렸다. 이때 애

---

30) 상동.
31) 위의 책, 126쪽.

꾸눈이 되었다.

C.

D. 장성한 궁예가 철원에 궁을 세웠다.

E.

F.

G.

H.

    H-1. 궁예가 관심복을 써서 왕건을 시험한다. 왕건은 궁예의
           비서가 기지를 발휘해 살았다.

    H-2. 궁예의 왕궁에 쇠기둥이 세워졌다.

    H-3. 궁예가 여색을 밝혔다.

I.

J. 왕건이 쿠데타를 일으키고, 궁예가 농부에게 맞아 피를 흘린다.

(K.) 운악산에서 궁예와 왕건이 반년간 대치했다.

A단락에서 "나서보니까는 잔등이에 손바닥만한 비늘이 달라붙어
있어서"[32]라 하여 궁예가 영웅적 면모를 지닌 인물로 묘사되어 있
다. 궁예의 등에 존재하는 비늘은 기존의 지배 질서를 변혁할 인물
의 출현을 상징적으로 보여주는 것이다. 그래서 B단락에서 이를 불
길한 징조로 여긴 왕실에 의해 궁예는 버림을 받는다. 영웅적 인물
의 출현을 상징하는 비늘이 "그 인제 후궁의 몸에서 태어난 것이기
때문에 이상하다"[33]고 하여 불길한 징조로 받아들여진다. B단락에
서는 낭떠러지에서 버려지는 궁예를 구출하는 인물이 거론되지 않

---

32) 조흥욱·박인희·조재현, 앞의 책, 487쪽.
33) 위의 책, 488쪽.

고, 나뭇가지에 찢겨 궁예가 애꾸눈이 되었다고 한다. 이렇게 볼 때, 왕비가 아닌 후궁의 몸에서 태어났기 때문에 궁예의 영웅적 면모는 반역적인 인물로 형상화되고 있음을 알 수 있다. D단락에서 궁예가 나라를 건국하게 되는 과정이 간략하게 구술되어 있다. 화자가 "철원 궁예가 궁을 세웠는데"[34]라 하여 궁예가 철원에 도읍을 정한 것을 전제로 이야기를 구술하고 있다.

A~D단락이 <궁예전>에서 모티프를 취한 것이라면, 궁예의 폭정 내지 부정적인 이미지를 드러내는 H단락 이후는 <궁예전>과는 달리 변형된 상태로 구술되고 있다. H－1단락은 궁예가 왕건을 시험하는 대목으로 『고려사』에 전하는 <최응 이야기>의 모티프 일부를 차용한 것이다.[35] 『고려사』의 기록에 의하면, 최응은 위급한 상황에 처한 왕건을 구하기 위해 일부러 붓을 떨어뜨리는 기지를 발휘하여 죽음을 면하게 해 준 인물이다. 이런 <최응 이야기>가 <궁예 이야기③>에서는 '자기 부인과의 사통'을 문제삼는 모티프로 변형되어 있다. 그리고 최응이 기지를 발휘하는 대목 또한 "부르르 떨다가 쓰지를 못하고 붓을 딱 떨구니까는 왕건이 앞에 가서 들 입자가 들어갔다고 삭 먹칠이 되더라는 거야."[36]라 하여 좀 더 설화적인 표현으로 윤색되어 있다.

그래 '이 쇠기둥처럼 썩지도 말고 아주 몇 천년 만년 왕노릇 하

---

34) 상동.
35) 김현룡, 『한국문헌설화 1』(건국대학교 출판부, 1998), 400~401쪽.
36) 조흥욱 · 박인희 · 조재현, 앞의 책, 488쪽.

라는 뜻으로 이 쇠기둥을 만들었습니다.' 그러니까는 '너 참 기특하다. 나를 그렇게까지 생각해 주니까는 고맙다.' 하고서는 자기 부하를 심복으로 만들어 놓고서는 …(중략)… 궁예의 부하가 궁예를 죽일려고 일부러 그런 계략을 꾸몄다는 거예요. 그래 하루에 한 명씩 처녀를 보게한거야.(489쪽)

위의 인용문은 H-2와 H-3단락에 해당하는 것으로 궁예의 실정과 관련된 부분이다. 궁예가 실정을 저지르는 것은 그를 죽이려는 부하의 치밀한 계획에 의해서이다. 부하의 농간에 의해서 H-2단락에서 쇠기둥을 세우고, H-3단락에서는 여색을 밝히게 된다. 이것은 민심이 궁예에게 등을 돌리게 하여 그를 몰아내고자 했던 세력에 의해 의도적으로 계획된 것임을 밝히고 있다. <궁예 이야기③>에서는 누가 그러한 계획을 세워 궁예를 궁지로 몰았는지에 대한 구체적인 설명이 탈락되어 있다. 하지만 J단락에서 "민심이 나빠져서 민심이 다 왕건이에게로 가게 된 거지. 그래서 인제 구테타가 일어났겠지."[37]라고 하여 왕건을 추종하는 세력이 궁예를 파멸로 이끌기 위해 계획한 것임을 간접적으로 드러내고 있다.

<궁예 이야기③>은 K단락에서 "여기 운악산에 와서 궁예가 반년간이나 방어를 했다, 왕건이를. 그런 전설이 있어요. 운악산에 와서."[38]라는 부연 설명이 덧붙여져 있다. 그런데 K단락의 경우, 화자가 이를 증거물을 활용하고자 하는 의도에서 구술되었다기보다는

---

37) 위의 책, 489쪽.
38) 상동.

흥미 본위로 궁예 이야기를 재구하는 가운데 등장한 것으로 보인다. 따라서 본고에서는 <궁예 이야기③>을 궁예의 행적담과 관련된 것으로 보고 논의를 진행하였다.

<궁예 이야기③>은 영웅적 면모를 지니고 있었음에도 불구하고 현실을 직시하지 못하고 부하의 간계에 빠져 나라를 빼앗긴 궁예의 무지함과 그를 실정에 이르게 한 인물을 비판적인 시각에서 바라보고 이야기를 재구한 것이다.

(5) 〈궁예와 구미호〉

<궁예와 구미호>는 <궁예전>의 서사 구조에서 벗어난 것으로, 궁예의 실정에 초점을 맞추고 있다. 따라서 앞에서 살펴본 설화들과는 다른 이야기 전개 과정을 보이게 된다. 이와 유사한 이야기로 <궁예왕비로 변한 구미호>가 있다. 이 두 설화는 세부적인 묘사에 있어 차이를 보일 뿐, 전체적인 서사 구조는 동일한 것으로 같은 유형의 이야기로 볼 수 있다. 본고에서는 <궁예와 구미호>만을 살펴보고자 한다.

① 구미호가 왕비를 잡아먹고 왕비 행세를 한다.
② 궁예가 왕비를 즐겁게 해주기 위해 사람을 죽인다.
③ 왕비가 인간이 아니라는 것을 백성들은 아는데, 임금만 모른다.
④ 한 대신이 삼족구를 구해 구미호를 물리친다.

<궁예와 구미호>의 화자는 궁예가 사람을 많이 죽인 이유를 ①단락에서 왕비를 잡아먹고 그 탈을 쓴 구미호가 왕인 궁예를 홀렸기 때문이라고 한다. 궁예는 본래 사람 죽이는 것을 좋아한 폭군이 아니었다는 것이다. ②단락에서 "부인이 생기길 천하일색으로 생겼는데 웃는 벱이 없어. 좋아하는 벱이 없어. 거 사람 죽이는 것만 보면 깔깔 웃어,"[39]라 하여 궁예가 왕비의 웃는 모습을 보기 위해 사람을 죽이게 되었다는 것이다. 또 다른 궁예설화인 <궁예와 미녀>에서도 "저 여자는 사람 고기를 먹어야만 산다."[40]라는 의원의 처방에 따라 시녀를 살리기 위한 방편으로 궁예가 사람을 죽이게 되었다고 한다.

이러한 설정은 <궁예전>에 나타난 궁예와는 다른 모습의 궁예를 접하게 된다. <궁예와 구미호>에 등장하는 구미호는 일반적으로 설화에 등장하여 둔갑을 자유자재로 하는 꼬리가 아홉 개 달린 여우일 수도 있고 또는 왕을 홀려 정치를 등한시하게 하여 결국은 나라를 망하게 하는 요사스런 여인의 상징일 수도 있다. 구미호가 어떤 모습을 형상화한 것이든, 이것은 폭군으로서의 궁예를 부각시키려는 의도보다는 여색에 빠져 정치를 등한시한 망국의 군주로서의 궁예를 비유적으로 표현한 것으로 볼 수 있다.

③단락에서 "그것을 백성은 아는 데, 나랏님은 눈이 어두워서 몰루구 정칠하니"[41] 백성들이 살기 어려웠다고 한다. 구미호에 홀린 궁예는 나라가 위기에 처한 것을 알지 못한다. 오히려 ④단락에서

---

39) 유인순, 앞의 논문, 78쪽.
40) 조흥욱·박인희·조재현, 앞의 책, 363쪽.
41) 유인순, 앞의 논문, 78쪽.

나라가 어려움에 처하자 백성들 스스로가 그 대책을 강구하고 나선다. 구미호와 같은 요물이 나타나서 나라를 어지럽힐 땐, 이를 물리칠 동물이 태어난다고 한다. 그 동물이 바로 삼족구이다. 삼족구는 발바리만한 몸집에 다리가 세 개 달린 개로, 구미호와는 천적 관계에 있는 무서운 동물로 묘사되어 있다. 삼족구가 등장함으로 해서 구미호는 죽음을 맞게 되고 그 정체가 밝혀진다. 대신에 의해 구미호의 정체가 밝혀지는 과정은 <옹고집전>에서 고양이에 의해 가짜 옹고집의 정체가 밝혀지는 모티프를 차용한 것으로 보인다.

이 설화에 등장하는 삼족구의 존재는 '난세에는 영웅이 출현한다'는 민중 의식을 반영한 것으로 볼 수 있다. 그런데 영웅의 출현에도 불구하고 그것이 정권 내지 왕조의 교체로까지 이어지지 않는다. 이것은 <궁예와 구미호>는 여색에 빠져 실정을 저지르는 궁예 이야기에 초점을 맞췄기 때문으로 보인다. 왕비로 둔갑한 구미호의 퇴치는 궁예의 실정이 바로잡히는 것을 의미한다. 따라서 <궁예와 구미호>는 <궁예전>과는 다른 서사 구조를 취하게 된 것이다.

(6) 〈궁예와 무녀〉

<궁예와 무녀>는 지금까지 살펴본 '궁예설화'와는 다른 전개 양상을 보인다. 이 설화에서는 왕건의 행적이 비중 있게 다루어지고 있다.

① 왕건이 궁예의 오호대장이다.
② 궁예가 무녀에게 점을 친다.

③ 궁예는 점괘에 따라 인육을 먹기 시작한다.
④ 왕건이 궁예의 아내와 눈이 맞아 사통한다.

화자는 ①단락에서 궁예의 오호대장이었던 왕건이 병권을 전부 장악한 것으로 구술한다. 이러한 왕건과 연계된 것이 ④단락이다. 이 단락에서 왕건이 궁예 이상의 권력을 가지고 전횡을 일삼은 것으로 묘사되어 있다. ②단락에서 궁예가 왜 무녀에게 점을 치게 되었는지 그 이유가 명확하지 않다. 다만 ③단락에서 "내가 욕심으로 혼자 살려구 그걸 벼서는"[42] 먹었다고 하여 궁예가 오래 살고자 하는 욕심에서 18세 된 여자의 젖을 잘라먹는 행동을 했다는 것이다. 이것은 부인과 아들을 비롯하여 많은 사람을 죽인 궁예의 포악성을, 화자 나름대로 재해석한 것으로 볼 수 있다. 그래서 궁예에 대한 나쁜 소문이 퍼지게 되었다는 것이다.

<궁예전>에서는 궁예의 폭정이 왕건으로 하여금 궁예를 추출하게 되는 계기가 된다. 그런데 <궁예와 무녀>에서는 궁예의 폭정이 왕건의 건국으로 이어지지 않는다. ④단락에서 왕건은 왕 이상의 권력을 가진 인물로, "왕비하구 눈이 맞었댔어. 그러니까 거기 들어가서 서로 잠을 자게 됐단 말이여."[43]라 하여 궁예와 마찬가지로 부정적인 인물로 형상화되어 있다. 이것은 '궁예가 자기 부인을 간음했다'는 명목하에 죽인 <궁예전>의 모티프를 차용한 것이다. 이 사건이 계기가 되어 신료와 백성들이 궁예에게서 등을 돌리게 되고, 왕건

---

42) 최웅·김용구 편저, 앞의 책, 497쪽.
43) 상동.

세력으로 하여금 궁예를 축출할 수 있는 빌미를 제공한다. 따라서 이 사건은 반궁예적 행위에 정당성을 부여하기 위해 필요했던 사건의 하나이다. 그런데 화자의 구술 태도로 보아 이 사건을 실재했던 것으로 받아들이고 있음을 알 수 있다. 왕비가 간통한 것은 사실이며, 그 대상이 왕건이라는 것이다. <궁예전>에서 고려 건국의 결정적인 계기가 되었던 사건이 설화에서는 오히려 왕건을 부도덕한 인물로 형상화하는 데 이용되고 있다.

한편, 궁예는 왕비와 왕건이 사통하는 현장을 목격하였음에도 불구하고 어떠한 조치도 취하지 못한다. 그것은 "아 그래 힘으로 허면 자기가 당하나? 힘을 어떻게 당해, 못 당허"44)기 때문이다. 궁예가 왕으로서의 권위는 지녔을지 모르지만, 왕건을 통제할 수 있는 힘은 없었다. 따라서 궁예는 사통 문제에 대해 소극적으로 대처할 수밖에 없었던 것이다. 이러한 부연 설명을 덧붙인 것은 왕건에 의해 궁예가 쫓겨난 역사적 사실을 염두에 둔 것으로 보인다.

<궁예와 무녀>는 궁예의 폭정과 왕건의 부도덕한 행위를 부각시킨 이야기이다. 그런데 전체적인 맥락에서 보면, 왕건이 궁예보다 더 부정적인 인물로 형상화되었음을 알 수 있다.

---

44) 위의 책, 498쪽.

2) 증거물 위주의 '궁예설화'

　문헌에 기록된 이야기가 특정 지역을 중심으로 설화화하여 전승
되는 경우는 문헌에 제시되어 있는 공간적 배경이 동일하거나 아니
면 그 지역에 존재하는 개별적인 증거물의 진실성을 확보하기 위해
문헌 자료를 활용하기 때문이다. 현재 증거물의 진실성을 뒷받침하
면서 구전되는 '궁예설화'는 <궁예전>의 후반부인 역사적 사실을
바탕으로 재구된 것이다. 설화는 전승집단의 가치관을 반영한 것이
기 때문에 설화에 등장하는 역사적 사실은 설화 전승집단에 의해
새롭게 해석된 것이다. 이러한 '궁예설화'의 면면을 살펴보면 크게
태봉의 건국, 궁예의 실정과 멸망 과정, 그리고 죽음과 관련된 전설
등으로 구분할 수 있다.

(1) 태봉의 건국

　태봉의 건국과 관련된 설화로는 <궁예와 궁궐 터잡기>,[45] <궁예
와 금악산>,[46] <궁예와 곤암산>,[47] <궁예와 용담>,[48] <삼 년 동안
잎이 나지 않은 이유>,[49] <금학산의 쓴 곰취>[50] 등이 있다. 이들

---

45) 유인순, 앞의 논문, 75~76쪽.
46) 위의 논문, 76~77쪽.
47) 위의 논문, 77쪽.
48) 위의 논문, 77~78쪽.
49) 조흥욱·박인희·조재현, 앞의 책, 428~429쪽.

설화들은 철원이 태봉의 도읍지로 선정되는 과정을 풍수담과 관련지어 설명하고 있다. 설화 전승집단은 철원에 건국된 태봉이 오래 존속하지 못한 이유를 도읍의 선정 과정에서 드러난 궁예의 과오 때문이라고 생각한다.

철원이 태봉의 도읍지로 선정되는 과정을 풍수담과 연계해서 가장 설화적으로 윤색한 것이 <궁예와 궁궐 터잡기>이다. 이 설화의 내용을 요약하면 다음과 같다.

① 궁예가 어떤 풍수(도선)와 함께 도읍을 정하려고 철원에 왔다.
② 풍수가 궁예에게 '내가 돌아올 때까지 일어나지 마라.'고 한다.
③ 학이 날아오르고, 궁예가 금기를 어긴다.
④ 학이 삼십 년 도읍지인 곤암산에 알을 낳아 그곳을 궁궐터로 잡는다.
⑤ 금학산의 나무에 3년 동안 잎이 나지 않았다.

<궁예와 궁궐 터잡기> 이야기는 궁예가 도읍터를 잡을 때, 금기를 위반하여 삼백 년 도읍터인 철원의 지기가 쇠약해져 삼십 년 도읍지의 운명을 지니게 되었다는 것이다. ①단락에서 궁예가 풍수와 함께 궁궐터를 잡기 위해 철원에 온 것은 7월의 어느 날로, 이 "날은 아주 몹시 내리쬐고 더운"[51] 때였다. 이처럼 무더운 날이 전제되는 것은, ②단락에서 풍수에 의해 '내가 돌아올 때까지 일어나지 마라.'고 하는 금기가 ③단락에서 궁예의 인내심의 부족과 경솔함으로

---

50) 철원군지증보편찬위원회, 『철원군지(하)』(철원군, 1992), 1521쪽.
51) 유인순, 앞의 논문, 76쪽.

인해 파기되는 과정을 합리적으로 설명하기 위한 설정이다.

④단락에서 '금기의 설정과 파기'를 통해 궁예의 몰락이 예견되어 있다. 궁예가 몰락할 것이라는 예견은 태봉의 건국과 관련된 전설에 공통적으로 나타나고 있다. <궁예와 궁궐 터잡기>·<궁예와 용담>은 금기를 어긴 탓으로, <궁예와 금악산>·<궁예와 곤암산>·<삼년 동안 잎이 나지 않는 이유>·<금학산의 쓴 곰취>에서는 안산의 위치를 잘못 선정한 결과로 해서 궁예의 몰락은 이미 예견된 일이었다는 것이다.

⑤단락에서는 예견된 궁예의 몰락을 여러 가지 현상을 덧붙여 설명하고 있다. 금학산의 나무가 3년 동안 잎을 피지 않았다거나 산나물인 곰취 나물은 써서 그대로 먹을 수 없었다는 것이 그것이다. 그리고 금학산이 강원도 이천 쪽으로 머리를 돌리고 앉았으며 용담 근처까지만 바닷물이 들어왔다고 한다. 이것은 산의 생김새와 용담까지 뱃길이 열렸던 사실을 궁예와 관련지어 설명한 것이다. 이상에서 살펴본 바와 같이 설화 전승집단은 철원이 도읍지로 오래 존속할 수 없었던 이유를 궁예의 부적절한 행적과 관련지어 합리화시키고 있음을 볼 수 있다.

(2) 궁예의 실정과 멸망 과정

앞에서 살펴본 바와 같이 궁예가 세운 나라는 건국 과정에서 이미 몰락이 예견되고 있다. 설화 전승집단은 궁예의 멸망을 필연적인 것으로 받아들이고, 이를 철원 지역에 산재되어 있는 증거물을 적극적으로 활용하여 설명한다. '궁예설화' 중에서 궁예의 실정과 멸망에 관련된 전설이 가장 많은 비중을 차지한다. 궁예의 실정과 관련해서 증거물로 제시되고 있는 대표적인 것이 국망봉이다. 이와 관련된 <국망봉과 강씨무덤>의 내용을 살펴보면 다음과 같다.

> ① 궁예왕이 여자들 유통을 베어 먹었다.
> ② 강씨 부인이 궁예의 부당함을 이야기한다.
> ③ 강씨 부인이 유배 간다.
> ④ 나라를 그리워하여 산등성이에 오른다. 그래서 이곳을 국망봉
>   이라고 한다.52)

<국망봉과 강씨무덤>에서 궁예의 실정과 관련된 ①단락은 이미 궁예의 행적담에서 살펴본 바 있다. 이 유형의 경우, 궁예의 실정에 관해서 어느 누구도 감히 입을 열지 못하는 데 비해 ②단락에서 강씨 부인은 궁예의 행동이 부당함을 간언하고 있다. ③단락에서 강씨 부인은 궁예의 실정을 비판함으로써 유배를 당한다. 이것은 국망봉이 생기게 된 유래를 강씨 부인과 연계시키기 위한 설정으로, 이 전설에서 강씨 부인이 행동의 주체임을 알 수 있다. 궁중을 벗어난 강씨 부인에 의해 ④단락에서 국망봉이라는 명칭이 생기게 된 유래를 설명하고 있다. 이 밖에 강씨 부인과 국망봉을 연계시켜 전승되는 설화로는 <국망봉>,53) <강씨봉, 국망봉, 사당마을(사직리)>,54)

---

52) 조흥욱·박인희·조재현, 앞의 책, 451쪽.

<강씨봉, 국망봉, 울음산>55) 등이 있다.

　<궁예전>에서 강씨 부인은 궁예에 의해 비참한 최후를 맞게 된다. 그런데 이런 강씨 부인을 등장시켜 국망봉이 생기게 된 유래를 설명하고 있는 점이 특이하다. 이것은 역사적 사실을 통해 전설이 형성되지만, 전설이 역사와 동일시될 수 없음을 보여주는 좋은 사례이다. 설화 전승집단은 역사적 사실을 재해석하여 전설에 등장하는 증거물의 진실성을 뒷받침하고 있다.

　궁예의 멸망 과정에서 등장하는 증거물로는 울음산(명성산), 토성, 궁예성, 한탄강, 곰보돌, 궁예터, 도마치 고개 등이 있다.56) 이들 전설은 개별적인 증거물을 단편적으로 설명하기도 하고, 몇 개의 증거물이 복합적으로 제시되기도 한다. 증거물 중에서 국망봉과 함께 설화에 많이 등장하는 것이 울음산(명성산)이다. 울음산의 유래를 설명한 '궁예설화'의 하나인 <명성산과 미련한 왕건>을 살펴보고자 한다.57)

---

53) 위의 책, 452쪽.

54) 위의 책, 458~459쪽.

55) 위의 책, 463~464쪽.

56) <울음산>, <도마치 고개>, <명성산과 미련한 왕건>, <궁예터, 지장산, 상리봉>, <왕건과 궁예의 전투>, <피사리골, 무언담, 울음산>, <어리석은 왕건>(『경기북부 구전자료집 Ⅱ』), <어수물 유래>(『경기북부 구전자료집 Ⅰ』), <궁예와 울음산>, <궁예의 죽음과 토성>, <궁예와 한탄강 곰보돌>, <한탄강 곰보돌과 까마귀>(유인순), <울음산>(『철원군지(상)』), <명성산(울음산)과 궁예>, <군탄리의 유래>(『철원군지(하)』), <궁예왕>(『포천군지(하)』) <울음성의 유래>(『설화』) 등이 있다.

57) 조흥욱·박인희·조재현, 앞의 책, 426~427쪽.

① 명성산에서 궁예와 왕건이 싸웠는데, 왕건의 군사만 죽는다.
② 백발노인이 왕건에게 궁예를 이길 수 있는 방법을 제시한다.
③ 패한 궁예가 울고 갔다고 해서 명성산이라고 한다.

①단락에서 명성산 아래에 주둔해 있던 왕건의 군사만 죽는다는 것은 명성산의 산세가 그만큼 험하다는 것을 의미한다. 철원군과 포천군의 경계를 이루는 명성산은 해발 926m로, 광주산맥에 속하며 산형이 기암절벽으로 웅장하다고 한다.[58] 이러한 험한 산세는 ①단락에서 보듯이 명성산 아래에 주둔해 있던 왕건에게 불리하게 작용하였다. 명성산의 산세가 험하다는 것은 설화에 등장하는 백발노인의 입을 통해서도 알 수 있다.

그 백발노인이 하는 말이 그래 "이 산은 소형이요, 소형. 소형은 꼬리에서부터 쳐야 피해가 없어, 그래 이걸 머리에서부터 치면은 당신네 군사만 당하니 그래 당신은 미련할 수밖에 없잖아."(427쪽)

위의 인용문은 명성산의 산세를 풍수지리적으로 묘사한 것이다. ②단락에서 등장한 백발노인은 <궁예전>에서 왕창근에게 거울을 판 노인을 연상시킨다. <궁예전>의 노인이 진상소상의 화신으로 거울 속의 참언을 통해 궁예의 몰락을 예언한다면, <명성산과 미련한 왕건>에 등장하는 백발노인은 왕건으로 하여금 궁예를 이길 수 있는 방법을 알려주는 역할을 하고 있다. <궁예전>과 <명성산과 미련한

---

58) 포천군지편찬위원회, 『포천군지』(포천군, 1984), 878쪽.

120

왕건>에 등장하는 백발노인은 궁예의 운이 다했음을 상징적으로 보여주는 인물이라 하겠다. 따라서 궁예는 왕건에게 패할 수밖에 없으며, 그 결과 ③단락에서 명성산이라는 명칭이 유래하게 되었다는 설명을 덧붙이고 있다. 이 밖에 명성산과 관련된 것으로는 궁예가 왕건에게 항복했다는 '항서(降書)받골', 치열하게 교전했다는 '야전(野戰)골', 궁예가 왕건에게 패해서 달아났다는 '패주(敗走)골', 적정을 살피기 위해 봉화대를 세우고 봉화를 올렸다는 '망봉(望峰)' 등의 유래담이 전해지고 있다.[59)

(3) 궁예의 죽음

왕건에게 패한 궁예는 결국 죽음을 맞게 된다. 그런데 궁예의 죽음과 관련된 전설에서는 앞에서 살펴본 태봉의 건국, 실정과 멸망 과정에서 볼 수 없었던 신이성이 드러난다. 궁예의 죽음과 관련해서 신이성이 드러나는 설화로는 <궁예왕의 돌무덤>,[60) <궁예의 무덤>,[61) <궁예의 원혼>,[62) <궁예왕>,[63) <궁예의 죽음>[64) 등이 있다.

---

59) 『포천군지』, 879쪽.

60) 조흥욱 · 박인희 · 조재현, 앞의 책, 428쪽.

61) 위의 책, 513쪽.

62) 유인순, 앞의 논문, 83쪽.

63) 포천군지편찬위원회, 『포천군지(하) - 문화재와 인물』(포천군, 1997), 248~249쪽.

64) 최웅 · 김용구, 앞의 책, 491쪽.

(1) 저 검불낭으로 도망을 가는데, 칼을 짚구 천야만야한 몇 길 되는 낭이 있는데, 왕건 태조가 드리 닥치니까 칼을 짚구 내려 뛰었다 해서 검불낭, 그리구 거길 지나서 삼박골을 들어가는데 아 밭가는 농부들이 돌로 때려 죽였대. (<궁예의 죽음>, 493쪽.)

이 궁예가 웬만한 화살은 맞으면은 그냥 쑥 뽑아서 던지는 그런 장사였대요. 근대 하도 많이 쏘아서 장사도 지치니까는 상나무 아름드리 곁에 가서 기대고 섰더라는 거야. …(중략)… 그래 장사는 역시 죽어서도 장사구나. 그래 별짓을 다 해도 안 넘어지니까 그냥 선채로 돌로 싸아서 묻어서 궁예의 무덤을 돌로다 묻어서 궁예의 무덤이 그렇게 되었다. (<궁예의 무덤>, 513쪽.)

(2) 그 당시엔 인제, 함경감사, 함경도에 무슨 원이 되든가 이런 사람덜이 갈래면, 철원을 거쳐 삼방 그쪽으로밖에 통할 데가 없어요. …(중략)… 이렇게 돌아 댕기는데 말을 타고 거기 들어가다가는 말굽이 그 앞에, 바로 길 옆에 무덤이 있으니까 말야, 네 발이 붙어서 발이 떨어져야 가지. 그런 말이 여태 전해 내려옵니다. 그래 헐 수 없이 내려서 뭔 제사를 한 번이라도 제사를 잘 지내면 말굽이 떨어져서 가. …(중략)… 그 근방에다 말 필 흠뻑 뿌렸어요. 거 귀신이 말 필 젤 무서워한대요. 그 다음엔 아무가 말타고 가도, 솔타고 가도 아무 관계가 없었어. (<궁예의 원혼>, 83쪽.)

위의 인용문에서 (1)은 궁예의 죽음과 관련된 대목이다. <궁예의 죽음>에서는 천 길 낭떠러지를 뛰어내렸던 영웅적 인물인 궁예가 한낱 밭가는 농부에게 죽음을 당하게 된다. 영웅적 인물의 죽음치고는 너무 비참하게 묘사되어 있다. 이것은 <궁예전>의 결말을 의식한 결과로 보인다. 이에 비해 <궁예의 무덤>에서는 궁예의 죽음이 예사롭지 않게 묘사되어 있다. 궁예는 한두 개의 화살로는 죽일 수 없는 인물이라는 것이다. 그는 무수히 많은 화살을 맞고 아름드리나무에 기댄 채 죽음을 맞는다. 궁예가 선 채로 죽었다는 것은 그만큼 원한이 컸음을 의미한다.

궁예가 품고 있던 원한은 (2) <궁예의 원혼>과 연계해서 생각해 볼 필요가 있다. <궁예의 원혼>에서 궁예가 사후에 사람들에게 제사를 받았다거나 소원을 풀어 주는 구실을 했다는 것은 신격화되어 숭배의 대상이 되었음을 의미한다. 인간이 신으로 숭배되는 대상이 되기 위해서는 일정한 조건을 갖추어야 한다. 인간이 신으로 숭배되는 경우는 두 가지로 나누어 살펴볼 수 있다. 첫째는 인간으로서 위대한 일을 한 사람이다. 이것은 살아서 훌륭한 업적을 남긴 사람은 죽어서도 그와 같은 일을 할 수 있다는 민중의 사고를 반영한 것으로, 단군·김유신 장군 등이 이에 속한다. 둘째는 최영 장군이나 장보고와 같이 위대한 일을 하고서도 원통한 죽음을 맞이한 경우와 동해안의 해랑당전설에서 보듯 원한을 품고 죽은 경우이다. 그들이 품고 있는 원한의 강도로 인해 신으로 좌정한 경우이다.[65] 이들 신격은 좁게는 마을 단위로 숭배되기도 하지만, 지역 단위, 국가 단위로 확대되어 숭배되기도 한다. (1)에서 궁예의 무덤이 돌무더기로 되었다거나 (2)에서 무덤 주변에 국한되어 신력이 미치는 것으로 보아 궁예는 부락 단위의 신으로 좌정한 것이 아닌가 한다. 그리고

---

65) 최길성, 『한국민간신앙의 연구』(계명대학교출판부, 1989), 201∼203쪽.

함경감사가 궁예의 무덤에 말 피를 뿌려서 그의 신성성을 제거했다
는 것으로 보아 궁예는 악신으로 인식되었음을 알 수 있다. 인간에
게 해를 끼치는 대상은 제치되어야 하기 때문이다. 궁예가 악신으로
인식된 것은 <궁예전>에 등장하는 폭군의 궁예상과 무관하지 않다.

4. '궁예설화'에 나타난 전승의식

지금까지 살펴본 바와 같이 '궁예설화'는 <궁예전>에서 모티프를
취해 설화화한 것이다. 설화 전승집단에 의해 '궁예설화'가 전승될
수 있었던 것은, 출생 과정의 신이성을 통해 드러난 영웅적 면모와
도읍으로 삼았던 철원 지역에 그와 관련된 증거물이 산재해 있기
때문이다. 이런 '궁예설화'는 구체적인 증거물을 활용하여 이야기의
신빙성을 높인 경우와 증거물의 제시 없이 궁예의 행적을 흥미 본
위로 구술한 경우로 나눌 수 있다. 기존의 연구에 의하면, '궁예설
화'는 "유형과 전승내용은 여럿이지만 구전자료들의 성격은 한 방향
으로 수렴된다. 수렴되는 지점은 '궁예의 부정적 형상화'이다."라고
평가하고 있다.66) 이처럼 '궁예설화'를 '궁예의 부정적 형상화'로 본
것은 <궁예전>을 통해 드러난 부정적 궁예상과 연계시켜 살펴본 결
과이다.

'궁예설화'의 분포를 살펴보면, 철원과 그 주변 지역에 집중되어

---

66) 조현설, 앞의 논문, 251~252쪽.

있음을 알 수 있다. 이들 지역에 전승되는 '궁예설화'가 궁예를 부정적 인물로 형상화시키기 위해 설화 전승집단이 창작했다는 것은 의문이 아닐 수 없다. 그것은 설화 전승집단이 설화 속의 인물 형상을 현실과 괴리된 것으로 생각하지 않기 때문이다. <심청전>을 설화화하여 그 지역의 설화로 전승하고 있는 백령도의 경우, 악인형 인물로 꼽히는 뺑덕어미가 설화 속에 등장하는 경우가 극히 드물다. 더욱이 뺑덕어미가 살았다고 구술되는 지역의 주민들은 뺑덕어미와 자기 마을을 연관 짓는 것에 대해 강한 거부감을 표시한다. 이런 현상으로 인해 악인형 인물인 뺑덕어미는 구술과정에서 생략되거나 망각화 과정을 거치게 된다.[67]

화자 중에는 "함경도 사람은 제의 부모를 때려 죽여? 금상 폐하는 부몬데 어찌 백성이 때려죽이느냐 이 말이야 벼슬을 안 줬다 그 말이여."[68]라거나 "함경도 사람은 벼슬을 안 시켜. 임금님을 때려 죽이는 법이 어딨냐. 그래 함경도 사람은 벼슬을 안 줬어요."[69]라고 구술하고 있다. 이를 통해 볼 때, 설화 전승집단이 궁예를 왕으로 인식하고 있음을 알 수 있다. 궁예가 비록 폭군이었다고 하더라도 백성의 입장에서 왕을 죽인 것은 잘못이라는 것이다. 그를 죽인 사람은 패륜아이며, 따라서 그 지역 사람들은 벼슬길에 나설 수 없었다는 부연 설명을 덧붙이고 있다. 여기서 한 가지 유의할 점은, 설

---

67) 이영수, 「"심청전"의 설화화와 그 전승양상에 관한 연구」, 인하대 박사학위논문, 2001, 118~123쪽 참조.
68) 유인순, 앞의 논문, 82쪽.
69) 최웅·김용구, 앞의 책, 491쪽.

화 전승집단이 궁예를 죽인 사람이 자기 지역사람이 아님을 밝히고 있다는 것이다. 이것은 자신들은 패륜적인 행동을 일삼는 사람들이 아니라는 것으로, 궁예를 죽인 인물을 부정적으로 인식하고 있음을 보여주는 것이다.

이러한 인식은 다른 '궁예설화'에서도 그대로 드러나고 있다. <궁예전>을 설화화한 것이 '궁예설화'이지만 설화 전승집단은 문헌에 기록된 내용을 그들 나름으로 재해석하고 있다. 그래서 '궁예설화'에서는 궁예가 실정을 저지르게 된 것이 궁예 본인의 잘못도 있지만, 오히려 그를 보좌하고 있던 인물들이 왕을 제대로 보필하지 못했기 때문이라고 구술한다. 그 대표적인 인물이 왕건이다. 왕건은 왕이 되고자 하는 역심을 품고 궁예에게 접근한 인물로 묘사되고 있다. 이런 인물의 속내를 제대로 파악하지 못했기 때문에 궁예가 몰락했다는 것이다. '궁예설화'에서는 궁예보다 오히려 왕건이 더 부정적인 인물로 형상화된 것으로 볼 수 있다.

한편, 설화 전승집단은 자신들 지역에 산재해 있는 증거물을 설명하기 위해 왕건에 의해 추출된 궁예가 바로 죽음을 맞는 것이 아니라 왕건에 맞서 반년 이상 싸움을 지속했다고 한다. 그리고 죽음과 관련해서는, 일제 때 철도를 건설하면서 궁예의 무덤에 손을 댄 사람들이 모두 죽었다고 하여 억울하게 죽은 사람은 원한을 품는다는 민간 사고를 반영하고 있다.

'궁예설화'를 전체적인 맥락에서 살펴보면, 철원은 원래 삼백 년 도읍터의 운을 타고난 곳이지만, 궁예의 인내심 부족과 경솔함 그리고 왕건으로 대표되는 외부 세력의 농간으로 삼십 년 도읍지로 전락하게 되었다는 설화 전승집단의 의식이 반영되어 있다. 설화 전승집단은 '궁예설화'를 통해 예전에는 철원 지역이 한 나라의 도읍지로 선정될 만큼 살기 좋은 곳이었다는 자부심을 갖게 되는 것이다.

5. 결 론

<궁예전>은 궁예의 신이한 출생에서부터 태봉의 건국과 몰락, 그리고 비참한 최후를 맞게 되는 과정을 연대기적으로 기술하고 있다. <궁예전>은 왕건의 등장을 기점으로 해서 전반부와 후반부로 구분할 수 있다. 전반부는 신이한 출생과 그에 따른 기아, 태봉의 건국 과정을 이야기하고 있으며 후반부는 왕건의 고려 건국에 당위성을 부여하기 위해 궁예의 폭정을 부각시키고 있다. 이러한 <궁예전>에서 모티프를 취해 설화화된 것이 '궁예설화'이다. '궁예설화'는 <궁예전>에서 모티프를 취했음에도 불구하고 설화 전승집단이 궁예와 관련된 역사적 사실을 재해석하여 허구적으로 재구성한 것이다. 따라서 궁예와 관련된 사실이나 사건을 <궁예전>과는 다른 시각에서 접근하게 된다.

'궁예설화'는 궁예의 행적을 위주로 하여 흥미 본위로 재구한 경우와 증거물을 활용하여 이들 증거물의 유래를 설명한 경우로 나눌 수 있다. 궁예의 행적을 중심으로 전승되는 '궁예설화' 중에서 <궁

예 이야기①> · <궁예왕 이야기> · <궁예 이야기②> · <궁예 이야기
③> 등이 <궁예전>의 서사 구조와 유사하게 이야기가 진행된 설화
라면, <궁예와 구미호> · <궁예와 무녀>의 경우는 궁예의 실정을 염
두에 두고 이를 이야기의 소재로 활용한 설화이다. <궁예전>과 유
사한 서사 구조를 지닌 설화의 경우도 부분적인 변개가 일어나 <궁
예전>과는 다른 결말을 맺고 있음을 살펴보았다.

　<궁예 이야기①> · <궁예왕 이야기>에서는 신이한 출생에 의해
버림을 받는 기아 모티프가 생략되어 있으며, 대신 궁예가 죽을 고
비를 맞게 되는 것을 권력투쟁의 결과로 보고 있다. 이야기의 화두
에서 변개가 생긴 위의 설화들의 경우, 이야기의 진행 과정에서 궁
예의 폭정보다는 '왕건이 왕이 되려는 뜻을 품고 있었다.'는 것을
부각시키고 있다. 따라서 궁예보다는 오히려 왕건을 부정적인 인물
로 형상화하고 있다. <궁예 이야기②> · <궁예 이야기③>에는 <궁예
전>과 마찬가지로 신이한 출생에 따른 기아 모티프가 나타나지만,
이 두 편의 설화는 이야기의 구성에서 차이를 보인다. <궁예 이야
기②>는 <궁예전>의 전반부에 해당하는 부분만을 구술하고 있으며,
<궁예 이야기③>은 궁예의 몰락 과정에서 『고려사』에 수록된 <최응
이야기>의 일부를 첨가하여 궁예의 몰락 과정을 새롭게 재구하고
있다. 따라서 <궁예 이야기②>는 궁예의 행적을 비교적 우호적으로
묘사하고 있으며, <궁예 이야기③>에서는 영웅적 면모를 지닌 궁예
가 현실을 직시하지 못하고 부하의 간계에 빠져 나라를 잃게 되었
다고 한다. <궁예 이야기③>에서는 정황상 왕건이 궁예를 몰락시킨

인물로 볼 수 있다. 이 설화에서는 궁예의 무지함과 그를 실정에 이르게 한 인물을 동시에 비판적 시각으로 바라보고 있다.

<궁예와 구미호> · <궁예와 무녀>는 궁예의 실정에 이야기의 초점이 맞춰진 설화로 <궁예전>과는 다른 전개 방식을 취하고 있다. <궁예와 구미호>에서는 '난세에 영웅이 난다.'는 민중 의식을 반영한 이야기로, 구미호에 빠져 정치를 등한시한 궁예의 실정이 바로잡히는 것으로 결말을 맺는다. 궁예의 악행은 왕비로 둔갑한 구미호의 농간 때문이지 본성이 악해서 그런 행동을 한 것이 아니라는 것이다. <궁예와 무녀>에서는 왕건의 행적이 비중 있게 다루어진다. 왕건은 궁예 이상의 권력을 소유한 인물로, 왕건과 왕비가 사통하는 것을 궁예가 목격하지만 그의 힘에 눌려 대항할 수 없었다고 한다. 이 설화에서는 왕건의 부도덕한 행위가 부각되어 있다.

증거물을 활용한 '궁예설화'의 경우, <궁예전>의 후반부인 역사적 사실을 모티프로 해서 재구성된다. 이들 유형의 설화는 크게 태봉의 건국, 궁예의 실정과 멸망 과정, 그리고 죽음과 관련된 전설로 구분할 수 있다. 태봉의 건국과 관련된 설화들은 도읍지를 선정하는 과정이 풍수담과 연계되어 있다. <궁예와 궁궐 터잡기> · <궁예와 용담>은 '금기의 설정과 파기'로 인해, <궁예와 금악산> · <궁예와 곤암산> · <삼 년 동안 잎이 나지 않는 이유> · <금학산의 쓴 곰취>의 경우는 안산의 위치가 잘못 선정된 탓으로 궁예의 몰락은 필연적이라는 것이다.

궁예의 실정과 멸망 과정을 다룬 설화는 모두 21편으로, '궁예설화'에서 양적인 면에서 압도적인 우위를 차지한다. 이것은 궁예와 관련된 증거물이 산재되어 있는 지역적 특색으로 인한 당연한 결과라 하겠다. 궁예의 실정을 이야기한 <국망봉과 강씨 무덤>에서는 왕비 강씨가 도읍을 바라보는 행위를 통해 궁예의 부정적인 이미지를 희석시키고 있다. 궁예의 멸망과 관련된 대표적인 증거물인 울음산(명성산)의 유래를 설명한 <명성산과 미련한 왕건>에서는 궁예와 왕건의 전투에서 왕건이 불리한 위치에 자리잡았음에도 불구하고 신이한 인물이 등장하여 싸움에서 이기게 된다. <궁예전>과 <명성산과 미련한 왕건>의 백발노인은 궁예의 멸망과 왕건의 흥하게 됨을 상징하는 인물로 보인다. 그 밖에 설화의 전승에 활용되고 있는 증거물로는 토성, 궁예성, 한탄강, 곰보돌, 궁예터, 도마치 고개, 어수물 등이 있다.

궁예의 죽음과 관련해서는 태봉의 건국, 궁예의 실정과 멸망 과정에서 볼 수 없었던 신이성이 드러나 있다. <궁예의 죽음>에서는 천 길 낭떠러지를 뛰어내린 궁예가 농부의 손에 타살되고, <궁예의 무덤>에서는 몸에 수많은 화살이 꽂힌 채 꼿꼿하게 서서 죽는다. 이처럼 궁예는 영웅적인 면모를 지녔음에도 불구하고 비참한 최후를 맞이한다. 위대한 인물의 억울한 죽음은 강한 원한을 품게 되고, 그런 인물은 신으로 좌정하게 되는데 이를 보여주는 것이 <궁예의 원혼>이다.

‘궁예설화’는 철원과 그 주변 지역을 중심으로 해서 집중적으로 전승하고 있다. 이것은 철원이 비록 몇 십 년이지만 한 나라의 도읍지였을 정도의 길지라는 자긍심이 설화 전승집단으로 하여금 '궁예설화'를 전승하게 된 원동력이라 하겠다. 현재 철원·포천 지역을 중심으로 전승되는 '궁예설화'는 이 지역에 산재해 있는 증거물의 존재로 해서 구체적인 증거물이 제시되는 방식으로, 그 밖의 지역에서는 증거물과 무관하기 때문에 궁예의 행적과 관련해서 흥미나 재미 위주의 이야기로 전승될 것이다.

〈온달설화〉의 구비전승 양상

1. 서 론

『삼국사기』 권45 열전5의 <온달전>은 미천한 신분인 온달과 고귀한 신분의 공주가 결연해서 온달이 훌륭한 장군이 되어 나라를 위해 목숨을 바쳤다는 이야기이다. 이 이야기는『신증동국여지승람』평양부 인물조,『명심보감』염의편과 <온달부>·<우온달>·<온달행> 등의 악부로 전승되고 있다. 이들의 경우, 편찬자 내지는 창작자가 자신의 의도에 맞게 온달 또는 공주의 시각에서『삼국사기』<온달전>의 내용을 축약한 것으로 보인다.

오늘날에도 <온달전>은 설화적인 흥미소와 역사적인 교훈성으로 해서 전래동화, 마당놀이, 희곡 등에서 텍스트로 활용되고 있으며, 온달과 관련된 설화들이 전승되고 있다. 구전되는 온달 이야기는『삼국사기』<온달전>의 영향을 받은 것으로 보인다. 화자들이 <온달전>의 서사구조와 유사하게 온달 이야기를 구술하기 때문이다. 설화가 구전된다고 해서 모든 설화들이 '구전→구전'과정을 거치는 것은 아니다. <온달전>과 같이 사람들의 흥미를 유발할 수 있는 요소가 많은 문헌 자료는 '문헌→구전'의 과정을 거쳐 인구에 회자되어 전승하기도 한다.[1]

기존의 <온달전>연구에 의하면,[2] <온달전>은 허구성과 역사성을

---

1) 이영수, 「"심청전"의 설화화와 그 전승 양상에 관한 연구」, 인하대학교 대학원 박사학위논문, 2001참조.
2) 지금까지 <온달전>을 역사적 사실과 허구적 사실의 결합으로 보고 이를 규명하기 위해 다각적인 측면에서 논의가 진행되었다. <온달전>에 관한

연구는 ① 역사·시대적 상황과 관련된 연구, ② <온달전>이 후대문학에 미친 영향에 관한 연구, ③ <온달전>의 설화적 측면에 관한 연구, ④ 전기적 측면에서의 연구, ⑤ 문체·수사학적 연구, ⑥ <온달설화>의 구비적 측면에서의 연구 ⑦ 기타 등의 연구가 있다. 온달과 관련된 연구 논문은 다음과 같다.

이기백, 「온달전의 검토 - 고구려 귀족사회의 신분 질서에 대한 별견」, 『백산학보』 3집(백산학회, 1967).

장덕순, 「삼국설화와 현대한국소설 — 도미·광덕·온달설화를 중심으로 — 」, 『문화비평』 1 - 3(가을호)(아한학회, 1969).

성기열, 「한일민담의 비교연구 — 온달·무왕계설화와 탄소소오랑(炭燒小五郎)설화 — 」, 『한국구비전승의 연구』(일조각, 1976).

임재해, 「온달형 설화의 유형적 성격과 부녀갈등」, 『여성문제연구』 11집(효성여대 한국여성문제연구소, 1982).

김대숙, 「'온달'전의 구비문학적 이해」, 『이화어문논집』 10집(이화여대 한국어문학연구소, 1989).

이강문, 「<온달설화>의 구조와 의미 및 교육적 활용에 관한 연구」, 한국교원대 대학원 석사학위논문, 1992.

윤경수, 「<온달전>의 현대적 고찰 — 온달과 평강공주의 인간상을 중심으로 — 」, 『연민학지』 1집(연민학회, 1993).

김창룡, 「고구려의 문학Ⅱ — 바보 온달과 평강공주 — 」, 『연민학지』 2집(연민학회, 1994).

김연숙, 『〈삼국사기〉 소재 설화 연구 — '온달'·'도미처'·'설씨녀' 설화에 나타난 '열'사상 — 」, 『서강어문』 제10집(서강어문학회, 1994).

김유미, 「온달 설화의 제의극적 변용 — 최인훈의 <어디서 무엇이 되어 만나랴> — 」, 『한국어문교육』 8집(고려대 국어교육과, 1996).

최운식, 「<온달설화>의 전승 양상」, 『청람어문학』 20집(청람어문학회, 1998).

손정인, 「<온달전>의 가치체계와 의미구조」, 『대동한문학』 13집(대동한문학회, 2000).

김영숙, 「악부의 온달열전 수용양상」, 『온달문학의 설화성과 역사성』(박이정, 2000).

김현룡, 「온달설화 고찰」, 『온달문학의 설화성과 역사성』(박이정, 2000).

이창식, 「온달전승의 구비적 전개와 계승」, 『온달문학의 설화성과 역사성』

지니고 있으므로 이를 바탕으로 해서 구전되는 <온달설화>는 이 두 가지 측면을 충족하거나 아니면 어느 한쪽에 충실하면서 설화화되 었을 것이다. <온달설화>가 허구성에 이야기의 초점을 맞추면 민담 의 범주에, 역사성에 주안점을 두면 전설의 범주에 포함될 것이다. 본고에서는 『삼국사기』의 <온달전>과 구전 설화의 내용을 비교·분 석하여 <온달설화>의 전승 양상을 살펴보고자 한다.

2. 『삼국사기』의 〈온달전〉

<온달전>은 『삼국사기』 권45 열전5에 수록되어 있다. 열전은 역 사상 특기할 만한 개인의 행적을 후대에 전하여 교훈으로 삼고자 하는 의도에서 쓰인 것으로, 열전에 따라서는 역사적 사실에다가 허 구적 요소를 가미시켜 재미와 흥미를 주는 내용으로 각색한 경우가

     (박이정, 2000).
  이창식, 「온달문화축제의 성격과 전망」, 『온달문학의 설화성과 역사성』(박 이정, 2000).
  임동철, 「온달전설의 분포와 전승」, 『온달문학의 설화성과 역사성』(박이 정, 2000).
  윤복희, 「여성중심 시각에서 본 <온달> 설화」, 『지역학논집』 4집(숙명여 대 지역학연구소, 2000).
  정찬영, 「온달 설화의 현대적 변용 — 최인훈 작 '온달'과 '온달설화'의 대 비적 고찰 — 」, 『한국문화논총』 제 27집(한국어문회, 2000).
  안은영, 「온달전의 서사전략과 전승양상 연구, 동아대학교 대학원 석사학 위논문, 2002.

있다.[3] 이것은 <온달전>을 통해서도 알 수 있다. <온달전>을 단락별로 정리하면 다음과 같다.

㉮ 고구려 평강왕 때의 사람인 온달은 용모가 기이하나 마음씨는 착한 사람으로 집이 가난하여 걸식으로 어머니를 봉양했다. 사람들은 그를 '바보 온달'이라고 불렀다.

㉯ 평강왕은 어린 공주가 울기를 잘하자, 크면 온달에게 시집보내겠다고 희롱하였다.

㉰ 왕이 성년이 된 공주를 상부 고씨에게 시집보내려고 하자 공주는 어렸을 때 들었던 왕의 말을 들어 왕명을 거역하고, 이로 인해 평강왕의 노여움을 샀다.

㉱ 공주는 보물 수십 개를 갖고 출궁하여 온달의 집을 찾아간다.

㉲ 공주가 온달과 온달모를 설득하여 혼인을 한다.

㉳ 공주는 가지고 나온 보물을 팔아 살림을 장만하고, 온달에게 말 고르는 법을 가르쳐주어 병든 국마(國馬)를 사오게 한 뒤, 말을 잘 먹여 튼튼하게 길렀다.

㉴ 왕이 참석한 제천행사에서 두각을 나타내 왕을 놀라게 한다.

㉵ 온달이 후주(後周)와의 싸움에서 큰 공을 세우자, 왕이 온달을 사위로 맞아들이고 대형의 벼슬을 하사하였다.

㉶ 양강왕이 즉위하자 온달은 신라에게 빼앗긴 계립현(雞立峴)과 죽령(竹嶺)의 서쪽 땅을 회복하겠다고 하면서 만약 이 땅을 되찾지 못하면 돌아오지 않겠다는 맹세를 하고 출정한다.

㉷ 온달은 신라군과 아단성에서 싸우다가 적의 화살에 맞아 전사하여 장사지내려고 하나 관이 움직이지 않았다.

㉸ 공주가 관을 어루만지며 온달의 넋을 위로하자 관이 움직여

---

3) 김영숙, 앞의 논문, 246쪽.

장사를 지냈다.

㉣ 왕이 이 말을 듣고 통곡한다.[4]

　　<온달전>의 전체적인 구성을 보면, 편의상 크게 ㉮㉯~㉵의 온달 이야기와 ㉯~㉶㉷의 공주 이야기로 구분할 수 있다. 열전에는 온달로 표제가 되어 있지만, 실제로는 온달보다는 평강공주의 이야기가 비중 있게 다루어지고 있다. 공주와 관련된 ㉯~㉶의 부분을 보면, 공주는 왕의 말을 희언(戲言)이라고 하면서 정면으로 맞설 뿐만 아니라, 스스로 자기의 삶을 개척하고 자기 삶에 대한 가치를 실현하려는 의지를 가진 인물로 묘사되고 있다.[5] 그래서 <온달전>의 서사적 주체를 평강공주로 보고, 이를 평강공주에 관한 이야기로 보기도 한다.[6] 미천한 신분의 인물인 온달의 잠재력을 일깨워 국가에 공을 세우는 장수로 거듭나게 하는 역할을 한다는 점에서 <온달전>에서 공주가 차지하는 위치를 간과할 수는 없다. 그런데 온달과 공주와의 결연, 말을 고르는 방법 등은 설화적인 요소로 볼 수 있다. <온달전>이 허구성과 역사성을 지녔다고 할 때, 공주와 관련된 부분이 바로 허구성에 해당한다.

　　『삼국사기』 열전이 역사적 사실을 바탕으로 기록된 것이라면, 공주가 아닌 온달을 논의의 중심에 놓아야 할 것이다. ㉮단락에서 보듯이 온달은 볼품없는 외모에 사람들이 '바보 온달'이라고 불렀다는

---

4) 김부식, 『삼국사기』, 김종권 역(개정판: 명문당, 1993) 702~704쪽.
5) 임재해, 앞의 논문, 5쪽.
6) 윤분희, 앞의 논문, 149쪽.

점에서 미천한 신분이었을 것이다. 미천한 신분임에도 불구하고 온달은 ㉑ 고구려의 연례행사인 제천행사를 통해 두각을 나타내고 ㉒ 후주와의 전쟁에서 공을 세워 대형이라는 벼슬을 하사 받는다. 온달의 신분이 미천했다는 것은 제천행사에서 남들보다 뛰어난 사냥실력을 보였음에도 불구하고 후주와의 전쟁에서 공을 세운 연후에야 왕으로부터 인정을 받기 때문이다. 온달을 입지적인 인물로 볼 수 있다. 이런 온달이 신라와의 싸움에서 전사하게 된다. 온달은 ㉓단락에서 비장한 각오로 맹세를 하고 출정한다. 그런 온달이 실지회복이라는 염원을 달성하지 못한 채 죽음으로써 원한을 품게 된다. 따라서 ㉔단락에서 보듯이 그의 시신을 담은 관이 움직이지 않는 것이다. 이 단락은 온달의 죽음이 비극적임을 암시하고 있다. 미천한 신분의 입지적인 인물이었던 온달의 비극적인 죽음을 더욱 극적으로 승화시키기 위해 평강공주 이야기를 삽입하여 설화성 짙은 <온달전>이 형성된 것으로 보인다.

3. 〈온달설화〉의 전승 양상

  문헌 자료인 <온달전>이 구전으로 전승되는 계기는 다음의 두 가지 경우를 상정해 볼 수 있다. 하나는 개인이 문헌에 실린 <온달전>을 읽거나 듣고 감명을 받아 이를 다른 사람에게 들려주는 과정에서 구전되는 경우와 다른 하나는 <온달전>에 등장하는 공간적 배경 내지는 이와 관련된 증거물의 존재를 믿고 구전하는 경우를 들 수 있다. 전자는 설화의 특성상 민담의 형식을 취할 것이고, 후자는 집단적인 성향에 의해 전설의 형식을 취하면서 전승될 가능성이 크다.

1) 민담으로의 전승

채록된 <온달설화> 중에서 민담의 범주에 포함될 수 있는 이야기는 『한국구비문학대계』의 4편과 『충청남도 민담』의 1편 등 모두 5편이 있다.

먼저 『한국구비문학대계』 1-7편에 실려 있는 「바보 온달」 이야기부터 살펴보겠다. 화자는 "이 이야기는 알겠지."라면서 조사자들이 온달 이야기를 알고 있다는 전제하에 이야기를 구술한다.

> 바보 온달①[7]
> 바보 온달이, 나랏님이 공주 낳아가지곤 자꾸 우니깐, 안고서,
> "넌 이 담(다음)에 바보 온달한테 시집 보내겠다."
> 구 그랬는데, 이 아이가, 공주가 커서 장성하니까는 다른 데로 시집을 보내려고 하니까는, 이 공주가 하는 말이,
> "아버지는 딸 하나 가지고 사위 몇 씩이나 볼려나? 어려서부터 날 바보 온달한테 보내갔다구 그러더니 왜 딴 데로 보내려느냐. 난 바보 온달한테로 가겠다."

---

7) 성기열, 『한국구비문학대계 1-7(경기도 강화군편)』(한국정신문화연구원, 1982), 314~317쪽. 이하 『대계』라고 약한다.

「바보 온달①」의 서두 부분이다. 화자는 "바보 온달이"라고 구술하여 온달의 외모와 그가 처한 상황을 설명하는 ㉮단락을 생략한 채, 공주와 평강왕이 갈등을 겪게 되는 ㉯단락부터 이야기를 시작한다. ㉯단락에서 평강왕이 공주의 울음을 그치게 하려고 "넌 이 담(다음)에 바보 온달한테 시집 보내겠다."고 한 말이 계기가 되어 ㉰단락에서 왕과 공주는 결혼 문제로 대립하게 된다. 그 결과 공주의 출궁과 온달과의 혼인으로 이어지는 ㉱와 ㉲단락이 구술된다. 그런데 화자가 구술한 「바보 온달①」의 이야기 전개과정을 살펴보면, 설화적인 속성으로 인해 부분적인 첨삭이 이루어지게 된다.

그러니까 공주가 인제 그 나무껍질 벳기려 갔으니까 거기로 슬슬 쫓아갔단 말야. 아, 이쁜 새악시가 오거든, '아! 저 여우임에 틀림없다.' 무서워서 이제 저의 집으로 뛰어 들어가,
"아! 어머이, 어머이."
"왜 그러느냐?"
"저, 여우가 바깥에 하나 있다."구.
"그랴. 아니 아까 아주 젊은 여자 하나 '온달님 어디 가셨냐?' 그러구 날 불러 찾아서 나무껍질 뺏기려 갔다구 그랬는데 아니 여우……."
아! 그러곤.
"저리 가라, 거기 들어오지도 말라."
구 그러거든. 그러니까,
"온달님 왜 이러시냐? 나는 여우하지도 않고, 무슨 짐승도 아니고, 도깨비도 아니고, 나는 사람이다. 그러니까 안심하라."
그러고 그러면서 그냥 찌그러 붙으며 거기 서 있거든. 그래, 아!

나중엔 이 공주가 온달을, 바보 온달을 공부를 가르친단 말야. 공부
를 가리키니까는…….

서두에서 "바보 온달이"라 하고 이야기를 시작한 화자는 공주와
만나는 대목인 ㉜단락에서 그의 행동을 모자란 사람의 그것으로 구
술하고 있다. 이것은 화자가 온달을 바보라는 전제하에 이야기를 구
술하기 때문이다.

　　밤에는 공부 가르키고 낮에는 무술을 또 가리켰거든. 말 달리는
　것, 말 타는 것, 말 달리는 것, 창 쓰는 것, 칼 쓰는 거, 이런 것도
　시악씨가 가리켰거든.
　　아! 그런데 아주 하루 가리키는 것 달라, 이틀 가리키는 것 달라,
　아주 능란하거든, 잘 하거든.

위의 인용문은 <온달전>에는 없는 부분이다. <온달전>에서는 ㉻
단락인 국마(國馬)의 획득은 중요한 구실을 한다. 이 말이 온달의
출세를 직접적으로 뒷받침하고 있기 때문이다.[8] 그런데 「바보 온달
①」에서는 온달이 바보라는 이미지를 벗고 비범한 인물로 거듭나서
출세하게 되는 이유를 공주의 가르침 때문이라고 한다. ㉻단락에서
국마(國馬) 획득 대목이 탈락한 대신에 공주가 온달을 가르치는 대
목을 삽입하여, 온달의 출세를 좀 더 합리적으로 설명하고 있다. 온
달이 전쟁에 참여하는 ㉽단락에서도 구전 설화와 <온달전>은 다르

---

8) 장덕순, 앞의 논문, 500쪽.

게 묘사되어 있다.

> 그래서 그때는 나라에 싸움이 났는데, 전쟁이 났는데 공주가 온
> 달장군한테 언젠 전쟁을 나가라고 그러거든. 나가면 지지 않을 테니
> 나가라고. 그래설라므래 그냥 공주가 이젠 무술광전후 다 가르쳐 줬
> 지. 그래선 전쟁을 나가선 이겼거든.

「바보 온달①」에서는 온달이 두각을 나타내는 ㉝ 제천행사 대목이
생략되어 있다. 공주에 의해 무장으로서 자질을 갖춘 온달은 ㉞ 후주
와의 전쟁 단락에서 두각을 나타낸다. 그런데 온달이 전쟁에 참여하
는 것은 공주의 요청에 의해서이다. 이 설화에서 온달은 공주에 의해
움직이는 수동적인 존재인 것이다. 화자가 공주에 주안점을 두고 이
야기를 구술한 결과인 것이다. 이것은 결말 부분에서도 확인된다.

> 근데 나중에 바보 온달이 또 나갔다가 죽었어. 아, 아[조사자: 싸
> 움터에 또 나갔다가요?] 응, [조사자: 그래서 그 공주는 혼자 됐네
> 요? 온달이 죽구요.] 응, 혼자 됐지. 아! 아이를 낳겠지. 그 새 아이
> 를 몇 낳지.

화자는 온달이 죽음에 이르게 되는 ㉤와 ㉥대목을 축약하여 구술
하고 있다. <온달전>에서는 잃어버린 국토를 수복하기 위한 온달의
행동에서 비장감을 느낄 수 있고, 그의 죽음은 '충'의 관념과 일맥
상통한다. 그런데 구전 설화에서 화자는 온달의 비극적인 죽음과 관
련된 모티프를 망각하고 있다. 「바보 온달①」에 등장하는 온달은 비

장함이나 숭고함과는 거리가 멀다.

「바보 온달①」에서 화자가 온달을 바보로, 공주는 바보인 온달을 뛰어난 무장으로 거듭나게 하는 데 기여한 인물로 생각하고 이야기를 구술한 것이다. 그래서 온달과 공주와 관련된 부분에 대해서는 생생하게 기억하지만 온달과 관련된 단락들은 생략하거나 "온달이 또 나갔다가 죽었어."라고 하여 온달이 죽게 되는 대목 일부를 기억할 뿐이다. 이것은 화자가 온달과 관련한 단락을 중요하게 생각하지 않아 망각한 것이다.

『한국구비문학대계』 1-7에는 또 한편의 온달 이야기가 실려 있다. 「바보 온달(溫達)」이야기가 그것이다.

바보 온달(溫達)②[9]
게, 명심보감에 나와 있는 얘긴데 바보 온달이 얘기를 허래니까 해죠.
바보 온달이가 뭔고 허니 옛날에 궁에서는 아들이 읍고 딸은 공주라 허지 않았어요? 둘째 딸은 용주고.
하 딸이 하나 있는데 어떻게 밤낮 울고 개구장이 노릇을 허는지 임금이 딸 기를 제, 뭐라고 허니,
"이 눔의 새끼. 나중에 바보 신랑 가."
이렸단 말야. 장차 시집을 그리 보내겠다구.

「바보 온달(溫達)②」을 구술한 화자는 서두에 "명심보감에 나와 있는 얘긴데"라 하여 자신이 구술할 온달 이야기가 문헌에 나와 있

---

9) 『대계』 1-7, 438~439쪽.

음을 밝히고 있다. 이것은 화자가 문헌에 충실하게 온달 이야기를 구술할 것임을 암시하는 대목이다. 「바보 온달(溫達)②」에서 화자는 <온달전>의 ㉖단락부터 구술하고 있다. 『명심보감』 염의편의 온달 이야기는 공주의 행적을 중심으로 기록되어 있다. 그래서 공주와 관련된 대목부터 시작한다. 온달이 제천행사에서 두각을 나타낸 일, 후주와의 전쟁에서 공적을 쌓은 일, 신라와의 싸움에서 전사하는 단락이 탈락한 대신에 "말을 많이 길러서 온달을 도와 마침내 벼슬과 명망이 높고 빛나게 하였느니라.(多養馬以資溫達 終爲顯榮)"10)라 하여 공주에 의해 온달이 벼슬길에 오르고 명성을 쌓았음을 이야기한다.

「바보 온달(溫達)②」은 온달과 공주가 결혼하는 대목까지는 『명심보감』과 유사하게 이야기가 전개되지만, 결혼 이후 온달이 명성을 얻게 되는 대목부터는 <온달전>의 서사구조를 따르고 있다. 이것은 『명심보감』에 온달이 명성을 쌓는 대목이 간략하게 기록되어 있는 것과 연관이 있다.

그래 이 공주가 바보 온달이를 뭘 가르쳤는고 허니 글을 가르쳤어요. 사냥허는 걸 가르키구. 아 글을 참 가르쳤소. 활쏘기를 갈(가르)쳤는데, 한 날은 나라에서 무얼 시험을 보는고 허니 예전에는 나라에서 활 잘 쏘고 기운만 세면 대장이구 뭐구했거든.
…(중략)…
그니 어느 싸움대장으로 싸우려 나갔다 죽지 않았소? 죽었는데 아 이 시체를 떼 내리니까 떨어지질 않아요, 땅에서. 아, 죽은 송장

---

10) 秋適, 『명심보감』, 秋鏞勳 역(천지성지사, 2002), 230쪽.

이 그래. 밤중에 공주가 나가서 추도를 해가지구 그래 가 장사를 지 냈다는 그런 얘기가 있잖소.

<온달전>의 ㉕단락부분에 해당하지만, 화자에 의해 이야기가 변형되어 있다. 앞에서 살펴본 「바보 온달①」과 마찬가지로 국마를 획득하는 대목이 생략되고, 대신에 공주가 온달에게 무예를 가르치는 대목이 첨가된다. 공주 덕분에 온달은 ㉕단락에서 사냥대회에 나가 짐승을 많이 잡아 장원에 뽑히게 된다. 그런데 <온달전>과는 달리 사냥대회에서 장원으로 뽑힌 것을 계기로 해서 왕의 신임을 얻게 된다. 이 설화는 온달이 무슨 이유로 전쟁에 나가게 되었는지 또 죽음을 맞게 되는 상황 설명은 생략한 채 <온달전>의 ㉔~㉕단락이 간략하게 구술되어 있다. 그런데 「바보 온달(溫達)②」에는 민담의 범주에 포함되는 다른 <온달설화>에서는 볼 수 없는, 공주가 온달의 넋을 위로하는 ㉕단락이 구술되어 있다. 이것은 화자가 <온달전>을 알고 있음을 보여주는 것이다. 이렇게 볼 때, 「바보 온달(溫達)②」은 화자가 문헌 자료인 『명심보감』과 <온달전>에서 온달 이야기를 취해 구술한 것임을 짐작할 수 있다.

<온달설화> 중에서 조금 색다르게 구술된 것이 「바보 온달과 평강공주」이다.

바보 온달과 평강 공주11)
바보 온달이 알지? 바보 온달이. 바보 온달이가 곤란해갖고, 참말

---

11) 『대계』 6-10, 519~521쪽.

로 그 산골짜기에서 즈그 어매하고 칡이나 캐먹고 살아. …(중략)…
긍가 즈그 부모가 여울라고 항께,

　"나는 바보 온달이하고 그전부터 점 찍어 놨으니, 그리로 시집가
지 다른 디로 안간다."

　딱 띵겨부러. 그렇께는,

　"방정맞은 것이 부모 말을 안 듣는다."

　쫓아, 내쫓아 버리고, 즈그 어매가 금싸래기 좀 줬어.

「바보 온달과 평강 공주」는 앞에서 살펴본 설화들과 달리 ㉮단락
부터 이야기가 시작된다. 그런데 <온달전>에서 중요한 모티프의 하
나인 '공주의 울기'가 포함된 ㉯단락이 생략되어 있다. 그 결과 ㉰
단락에서 변이가 일어난다. "나는 바보 온달이하고 그전부터 점 찍
어 놨으니, 그리로 시집가지 다른 디로 안 간다."고 하여 공주가 처
음부터 온달을 마음에 두고 있었다는 것이다. ㉰단락의 결과로 해서
공주는 출궁하게 된다. 공주가 온달을 직접 선택한 것으로 설정하여
결혼 문제로 인해 왕과 공주 사이에 갈등이 야기되지만 이것이 대
립으로까지 이어지지 않는다. 그리고 ㉱단락에서 공주가 출궁할 때,
"어매가 금싸래기 좀 줬어."라 하여 <온달전>에서 스스로 보물을
챙겨 나오는 공주의 행동과는 차이를 보인다.

　큰 총각인디 총각 그 놈이 바보 온달 같어. 기운이 세고 여전 장
수 같어. 그렇께는 처녀는 알던게비지. 그렇게 시집을 글루 갈려고
그러지. 그래서 금을 팔아서 묶어서 산다고 한단 말여. 사는디, 인자
이것을 그 공주가 인자 재주를 가르칠라고 봉께, 인자 배우면 쓰지

아무 것도 몰라. 재주를 인자 가르치는데, 쬐깐한 콩을 하나 해도
놓고 큰-장독판을 인자 줌시롱, 그 콩 가지고 대자공을 쪼개라 항
께는,

　　위의 인용문은 <온달전>에는 없는 대목이다. 화자는 온달을 힘이
센 인물로 인식하고 있다. 이것은 화자 나름대로 공주가 온달을 결
혼 상대로 선택하게 된 배경을 설명한 것이다. 그리고 온달이 공주
의 가르침에 순순히 따르게 하기 위해 온달을 시험하는 대목을 삽
입하고 있다. 온달은 공주의 시험을 통과하지 못해 공주의 가르침을
받아 "그때부터 배우기 시작해. 그래갖고는 말을 하다가, 활쏘기 배
우고 총칼로 인자 배우"게 되었다는 것이다. 온달이 공주의 가르침
을 통해 무장으로서의 자질을 갖추게 되었다는 것이다.

　　가르쳐갖고는 다른 날에 쌈을 하는디, 왕이 인자 봉께는 이것이
말을 타고 와서 쌈을 하는디 무지하게 잘 해. …(중략)…
　　그렇게 사람이 잘 되고 온달이를 여자가, 공주가 가르쳐갖고 전
부 장수가 돼버렸어. 그래갖고는 어떤 날에 쌈을 해갖고, 할 수 없
응게 활로 쏴버링께 죽기는 죽었드마.[조사자: 온달이요?] 온달이,
[조사자: 온달이 죽었어요?] 뜻을 못 세우고. [조사자: 그래서 평강
공주는 어떡했어요?] 장수, 지 서방을 장수로 만들어갖고 처음엔 잘
됐재. 잘 됐응게 할수없이 살아야재. 즈그 서방은 죽었어도.

　　「바보온달과 평강공주」에는 ㉘제천행사 단락이 생략된 채 ㉕단락
을 통해 온달이 싸움에서 두각을 나타내고 왕으로부터 인정을 받게

된다. 이 설화에서는 ㉣와 ㉤단락이 간략하게 구술되어 있다. 온달이 전쟁에 참여하게 되는 명분이 구체적으로 표현하지 않아, ㉩단락이 누락될 수밖에 없다. 화자가 "지 서방을 장수로 만들어갖고 처음엔 잘 됐재."라고 구술한 것으로 보아, 공주가 온달을 장수로 만드는 과정에 초점을 맞추고 온달 이야기를 구술한 것으로 볼 수 있다. 이것은 다른 설화에는 존재하지 않는 '온달 시험하기' 대목이 첨가된 것에서도 알 수 있다.

「바보온달과 평강공주」는 전체적인 맥락에서는 <온달전>과 비슷한 서사구조를 지닌다. 하지만 <온달설화>에서 핵심 모티프의 하나인 ㉯단락의 '공주 울기' 모티프가 탈락함으로 해서 필연적으로 ㉰단락에서 변이가 생기게 된다. 그래서 공주가 직접 자신의 배우자로 온달을 선택하게 되고, <온달전>에서는 볼 수 없었던 새로운 모티프들이 첨가되어 부분적으로 흥미롭게 구술되고 있다.

구전 설화는 사람들의 기억에 의존해 구술되는 방식을 통해 전승되기 때문에 한 편의 이야기는 전승 과정에서 필연적으로 변이를 일으키게 된다. 이때 변이는 이야기의 구술과정에서 부분적으로 일어나기도 하지만, 화자의 인지 정도에 따라 구술되는 이야기는 전혀 별개의 이야기로 발전하기도 한다. 온달 이야기의 경우에도 앞에서 살펴본 설화들과 많은 차이를 보이는 <온달설화>가 있다.

　바보 온달③[12)
　요새 말걸으믄 숯을 꿉었는데, 저 산에서, 산에 숯을 꿈서는 금

---

12) 『대계』 8-14, 186~187쪽.

을, 금덩어리 돌 그놈을 갖다가, 그 숯 꿉는 그 부석(부엌) 이방돌
했단 말이여. 했는디, 저그 마느래가 낮에 점슴을 가져가 본께로, 아
금덩거릴 갖다 걸쳐 얹어놓고, 불 때고 있었어. 그래서 그걸 뿌숫고
요걸 짊어져라이께로, 자기는 [머뭇거리며] 고걸 인자 그, 저. 숯 꿉
는 고(그것이) 저그 생활이고, 거기다 목숨을 붙이고 사니, 뿌식을라
이(부수어라 하니) 막 질색을 한다 말이여. 그러이 막 마느래가 부
석에 들어간께, 뿌수갖고 짊어지고 와갖고, 갖다 부란께 금인데, 그
래 저그 마느래가,
　"아이고, 바보야, 바보야."
　해서 그래 바보 온달이가 됐답니다.

　화자가 구술한 「바보 온달③」은 설화의 구성이나 내용적인 측면
에서 볼 때, <온달설화>와 유사점을 발견할 수 없다. 이 설화는
<쫓겨난 여인의 발복설화>와 비슷한 구조를 지닌다. <쫓겨난 여인
의 발복설화>의 구조를 간략하게 단락별로 정리하면 다음과 같다.

　　㉠ 어느 부잣집에 딸이 셋이 있었다.
　　㉡ 아버지와의 문답에서 셋째 딸이 내복에 산다고 대답하여 쫓겨
　　　난다.
　　㉢ 셋째 딸은 숯구이 총각을 만난다.
　　㉣ 여자가 금을 발견하여 두 내외가 부자가 된다.
　　㉤ 아버지는 셋째 딸을 쫓아낸 이후 몰락하여 걸식을 하다가 자
　　　신이 쫓아낸 딸을 만난다.

　「바보 온달③」은 숯구이 총각이 발견하지 못한 금의 가치를 알아
본 아내에 의해 부자가 되는 이야기이다. 이런 「바보 온달③」과

<쫓겨난 여인의 발복설화>의 구조를 비교하여 "경상남도 하동군의 구전자료는 『삼국사기』의 기본 줄거리 면에서는 다른 양상을 보이고 있으나, 이야기의 구조는 동일하다고 보겠다."13)고 하여 이 두 설화를 동일한 유형의 설화로 취급하기도 한다. 이 두 설화를 동일한 유형으로 보는 것은 설화에 등장하는 여주인공에 주목한 결과이다. <온달설화>에서 미천한 신분의 온달이 공주의 도움으로 명성을 쌓게 되었다면, <쫓겨난 여인의 발복설화>에서는 숯구이 총각이 쫓겨난 여인에 인해 금을 발견하게 되고 부유하게 살았다는 것이다. 설화에 등장하는 여주인공으로 인해서 남주인공의 상황이 반전된다.

그런데 <온달설화>와 <쫓겨난 여인의 발복설화>를 동일한 유형으로 취급하는 것에 의문이 생긴다. 이들 설화에서 이야기를 이끌어 가는 인물은 <온달설화>에서는 온달과 공주이지만, <쫓겨난 여인의 발복설화>에서는 쫓겨난 여인, 즉 셋째 딸이다. <온달설화>에서 공주는 온달로 하여금 장수가 될 수 있는 기반을 제공하지만 이야기가 여기서 끝나는 것이 아니다. 온달은 공주를 통해 자신의 능력을 발휘하여 자기 스스로 운명을 개척하는 행동을 보여준다. 따라서 <온달설화>는 남녀 주인공이 등장하여 각각의 이야기를 이끌어 가는 것으로 볼 수 있다. 이에 비해 <쫓겨난 여인의 발복설화>에서 전면에 등장하여 이야기를 이끌어 가는 인물은 셋째 딸에 한정된다. 숯구이 총각은 이 설화의 여타의 인물들, 즉 아버지나 언니들과 마찬가지로 이야기에 등장하는 인물에 불과하다. <온달설화>와 <쫓겨

---

13) 이강문, 앞의 논문, 11쪽.

난 여인의 발복설화>를 같은 유형으로 보는 것은 연구자의 임의적인 해석으로 볼 수 있다.

「바보 온달③」에서 화자는 온달의 바보스런 행위에 초점을 맞추고 이야기를 구술하고 있음을 볼 수 있다. 온달의 바보스런 행위를 부각시키기 위해 <쫓겨난 여인의 발복설화>의 ㉢과 ㉣단락을 차용한 것이다. 「바보 온달③」은 온달을 바보라고 부르게 된 유래에 관한 이야기이다. 「바보 온달③」은 줄거리나 이야기의 구조적인 면에서 볼 때 <온달전>과 동일선상에 놓을 수 없을 뿐만 아니라 <쫓겨난 여인의 발복설화> 유형과도 구별해야 한다.

<온달설화>가 문헌을 바탕으로 구비·전승된다고 하더라도 설화의 속성상 <온달전>과는 다른 유형의 설화가 존재할 수 있음을 보여주는 것이 바로 「바보 온달③」이다. 이것은 『충청남도 민담』에 실린 「바보에게 시집간 정승의 딸」의 경우도 마찬가지다.14) 이 설화에서 남자 주인공의 이름이 온달일 뿐, 전체적인 구도는 <쫓겨난 여인의 발복설화>의 구조를 취하면서도 부분적으로 변이를 보이고 있다. 특히 결말에 "그래서 충청남도 철로를 그 사람들이 놨어. 충청남도 철로를 왜놈이 놓은 게 절대 아녀."라는 부연설명을 덧붙이고 있다. 이 두 설화에서 화자들이 금의 가치를 제대로 알아보지 못한 숯구이 총각을 어리석은 바보라고 생각하고, 바보를 대표할 수 있는 이름으로 온달을 거론한 것이다.

「바보 온달③」과 「바보에게 시집간 정승의 딸」에서 숯구이 총각

---

14) 최운식, 『충청남도 민담』(서울: 집문당, 1984), 320～321쪽.

을 온달이라고 하는 것은 온달 이야기가 널리 알려진 것과 무관하지 않다. 금덩어리를 알아보지 못한 숯구이 총각의 행동을 바보스러운 것으로 판단한 화자들이 이를 온달과 연관지어 구술한 것이다. <온달설화>을 통해서 <온달전>과 유사한 형태의 설화가 전승되기도 하지만, 설화 전승집단에 의해 이와는 별개의 이야기 유형으로 창작되어 전승하고 있음을 알 수 있다.

2) 전설로서의 전승

문헌 자료가 특정 지역을 중심으로 설화화되어 구비전승 하게 되는 이유는 문헌에 기록된 공간적 배경이나 구체적인 증거물이 그 지역에 존재하기 때문이다. 충북 단양과 충주를 중심으로 한 지역주민 사이에서 영춘의 온달산성이 <온달전>에서 온달과 신라군 사이에 싸움이 벌어진 장소이며, 이 온달산성 주변의 동굴, 선돌, 쉬는 돌과 충주 지역에 있는 온달 공깃돌, 말무덤 등의 자연물이 온달과 관련된 증거물로 제시되고 있다. 이 지역주민들이 이들 증거물을 온달이라는 인물과 관련되었다고 믿고 전승시킬 때, <온달설화>는 단순히 민담이 아닌 그 지역의 내력을 밝혀주는 전설의 형태로 구전하게 된다. 이 지역에 전승되는 온달 관련 전설은 크게 1) 증거물 중심의 <온달설화>와 2) 이야기 중심의 <온달설화>로 구분할 수 있다.

먼저 증거물 중심의 <온달설화>를 살펴보겠다. 여기에 속하는 <온달설화>로는, 「온달성과 온달동굴」, 「온달성과 입석」, 「선돌」, 「휴석동 윷판 바위」, 「온달과 쉬는 돌(休石)」 등이 있다.[15] 여기서는 「온 달과 쉬는 돌(休石)」을 중심으로 살펴보겠다.

> 온달과 쉬는 돌(休石)
>
> 단양군 영춘면 백자리에 있는 온달성은 온달장군이 여동생과 더불어 하루 아침에 쌓았다고 한다. 여동생은 성 아래 강변에서 돌을 주어 치마폭에 싸 나르고 온달은 성을 쌓았다고 하는데 이때 여동생이 돌을 날으다가 무거워서 길옆의 바위 위에 앉아 잠시 쉬었다고 하는 바위가 있다. 오늘날의 온달성에서 강을 건너 오리 쯤 되는 지점에 있는 것이 이 쉬는 바위이다.
>
> 온달장군은 온달성에서 배수진을 치고 신라병과 격전을 벌렸는데, 전쟁이 오랫동안 계속되고 신라의 증원군이 도착하자 양곡이 부족한 데다가 중과부적이라 크게 패하고 말았다. 이때 온달성에서 쉬는 바위까지 한 발자국에 뛰어 건너 그 바위에 앉아 쉬었다고 한다. 신라병은 온달을 찾다가 죽은 줄로 알고 돌아갔다고 하고, 이에 온달은 사람을 보내어 증원부대를 요청하고, 일면 강원도 지방에 격문을 띄워 모병을 하도록 한 후, 이곳에서 며칠을 유하였는데, 이 때 온달은 넓은 반석 위에다 손가락으로 넉동백이 윷판을 그려놓고 부하 장졸과 윷을 놀았다고 한다. 지금도 쉬는 돌에는 윷판의 형적이 남아 있다고 한다.(단양군 영춘면 백자리 朴永夏)[16]

「온달과 쉬는 돌(休石)」은 온달과 관련된 증거물이 생겨난 이유를 온달과 여동생의 산성 쌓기, 이 산성에서 온달과 신라군의 격전

---

15) 「온달과 쉬는 돌(休石)」을 제외한 설화들은 모두 임동철의 논문에 수록된 것이다.
16) 단양군지편찬위원회, 『단양군지』(단양군, 1977), 613쪽.

과정을 통해 설명하고 있다. 「온달과 쉬는 돌(休石)」과 같이 증거물 중심의 <온달설화>에서는 공주가 등장하지 않는다. 이들 설화에서는 공주를 대신해서 온달의 누이동생이나 마고 할멈이 등장하여 온달산성을 쌓는다. 이를 두고 "온달전과 온달전설을 함께 고찰한다면 공주(온달전) – 누이동생(전설) – 마고 할미(전설)는 결국 동일한 성격으로 파악될 수 있다. 선돌에 관한 민속이나 온달전의 공주의 역할로 보아 이는 산신적 이미지와 강하게 연결되어 있음을 알 수 있다."17)고 하여 공주를 산신적 이미지를 가진 인물로 파악한다. 그런데 이들 설화에서 공주가 등장하지 않는 것은 신분상의 문제로 보아야 한다. 고귀한 지위에 있는 공주가 산성 쌓기와 같은 힘든 노동을 할 수 없다는 전승자들의 의식이 제3의 인물을 등장시켜 산성을 쌓게 하는 것이다. 따라서 공주를 산신적 이미지의 인물로 보는 것은 무리가 있는 것이다.

「온달과 쉬는 돌(休石)」에서 산성 쌓기 대목은 <오뉘이 힘겨루기 전설>을, 윷판의 흔적이 남아 있다는 대목은 <아기장수 전설>을 떠올리게 한다. <오뉘이 힘겨루기> 전설에서 목숨을 담보로 내기를 하는 적대적인 관계에 있던 남매가 <온달설화>에서는 산성을 쌓는 일에 서로 협력하는 관계로 변모하고 있으며, "온달성에서 쉬는 바위까지 한 발자국에 뛰어 건너 그 바위에 앉아 쉬었다"는 온달의 비범성에도 불구하고 온달은 신라와의 싸움에서 패하게 된다. 설화 전승집단이 이들 전설에 내포되어 있는 모티프를 차용하여 <온달설

---

17) 임동철, 앞의 논문, 68쪽.

화>를 구술하는 것은 온달이 주어진 과업을 달성하지 못한 채 죽음을 맞이한 비극적인 결말과 연관이 있다. 그것은 세 유형의 설화가 자신에게 주어진 운명을 개척하지 못한 채 비극적인 죽음을 맞이한다는 공통점을 지녔기 때문이다. 이런 비극적인 결말이 설화 전승집단으로 하여금 이 세 유형의 이야기를 같은 맥락에서 이해하게 되는 계기가 되었고, <온달설화>가 전설의 형태로 전승하게 된 것이다. 「온달과 쉬는 돌(休石)」은 설화 전승집단의 전승 태도로 인해 <오뉘이 힘겨루기>와 <아기장수> 전설의 일부 모티프를 차용하여 온달과 관련된 전설로 발전한 것이다. 그리고 결말 부분에 윷판의 흔적이 남아 있는 것을 온달이 "부하들과 윷을 놀면서 작전구상을 했다."18)고 하여 전시 상황에 맞게 구술된 설화도 있다.

이야기 중심의 <온달설화>에 해당하는 자료는 「온달 설화 '온달과 평강'」과 「온달 장군의 공깃돌과 말무덤」19)의 두 편이 있다. 이 중에서 「온달 장군과 공깃돌과 말무덤」 설화는 <온달전>의 ㉙와 ㉛ 단락이 생략되어 있고, ㉚단락에서 온달이 전사한 곳을 충주 지역이라고 하여 변이가 생기고 "충주시 상모면 미륵리에 온달 장군이 가지고 놀던 공깃돌과 온달 장군의 말 무덤이 있다."는 부연설명이 덧붙여져 있다. 그런데 이 설화의 경우, 단락별로 정리되어 있어 그 전모를 파악할 수 없다.

이야기 중심의 <온달설화> 자료 중에서 「온달 설화 '온달과 평

---

18) 임동철, 앞의 논문, 64쪽.
19) 최운식, 앞의 논문, 65~66쪽.

강'을 살펴보겠다.[20) 이 설화의 화자는 자기 나름대로 <온달전>을 해석하고 있다. 화자가 판단하여 필요하다고 생각되는 부분에는 다른 이야기의 모티프를 취해 흥미롭게 재구하고 있으며, 이야기의 상황에 따라 사건과 인물이 추가되었다. 따라서 「온달 설화 '온달과 평강'」 설화는 <온달전>보다 서사 구조가 훨씬 복잡하게 되어 있으며, 양적인 면에서도 상당한 차이를 보인다. 여기서는 「온달 설화 '온달과 평강'」과 <온달전>을 비교하여 두드러지게 차이를 보이거나 첨가된 단락을 중심으로 논의를 진행하고자 한다.

「온달 설화 '온달과 평강'」은 온달의 외모와 그가 처한 상황을 설명하는 ㉮단락부터 새로운 이야기를 첨가하여 길게 구술되어 있다.

> 그러나 온달의 속셈은 다른데 있었다. 내가 아무리 어머님을 잘 해 드리려고 해도 겨우 밥 한 그릇에 국 한 그릇일 테고 내가 해주는 음식은 아무리 잘해도 부잣집, 대갓집에서 나오는 음식만 못하다는 것을 미리 머리 속으로 계산하고 바보행각을 하였다. 대갓집이나 부잣집에서 맛있고 기름진 음식을 주고서 먹으라고 하면은 앞 못보는 늙은 어머니 가져 주어야 한다고 하며 먹지 아니하자 "한 그릇 싸줄테니 먹어라"라고 하면 그제서야 대갓집에서 주는 음식을 먹었다고 한다.

이 설화를 구술한 화자는 온달을 나무꾼으로 설정하고, 온달과 다른 나무꾼과의 힘겨루기, 온달과 호랑이와의 싸움과 같은 이야기를 통해 온달을 장사로 표현한다. 그리고 위의 인용문에서 보듯이

---

20) 이창식 편, 『온달문학의 설화성과 역사성』(박이정, 2000), 275~283쪽.

온달의 바보 행각은 어머님을 잘 봉양하기 위한 계산된 행동을 하는 영악한 인물로 묘사하고 있다. 공주가 온달을 처음 만나게 되는 대목에서 "저쯤 큰 나무 지게를 지고 오는 사람이 공주의 눈에 보였고 차츰차츰 다가오는 지게 진 바보 온달은 바보가 아니라 잘생긴 남자였다."고 하여 온달이 결코 바보가 아님을 말하고 있다. 이것은 뒤에 온달과 공주가 결혼에 관해 나누는 대화에서도 확인할 수 있다.

공주가 출궁하게 되는 ㉣단락은 <온달전>과 상당한 차이를 보이며 이야기가 전개된다.

평원왕과 왕비가 수차 달래 보았으나 허사였다. 공주는 달래고 권유할 때마다 온달을 사모하는 정이 점점 쌓여만 갔다.
결국 평강공주는 아버지의 성질이 그냥 놔둘 분이 아님을 간파하고서 가출(家出)을 결심하자 왕비의 마음은 명문 대갓집의 남인을 부마로 맞이하고 싶은 생각 어찌 없었으며 모녀간의 타협과 언쟁이 있었으나 결국은 남편인 왕의 성격을 잘 알고 있고 있으므로 하직 인사도 못하고 유모에게 부탁하였는데 이렇게 하여 두 여인이 성 밖으로 자의반 타의반 유랑길에 오른다.

공주가 출궁하게 되는 과정에 '왕비'와 '유모'라는 인물이 새롭게 등장한다. '왕비'의 등장으로 부녀간의 갈등이 모녀간의 갈등으로 대치되고, '유모'의 등장은 고귀한 신분의 공주의 출궁 과정을 좀 더 합리적으로 설명하게 된다.

㉢단락에서 국마를 얻게 되는 대목이 탈락한 대신에 3년을 기약

하고 온달이 공주에게 글 공부와 활쏘기, 말타기, 창던지기 등을 배우는 대목이 첨가되어 있다. 공주는 "3년이란 짧은 세월에 무예에는 능통하고 글 잘하는 한량으로" 온달을 바꿔 놓는다. 온달은 다른 사람들과 무예를 겨뤄 우승할 수 있는 실력을 갖추게 된다.

> 왕이 군사를 주어 신라군과 대적하기 위하여 영춘 하리에 당도하여 온달산성을 쌓기 시작하였다.
> 온달은 최후에 죽을 것을 각오하고서는 배수진의 성을 쌓는데 면별로 성을 쌓는 것을 맡겼다. …(중략)…
> 고구려는 북쪽 중국군을 무찌르러 간 사이에 신라와 백제가 고구려의 영토를 빼앗을 것을 온달장군이 잊어버린 옛 땅을 찾으려고 왕에게 맹세하고 떠나와서 온달산성을 쌓고서 전투를 시작하였다.
> …(중 략)…
> 군사들이 지쳐서 도하작전을 하는데 군사들이 힘이 없어서 여울에 넘어지고 자빠지며 물살에 막 굴러가고 떠내려(망굴여울)가자 온달은 떠내려가는 군사를 건져서 집합. 휴석근처. 휴석근처 산능선 안전한 곳(아산동)으로 군사를 집결시켜 쉬는 돌에서 휴식을 취한 '휴석동(休石洞)'이다.

위의 인용문은 <온달전>의 ㉧단락에 해당한다. 화자는 온달이 실지회복을 위해 떠나는 이유를 그럴듯하게 이야기하고 있다. 고구려가 후주와 전쟁을 하는 사이에 신라와 백제가 고구려의 영토를 차지하여 이를 되찾기 위해 온달이 나섰다는 것이다. 온달이 신라와 싸우기 위해 쌓은 것이 "온달산성"이며, 강물에 떠내려가는 군사를 구하고 휴식을 취한 곳이 "쉬는 돌"이고 그래서 그 동네 이름이

"휴석동(休石洞)"이라는 것이다. 온달과 관련된 증거물이 이야기 전개 과정에서 자연스럽게 등장하고 있다. 증거물의 제시가 널리 알려진 이야기를 통해 이루어지기 때문에 특별히 강조되지 않는다는 점이 이 설화의 특징이다. 「온달 설화 '온달과 평강'」은 우리에게 널리 알려진 문헌 자료라 하더라도 설화화 과정을 거쳐 특정 지역을 중심으로 한 전설이 될 수 있음을 보여준다.

4. 결 론

지금까지 살펴본 바와 같이, <온달설화>는 허구성과 역사성을 지닌 『삼국사기』의 <온달전>이 설화화 과정을 거쳐 형성된 것이다. <온달전>은 신분적인 제약을 극복하고 국가에 큰 공을 세운 입지적 인물인 온달이 종국에는 비극적인 죽음을 맞게 되었다는 역사적 사실에 온달과 공주가 결연하는 허구적 이야기가 첨가된 것이다. 온달의 비극적인 죽음과 공주와의 결연담은 교훈과 재미를 추구하는 설화에 있어서 좋은 소재가 되었다. <온달설화>에서 허구성에 주안점을 둔 이야기는 민담의 형태로, 역사성에 무게를 두고 이를 증거물로 활용해서 이야기한 것은 전설의 형태로 전승되고 있다. 본고에서는 <온달설화>를 민담과 전설로 구분하여 그 전승 양상을 살펴보았다.

민담의 범주에 속하는 <온달설화>는 크게 <온달전>의 영향을 받아 설화화된 것으로 「바보 온달①」·「바보 온달②」·「바보 온달과 평강공주」가 있으며, 이와는 별개의 온달 이야기로 보이는 「바보 온달③」·「바보에게 시집간 정승의 딸」이 있다. <온달전>의 서사구조와 유사하게 전개되는 <온달설화>의 경우, 화자들이 공주의 입장에서 이야기를 구술한다는 공통점을 지닌다. 즉 공주가 온달의 잠재된 능력을 계발하여 온달이 무장으로서의 자질을 갖추게 되었다는 것이다. 따라서 <온달전>에서 온달이 명성을 쌓게 되는 데 있어 결정적인 역할을 하는 국마(國馬)를 획득하는 단락이 <온달설화>에서는 그 중요성을 상실하여 탈락되었다. 대신에 공주가 온달을 훈련시키는 말타기와 활쏘기, 글공부 등의 '온달장군 만들기' 대목이 첨가되었다. 이것은 화자들이 바보온달에서 온달장군으로 거듭나게 되는 상황을 합리적으로 설명하기 위한 방편으로 보인다. 더욱이 「바보온달과 평강 공주」설화에서는 '온달 시험하기' 대목을 첨가하여 온달이 공주의 가르침을 받을 수밖에 없는 상황을 설정하고 있다. 화자들이 공주와 관련된 단락을 위주로 하여 이야기를 구술하다 보니 온달과 관련된 부분들은 축약되거나 망각된 상태이다.

<온달설화>의 형성 과정과는 무관한 듯이 보이는 「바보 온달③」의 경우, <쫓겨난 여인의 발복설화>에서 모티프를 차용하여 온달을 바보라고 부르게 된 연유를 설명하고 있다. 화자가 바보를 대표하는 인물로 온달을 떠올리고 이야기를 구술하였기 때문이다. 이것은 온달 이야기가 널리 알려졌기 때문에 가능한 것이다. 이렇게 볼 때, 「바보 온달③」과 같은 설화도 간접적으로는 <온달전>의 영향을 받은 것이다.

한편, <온달설화>는 전설의 형태로 전승하게 된다. 그것은 특정

지역의 주민들이 <온달전>의 역사적 사실을 바탕으로 해서 그들이 거주하는 지역에 있는 자연물을 온달과 연계시켜 생각하기 때문이다. 현재 전승되는 온달 전설을 살펴보면, 1) 증거물을 중심으로 한 것과 2) 이야기를 중심으로 해서 전승되는 것으로 나눌 수 있다.

증거물 중심의 <온달설화>에서 '쉬는 돌', '온달동굴', '선돌' 등이 증거물로 제시되고 있다. 증거물 중심의 <온달설화>의 경우, 「온달과 쉬는 돌(休石)」처럼 <온달전>의 여러 등장인물 중에서 온달만이 전설 속에 등장하며 이야기 구조는 다른 설화에서 모티프를 차용하여 증거물의 진실성을 확보하고 있다. 따라서 <온달전>의 서사 구조와는 무관하게 이야기가 구술되는 것이다.

이야기 중심의 <온달설화>인 「온달 설화 '온달과 평강'」은 서사 구조가 <온달전>과 유사하지만, 화자가 필요한 부분에 새로운 이야기를 첨가시켜 본래의 온달 이야기보다 더욱 흥미롭게 구술되어 있다. 그리고 화자가 온달 이야기를 구술되는 과정에 '온달산성'과 '쉬는 돌', '휴석동(休石洞)' 등의 증거물이 자연스럽게 등장하는 것이 특징이다.

<온달설화>의 전승 양상을 종합해 보면, <온달전>과는 달리 공주 중심의 온달 이야기와 온달 중심의 온달 이야기가 있으며 공주 중심의 이야기에서는 온달이, 온달 중심의 이야기에서는 공주와 관련된 부분이 축약 또는 탈락된다. <온달설화>는 민담과 전설의 형태로 전승하고 있는데, 이것은 문헌 자료가 설화화 될 경우 장르에 구애받지 않고 전승하게 됨을 보여준다.

하음 봉씨 시조설화 연구

1. 서 론

우리는 모두 성(姓)을 가지고 있다. 성은 이름 앞에 붙여서 사용하는 것으로 나와 다른 성을 사용하는 사람을 구별해 주는 동시에 같은 성을 쓰는 사람과는 동일 혈연 관계에 있음을 나타내 주는 이중적인 성격을 지니고 있다. 우리나라에서 한 씨족을 나타내는 성이 언제부터 쓰였는지에 대한 구체적인 기록은 남아 있지 않다. 다만『삼국유사』와『삼국사기』를 통해 그 일면을 엿볼 수 있다. 고구려의 '高', 백제의 '夫餘', 신라의 '朴·昔·金', 금관가야의 '金' 등이 그것이다. 문헌을 보면, 이들 성은 고대 부족사회부터 사용한 것처럼 기록되어 있으나 그것은 모두 중국 문화를 수입한 뒤에 지어낸 것으로 여겨진다.[1]

오늘날에는 성과 씨를 구분하여 사용하지 않는다. 그러나 이들은 그 어원이 서로 다른 것이다. 성은『설문해자』에 "人之所生也"라 하여 출생의 계통을 표시하는 표식이었다. 좌전은공팔년(左傳隱公八年)의 文에 의하면 "天子建德因生以賜姓"이라고 하여 천자가 유덕한 사람을 세워 제후를 삼을 때에 그 선조의 소생지(所生地)로써 성을 주었다고 한다. 처음에 사람들은 성을 가지고 각기 소속된 혈통을 분별할 수 있었다. 그러나 시대가 변하여 각지로 분산하면서 그에 대한 표식이 필요하게 되었다. 그래서 생긴 것이 씨(氏)이다. 좌전은공팔년의 文에 의하면 "胙之土而命之氏"라 하여 씨는 지명

---

1) 申奭鎬,「韓國姓氏의 槪說」,『韓國姓氏大觀』(창조사, 1971), 22쪽.

에 의하여 명명된 것임을 알 수 있다. 氏는 분화된 혈통(姓)의 각기 지연을 표시하는 표식으로, 씨의 본원적 의의는 성의 분파를 의미하는 것이다. 그리고 성씨는 전주 이씨·안동 김씨·파평 윤씨 등과 같이 본관과 성을 합하여 씨족을 표시할 때에 사용되는 용어이다.2) 우리나라에서는 일반적으로 씨족이라고 하면, 성과 본관이 서로 같은 사람들의 집단을 말한다.3)

이러한 성과 관련된 설화를 '성씨 유래담'이라고 하는데, 이는 특정 씨족집단의 신화에 해당한다. 그것은 씨족 집단이 성씨 유래담을 통해 자기 조상을 신격화하고, 이를 통해 조상에 대한 신성성과 성씨에 대한 당위성을 표출하기 때문이다.4) 이러한 성씨 유래담이 역사성을 띠고 건국과 관련되면 건국시조신화로 그렇지 못한 일반 백성의 경우는 성씨시조신화로 구분하거나,5) 왕조설화와 씨가설화로 양분하기도 한다.6) 그리고 이 둘을 구분하지 않고 씨족설화라 통칭해서 사용하기도 한다.7)

성씨는 씨족을 표시하는 용어이므로 본고에서는 특정 성씨와 관련하여 그들의 시조가 성씨를 획득하게 된 유래를 밝히는 설화를

---

2) 鄭光鉉, 『姓氏論考』(동광당서점, 1940), 16~20쪽.
3) 宋俊浩, 「韓國에 있어서의 家系記錄의 歷史와 그 解釋」, 『歷史學報』 87 (歷史學會, 1980), 113쪽.
4) 장장식, 「<권씨 씨족설화>의 형성과 신화성」, 『'98년도 경희대학교 민속학 연구소 추계학술세미나』, 1998, 2쪽.
5) 金光淳, 『韓國口碑傳承의 文學』(형설출판사, 1988), 15쪽.
6) 許慶會, 『韓國氏族說話研究』(전남대학교출판부, 1990), 3쪽.
7) 윤인근, 「한국씨족설화연구」, 한국교원대학교 대학원, 1993, 1쪽. 장장식, 앞의 논문, 2쪽.

'성씨시조설화'라고 부른다. 여기서 성씨시조설화라고 한 것은 시조 이외의 인물과 관련된 행적담 내지 이적담 설화와 구분하기 위해서 이다.

본고에서 다룰 하음봉씨설화[8]에 대한 기존의 연구는, 현지에서 채록된 설화를 중심으로 『삼국유사』의 탈해신화와 비교하여 '상고 시대의 이 지역 소부족국가의 건국신화로 출발하였던 것이 연륜과 함께 퇴색(褪色)'된 건국신화라는 입장에서 고찰한 것[9]과 현장 답사 를 통해 고찰한 것,[10] 그리고 문헌 전승의 씨가설화를 고찰하는 가 운데 간략하게 살펴본 것이 있다.[11]

본고는 이러한 기존의 연구 성과를 토대로 하여 성씨시조설화인 '봉씨 설화'가 가지는 의의와 현장 답사를 통해 얻은 자료를 토대로 하여 이 설화와 관련된 유적들이 갖는 의미를 살펴보고자 한다. 이 를 위해 『한국족보대전』[12]과 「시조하음백봉공우사적비(始祖河陰伯 奉公佑事蹟碑)」에 적힌 문헌 자료와 『한국구비문학대계(경기편)』[13] 와 『전설의 고향을 찾아서』[14]에 수록된 3편의 구전 자료를 대상으 로 하였다.

---

8) 하음봉씨설화를 이하 '봉씨설화'라 한다.
9) 成耆說, 「退色된 建國神話 — '奉氏始祖說話'의 경우 — 」, 『韓國說話의 硏 究』(인하대학교 출판부, 1988), 32~46쪽.
10) 최운식, 『전설의 고장을 찾아서』(민속원, 1997), 198~203쪽.
11) 허경회, 앞의 책, 154~155쪽.
12) 韓國氏族史硏究會 편, 『韓國族譜大典』(도서출판 靑化, 1989), 1100쪽.
13) 成耆說, 『한국구비문학대계』 1-7(경기편)(한국정신문화연구원, 1982), 9 8~101쪽. 870~872쪽.(이하 『대계』로 약칭함.)
14) 최운식, 앞의 책, 195쪽.

2. '봉씨 설화'의 전승 양상

하음 봉씨는 강화도를 본관으로 하는 토착 세력이었다. 「시조하음 백봉공우사적비」에 의하면, '공의 묘소가 당초 화도면 덕포리 마니산 北麓治谷下三川村 후강(後岡)에 봉안하였던 것을 부득이한 사정과 중의에 의하여 임술(1983년 - 필자주) 이월 십육일에 공의 석상각(石像閣) 후록(後麓)인 임좌 병향원으로 이장하였다.'고 한다. 마니산(또는 마리산)은 원래 강화도 남쪽에 있던, 옛 명칭이 고가도(古加島)라는 섬에 있었다. 고가도와 강화도 사이에는 좁은 해로가 있었는데, 서쪽에 가릉포 대제를 쌓고 동쪽에 선두포 대제를 축조하여 지금의 강화도가 되었다.[15] 하음 봉씨의 시조인 우(佑)가 태어난 봉가지(奉哥池)는 강화도의 본도에 있었고, 강화본도에서 떨어진 고가도의 마니산록에 그의 묘가 있었다는 기록으로 보아 당시의 봉씨 집안은 강화도에서 커다란 세력을 형성했던 것 같다. 하음 봉씨는 1960년 국세조사 당시에 전국적으로 1,038가구에 5,911명, 1975년 1,700가구, 1985년 경제기획원 인구조사 결과에 의하면 남한에 총 2,469가구에 10,547명이 살고 있는 것으로 집계되었다.[16]

봉씨 설화는 문헌과 구전을 통해 전승되고 있는데 몇 군데에서 내용상 차이를 보인다. 먼저 문헌에 기록된 '봉씨 설화'에 관한 기

---

15) 鄭炅日, 「마리산 참성단 연구」, 『靑藍史學』 창간호(한국교원대학교 청람사학회, 1997), 97쪽.

16) 한국씨족사연구회 편, 앞의 책, 1100쪽.
　　崔德敎 · 李勝羽, 『韓國姓氏大觀』(창조사, 1978), 979쪽.

록을 살펴보면 다음과 같다.

『하음봉씨을축세보(河陰奉氏乙丑世譜)』에 그의 출생에 대한 기록
이 다음과 같이 전한다. 서기 1106년(고려 예종1) 어느 날 강화군 하
점면 장정리(江華郡河岾面長井里) 하음산 기슭의 연못가에 눈부신
광채가 비치더니 이어 석함(石函)이 떠올랐다. 마침 물을 길러 왔던
한 노파가 이상히 여기며 살펴보니 그 속에 용모가 뛰어난 사내아이
가 들어 있었다. 노파가 이 아이를 왕(王)에게 바쳤더니 임금은 궁중
(宮中)에서 양육하라는 명(命)을 내린 후 노파가 봉헌(奉獻)했다고
하여 성(姓)을 봉(奉)이라 하고 이름을 우(佑)로 하사(下賜)했다.
　그로 인하여 봉씨(奉氏)의 연원(淵源)을 이루게 되었으며, 후손들
은 봉우(奉佑)를 시조(始祖)로 받들고 그가 식읍(食邑)으로 하사 받
은 하음(河陰) 땅의 지명을 본관(本官)으로 삼아 세계(世系)를 계승
(繼承)하여 왔다.[17]

시조인 우는 '눈부신 광채'의 상서로운 기운이 감돈 후에, 물속에
서 떠오른 석함에서 태어났다고 한다. 봉씨 설화의 탄생담에는 우의
부모에 대한 언급이 없다. 부모에 관한 정보가 없는 것은, 부모의
존재를 부정하는 것이 아니라 부모가 신성한 존재임을 암시하는 것
이다. 문맥상 '눈부신 광채'는 하늘에서 내려오는 것으로 부(父)를
상징하고, 연못은 모(母)를 상징하는 것으로 볼 수 있다. 이것은 천
부지모(天父地母)의 관념을 바탕으로 한 것으로 생명 출현의 동기
를 사람에 두지 아니 하고 하늘과 땅에 둔 것이다.[18] 시조인 우가

---

17) 한국씨족사연구회 편, 앞의 책, 1097~1098쪽.
18) 장장식, 앞의 논문, 3쪽.

출생 과정에서 신성성을 획득함으로써, 봉씨의 후손들은 다른 성씨
들과 변별될 뿐만 아니라 하늘에서 적강한 존재의 후손이라는 자긍
심을 갖는 계기를 마련한 것이다.

> 公(奉天祐 - 필자 주)이 始祖의 發祥地인 江華島의 河陰山上에
> 奉天臺를 構築하여 天祭를 奉行하였으며 그 山의 東麓에 奉恩寺를
> 創立하고 兼하여 報恩塔을 세워 始祖의 冥福을 祈願하고 老婆의
> 慈恩을 報酬하였으며 또 巨大한 自然石에 始祖의 尊影을 彫刻하여
> 그의 規模가 확장하고 彫琢이 美麗하므로 文化財로 指定되어 있다.
> 더욱이 千年前의 龍洲池가 至今까지 埋伏되지 않고 深廣淸冷한 水
> 面에 바람을 따라 물결이 일게 되면 그의 始祖의 依俙彷佛한 面貌
> 와 髮髮이 비취어 보이는 듯하니 尋常한 行路일지라도 無心히 看過
> 할 수 없게 되었다. 하물며 그의 後孫된 者라면 봄의 兩路時와 가을
> 의 霜雪節에 墓先敬祖의 마음 더욱 懇切하지 아니하겠는가.

위의 글은 「시조하음백봉공우사적비」에 실려 있는 것으로 시조의
출생과 득성 과정 이외에 칠세손인 천우(天祐)19)의 공적이 상세히
기록되어 있다. 천우는 그의 시조인 우의 공적을 기리기 위해 봉천
대와 봉은사 그리고 석상각을 건립하였다. 그리고 "천 년 전의 용주
지가 지금까지 매복되지 않고 심광청냉한 수면에 바람을 따라 물결
이 일게 되면 그의 시조의 의희방불한 면모와 발발이 비취어 보이
는 듯하"다고 하여 오늘날까지도 시조가 탄생한 봉가지는 신비감을

---

19) 「시조하음백봉공우지묘(始祖河陰伯奉公佑之墓)」에는 천우가 6세손으로
    되어 있다.

자아낸다고 하였다. 이밖에 시조에 대한 자긍심은 그와 관련되었다고 하는 유적들을 통해서도 쉽게 발견할 수 있다. 일례로 보물 제615호로 지정된 석조여래입상을 하음 봉씨는 시조인 우의 존영을 조각한 것으로 여기고 매년 시제를 지낸다. 이에 대해서는 뒤에 상술하기로 한다.

봉씨 설화가 이처럼 신성스러운 분위기를 가진 상태로 문헌에 기록·전승될 수 있었던 것은, 하음 봉씨 집안이 당시엔 상당한 영향력을 행사할 수 있는 위치에 있었음을 보여주는 것이다. 문헌에 수록된 봉씨 설화는 초기에 기록된 대로 오늘날까지 전승되고 있다.

구전되는 봉씨 설화는 『대계』에 2편과 『전설의 고향을 찾아서』에 1편이 수록되어 있는데, 각 편의 설화를 간추려 요약해 보면 다음과 같다.

<자료 1> 봉천사·봉은사·석상각·봉가지 전설[20]
1) 고려시대에 노파가 봉가지에서 옥동자를 얻어 기르다가 나라에 바쳤다.
2) 임금이 하늘을 받들고 나라를 도우라는 의미에서 봉(奉)씨를 사성하고 우(佑)라는 이름을 지어주었다.
3) 자라나서 정승이 되었다.
4) 손자인 봉천우가 할아버지를 위해 여러 가지 사은물을 축조하였다.
   ① 봉화대라는 제단을 만들어 그의 시조를 위해 하늘에 제사를 지냈다.

---

20) 『대계』 1-7, 98~101쪽.

② 시조를 발견하여 길러주고 나라에 바친 노파의 극락왕생을
  빌기 위해 봉은사와 5층탑을 건축하였다.
③ 그리고 노파를 기리기 위해 돌에 노인의 화상을 조각하였
  다. 이것이 석상각이다.

<자료 2> 봉씨 시조 전설[21]
1) 고려 때 어느 누군가 연못에 궤가 있어 열어 보니 어린아이가
   있었다.
2) 이 아이를 강화 원에게 바치니 성을 받들 봉(奉)자로 하고 본
   을 하정리라고 하였다.
3) 후손이 봉천대와 봉천각을 지었다. 자세한 것은 잊어버렸다.

<자료 3> 봉가지(奉哥池)와 봉천산(奉天山)[22]
1) 고려시대에 과부가 연못으로 아침 일찍 빨래를 하러 왔다가
   함을 발견하고 열어보니 옥동자가 들어 있었다.
2) 과부가 아이를 나라에 받쳤는데, 임금님이 '받들 봉(奉)'자, '도
   울 우(佑)', '봉우'라고 이름을 지어주었다.
3) 봉우는 자라서 하음(지금의 하점)의 원님이 되었다.
4) 그의 후손들이 하음에 살면서 그를 하음 봉씨의 시조로 모셨다.

구전 설화는 문헌 설화에 비해 시조의 탄생과 득성 과정에서 신
성성이 약화되거나 또는 신성성이 부정되면서 전승하고 있다. 이것
은 봉씨 설화가 오래전에 형성되어서 구전되는 동안에 부분적으로
망각되었음을 보여준다. <자료 1>은 문헌 설화와 비슷하게 전개되

---

21) 위의 책, 870~872쪽.
22) 최운식, 앞의 책, 195쪽.

지만 공덕물을 축조한 부분에서 차이를 보인다. 이에 비해 <자료 2>는 다른 구전 설화와 많은 차이를 보이고 있다. <자료 2>에서 화자는 아이를 얻게 된 과정을 "어느 누가 아이나 나서 어디다 갖다 연못에 띄었으니까" 누군가 그 아이를 발견했을 것이라며, 시조 탄생담을 부정적인 입장에서 구술하고 있다. 이러한 태도로 말미암아 득성 부분에서 '봉'씨라는 성은 임금이 아닌, 아이가 발견된 고을 원에 의해서 사성(賜姓)되는 것으로 이야기되고 있다. 그리고 후손에 의해 축조된 공덕물에 대한 설명이 대부분 망각된다. 이것은 화자가 자신과 관련이 없는 성씨의 시조를 신성스럽게 표현할 필요가 없기 때문이다. 이러한 성씨시조설화에서 신화성이 제거되면 자칫 흥미 본위의 소화로 전락할 수도 있다.[23]

<자료 3>에서는 봉씨의 시조인 우가 태어난 연못이 동네의 빨래터로 사용되던 곳이라고 한다. 이 설화는 <자료 2>와 같이 시조의 신성성을 부정하는 것처럼 보이지만, 임금이 사성하였다고 구술함으

---

23) 성씨시조설화에서 신화성이 제거되고 세속적인 측면이 강조될 경우엔 특정 성씨의 시조 출생과정이 우스갯소리의 대상으로 전락하게 된다. 다음의 궉씨 시조담이 그런 경우에 해당한다.
자료 10: 궉씨 시조담
"어떤 여자가 엉거주춤 앉아서 밭일을 하고 있었는데, 지나가던 남자가 그 모습을 보고 마음이 동하여 겁탈을 하고 가 버렸다. 그 뒤 그 여자는 임신을 하고 아이를 낳았는데, 남자의 성씨를 모르기 때문에 아이의 성을 붙일 수가 없었다. 그래서 원님에게 찾아가 아이의 성씨를 찾아 달라고 하였다. 원님은 그때의 상황을 들어보고, 새가 '궉궉' 울며 날아갔으니 하늘 천(天) 밑에 새 조(鳥)자를 쓰는 鵻씨라 하라고 하였다."(장장식, 앞의 논문, 6쪽.)

로써 성씨의 득성을 통해 봉씨 설화가 가지고 있는 신성성은 인정하고 있다. 구전되는 봉씨 설화의 경우, 문헌 설화에 비해 내용상 변이가 심할 뿐 아니라 '성씨시조설화'가 가져야 할 신성성이 약화된 모습을 보인다.

이상에서 살펴본 바와 같이 봉씨 설화에서 중요한 단락은 탄생과 득성 과정이다. 그런데 득성은 우의 신이한 탄생에 의해서 이루어지기 때문에 이 설화에서 가장 중요한 부분은 탄생담이라 하겠다. 그리고 후손에 의해 축조된 것으로 여겨지는 봉천대나 봉은사 등의 공덕물은 봉씨 설화에 전설적인 요소가 가미되었음을 보여준다. 이러한 공덕물의 등장은 시조의 탄생에 신성성을 가미시키는 역할을 하며 아울러 당시의 봉씨 집안의 위세를 과시하기 위한 표시이기도 한 것이다.

3. 탄생 모티브로 본 '봉씨 설화'

성씨시조설화에 등장하는 주인공들은 신이한 탄생 과정을 통해 지상에 출현하게 된다. 이때 지상에 출현한 시조는 처음부터 인간의 모습일 수도 있고, 이형태의 모습이었다가 인간으로 화하기도 한다. 시조의 출생과정에 보이는 이러한 차이를 양친의 혼인 양상에서 찾을 수 있다. 양친의 혼인 양상은 크게 신이혼(神異婚)과 이물교구(異物交媾)로 이대별할 수 있다. 그리고 신이혼에 의해서 출생한 주인공은,

첫째는 단군과 같이 완형의 인간의 모습으로 출생하는 경우

둘째는 탈해·주몽과 같이 난생으로 태어나서 혐기(嫌忌)되어 들이나 숲에 버려지나 靈獸나 靈鳥의 보호를 받다가 탈각되어 인간화하는 경우

셋째는 혁거세·수로와 같이 난생이긴 하나 신이혼 여부는 미상이며 靈獸(鳥)類의 보호가 나타나지만, 棄野의 암시가 발견되지 않는 경우[24)]

의 세 가지 유형으로 구분할 수 있다. 이들 유형의 주인공은 양친이 신적인 존재임이 암시되고 신성불가침의 군주가 된다는 공통점을 지닌다. 군주가 되지 못했을 경우, 유사한 유형으로 분류될 수 있는 설화라 하더라도 탄생담에서 신화성이 약화되거나 제거되는 등의 변이가 일어난다.

영평(永平) 3년 경신(庚申) 8월 4일에 호공(瓠公)이 밤에 월성(月城) 서리(西里)를 가다가 큰 광명(光明)이 시림(始林) 속에서 나타남을 보았다. 자색구름이 하늘에서 땅에 뻗치었는데, 구름 가운데 황금 궤가 나무 끝에 걸려 있고, 그 빛이 궤에서 나오며 또 흰 닭이 나무 밑에서 울므로 이 사실을 왕에게 아뢰었다. 왕이 숲에 가서 궤를 열고 보니 그 속에 사내아이[童子]가 누워 있다가 일어났다. 마치 혁거세의 고사(故事)와 같으므로, 그 말로 인하여 알지(閼智)라 이름하니, 알지는 곧 우리말에 소아(小兒)를 말함이다. 사내아이를 안고 대궐로 돌아오니 새와 짐승들이 서로 따르고 기뻐하며 모두 뛰놀았다. 왕이 길일(吉日)을 택하여 태자로 책봉하였으나 후에 파

---

24) 成耆說, 「褪色된 建國神話」, 34~35쪽.

사(婆娑)에게 사양하고 왕위에 나아가지 않았다. 금궤에서 나왔다 하여 성을 김씨라 하였다. 알지는 열한(熱漢)을 낳고, 한은 아도(阿都)를 낳고, 도는 수류(首留)를 낳고, 유는 욱부(郁部)를 낳고, 부는 구도(俱道)를 낳고, 도는 미추(未鄒)를 낳아 추가 왕위에 오르니 신라의 김씨는 알지에서 시작되었다.[25]

『삼국유사』 기이1 김알지 탈해왕대조에 수록된 김알지설화이다.『삼국유사』에 수록된 김알지설화는 숲 속에 밝은 빛이 비추어 그 밑을 보니 나무 밑에 닭이 울고 있었다고 기록되어 있는데 비해,『삼국사기』에는 왕이 닭 우는 소리를 듣고 신하인 '포공'을 보내니 나뭇가지에 금궤가 걸려 있고 그 밑에서 닭이 울고 있었다고 기록되어 있다. 설화를 기록한 일연은 김알지의 탄생 과정을 '혁거세의 고사(故事)와 같으므로, 그 말로 인하여 알지(閼智)라 이름하'였다고 하여 알지와 혁거세의 출생과정을 같은 맥락에서 이해하고 있음을 볼 수 있다.

『삼국유사』 권제1 신라 시조 혁거세왕조에 수록되어 있는 혁거세 설화는 천강란(天降卵)의 형태로 지상에 내려온다. "그 알을 깨어보니 모양이 단정한 아름다운 동자(童子)가 나왔다. 경이(驚異)히 여겨 그 아이를 동천(東泉)에서 목욕시키니 몸에서 광채가 나고, 새와 짐승이 따라 춤추며 천지가 진동하고 일월(日月)이 청명하였다"[26]고 한 것은 혁거세가 백성들의 축복 속에 태어났음을 보여주는 것이다.

---

25) 一然 著, 李丙燾 譯, 『三國遺事』(삼성출판사, 1979), 64쪽.
26) 위의 책, 60~61쪽.

혁거세가 천지 만물의 환영을 받으면서 알에서 태어났다는 것은, 이 때 등장한 알이 왕권을 상징하는 표식임을 암시한 것이다. 신이혼에 의해 난생으로 태어난 인물들이 모두 건국과 관련되어 있음도 이 때문이다. 알은 우주의 창조와 관련성을[27) 가지고 있는데, 나라의 건국이 새로운 세계를 연다는 점에서 건국을 우주의 창조와 동일한 맥락에서 이해할 수 있다.

일연이 혁거세설화와 알지설화를 같은 맥락에서 이해하였다면, 김알지설화에 나오는 황금궤는 알의 대용물임을 알 수 있다. 알지가 난생이라는 것은 설화의 문맥을 통해 유추해 볼 수 있는데, 그럼에도 불구하고 알지가 혁거세처럼 알에서 직접 태어나지 않는 것은 '난생 모티프는 반드시 왕의 탄생에 한해서'[28) 사용되었기 때문이다. 신라의 김씨 왕조의 시조였던 알지가 알이 아닌 황금궤에서 태어난 것은 설화 전승집단이 난생에 의한 탄생 모티프를 통해 건국설화와 시조설화를 변별하여 인식하고 있었음을 보여주는 것이다.

김알지설화가 난생 모티프 부분이 약화된 채 전승되었다면, 이보다 더욱 약화된 형태가 봉씨 설화인 것이다.

서기 1106년(고려 예종 1) 어느 날 강화군 하점면 장정리(江華郡 河岾面長井里) 하음산 기슭의 연못가에 눈부신 광채가 비치더니 이에 석함(石函)이 떠올랐다. 마침 물을 길러 왔던 한 노파가 이상히 여기며 살펴보니 그 속에 용모가 뛰어난 사내아이가 들어 있었다.

---

27) M. 엘리아데 저, 이은봉 옮김, 『종교형태론』(한길사, 1996), 524쪽.
28) 許慶會, 앞의 책, 46쪽.

문헌에 전하는 봉씨의 시조인 우의 탄생담이다. 봉씨 설화의 탄생담에는 난생(卵生)과 영수(靈獸)류에 의해 보호되는 모티브가 탈락되어 있다. 대신에 '연못가에 눈부신 광채가 비치더니 이어 석함(石函)이 떠올'라 그 속에서 옥동자를 얻는 것으로 변모되어 신성성이 약화된 모습을 보인다. 물은 만물의 모태로 모든 잠재적 형질을 내포하고 있어 신화나 전설에서 물로부터 인류와 특정의 인종이 발생했다는 모티프가 전개되고 있는 것은 쉽게 이해가 된다.[29] 우(佑)는 석함이라는 매개물을 통해 지상에 나오는데, 이 석함은 신성물의 현현인 것이다. 그런데 구전 설화에서는 '봉가지에서 그 어린 아이가, 그 옥동자를 얻었다'고 하거나 '함이 하나 떠 있어요. 그래서 건져 보니, 함 안에 옥동자가 하나 있더랍니다'고 하여 문헌 자료에 나오는 상서로움을 드러내는 부분이 탈락되어 있다. 그럼에도 불구하고 우가 석함에서 나왔다는 것은 그의 출생이 신이하며 비범하고 특출한 인물로 후에 대성할 것임을 암시 하는 것이다. 그래서 우는 궁중에서 양육되고 국가에 대한 공적이 누적되어 하음백(河陰伯)에 피봉(被封)된다.

성씨시조설화에서 신이혼 내지 이물교구에 의한 탄생이라는 모티브가 등장하는 것은 이러한 탄생과정을 거친 사람만이 국가를 창건하고 특정 성씨의 시조가 되는 등의 위업을 달성할 수 있기 때문이다. 이것은 지극히 평범한 부모 밑에서 평범하게 태어난 사람은 큰일을 이룰 수 없다는 설화 전승집단의 사고를 반영한 것이다. 그래

---

29) M. 엘리아데 저, 이은봉 옮김, 앞의 책, 269쪽.

서 하음 봉씨의 시조인 우(佑)는 인간의 부모에게서 태어나는 것이 아니라, 봉가지라는 연못의 석함 속에서 출생하는 것으로 이야기된다. 우(佑)가 난생의 대용물인 석함에서 태어나는 것을 신화적인 화소가 누락된 것으로 보고 "이 설화(하음봉씨시조설화 - 필자 주)는 일종의 건국신화적인 모티프이매, 현재 전승되는 양상으로 변이된 이면적 계기는 타 건국신화에서처럼 그 주인공이 大成(建國의 創業主)하지 못함으로 인하여 원래 모습이 퇴락(頹落)된"[30] 것으로 볼 수도 있다. 그러나 앞에서 살펴본 김알지설화와 마찬가지로 기존에 있는 왕권의 존재를 인정하고 있기 때문에 난생으로 태어나지 않은 것이다. 만약에 우(佑)가 난생의 형태로 태어났다면, 그는 기존의 왕권에 도전하는 세력으로 비춰졌을 것이다. 그래서 난생이 아닌 난생의 대용물인 석함에서 태어나는 것이다. 하음 봉씨는 시조의 신성성만을 확보하면 된다. 시조인 우(佑)와 관련된 탄생담보다 그와 관련된 유적들에 관한 설명에 더 많은 부분을 할애하는 것도 이 때문이다.

문헌에 우(佑)의 출생 시기가 '고려 예종 1년(1106)'으로 기록되어 있는데 봉씨 집안은 이를 토대로 하여 그와 관련된 유적들을 설명하고 있다. 그리고 구전 설화의 경우도 "아마 고려 때 걸 거야, 고려 때"라고 하여 우(佑)의 출생 시기를 고려시대로 보고 있다. 물론 설화의 문맥에 나오는 연대를 그대로 믿을 수는 없지만, 그렇다고 봉씨 설화를 '퇴색된 건국신화'로 보고 이 설화의 형성 시기를 상고시대까지 올려 잡을 필요는 없다. 봉씨 설화의 형성 시기를 상고시

---

30) 成耆說, 앞의 논문, 44쪽.

대로 보고자 했던 성기열의 경우도 "아니면 하음 봉씨 일문이 자기네 시조의 비범함을 강조하기 위하여 건국신화의 패턴을 사용할 수 있었으리라는 추정도 배제할 수"[31] 없다는 단서를 달고 있다. 이것은 봉씨 설화를 건국설화로 보기에는 부족한 점이 있음을 역설적으로 보여주는 것이다. 한 성씨의 시조설화에서 신이한 출생과정이 나타나는 것은 성씨시조설화에 나타나는 특징의 하나로 자기 조상을 신격화함으로써 조상에 대한 신성성과 당위성 및 씨족에 대한 자존을 높이기 위한 것이다.[32]

우(佑)가 "하음산 기슭의 연못가에 눈부신 광채가 비치더니 이어 석함이 떠올랐"고 그 석함에서 출생하였다면, 김알지는 "자색구름이 하늘에서 땅에 뻗치"는 구름 가운데 나무 끝에 걸려 있던 황금궤에서 출생한다. 이 두 설화는 탄생 과정에 있어서 '상서로운 기운과 함'이 등장한다는 공통점을 지닌다. 이러한 탄생담의 유사성에도 불구하고 이들 설화는 득성 과정에서 차이를 나타낸다. 김알지설화에서는 궤 속에서 나와 '소아(小兒)'를 뜻하는 우리말인 '알지'로 이름을 정했고 '금궤에서 나왔다 하여' 성을 '김'이라고 한다. 이러한 득성 과정은 '일월이 정명'하여 '혁거세'라고 했고, 그가 태어난 알이 호(瓠)와 같았다 하여 성을 '박(朴)'이라고 한 전거를 따른 것이다. 혁거세와 같이 득성 과정에서 이름을 먼저 정하고 성은 그가 태어난 형상에 의해 정해졌음을 알 수 있다. 이것은 신이혼의 형태를

---

31) 같은 곳.
32) 허경회, 앞의 책, 3쪽.

거쳐 태어난 '주몽', '수로' 등의 건국주들에게서도 보이는 것으로 당시의 일반적인 현상이었을 것으로 추정된다.

특정 성씨를 처음으로 사용하게 되었을 때는 어떠한 원칙이 있었을 것이다. 여기서 생각해 볼 수 있는 것이 중국 성씨의 연원이다. 그것은 우리가 지금 사용하고 있는 성씨의 대부분이 중국에서 수입된 것이기 때문이다. 중국에 있어서 성씨의 연원은 네 가지가 있는데, ① 자연계에 관한 것으로 복희씨의 풍성(風姓)이 그것이요, ② 지명에서 유래한 것으로 그 모(母)가 기(祁)에 거한 까닭으로 요(堯)-기(祁)로써 성을 삼음이 그것이요, ③ 상서에 인한 것이니 그 조(祖)가 의자(薏苡)에서 났다고 하여 우(禹)가 사(姒)로써 성을 삼음이 그것이며, ④ 천자가 하사하는 것이 황제씨의 자(子)가 二十五人에 성을 十四子에게 준 것이 그것이다. 좌전(左傳)에 천자가 '因生以賜姓'이라 함이 제4의 조건에 해당하는 것이다.[33] 우리가 사용하고 있는 성씨의 경우, 이러한 중국의 성씨의 연원을 전거로 하여 만들어졌을 것이다.

우리나라에서 성은 삼국시대까지는 널리 사용되지 않은 듯이 보인다. "高句麗에는 本來 部가 있고 姓이 없었고 新羅에는 骨品이 있고 우리가 생각하는 것 같은 家도 없고 部名만이 있고 姓이 없었다. 百濟에서는 其王家 貴族 等 夫餘種이 半島의 地에 流入하여 建國한 것인데 특수한 事情下에 일찍이 支那를 模倣하여 姓 비슷한 것이 있게 되었으나 王族貴族에 한하였으며 一般 人民에게는

---

33) 崔南善, 『怪奇』 제1호, 28~29항(鄭光鉉, 앞의 책, 26~27쪽에서 재인용).

姓이 없었다. 新羅 高句麗의 姓은 支那와 交通의 必要上 其必要 있는 者가 姓 비슷한 文字를 附한데 始源"[34]한다는 일인 학자의 견해를 전적으로 신뢰할 수 없을지라도 삼국시대까지만 해도 성이 널리 쓰이지 않은 것은 사실인 것 같다. 이것은 신라진흥왕이 영토를 함경도 지역까지 확장하고 세운 순수비(巡狩碑)에서도 찾아볼 수 있다. 예를 들면 창녕비 가운데 "喙 竹夫智 沙尺干 / 沙喙 必麥夫智 及尺干", 북한산비의 "沙喙 屈丁次 奈末", 황초령비의 "喙部 服冬知 大阿干", 마운령비의 "喙部 居杖夫智 伊干" 등과 같이 성은 없고 우리말로 된 이름 위에 그 사람의 본을 나타내는 부·촌명을 썼다. 이름 밑에 있는 것은 그 사람의 관위(官位)이다. 부명(部名)의 훼부(喙部)는 6부의 하나인 양부(梁部), 즉 알천양산촌(閼川梁山村)이고 사훼부(沙喙部)는 사량부(沙梁部), 즉 돌산고허촌(突山高墟村)이다. 만일 『삼국사기』와 『삼국유사』에 기록한 바와 같이 유리왕 때 6부에 사성한 것이 사실이라면 훼부는 이씨, 사훼부는 최씨로 썼을 것이다. 그런데 성을 쓰지 않고 이름만 나타낸 것을 보면 6부의 사성도 진흥왕 이후의 일로 보이며 우리는 성보다 본(本)을 먼저 썼음을 알 수 있다.[35] 고려 태조 왕건을 추대한 개국공신 홍유·배현경·신숭겸·복지겸 등도 처음부터 성을 쓰지는 않았다. 그들의 초명(初名)은 홍유는 홍술(弘述), 배현경은 백옥(白玉), 신숭겸은 삼능산(三能山), 복지겸은 복사귀(卜沙貴)인데, 『삼국사기』에는

---

34) 今西龍, 『조선고사의 연구』 82항 내지 84 참조(위의 책, 25쪽에서 재인용).
35) 申奭鎬, 앞의 논문, 23쪽.

그들의 초명을 썼고 『고려사』에는 그들의 후명(後名)을 쓴 것을 보면 그들이 성을 사용한 것은 고려 건국 이후의 일임을 알 수 있다.[36] 금서룡이 지적한 것처럼 우리나라에서 성을 사용하기 시작한 것은 중국과 교류가 있은 이후의 일로, 특히 처음 성을 사용한 사람들은 중국을 왕래할 기회가 많았던 왕족이나 귀족계급이었을 것이며 일반인들까지 널리 성을 사용하기 시작한 것은 고려 중엽 이후의 일이다.

봉씨 설화에서 먼저 '봉(奉)'이라는 성을 사성 받고 '우(佑)'라는 이름을 갖는 것은 성이 보편화된 시기의 관습에 따른 것이다. 그래서 비슷한 탄생담을 보이는 김알지설화에서 알지가 득성하는 과정과 차이를 드러내는 것이다. 봉씨 설화가 김알지설화보다 후대에 창작되었음을 보여주는 단적인 예가 바로 이 득성 과정인 것이다. 그리고 한국 족보의 역사를 통해 씨족제도의 구조와 성격 및 발달과정을 고찰한 연구에 의하면, 실질적인 시조는 예외 없이 다 관직자였으며 그들의 생존연대는 대체로 12~13세기경이다. 그리고 각 씨족의 명목상의 시조와 실질적인 시조와의 사이에는 짧게는 3~4세대로부터 길게는 10여 세대 또는 그 이상이 끼어 있으며, 족보에서 이 부분의 계보는 대개가 단선(즉 독자의 계속)[37]으로 표기되어 있다고 한다. 『한국족보대전』에 실려 있는 하음 봉씨 세계표와 문헌을 종합해 보면, 시조 우는 고려 예종 원년에 출생하여 인종 때 문과

---

36) 위의 논문, 25쪽.
37) 宋俊浩, 앞의 논문, 115~116쪽.

에 급제하고 정당문학과 위위시경을 지내고 좌복야에 올라 하음백에 봉해져 식읍을 하사받은 인물이다. 그리고 「세계표」에 보면 우(佑)로부터 그의 7세손인 천우(天祐)까지는 단선으로 표시되어 있다. 이것은 득성 과정과 함께 봉씨 설화가 고려 중엽에 창작되었음을 뒷받침해 주는 것이다.

하음 봉씨는 가문 전래의 설화를 간직함으로써 그 가문의 자손들에게는 명문의 긍지를 갖게 하고 타 씨족에 대한 우위성을 선양(宣揚)[38] 하기 위해 인위적으로 이 설화를 창작·전승시킨 것으로 보인다.

4. '봉씨 설화'와 관련된 유적들

1) 봉씨의 시조인 佑가 탄생한 봉가지

봉씨 설화와 관련된 여러 유적이 강화군 하점면 장정리 일대에 산재되어 있다. 강화군 하점면 부근리 420-2에 위치해 있는 봉가지는 향토유적 제25호로 지정된 곳으로, 이 연못을 봉가지라고 부르는 이유는 하음 봉씨의 시조인 우가 태어난 곳이기 때문이다. 봉가지에 설치되어 있는 안내판에 의하면, 봉가지는 약 $33m^2$(약 10평) 정도로 수면부터의 높이가 약 65cm 정도의 연못이다. 이 연못은 시멘트조로 보수되어 있는데, 흙으로 1m 정도의 둑을 쌓고 시멘트로

---

38) 허경회, 앞의 책, 4쪽.

곽을 짜 놓았다.[39] 연못가에는 하음봉씨종친회에서 건립한 「하음백봉우 유적비」가 세워져 있다. 이 연못의 둑은 원래 자연적인 것이었는데, 봉두완 씨가 국회의원으로 활동하던 1980년대에 보수하면서 연못 안쪽에 콘크리트를 쳤다고 한다. 900여 년 동안 시조 탄생지로 숭앙되어 온 연못의 원형을 보존하지 않고, 보수라는 이름으로 훼손해 버린 것은 단견의 소치[40]라는 최운식의 지적은 많은 것을 생각하게 한다.

필자는 1998년 8월과 1999년 1월 두 차례에 걸쳐 이곳을 다녀왔다. 구전설화에는 이 연못을 마을의 빨래터였다고 했는데, 최근에 가까이 가서 보니 콘크리트벽으로 둘러싸인 봉가지는 정사각형으로 구전설화에서 말한 대로 마을의 공동 빨래터를 연상시켰다. 시조가 탄생한 유서가 깊은 곳이라면 원래의 모습대로 복원하고 수시로 보수하는 것이 자손된 도리라는 생각이 들었다. 그리고 봉가지에 있는 안내판에는 시조인 우(佑)의 출생을 '고려 예종 2년(1107)'으로 기록하고 있다. 이것은 「사적비」에 나와 있는 출생 시기와 차이가 나는 것으로 안내판의 기록이 잘못되었다면 하루속히 바로잡아야 할 것이다.

2) 공덕물인 봉천대·봉은사·석상각

봉천대는 인천광역시 기념물 제18호로 지정되어 있으며, 하점면

---

39) 봉가지 안내문 참조.
40) 최운식, 앞의 책, 198~199쪽.

봉두산(일명 하음산) 상봉에 축조된 단으로 높이가 5.5m에 밑넓이가 7.2m^{2}의 정방형 사다리꼴 모양을 하고 있다(안내판 참조). 봉씨 설화에 의하면, 봉천대는 우가 왕으로부터 '奉氏'라는 성을 하사받은 것을 기리기 위해 그의 7세손인 천우가 축조한 것으로 되어 있다. 그런데 이 제단에 대하여 봉천대에 설치되어 있는 안내판에는 "봉천대는 하늘에 국태민안(國泰民安)을 빌었던 제단으로, 고려 때에는 축리소로서 나라에서 제천의식(祭天儀式)을 행했던 제단이었으나 조선 중엽에 이르러서는 이곳을 봉화대로 사용하였다."고 하여 봉씨 설화와는 다르게 설명하고 있다. 천우에 의해 자신의 선조를 제사지 내기 위해 축조되었던 봉천대가 어떻게 해서 조선 중엽에 봉화대로 이용되었는지에 대해서는 그 연유가 밝혀져 있지 않다. 그리고 현재의 봉천대는 "7~8년 전에 보수한 것인데, 무너진 부분만을 다시 쌓은 것이 아니라 전부를 헐어서 다시 쌓았다고 한다."[41] 이것이 사실이라면 봉가지와 마찬가지로 원형을 제대로 보존하지 못한, 문화 유적에 대한 인식 부족을 단적으로 보여주는 좋은 사례라 하겠다.

봉천대는 천제를 지낸다는 점에서 강화군 화도면에 있는 마리산(또는 마니산)의 참성단과 비교된다.

(1) 우선 단군설화의 성격을 우리는 신화적인 패턴으로 파악하려는 통념이 현대적인 해석이라 생각할 때, 단군시대를 우리는 상고의 한 부족체제의 형태로 보고 있다. 단군이 塹城壇을 축조하였다고 치고, 그 동시대 아니면 전후시대에 奉氏도 어쩌면 같은 성격의 제

---

[41] 위의 책, 202쪽.

천지처로서 제단을 쌓을 수는 없었을까? 그렇다면 봉씨 시조를 위하여 쌓았다는 제천단의 발상은 어쩌면 참성단과 동궤의 것이 아니었을까? 상고시대의 일이라서 섣부른 가상하의 단언은 금물이나, 지금 摩尼山을 중심한 지역의 부족장으로 단군이, 아니면 그 세력권 하에 들어 있는 마니산 一帶를, 그리고 지금 河岾面―그것도 長井里를 중심한 지역의 부족으로는 奉氏일문이 패권을 잡고 있지나 않았을까?42)

(2) 하음 봉씨의 시조인 봉우의 묘는 원래는 참성단이 있는 마리산 북쪽 산록인 화도면 덕포리 세내말에 있었다가 1983년 2월 16일 그 자손들이 강화도 서북지역의 하음산 아래에 있는 지금의 신봉리로 이장하였다. …(중략)… 고려 후기 하음 봉씨는 왜 참성단이 있는 동일한 생활권에 참성단과 거의 비슷한 봉천단을 쌓아야만 했을까? 원종 5년(1264년)부터 고려왕실에서는 참성단에서 초제를 지내기 시작하였고 그 이후 초제는 조선왕조까지도 왕실의 주관하에 실시하고 있었다. 만약 하음 봉씨 집단이 원종 때까지 참성단 제사를 계속 지내 왔다면 제천행사를 더 이상 참성단에서 행하지 못하였을 것이다. 참성단 제사가 왕실에서 최초로 행한 초제(원종 5년)까지 존재하지 않았다면 봉천단을 쌓아야만 할 하등의 이유를 찾을 수 없다. 그러나 참성단의 제사가 초제 이전에도 행해지고 있었다면 참성단을 왕실에 빼앗긴 관계로 더 이상 참성단에서의 제사는 어려웠을 것이며 참성단 규모의 다른 제천단이 필요했을 것이다. 봉천단을 쌓았던 사실로 보아 참성단 제사가 강화 토착 세력에게 필연적인 의식이었기 때문에 참성단의 제천행사는 1264년 이전에도 계속되고 있었을 가능성은 크다고 본다.43)

---

42) 成耆說, 앞의 논문, 39~40쪽.
43) 鄭炅日, 앞의 논문, 110~111쪽.

위에서 인용한 자료 (1)·(2)에서 하음 봉씨를 강화도의 토착 세력으로 보는 것은 일치한다. 그러나 봉천대가 축조된 시기와 동기에 대해서는 (1)·(2)의 견해가 서로 다르다. (1)이 봉천대를 참성단과 거의 동궤 내지는 조금 뒤에 축조된 것으로 가정하는 데 비해, (2)에서는 하음 봉씨가 참성단을 쌓고 천제를 지내다가 고려 왕조에 의해 참성단을 빼앗기고 지금의 위치인 봉두산에 봉천대를 쌓았다는 것이다. (1)에서는 가정이라는 단서를 달았지만 축조 시기를 문헌에 수록된 기록보다 너무 앞선 것으로 보고 있으며, (2)에서는 참성단과 봉천대를 하음 봉씨가 축조했다는 것인데, (1)·(2)의 경우 논의의 비약이 심한 것 같다. 지금까지 살펴본 바와 같이 봉씨 설화가 고려시대에 봉씨 집안에 의해 창작·전승된 것으로 본다면, 그와 관련된 봉천대도 고려시대 중엽에 축조된 것으로 보는 것이 좋을 듯싶다. 봉천대의 축조 연대와 용도에 대해서는 좀 더 문헌적인 조사가 필요하다.

필자가 답사해 본 바에 의하면, 봉천대가 있는 봉두산 정상 부근에 나무로 만든 봉천정이라는 국적 불명의 쉼터(정자)가 있다. 전각에는 원래 우리나라 정통 양식으로 쉼터(정자)를 만들려 했으나 자금과 산로(山路)의 급경사로 자재의 운반이 어려워 지금과 같은 형태가 되었다는 설명이 붙어 있다. 이처럼 조그만 쉼터(정자) 하나를 짓는데도 많은 자금과 노동력이 필요하여 원래 설계한 대로 짓지를 못했는데, 봉천대와 같은 거대한 단을 쌓았다면 당시의 하음 봉씨 집안은 굉장한 부를 축적하고 있었을 것이다.

왕이 민환(閔渙)의 진언을 받아들여 네 가지의 노비를 빨리 구해 들이게 하였는데, 이것은 위에 바치는 것, 자진하여 오는 것, 과거에 선왕(先王)이 하사한 것, 사람들이 서로 무역한 것 등이다. 강윤충(康允忠)·민환 등에게 이것을 맡아보게 하였다. 이리하여, 모든 부호 집안의 계집종으로서 용모가 예쁜 자가 모두 빼앗아 북전(北殿)에 들여놓고, 이들로 하여금 평인(平人)의 집안에서처럼 길쌈 일을 하게 하였는데, 권준(權準)·봉천우(奉天祐)·권적(權適)의 집안이 특히 많은 피해를 입었고, 오진 환(渙)에게 뇌물을 준 자는 면할 수 있었다.[44]

『고려사절요』의 기록에 의하면, 당시 봉천우의 집안이 상당한 재력을 지녔음을 알 수 있다. 이러한 재력을 바탕으로 해서 강화의 토착 세력이었던 하음 봉씨는 봉두산 정상에 봉천대를 축조했던 것이다. 봉천우는 봉천대를 축조하고 봉두산 "東麓에 奉恩寺를 創立하고 兼하여 報恩塔을 세워 始祖의 冥福을 祈願하고 老婆의 慈恩을 報酬하였으며 또 巨大한 自然石에 始祖의 尊影을 彫刻하"였다고 한다. 봉천우가 창립하였다는 봉은사는 지금은 오층석탑만이 남아 있어 이곳에 예전에 절이 있었음을 알려주고 있다. 이 석탑의 건립연대는 고려시대로 추정하고 있으며, 원래 도괴되었던 것을 1960년에 각 부재를 현재와 같은 모습으로 보수·재건하였다고 한다. 복원된 탑의 모습을 보면, 본래의 모습대로 재건된 것인지 의심스럽다.

봉씨 설화와 관련하여 전승되는 유적 중에 앞에서 살펴본 봉천대

---

44) 『국역 고려사절요 Ⅲ』(민족문화추진회, 1977), 367~368쪽.

와 봉은사 이외에 석상각이 있다. 이 석상각은 보물 제615호로 지정된 것으로 안내판에는 고려시대에 두꺼운 화강암의 판석에 조각된 석조여래입상이라고 되어 있다. 석조여래입상은 "세련되고 우아한 아름다움보다는 소박하면서도 둔중한 표현을 하여 우리에게 무척 친근감을 느끼게 하는 새로운 고려양식을 잘 보여주는 작품이라"고 설명되어 있다. 이러한 석조여래입상을 하음 봉씨 문중에서는 전각을 만들고 시조설화와 관련지어 시조의 존영을 조각한 것으로 믿고 매년 시제를 지내고 있다. 「시조하음백봉공우사적비」에는 시존의 존영으로 되어 있는데, 구전설화에는 우(佑)를 데려다 기르고 임금께 바친 노인의 화상을 음각해 놓은 것이라고 하였다. 그런데 석상각 안의 거대한 자연석에 새겨진 인물상은 안내문에 나와 있는 것처럼 불상으로 보이며, 구전이나 사적비에 기록된 노인이나 시조의 존영같지는 않았다. 돌에 새겨진 것이 불상이든 시조의 존영이든 간에 이 석상각은 봉씨 설화와 관련된 유적 중에서 훼손되지 않고 원형의 모습을 간직한 채 전승되는 유일한 공덕물이다.

5. 결 론

봉두산(하음산) 일대의 유적과 관련되어 전승되는 봉씨 설화는 하음 봉씨가 생겨나게 된 내력을 밝혀 주는 성씨시조설화이다. 강화도를 본관으로 하는 토착 세력이었던 하음 봉씨는 이 설화가 전승될 당시인 고려시대 중엽에는 상당한 부를 축적하고 중앙에 진출해 권력을 누렸던 집안이었다. 하음 봉씨는 강화도에 거주했던 여타의 씨족보다 명문으로서의 우위성을 선양하고자 이와 같은 시조설화를 간직했던 것이다.

본고에서는 봉씨 설화와 같이 시조의 탄생과 득성의 유래를 설명하는 설화를 성씨시조설화로 규정하였다. 그것은 씨족설화 중에는 시조 이외의 선인들의 행적담과 이적담이 전승되는데 이것과 구분하기 위해서이다.

봉씨 설화는 문헌과 구전에 의해 전승되는데, 전승 매체에 따라 내용상 차이를 드러낸다. 문헌에는 상서로운 기운과 함께 연못에서 석함이 떠올랐다고 하여 시조인 우(佑)의 탄생 과정에 신성성을 획득하는 장치가 마련되어 있다. 이에 비해 구전설화에서는 비범한 인물의 탄생을 알리는 전조가 사라진 채 연못에서 석함이 떠올랐다고 하여 문헌에 비해 상대적으로 신성성이 약화된 상태로 전승된다. 그래서 시조인 우(佑)의 공덕을 기리기 위해 세워졌다는 공덕물에 대한 부분이 망각되어 있다.

봉씨 설화에서 우의 탄생담에는 부모에 관한 정보가 전혀 없는데, 이것은 부모의 존재를 부정한 것이 아니라 천부지모의 관념을 밑바탕에 깔고 있기 때문이다. 이러한 봉씨 설화와 유사한 것이 『삼국유사』에 수록된 김알지설화이다. 김알지설화는 혁거세설화와 같은 맥락에서 이해됨에도 불구하고 알지는 알이 아닌 황금궤에서 출생한다. 이것은 알이 왕권을 상징하기 때문이다. 김알지설화는 당시 왕

권을 인정한 상태에서 이루어진 것인데, 봉씨 설화에서 시조인 우
(佑)가 석함에서 태어나는 것도 같은 맥락에서 이해될 수 있다. 만
약에 우가 알에서 태어났다고 했다면, 이것은 기존 왕권에 대한 도
전으로 비춰졌을 것이며 봉씨 집안은 멸문지화를 당했을 것이다. 하
음 봉씨는 시조의 신성성만을 확보하면 되었기 때문에 시조인 우가
난생의 대용물인 석함에서 태어났다고 한 것이다. 그리고 설화에서
우와 관련된 탄생담보다 그의 공적을 기리는 유적들에 대해서 더
많은 부분을 할애하는 것도 이 때문이다.

봉씨 설화는 알지설화와 탄생의 유사성에도 불구하고 득성 과정
에서 차이를 보인다. 김알지설화에서 '알지'라는 이름을 먼저 짓고
다음에 그가 태어난 물체의 형상을 통해 '김'이라는 성을 얻게 된
다. 이것은 신이혼에 의해 탄생한 건국주들에게서 일반적으로 보이
는 현상으로 당시에는 성보다는 이름이 중요시되었음을 보여주는
좋은 예라고 하겠다. 이것은 진흥왕 순수비에 새겨진 명문을 통해서
도 확인할 수 있다.

고려 중엽부터 성은 한 씨족을 표시하는 의미를 지니며 널리 쓰
이기 시작했다. 봉씨 설화에서 왕에 의해 먼저 '奉'이라는 성을 사
성 받은 후에 '佑'라는 이름이 지어진 것은 성이 보편화된 시기의
관습에 따른 것으로 보인다. 이러한 득성 과정은 봉씨 설화가 김알
지설화보다 후대에 창작되었음을 보여준다. 그리고 하음 봉씨 세계
표에 보이듯, 시조인 우로부터 7세손인 천우까지 단선으로 표시되는
것도 이 설화가 고려중엽에 창작된 것임을 뒷받침한다.

봉씨 설화와 관련된 유적으로는 봉가지·봉천대·봉은사와 오층
석탑·석상각 등이 있다. 봉가지는 봉씨 시조인 우가 출생했다는 유
서 깊은 곳이다. 지금은 논 가운데 위치해 있는데 근래 들어 연못
안쪽에 콘크리트를 쳤다. 시조가 탄생한 유서 깊은 연못이라면 자료
를 찾아 본래의 모습대로 복원하고 보수·유지에 힘쓰는 것이 후손
된 도리라 하겠다. 봉가지가 자연적인 것이라면 봉천대와 봉은사,
석상각은 그 후손인 천우에 의해 인위적으로 만들어진 것이다. 봉씨
설화와 관련된 유적 중에서 석상각만이 제 모습을 그대로 유지하고
있으며 다른 유적들은 문화 유적에 대한 인식 부족으로 최근에 원
형이 크게 훼손되었다.

성씨시조설화에서 시조의 출생과정을 신이하게 묘사하고 신격화
한 것은 조상에 대한 신성성과 당위성 및 씨족에 대한 자존을 높
이기 위한 것으로 다른 성씨시조설화에서도 나타나는 일반적인 현
상이다. 봉씨 설화는 여러 가지 정황으로 미루어 보아 시조인 우가
탄생했다는 고려 중엽 이후에 하음 봉씨 집안에 의해 창작·전승된
것으로 보인다.

<高麗衛尉寺卿政堂文學左僕射河陰伯奉公事蹟碑 原文>

삼가 河陰奉氏의 事蹟을 按하니 그의 始祖諱 佑의 誕降事實이
神秘奇異하여 江華邑誌에도 三奇四異의 하나로 備載되어 있으니
高麗 睿宗元年 丙戌 三月 初七日의 일이라 傳한다. 當時 江華郡
河岾面 長井里 河陰山下에 한 老婆가 살고 있었는데 洞口 앞에 있
는 龍洲池로 물을 길으러 갔다. 그때 그 못 가운데 玲瓏한 紫雲이

하늘로부터 드리우고 波濤소리가 우뢰와 같더니 沙焉에 적은 石函
이 水面에 떠서 언덕에 이르렀다. 老婆가 놀라 그를 열어보니 儀貌
가 端雅하고 風彩가 桑朗한 童男이 그속에 天然히 누어 있었다. 老
婆는 생각하기를 塵世間의 平凡한 人物이 아니오 想必 하늘에서
보내주신 神人이라 하고 王께 奉獻하였다. 王께서는 곧 이 童男을
特別히 寵愛하시어 宮中에서 養育케하고 學問을 힘쓰게 하시었다.
또 그의 姓은 奉이오 名은 佑라 下賜하셨으니 그는 老婆가 奉獻하
였고 國家를 保佑할 人材가 되리라는 뜻이었다. 公의 學德이 날로
높아 仁宗 二年에 甲科로 登第하였고 벼슬이 衛尉寺卿政堂文學左
僕射에 이르렀으며 그間 功績을 累積하여 河陰伯에 被封되었다. 그
후 珪組가 烜爀하였으며 七世孫 諱 天祐公에 이르러 家世大昌하니
벼슬이 金紫光祿大夫壁上三重大匡判都僉議政丞에 이르러 河陰府
院君에 被封되었으며 諡號는 文謙公이었다. 公이 始祖의 發祥地인
江華도의 河陰山上에 奉天臺를 構築하여 天祭를 奉行하였으며 그
山의 東麓에 奉恩寺를 創立하고 兼하여 報恩塔을 세워 始祖의 冥
福을 祈願하고 老婆의 慈恩을 報酬하였으며 또 巨大한 自然石에
始祖의 尊影을 彫刻하여 그의 規模가 확장하고 彫琢이 美麗하므로
文化財로 指定되어있다. 더욱히 千年前의 龍洲池가 至今까지 埋伏
되지 않고 深廣淸冷한 水面에 바람을 따라 물결이 일게 되면 그의
始祖의 依俙彷佛한 面貌와 髮髮이 비춰어보이는 듯하니 尋常한 行
路일지라도 無心히 看過할 수 없게 되었다. 하물며 그의 後孫된 者
라면 봄의 雨路時와 가을의 霜雪節에 墓先敬祖의 마음 더욱 懇切
하지 아니하겠는가. 公의 墓所가 當初 華島面 德浦里 摩尼山 北麓
治下 三川村 後岡에 奉安하였던 것을 不得已한 事情과 衆議에 依
하여 壬戌 二月 十六日에 公의 石像閣 後麓인 壬坐 丙向原으로
移葬하였다. 嗚呼라 文謙公의 두아들인 諱 質과 諱 文의 後裔에
高官碩德과 文章節義가 累世不節하여 一大 華閥을 이루었으니 그

의 深遠한 後蔭을 어찌 敢히 잊겠는가. 公의 二十六代孫 平山派弼
元의 特志로서 豊碑를 세워 公의 奇異한 事蹟을 天長地久토록 傳
奉하려 함에 際하여 河陰奉氏 門中에서 淺薄한 不佞에 그의 鄭重
한 記事를 請囑하니 固辭치 못하고 敢히 右와 같이 撰述하여 一字
와 一句를 姿爲加減치 아니하고 河陰奉氏의 世蹟과 江華郡의 邑誌
에 依據한 것은 春秋의 謹嚴을 模倣하려 함이니 讀者는 恕之어다.

羅州 羅鈺柱 謹識
二十八代孫 源東 謹書

'손돌목 전설'의 서사구조에 따른 변이양상 고찰

1. 서 론

손돌목은 김포군 대곶면 신안리에서 강화군 광성 쪽에 돌출된 곳 바로 앞에 위치한 물살이 센 곳을 일컫는다. 손돌목은 고려 이래로 조운의 항로로 이용되었으며, 조선조 말에는 강화해협을 측량하던 미군 함정을 향해 포격을 가했던 곳으로도 유명하다. 손돌목 근처의 연안 지세는 급만곡(急灣曲)으로 해협은 폭이 90m 정도로 좁고 해류의 소용돌이가 심하고, 좁은 만곡부(灣曲部)에서 급속도로 밀려오는 거대한 파도로 말미암아 이곳으로의 항해는 위험을 수반했다.[1] 물살이 빠르고 소용돌이치는 손돌목을 항해한다는 것은 뱃사람들에게는 목숨을 담보로 한 위험천만한 일이었다. 기록에 의하면 태조 4년(1395) 세곡 운반선 16척, 태종 3년(1403) 30척, 태종 14년(1414) 66척, 세조 원년(1455) 54척이 침몰하는 등 크고 작은 해난 사고가 끊이질 않았다고 한다. 이러한 손돌목의 지형적 여건을 극복하는 과정에서 형성된 것이 손돌목 전설이 아닌가 한다.

전설은 어느 특정 지역의 구체적인 증거물로 인해 '지역성과 역사성'을 갖는 설화의 한 유형이다. 김포군에 존재하는 손돌의 묘는 이 지역주민에게 있어서 손돌목 전설 속에 등장하는 인물과 역사적 사건을 실제로 존재했던 인물과 역사적 사건으로 인식하게끔 한다. 전설은 그 증거물을 '역사화·합리화'시키는 경향이 강하기 때문에

---

1) 김원모, 「초기 한미 관계 연구(1852~1871)」, 고려대 대학원 박사학위논문, 1980, 275쪽.

일찍부터 역사와 관련지어 논의되어 왔다. 하지만 전설이 역사적 사건과 인물을 바탕으로 이루어진 경우라 하더라도 설화 전승집단에 의해 구전되는 동안 이야기에 첨삭이 가해짐에 따라 전설 속에 등장하는 역사적 사실은 실제로 일어났던 역사적 사실과 일치하지 않는 경우가 많다. 이러한 차이에도 불구하고 전설의 내용이 사실을 토대로 해서 형성된 것이라는 설화 전승집단의 믿음이 손돌목 전설을 손돌목이라는 지명과 연관시켜 전승하는 것이다.

기존의 손돌목 전설과 관련된 연구로는 문헌에 기록된 내용을 중심으로 손돌목의 유래를 살펴본 연구[2]와 손돌 전설을 풍신신앙(風神信仰)과 관련된 것으로 보고 전승하는 손돌 전설의 유형을 분류하고 그 성격을 파악한 연구,[3] 그리고 문헌과 구전자료를 토대로 손돌목 전설에 내재되어 있는 민중의식을 살펴본 연구[4] 등이 있다. 본고에서는 기존의 연구 성과를 토대로 해서 문헌에 수록되어 있는 손돌 관련 기록을 검토하는 한편, 김포 지역을 중심으로 구전되고 있는 설화의 서사 구조를 분석하여 앞으로 손돌목 전설이 어떠한 형태로 변모되면서 전승하게 될 것인가를 살펴보고자 한다.

---

2) 朴廣成, 「孫乭項에 對하여」, 『畿甸文化研究』 9 (仁川教大 畿甸文化研究所, 1978).
3) 薛盛環, 민속학회 편, 「손돌 傳說의 變異類型 研究」, 『說話』 (교문사, 1989).
4) 李瑛洙, 「손돌목[孫乭項]의 傳說의 分析과 現場」, 『比較民俗學』 13집 (비교민속학회, 1996).

2. 문헌 기록을 통해 본 손돌목의 유래

세시풍속에 의하면, 동절기에 속하는 음력 10월 20일을 전후해서 부는 바람을 '손돌바람(風)', 추위를 '손돌추위'라 하며, 손돌이 죽은 장소를 '손돌목[孫乭項]'이라 부르고 있다.

> 20일에는 매년 큰 바람이 불고 추운데 그것을 손돌바람[孫石風]이라 한다.
> 고려의 왕이 해로로 강화도로 들어갈 때 뱃사공 손돌[孫石]이 배를 한 험한 곳으로 몰고 들어갔다. 고려 왕은 의심이 나 노하여 그를 죽이게 했다. 그리하여 이윽고 위험을 벗어났다. 그러므로 지금도 그곳을 손돌목이라 한다. 손돌이 해를 입었으므로 이날은 그의 노한 기운이 그렇게 하는 것이라 한다.[5]

위의 인용문은 『동국세시기』의 10월 월내(月內)조의 기록이다. 이에 따르면, 20일에는 해마다 큰바람이 불고 추위가 찾아온다는 것이다. 이러한 '손돌바람'과 '손돌추위'는 고려의 왕을 모시고 강화로 향하던 손돌이 억울하게 죽어 그의 넋이 일으키는 것이라고 하였다. 홍석모가 지은 『동국세시기』는 이 책이 이루어질 당시까지의 중요한 우리 민족의 풍습을 여실히 기록한 것이다. 과거 우리 민족의 풍습을 서술한 세시기 중에서 『동국세시기』를 백미로 친다.[6] 이 시

---

5) 洪錫謨, 『東國歲時記』 10월조.(이석호 편, 『韓國名著大全集』, 대양서적, 1972, 104쪽.)

6) 이석호, 「동국세시기(외) 해제」, 『韓國名著大全集』(대양서적, 1972), 23쪽.

기에 불어오는 바람을 '손돌바람', 추위를 '손돌추위'라 하여 손돌과 관련지어 설명하기는 『열양세시기』도 마찬가지다.

> 강화도로 가는 바다 가운데 암초가 있는데, 그곳을 손돌목[孫石項]이라 한다. 그리고 방언(方言)에, 산수가 험하고 막힌 곳을 목이라 한다. 일찌기 뱃사공 손돌[孫石]이란 자가 있었는데 10월 20일 이곳에서 억울하게 죽었으므로 그곳에서 이런 이름이 생긴 것이다. 지금도 그날이 되면 바람이 세게 불고 추위가 매우 극렬하므로 뱃사공들은 경계를 하고, 집에 있는 사람도 털옷을 준비한다.[7]

『열양세시기』 10월 20일조의 기록이다. 손돌목의 지형을 설명하고 덧붙여 이 시기의 추위와 바람, 그리고 손돌목이라는 지명을 억울하게 죽은 뱃사공 손돌과 관련시켜 그 유래를 설명하고 있다. 『동국세시기』와 『열양세시기』의 기록을 비교해 보면, 손돌과 관련해서 그 유래를 설명하는 부분에 차이가 있음을 알 수 있다. 『동국세시기』에는 손돌이 강화도로 피신하는 고려의 왕을 모신 뱃사공이었다고 기술한 반면에 『열양세시기』에는 손돌이 억울하게 죽은 것으로만 기록되어 있다. 이것은 『동국세시기』가 손돌목이라는 지명이 생기게 된 유래에 이야기의 초점을 맞춘 것이라면, 『열양세시기』는 뱃사공이 경계하고 사람들이 털옷을 준비했다는 것으로 보아 이 시기에 찾아오는 추위에 이야기의 초점을 맞추었기 때문으로 보인다.

이 밖에 손돌목의 명칭의 유래는 손광유(孫光裕)에서 유래되었다

---

7) 金邁淳, 『洌陽歲時記』 10월 20일조.(이석호 편, 『韓國名著大全集』, 대양서적, 1972, 148쪽.)

는 설과 선도항(選渡項)에서 유래했다는 설이 있다.[8) 『대동지지』 강화 산수조에 고려 우왕 3년에 만호인 손광유가 외적과 싸우다가 죽었는데, 이로 인하여 이 지역을 손량항(孫梁項)이라고 불렀다는 것이다. 하지만 손광유는 외적과 싸우다가 전사한 것이 아니라, 술에 대취하여 숙면하다가 외병의 공격을 받아 대패하여 조정에 의해 하옥된 인물이다. 그리고 『여지도서』 강화부 산수조에 손돌항이 강화부의 손방(巽方)[9)이 되므로 일명 손돌항이라 부른다고 하였다. 이것은 지가(地家)의 설로서, 강화의 산세와 관련하여 부회한 것으로 보인다.

손돌목에는 일제 강점기까지 손돌의 사당과 묘가 있어서 매년 제사를 지냈다고 한다. 그러나 손돌의 사당과 묘가 언제 세워졌는지 정확한 연대를 알지 못하며, 또한 일제 강점기에 유실되었다고 하는데 그 시기 또한 명확지 않다. 현재 손돌의 묘는 사적 제292호로 지정된 덕포진 내에 안장되어 있다. 이는 1970년 김기송(전 김포문화원장) 씨를 중심으로 대곶면민들에 의해 현재의 위치에 복원된 것이다. 복원된 손돌의 묘에는 그것이 손돌의 묘임을 입증할 만한 구체적인 자료가 남아 있지 않다. 다만 묘비 뒤에 구전되어 내려오는 손돌목 전설이 새겨져 있어 묘의 주인이 손돌임을 알 수 있을 뿐이다.[10) 세시기에 전하는 내용과 현지에 남아 있는 묘비를 통해

---

8) 박광성, 앞의 논문, 13~14쪽.
9) 손방은 팔방의 하나로 정동(正東)과 정남(正南) 사이의 한가운데를 중심으로 한 45도 각도 안의 방향이라고 한다.(국립국어연구원, 『표준국어대사전』, (주)두산동아, 1999, 3578쪽.)

볼 때, 손돌목은 손돌이라는 인물과 관련해서 유래된 지명임을 알
수 있다.

孫乭項

　광성진에 위치한 손돌항은 암초가 많아 뱃길이 매우 험난하다.
월변 통진 근처 강기슭에 언덕이 있고 그 위에 손돌총이 있다. 그곳
을 지나가는 사람은 반드시 제(祭)를 드리고 무사히 건널 것을 기원
했다. 옛말에 이르길 고려 공민왕이 몽고병에 쫓기어 바다로 나아가
섬으로 피신하고자 배를 타고 나갈 때 손돌이 고사(篙師)가 되어 배
를 몰아 갑곶진에서 광성에 다다르자, 바닷물이 선회하여 왼쪽도 오
른쪽도 막히고 나아갈수록 더욱 더 길이 가려 앞길이 없는 것과 같
았다. 왕이 크게 노하여 이는 손돌이 나를 속이어 험지로 유인하는
것이라 생각하여 참수할 것을 명하였다. 뱃사공들이 그의 시체를 강
변에 묻고 그 땅을 손돌항이라 이름 붙였으며, 무덤의 형태는 지금
도 완연하다. 바닷가 사람들은 매년 10월 20일에 풍랑이 있음을 미
리 알았는데, 이는 모든 사람들이 이날(10월 20일 － 필자 주)을 손돌
이 형을 받은(죽음을 당한) 날이라 여겨서 말한 것이다.11)

　위의 인용문은 『輿地圖書』 강화부 고적조(古蹟條)에 실려 있는
손돌목 관련 기사이다. 자료에 따르면, 손돌은 고려 공민왕이 몽고

---

10) 이영수, 앞의 논문, 632쪽.

11) 孫乭項在廣城津上 石嶼多露 舡路極險 越邊通津境 臨水有崗 上有孫乭塚
　　過者 必澆祭以求利涉焉 舊說高麗恭愍王 爲蒙兵所迫 出避海島 行舡之時
　　孫乭爲篙師運舡 自甲津至廣城 海水迴回 左遮右隔 愈往愈翳 若無前路
　　王大怒 以爲孫乭瞞我引入險地 命斬之 舡人埋其屍於江邊 名其地曰孫乭
　　項 墳形至今宛然 海邊人 每於十月二十日 預知有風浪 盖以其日爲孫乭受
　　刑之日云(국사편찬위원회 편, 『輿地圖書』 上, 탐구당, 1973, 14쪽.)

의 침입으로 강화로 천도할 당시에 왕을 모신 뱃사공이다. 뱃사공 손돌은 몽고병에 쫓기어 해도(강화도)로 피신하는 공민왕을 모시고 가다가 물길이 험해지자 자신을 사지로 몰고 가는 것으로 오인한 왕에 의해 참수당한다. 억울하게 죽은 손돌의 원혼이 음력 10월 20일이 되면 풍랑을 일으키고 추위를 몰고 오기 때문에 사람들은 그의 넋을 위로하기 위해 제사를 지냈다는 것이다. 그리고 손돌이 죽은 곳이기에 손돌목이라는 명칭이 생겼음을 말하고 있다. 『여지도서』는 『동국세시기』와 『열양세시기』의 손돌 관련 내용을 모두 포함하고 있음을 알 수 있다. 『여지도서』가 『동국세시기』와 『열양세시기』보다 편찬 연대가 앞서는 것으로 보아 이들 세시기는 『여지도서』의 내용을 참고하여 저술된 것이 아닌가 한다.

　『여지도서』의 기록에 의하면, 손돌이 몽고병에게 쫓겨 해도로 피신하는 공민왕을 모셨다고 한다. 그런데 공민왕 때 고려를 침입한 것은 몽고가 아닌 홍건적이었다. 홍건적은 두 차례에 걸쳐 고려를 침입했는데, 공민왕이 개경을 떠나 피난길에 오른 것은 홍건적의 2차 침입 때이다. 홍건적은 공민왕 10년 10월에 반성(潘誠)·사유(沙劉) 등이 10여 만의 대군을 이끌고 압록강을 건너 삭주(朔州)에 침입하여, 11월 18일에는 홍건적의 선발대가 현재 황해도의 우봉(牛峯)에 이르러 개경을 압박한다. 이에 공민왕은 11월 19일 태후·공주와 함께 남쪽으로 출발하여 이천현을 지나 오늘의 안동에 이른다.12) 공민왕은 육로를 이용하여 홍건적의 난을 피했던 것이다. 따

---

12) 『한국사』 20(국사편찬위원회, 1994), 388~389쪽.

라서 손돌이 해도로 피신하는 공민왕을 모셨을 리 만무하다.

몽고의 침입 때문에 개경을 떠나 강화도로 피난길에 오른 왕은 고종이다. 그렇다면 손돌은 공민왕이 아닌 고종을 모셨던 뱃사공이었던 것일까. 고종이 강화도로 천도하게 된 것은 몽고군에 대한 대응책의 일환이었던 '해도입보(海島入保)', 즉 유목민족인 몽고가 물에 약하다는 점을 이용한 전략적인 차원에서 이루어진 것이다. 해도입보의 차원에서 천도지로 강화도만한 곳이 없다. 강화도는 1) 물에 약한 몽고군의 약점을 이용할 수 있는 섬으로, 2) 육지와 가까우면서도 조석간만의 차가 커서 방어 효과가 크고, 3) 개경에 근접한 곳으로, 4) 조세의 운송과 관련된 해운의 편의성 등의 지정학적 조건이 천도지로서 손색이 없는 곳이다. 이러한 강화로의 천도는 몽고가 내침할 것이라는 일련의 정보 때문에 갑작스럽게 이루어진다.13)

『고려사』 권23 고종 19년 7월 을유조에 "왕이 개경(開京)을 출발하여 승천부(昇天府)에서 쉬고 병술일에 강화 객관(客館)에 들었다."14)고 한다. 『고려사』의 기록에 따르면, 고종은 승천포에서 강화로 들어갔음을 알 수 있다. 그런데 강화의 어디를 통해 입어(入御)했는지는 명확지 않다. 고종이 강화에 입어한 시점은 7월 병술일인 데 비해 『여지도서』에서는 손돌이 참수를 당한 날을 10월 20일이라고 기록하고 있다. 을유일에 개경을 출발한 고종은 승천부에서 1박을 한 다음날 강화에 입어했기 때문에 고종의 강화 입어 시점과 손돌의

---

13) 위의 책, 196~197쪽.
14) 乙酉王發開京次于昇天府 丙戌入御江華客館. (사회과학원 고전연구실 편, 『북역 고려사』 2, 신서원, 1992, 549쪽.)

참수 일시 사이에는 적어도 3달 이상의 격차가 생긴다. 이렇게 볼 때, 손돌이 몽고병을 피해 강화로 입어하는 고종을 모시고 항해했다고 보기는 어렵다.

여기서 강화로 들어가는 길목을 살펴볼 필요가 있다. 육지에서 강화로 들어가는 큰길로는 승천포진과 갑곶진을 들 수 있다. 고려 고종이 강화로 입어할 때, 승천포에서 출발한다.『대동지지』권2 개성부 진도(津渡)조에 의하면, "南四十里通江華"라 하여 개경 남쪽 40리 거리에 위치한 승천포가 강화로 들어가는 나루였음을 알 수 있다. 그런데 강화에서 육지로 나아가기 위한 나루 역시 승천포이다.『대동지지』권2 강화 진도조에 "北十五里通開城大路"라고 하여 강화 북쪽 15리에 위치해 있던 승천포가 개성의 큰길과 통하는 나루였음을 알 수 있다. 개성과 강화를 잇는 나루를 모두 승천포라 일컫고 있다. 이러한 기록으로 보아 개경을 출발한 고종은 강화로 천도할 당시 일반적인 경로인 승천부의 승천포에서 출발하여 강화의 승천포로 입어했을 가능성이 크다.

강화로 들어가는 또 다른 나루로는 갑곶진이 있다.『신증동국여지승람』권10 통진현 산천조에 "현 서쪽 9리 지점에 있다. 강화부(江華府)에 건너가는 나루이다"라고 되어 있다. 또한 강화에도 갑곶진이 있어,『대동지지』강화 진도조에 "卽甲比古次津後云童津通京通津大路"라 하여 강화의 갑곶진은 갑비고차진으로 불리던 곳으로 후에 동진이라 불렀으며 서울과 통진으로 통하는 큰길이라고 하였다. 갑비고차는 고구려 때 강화도를 일컫던 말로, 갑곶진을 갑비고차진

204

이라 했다는 것은 갑곶진이 강화도에서 차지하는 비중이 컸음을 의미한다. 승천포와 마찬가지로 육지와 강화도를 연결하는 나루를 모두 갑곶진이라 하였음을 알 수 있다. 그런데 갑곶진은 주로 조선시대에 이용되었던 나루였다.

　　이첨(李詹) 기문에, "한강(漢江)과 임진(臨津)이 합하여 조강(祖江)이 되고, 서쪽으로 구부러져 바다로 들어가는데, 또 따로 흘러 갑곶이 되었다. 전조고왕(前朝高王)이 여기 와서 피란하는데, 원(元)나라 군사들이 쫓아와 말하기를, '우리 갑옷만 쌓아 놓아도 건너갈 수 있다.' 하였기에 때문에 갑곶이라 한다. 강화부는 거진(巨鎭)으로 해문(海門)에 있어서 육지와 연접하지 않았다. 부의 북저(北渚)는 물길이 다 통했으나, 다만 물 폭이 너무 넓어서, 어쩌다 풍랑에 막히면 바로 건널 수 없고, 배로 조강을 건너 육지로 30리를 가면 갑곶이 나오는데, 건널목이 좁아서 건너기 쉽기 때문에 부사·감사(監司)가 순찰할 때나, 조정의 명령을 전달하는 신하도 모두 이 길을 거쳐 부로 가고, 기타 나그네들의 왕래도 이 길에 늘어섰으므로 여기에 정자를 지어, 보내고 맞는 장소로 만드는 것은 당연한 일이다.[15]

위의 인용문은 강화의 갑곶나루 언덕에 이섭정(利涉亭)이라는 누정을 만든 다음에 그 연유를 밝힌 글의 일부이다. 이첨의 기문에는 갑곶이라는 지명이 생기게 된 내력과 함께 갑곶진이 육지와 강화를 잇는 길목임을 명시하고 있다. "건널목이 좁아서 건너기 쉽기 때문에 부사·감사(監司)가 순찰할 때나, 조정의 명령을 전달하는 신하

---

15) 「강화도호부」, 『국역 신증동국여지승람 Ⅱ(경기·충청도)』(민족문화추진회, 1988), 371쪽.

도 모두 이 길을 거쳐 부로 가고" 사람들의 왕래가 빈번하기 때문에 이곳에 정자를 짓게 되었다는 것이다. 고려와 조선의 도읍이 개경과 한양이라는 지리적인 차이로 인해 강화를 왕래할 시 그 경로는 분명 차이가 있었을 것이다. 개경에서는 승천부의 승천포에서 출발하여 강화의 승천포로, 한양에서는 통진의 갑곶진에서 출발하여 강화의 갑곶진으로 왕래하는 것이 일반적인 경로였던 것이다.

고종이 강화와 개경을 잇는 일반적인 항로를 무시하고 승천포에서 출발하여 갑곶진을 통해 입어했을까. 그럴 가능성도 있다. 고종이 강화로 천도하기 전인 6월에 갑곶진 연안에 방비군이 배치되어 그 일대에서 수전을 연습하였다고 한다.[16] 그렇다면 고종 일행은 승천포진보다 갑곶진을 통해 강화로 입어하는 것이 훨씬 안전하다고 여겼을 수도 있다. 고종이 강화로 입어할 때는 "장마비가 열흘이나 계속되어 진흙길에 발목이 빠져 人馬가 쓰러져 죽어갔다. 고관이나 양가의 부녀들로서 맨발로 업고 이고하는 자까지 있었다."[17]고 하여 장마로 인해 고생이 극심했음을 알 수 있다. 『신증동국여지승람』 권12 강화도호부에 보면, 갑곶나루는 부 동쪽 10리에 있으며 승천포는 부의 북쪽 19리에 위치하였다고 한다. 강화 내에서 비교적 거리가 짧은 갑곶진을 이용했을 가능성도 배제할 수 없다. 하지만 고종의 입어와 관련된 기록이 미비하여 그 정확한 경로를 확인할 수 없다.

---

16) 강화사편찬위원회, 『강화사』(강화문화원, 1976), 76쪽.
17) 『高麗史節要』 16, 고종 19년 7월조.(『한국사』 20, 197쪽에서 재인용.)

『여지도서』에는 "손돌이 고사(篙師)가 되어 배를 몰아 갑곶진에서 광성"에 이르렀다고 한다. 몽고가 내침할 것이라는 첩보에 따라 황급하게 천도를 결정한 상황과 장마로 인한 기상 악화에도 불구하고 갑곶진에서 남으로 35리나 떨어진 손돌목으로 고종 일행이 남하했다는 것은 상식적으로 이해가 되지 않는 부분이다. 여러 정황으로 보았을 때, 『여지도서』에서 손돌이 고종을 모시고 강화로 입어했다는 것은 실제 사실과는 괴리된 것이다.

고종 이외에 강화와 관련이 있는 왕으로는 희종(熙宗) · 충렬왕(忠烈王) · 충정왕(忠定王) · 우왕(禑王) 등이 있다. 『고려사』 권21 희종 신미 7년(1211) 12월 경자일조 기사에 따르면, 희종은 내시인 왕준명 등과 모의하여 최충헌을 죽이려고 했으나 성공하지 못한다. 오히려 계묘일에 "忠獻廢王 遷于江華縣 尋遷紫燕島"[18]라 하여 희종은 최충헌에 의해 폐위되어 강화를 거쳐 자연도(지금의 용유도)로 유폐된다.

충렬왕은 원나라에 반기를 들고 난을 일으켰던 합단(哈丹) 일당이 두만강을 건너 동북부의 해안지방을 휩쓸고 길주방면으로 남하하자, 원나라에 원군을 청하는 한편 적을 피해 강화로 잠시 천도할 뜻을 전한다. 『고려사』 권30 충렬왕 16년(1290) 12월(을해)조에 "王避兵于江華 御禪院社 命知都僉議司事宋玢 留守王京"[19]이라 하여 개경을 떠난 충렬왕이 12월 6일에 선원사로 입어하였음을 알 수 있

---

18) 『고려사』 권21 희종 신묘 7년 12월 계묘일조.(『북역 고려사』 2, 487쪽.)
19) 『고려사』 권30 충렬왕 경인 16년 12월 계유일조.(『북역 고려사』 3, 284쪽)

다. 『고려사』에는 충렬왕이 어떠한 경로를 통해 강화로 입어했는지
그 과정이 구체적으로 기록되어 있지 않다.

충정왕은 충목왕이 병으로 세상을 떠나자, 그 뒤를 이어 고려의
제30대 임금이 된다. 『고려사』 권37 충정왕 3년(1351) 겨울 10월 임
오일조에 따르면, "元以江陵大君祺爲國王遣斷事官完者不花封諸倉
庫宮室收國璽以歸 王遜于江華"[20]라고 하여 원나라에서 강릉대군
기(후일의 공민왕)를 국왕으로 책봉하고 단사관 완자불화를 보내 모
든 창고와 궁실을 봉인하고 국새를 회수해 갔다. 결국 충정왕은 즉
위 3년 만에 왕의 숙부로 원나라의 인심을 얻고 있었던 공민왕에게
왕위를 양위하고 손피(遜避)하여 강화도로 들어가야 했던 인물이다.

우왕은 벼슬아치 80여 명을 무장시켜 위화도 회군으로 권력을 잡
은 이성계 일행을 제거하려 했으나 실패하여 오히려 이들에 의해
무장해제를 당하게 된다. 우왕은 '영비(최영의 딸)를 내보내라'는 이
성계 일행의 요구를 거부하고, "영비와 연쌍녀를 데리고 회빈문(會
賓門)을 나서서 강화로 향한다."[21]

충렬왕을 제외한 희종·충정왕·우왕은 왕위에서 물러나 유폐되
는 과정에서 강화와 인연을 맺게 된다. 이들 왕이 강화에 머물렀건
아니면 경유했건 간에 왕위를 다른 사람에게 빼앗긴 상황에서 뱃사
공 손돌이 자신들을 험지로 몰고 간 것으로 오인하고 손돌을 참수
했을 것으로는 생각하지 않는다. 그리고 『고려사』에 기록된 충렬왕

---

20) 『고려사』 권37 충정왕 3년 겨울 10월 임오일조.(『북역 고려사』 3, 570쪽.)
21) 『고려사』 권137 신우 무진14년 6월 기사일조. "寧妃及燕雙妃出會賓門向
    江華"(『북역 고려사』 4, 452쪽.)

의 강화 입어 시기는 음력 10월 20일이 아닌 12월 6일로 『여지도서』
의 기록과 차이를 보인다. 문헌 기록을 종합해 볼 때, 손돌이 강화
로 피신하는 고려의 왕을 모셨을 것으로 보기는 어렵다.

이 밖에 조선시대 때에는 청나라가 쳐들어오자 "세자(世子) 두
대군(大君)을 먼저 보내어 묘사주(廟社主)를 받들게 하고, 비빈(妃
嬪)들과 함께 강화도로 피란케 하였다."는 기록이 보인다.22)

『대동지지』 강화 산수조에 보면, 손돌목은 고려시대에 착량(窄梁)
으로 불리던 곳이다. 손돌목이라는 명칭은 조선 초기에 편찬된 『고
려사 지리지』나 『세종실록 지리지』, 『동국여지승람』 등에는 등장하
지 않고, 조선 후기에 편찬된 『여지도서』, 『대동지지』 등에 보인
다.23) 손돌목이라는 것이 조선 후기에 생긴 지명이라면, 고려시대의
어느 왕과 연계된 것으로 볼 수 없다.

그렇다고 『여지도서』에 "무덤의 형태는 지금도 완연하다. 바닷가
사람들은 매년 10월 20일에 풍랑이 있음을 미리 알았는데, 이는 모
든 사람들이 이날을 손돌이 형을 받은 날이라 여겨서 말한 것이다."
고 한 기록도 무시할 수 없다. 『여지도서』의 기록에 보이듯이 당시
에는 묘가 실재했고 사람들이 그 묘의 주인을 손돌로 인식했다는
것은 손돌이 실존인물일 가능성이 크다. 『여지도서』의 기록이 당시
구전으로 떠돌던 이야기를 토대로 구성한 것이라면, 손돌목이란 명
칭이 유래된 시기를 굳이 고려의 어느 왕 때로 못 박을 필요는 없

---

22) 이중환, 『택리지』(대양서적, 1972), 164쪽.
23) 朴廣成, 앞의 논문, 15쪽.

다고 본다. 손돌목과 같은 지명이 생기게 된 내력을 설명하는 전설의 경우, 그 속에 등장하는 연대와 역사적 사건을 실재의 역사와 비교하기보다는 그러한 시대적 상황의 반영으로 보는 것이 좋을 듯싶다. 손돌이라는 인물이 실존했으며, 그가 전란에 비교될 수 있는 위급한 상황에 배를 몰고 손돌목을 지나다가 그곳에서 억울한 죽음을 당했기에 손돌목 전설이 생성된 것이 아닌가 한다.

3. 구전 설화를 통해 본 '손돌목 전설'

1) '손돌목 전설'의 구전 자료

전설은 신화·민담과 함께 민간에서 전승되어 내려오는 설화의 한 갈래로, 신화와 민담에 비해 그 내용이나 구조에 있어서 비교적 단순한 편이다. 최상수는 「한국 전설 분류 색인」에서 손돌목 전설을 '원령전설(怨靈傳說)' 항목에 포함시키고 있다.[24] 그러나 손돌목 전설에는 역사적 사건이 투영되어 있으며, 이 역사적 사건을 통해 '손돌목'이라는 지명이 유래하게 된 계기를 설명하고 있다는 점에서 지명전설로 분류되어야 한다. 지명전설은 지역의 지형적 특색이나 역사적 사건·인물 등을 특정의 증거물과 관련지어 지명이 유래하게 된 내력을 밝히는 설화이다.

---

24) 최상수, 『조선 민간전설집』(서울: 통문관, 1958), 571쪽.

　　최상수는 자신이 채집한 전설을 『조선 민간전설집』이라는 단행본으로 묶으면서, 여기에 수록된 전설을 유형별로 분류하여 「한국 전설 분류 색인」을 만들었다. 「한국 전설 분류 색인」은 317편의 전설을 유형에 따라 37항목으로 분류하고 있다.[25] 여기서 지명전설은 43편으로 전체의 약 14%를 차지한다. 다음으로 많은 편수의 전설이 암석전설과 원령전설로 각각 25편으로 전체의 약 8%를 차지한고. 이렇게 볼 때, 지명전설이 전설의 유형별 분류에서 가장 높은 비율을 차지하고 있음을 알 수 있다.

　　설화 전승집단은 이러한 지명에 얽힌 전설을 통해 역사적·사회적·문화적 변화를 전설 속에 어떠한 형태로든 수용 내지 변용시켜 전승하게 된다. 전설 속에 투영된 설화 전승집단의 의식으로 인해 전설은 허구적인 요소를 지니게 된다. 이러한 허구적인 요소로 해서 전설은 문학적 상상력을 발휘하게 되며, 전설 속에 등장하는 역사적 사실과 실재 일어났던 역사적 사실을 동일시하기 어렵게 만든다. 이것은 손돌목 전설의 경우에도 해당함을 앞에서 살펴보았다.

　　손돌목 전설은 김포와 강화 일대를 중심으로 전승되는 지역 전설에 속하며, 이 지역 주민들에게 있어서 손돌목 전설은 지역 공동체적 유산으로써의 성격을 지니면서 전승되는 것이다. 김포군민들은 매년 음력 10월 20일을 손돌의 기일로 정하고 진혼제를 봉양하고 있으며, 김포군은 김포의 3대 얼의 하나로 손돌공의 충성심을 선정하여 교육 자료로 활용하고 있다. 그리고 1983년에는 대곶중학교

---

25) 위의 책, 566~579쪽.

500여 명이 참여한 손돌공 진혼제를 가지고 제2회 경기도 민속예술 경연대회에 참가하여 도지정 민속놀이로 인정받았고, 1984년에는 제25회 전국민속예술경연대회에 경기도 대표로 출연하기도 하였다. 본 장에서는 김포 지역을 중심으로 구전 채록된 손돌목 전설을 대상으로 서사 구조를 분석하고, 이를 통해 손돌목 전설이 앞으로 어떤 변화를 거치면서 전승하게 될 것인가를 살펴본다. 본고에서 논의의 대상으로 삼은 설화는 모두 36편으로, 대상 설화의 목록을 정리하면 아래와 같다.

손돌목 설화 목록 일람표

번호	자료명	수록문헌 및 페이지
1	孫乭목	『조선 민간전설집』, 23~24쪽
2	선돌이 이야기	『한국구비문학대계』 1-7, 120~122쪽
3	선돌이 이야기	『한국구비문학대계』 1-7, 192~193쪽
4	손돌목 이야기	『한국구비문학대계』 1-7, 319~320쪽
5	고향에 간 선돌이	『한국구비문학대계』 1-7, 556~558쪽
6	손돌목	『한국구비문학대계』 1-7, 705~706쪽
7	손돌목전설	『한국구비문학대계』 1-7, 877~879쪽
8	손돌목	『내고장의 향기』, 32쪽
9	손돌목 이야기	『한국구비문학대계』 6-12, 178~179쪽
10	손돌목	『기전문화연구』 15집, 149~150쪽
11	손돌풍(孫乭風)	『세시풍속』, 119쪽
12	손돌공(孫乭公)	『김포군지』, 1201~1202쪽
13	선돌목 전설	『경기북부구전자료집』 1, 409~410쪽
14	손돌 전설	「손돌 전설의 변이유형 연구」, 247~248쪽

번호	자료명	수록문헌 및 페이지
15	선돌이 죽은 선돌목과 터진개	『강화 구비문학 대관』, 286~287쪽
16	선돌이 억울하게 죽은 선들목	『강화 구비문학 대관』, 288~289쪽
17	선돌이 억울하게 죽은 선돌목	『강화 구비문학 대관』, 302~303쪽
18	손돌공 이야기	『경기민속지』 Ⅶ(구비전승), 101쪽
19	손돌공 이야기	『경기민속지』 Ⅶ(구비전승), 104쪽
20	손돌이 추위	『김포의 설화』, 72쪽.
21	선돌이(손돌이) 추위	『김포의 설화』, 240~241쪽
22	선돌이(손돌이) 추위	『김포의 설화』, 255~256쪽
23	손돌목과 추위	『김포의 설화』, 272쪽
24	선돌목(손돌목)과 추위	『김포의 설화』, 281~282쪽
25	손돌이 이야기	『김포의 설화』, 310~311쪽
26	선돌목(손돌목) 이야기	『김포의 설화』, 314~315
27	선돌이(손돌이)의 충절	『김포의 설화』, 380~381쪽
28	손돌(孫乭)추위	『김포의 설화』, 418쪽
29	손돌목 전설	『김포의 설화』, 435~436쪽
30	손돌이 전설	『김포의 설화』, 439~440쪽
31	손돌(孫乭)목 전설	『김포의 설화』, 466~467쪽
32	시월 스무날 죽은 손돌이	『김포의 설화』, 482쪽
33	선돌목(손돌목) 전설	『김포의 설화』, 506~507쪽
34	손돌 추위	『김포의 설화』, 723쪽
35	손돌목	『김포의 설화』, 809쪽
36	손돌목	『전설의 현장을 찾아서』, 145~147쪽

2) '손돌목 전설'의 서사 구조

『여지도서』에 실린 손돌목 관련 기사는 실제 역사적 사실과 일치하지 않음을 알 수 있었다. 이것은 당시 세간에 떠돌던 이야기를 근간으로 해서 기록하였기 때문으로 여겨진다. 현재 구전되는 손돌목 전설의 각 편을 종합해 보면, 『여지도서』의 기록과 부분적인 차이를 보이며 전승된다. 하지만 전체적인 맥락에서 보면 손돌목이 유래하게 된 내력을 밝히고 있다는 점에서는 큰 차이를 보이지 않는다. 이렇게 볼 때, 손돌목 전설은 구전되어 오다가 『여지도서』와 같은 문헌에 기록되는 한편, 구전으로의 전승이 계속 이어져 오늘에 이른 것으로 볼 수 있다.

먼저 문헌에 기록된 손돌목 전설을 살펴보겠다. 『여지도서』에 실린 손돌목 전설의 내용을 정리하면 다음과 같다.

A. 고려 공민왕이 몽고병에 쫓기어 강화로 피신한다.
B. 손돌이 고사가 되어 왕을 모시고 바다를 건넌다.
C. 손돌목에 다다르자 앞으로 나아갈 길이 없는 것처럼 보인다.
D. 왕은 자신을 험지로 유인하는 것으로 오인하고 손돌을 참수한다.
E. 뱃사람들이 손돌의 시체를 강변에 묻고, 이 좁은 물길을 손돌목이라 부른다.
F. 손돌이 죽은 날인 매년 10월 20일에는 풍랑이 일어난다.

손돌목 전설에서 A단락은 전설이 시작되는 도입부, B~E단락은 손돌목이라는 지명이 유래하게 된 본담부, F단락은 전설에 진실성을 부여하는 증시부에 해당한다. 이에 비해 구전되는 손돌목 전설에서는 부분적인 변이를 겪으면서 D단락 다음에 왕을 험지로부터 벗어나게 하는 모티프인 D'단락이 첨가되어 있다. 손돌의 묘에 세워

진 묘비에 기록된 내용과 유사한 <자료 10. 손돌목> 설화를 요약·
정리하면 다음과 같다.

    F. 매년 10월 20일에는 심한 바람과 추위가 오는데 이를 '손돌추
       위'라 한다.
    A. 고려 23대 고종이 몽고병의 침공으로 송도에서 강화도로 파천
       한다.
    B.
    C. 손돌목에 다다르자 해협이 협소하고 급류가 선회하여 앞길이
       막힌 것처럼 보인다.
    D. 왕이 대노하여 손돌에게 주의를 환기시킨다. 손돌이 그곳 지형
       에 대해 왕에게 설명하지만 믿지 못하고 손돌의 참수를 명한다.
  (D') 손돌이 죽음에 직면해서도 바가지를 바다에 띄우며 이를 따
        라갈 것을 간한다.
    E. 험지를 벗어난 왕이 손돌을 참수한 잘못을 후회하고, 손돌이
       죽은 곳에 무덤을 만들고 위로한다.
    F. 손돌의 기일에는 매년 강풍과 혹한이 닥쳐온다. 이를 '손돌 추
       위'라고 한다.

  <자료 10>은 손돌이 참수를 당하기 직전에 험지를 벗어나는 과정
을 극적으로 설정하여 문헌 자료에 비해 흥미로운 요소가 더 첨가
되어 있다. D'단락에서 손돌은 자신을 참수하라는 왕명에 순종하며,
"뱃길 앞에 바가지를 띄우고 그 바가지가 떠나가는 대로 따라가면
자연 배길이 트일 것이옵니다."(150쪽)라는 충언을 남기고 죽는다.
과연 이 바가지를 따라 가자 길이 트여 위험에서 벗어나게 되었다

는 것이다. 참수를 당하면서까지도 간언하는 손돌의 행위는 당대인들뿐만 아니라 오늘을 살아가는 사람들에게 있어서도 귀감으로 삼을 만한 것이다.

　바가지를 이용하여 위험에서 벗어났다는 모티프는, 현실 가능한 설정이라기보다는 허구적인 요소를 끌어들여 손돌의 충성심을 선양하고자 한 설화 전승집단의 의도가 반영된 것으로 볼 수 있다. 구전 설화가 문헌 설화에 비해 허구적인 요소 내지는 흥미를 유발하는 요소가 많은 것은 구술이라는 특성 때문이다. 구술은 화자와 청자의 관계에서 성립된다. 화자가 구술하는 내용이 청자의 관심을 끌지 못하면 이야기는 더 이상 진척될 수 없다. 따라서 화자는 청자가 자신의 이야기에 집중할 수 있는 장치를 마련하게 된다. 이러한 장치의 일환으로 사용되는 것이 비현실적이고 초자연적인 현상이다. 화자는 현실 불가능한 이야기를 마치 현실에서 일어난 이야기처럼 꾸며 구술함으로써 이야기의 진실성을 입증하는 것이다.

　이상에서 살펴본 문헌과 구전 설화를 종합하여 다음과 같이 정리할 수 있다.

　　1) 고려 때 손돌이 고사로서 몽고병에 쫓겨 강화도로 피신하는
　　　 고려의 어느 왕을 모셨다.
　　2) 손돌은 자신을 함정에 빠뜨리는 것으로 오인한 왕에 의해 참
　　　 수당했다.
　　3) 손돌은 바가지 하나를 물에 띄우고, 그 바가지를 따라갈 것을
　　　 간언하였다.
　　4) 죽은 손돌의 혼을 위로하기 위해 손돌의 묘를 만들고 제사를

드렸다.
  5) 손돌이 억울하게 죽은 곳이라 손돌목이라 불렀다. 이날이 음력
     10월 20일이었다.
  6) 이날은 죽은 손돌의 원혼이 바람과 추위를 몰고 오는데, 이를
     '손돌바람'과 '손돌추위'라고 하였다.

위와 같은 전개 과정에서 1)단락은 변란으로 인해 왕이 파천하게
되고 이런 왕을 모신 인물로 손돌이 등장하게 되는 전설의 도입부
로, 이를 변란단락이라고 한다. 2)~5)단락은 전설의 본담부로 손돌
목이라는 지명이 어떠한 연유로 생기게 되었는가를 설명하고 있다.
본담부는 다시 2) 지형적 특성을 이해하지 못한 왕에 의해 손돌이
죽음에 이르게 되는 왕의 오해 단락, 3) 자신을 참수하는 왕의 안전
을 염려하여 손돌이 바가지를 이용하여 험지를 무사히 통과하게 하
는 고난 극복 단락, 4) 억울하게 죽은 손돌의 넋을 위로하기 위해
제사를 드렸다는 원혼 해소 단락, 5) 손돌목이라는 지명이 유래하게
되었다는 지명 유래 단락으로 세분할 수 있다. 그리고 6)단락은 바
람과 추위를 통해 '손돌목 전설'의 내용이 사실임을 뒷받침하는 증
거 제시 및 부연 설명단락으로 증시부에 해당한다.

3) '손돌목 전설'의 분석과 변이양상

위에서 손돌목 전설의 서사 구조가 '1) 변란 → 2) 왕의 오해 →
3) 고난 극복 → 4) 원혼 해소 → 5) 지명 유래 → 6) 증거 제시 및

부연 설명'단락으로 이루어졌음을 살펴보았다. 본 항에서는 손돌목 전설의 자료를 분석하고, 이를 통해 구전 과정에서 겪게 되는 변이 양상을 살펴보고자 한다. 손돌목 전설의 서사 구조 분석을 통해 설화 전승집단이 중요하게 생각하고 있는 부분을 추출해 낼 수 있을 것이다. 이런 핵심적인 부분은 손돌목 전설에서 불변적인 요소로 작용하여 다른 형태의 전설로 변이되는 것을 억제해 주는 구실을 하게 된다.

(1) 변 란

변란단락은 손돌목 전설의 도입부로, 손돌이 전설에 등장하게 되는 계기를 마련하는 부분이다.

> 고려 공민왕이 몽고병에 쫓기어 바다로 나아가 섬으로 피신하고 자 배를 타고 나갈 때 손돌이 고사(篙師)가 되어 배를 몰아 (『여지도서』 손돌항)

> 고려 23대 고종이 몽고병의 침공으로 인하여 송도에서 강화도로 파천하게 되어 배를 몰아 가는데 <자료 10>

손돌목 전설에서 몽고의 침입이라는 전란 때문에 고려의 공민왕 또는 고종이 강화로 파천하게 된다. 전란은 일생생활에서의 일탈로 이어지는 사건으로, 왕으로 하여금 해로를 이용하여 피난길에 오르게 한다. 이때 왕을 모신 뱃사공이 손돌이라는 것이다. 구전 설화에 따르면, 손돌은 고종 또는 공민왕을 모신 것으로 되어 있다. 이에 대해 최상수는 『한국 민족 전설의 연구』에서 "蒙古軍의 침입으로 江華島로 들어간 왕은 고려의 高宗이며, 또 孫돌이란 자의 存在와 그 죽음에 대한 한 사건에 대하여서는 가능한 일이므로 구태여 이에 대하여 曰可曰否할 필요는 없을 것이다."26)고 하였다. 고종이 강화로 파천하는 길에 올랐을 때, 고종을 모신 뱃사공이 손돌이라는 것이다. 본고에서는 역사 기록을 근거로 할 때, 손돌이 고종 또는 공민왕과 직접적인 관련을 맺기 힘들었음을 앞에서 살펴본 바 있다.

고려(高麗) 때, 어느 왕께서 강화도(江華島)로 파천차 바닷길로 거동하시는데 <자료 1>

지금으로 말할 것 같으면 벼슬을 해도 큰 벼슬을 하던 사람이 잘못해가구 강화로 피난을 오는데 <자료 2>

그 때 시방 그 실코 온 사람 이름은 잊어버렸구만, <자료 3>

거 어느 때, 아마이 그이 병인양요 될 거야. <자료 7>

충청남도 아룡이라는 데가 관장곡이라서 정기를 타고 난 장군이 거그서 싸우다가 패전을 당했어요. <자료 9>

그 뭐 옛날에 무슨 난이 있었는데 선돌이라는 그 사공이 아마 그 왕을 피신을 할려고 갔는지 <자료 13>

---

26) 崔常壽, 『韓國 民族 傳說의 硏究』(서울: 성문각, 1988), 109쪽.

　　손돌이란 뱃사공이 있었는데 그 어느 임금인가 강화로 피란을 갔
어. <자료 20>

　일반적으로 설화에서 변이가 일어나기 쉬운 부분이 바로 도입부
분이다. 화자가 이야기를 구술하기 전의 예비단계에서 설화에 대한
지식이 확고하지 못할 때 변이가 일어나게 된다. 위에서 화자들이
구술한 손돌목 전설의 내용을 보면, 손돌이 전설에 등장하게 되는
계기가 되는 사건에 변화가 일어나고 있음을 알 수 있다. 본고에서
논의의 대상으로 삼은 36편의 자료 중에서 몽고군에 의해서 고종이
피난길에 오르게 되는 것으로 구술한 자료는 <자료 8>·<자료 10>·
<자료 12>·<자료 18>의 4편이며, <자료 17>은 왜적에 의한 침입
으로 임금이 피난을 가는 것으로 되어 있고, <자료 19>는 전란에
대한 언급이 탈락되어 있으나 손돌을 고종과 관련지어 설명하고 있
다. 그리고 <자료 36>은 몽고군에 의해 임금이 피난길에 오르는데
그 임금이 누구인지 언급하지 않았다. 고려 시대에 있었던 전란으로
인해 왕이 피난길에 오르게 되었다는 설화는 모두 6편이며, 손돌을
고종과 관련된 인물로 보는 설화는 5편이다.
　<자료 3>과 <자료 19>를 제외한 29편의 구전 설화에서 화자들은
전란의 성격을 다르게 구술하고 있다. 이 중에서 <자료 1>과 같이
어느 왕인지 분명하지는 않지만, 고려시대에 있었던 전란으로 구술
한 경우가 <자료 22>·<자료 29> 등 3편이다. 그 밖에 전란의 성
격이 구체적으로 언급되지 않은 손돌목 전설이 <자료 5>를 포함해
서 모두 15편이다. 이들 구전 설화는 전란의 성격이 명확하지 않지

만, 전란으로 인해 왕이 피난길에 오른 것으로 되어 있다. 다만 <자료 24>에는 누가 피난길에 올랐는지 그 대상이 명확하지 않다.

이 밖에 전란의 성격을 <자료 30>·<자료 31>·<자료 35>의 경우는 '임진왜란'으로, <자료 7>은 '병자호란'으로, <자료 16>은 '이조시대'로, <자료 2>는 '피난을 가는 사람의 잘못'으로, <자료 9>는 '반역을 꾀한 행동'에 의한 것으로 설정하고 있다. 피난을 가는 사람은 <자료 30>·<자료 31>·<자료 35>는 임금으로 되어 있고, <자료 2>와 <자료 16>은 높은 사람, <자료 7>은 유명한 사람이다. 이에 비해 <자료 9>는 충청도의 정기를 타고 난 장군으로 되어 있다.

본고에서 대상으로 삼은 구전 설화 중에서 가장 특이한 것이 <자료 24>와 <자료 32>이다.

> 그 옛날에 선돌이가 이제 그래서 저기 어디서 피난 오다가 요 선
> 돌목 거기 오니까 염전에서 선돌이가 인저 나라까지 갈려고 하는데,
> <자료 24>

> 손돌이는 그전 옛날에 뱃사공인데, 그 일본놈 허구 전쟁할 즉에,
> 그 우리가 작전상 후퇴하믄서, 그 사람들 유혹할려구, [조사자: 유혹
> 이요?] 유혹 혈려고 이르케 하는데. 그 말하자믄 대장, 전쟁허는데
> 대장 있잖아. <자료 32>

<자료 24>에서 피난을 떠나는 인물이 손돌로 되어 있으며, 무슨 이유로 피난을 가게 되었는지는 구체적으로 나타나 있지 않다. 도입부인 1) 변란단락에서의 설정상의 혼란은 화자로 하여금 이후의 단

락도 변이가 이루어진 형태로 구술되게끔 한다. 이에 대해서는 각 단락에서 살펴보겠다. 하지만 손돌이 전설에 등장하는 계기가 전란에 의한 것이라는 점에서는 다른 설화들과 마찬가지다.

<자료 32>는 일본과의 전쟁이라는 전제하에, 적을 섬멸하고자 작전상 후퇴하는 과정에 손돌이 등장한다. 일반적인 손돌목 전설의 변란단락과는 너무나 상이한 설정이다. 이것은 화자가 손돌목이라는 명칭의 유래를 정치·사회적 혼란기에서 비롯된 것으로 인식한 결과이다. 그래서 자기 나름대로 해석해서 구술한 결과, 위와 같은 상이한 설정이 생기게 된 것이다. 이러한 설정은 부연단락에서도 변이를 일으키는 구실을 한다. 일반적으로 설화는 화자의 기억력과 구술능력, 청자의 관심 여하에 따라 구술되는 내용은 첨삭되어 변이를 일으키게 되는데, <자료 32>는 이런 과정을 여실히 보여주고 있다.

이상에서 살펴보았듯이, 손돌목 전설에서 손돌이 등장하게 되는 사건은 굳이 몽고병이나 고려의 고종·공민왕 등과 연관 지어 구술할 필요가 없다. 손돌목 전설의 도입부인 변란단락에서 중요한 것은 전설의 시대적 배경을 정치·사회적 혼란기로 설정하고, 왕으로 하여금 해로를 이용하여 피난을 떠나는 것으로 구술하면 된다. 그리고 피신하는 왕을 모신 뱃사공이 손돌이라고 하여, '손돌'이 주요 등장인물임을 밝혀 주면 되는 것이다. 손돌목 전설의 도입부에서 중요한 요소는 '전란에 의한 피난'과 '손돌의 등장'인 것이다.

(2) 왕의 오해

손돌목 전설의 본담부에 해당하는 왕의 오해단락은 손돌목의 지형적 특성을 설명하는 부분이다.

배를 몰아 갑곶진에서 광성에 다다르자, 바닷물이 선회하여 왼쪽도 오른쪽도 막히고 나아갈수록 더욱 더 길이 가리워져 앞길이 없는 것과 같았다. 왕이 크게 노하여 이는 손돌이 나를 속이어 험지로 유인한 것이라 생각 (『여지도서』 손돌항)

강화도의 광성진을 거쳐 현초지포로 향할 무렵 해협이 협소하고 급류가 선회하여 앞길이 막히자 왕이 대노하여 배사공인 손돌에게 주의를 환기시켰던 바 손돌은 아뢰기를 「이 곳은 바다의 자연암초가 선회하여 앞목이 막힌 배길이오니 절대로 염려를 마시옵소서」하고 진언하였으나 왕은 국난 중 파천하는 때이라 초조한 심정에서 손돌이 무슨 흉계를 품은 것이라 착각하고 대신에게 크게 명하여 손돌의 목을 베이라 명함에 <자료 10>

손돌이 피난길에 오른 왕을 모시고 손돌목 근처에 다다랐을 때 해로가 막힌 것처럼 보이자, 왕은 뱃사공 손돌이 자신을 죽이려고 음모를 꾸민 것으로 오해하여 참수를 명한다는 것이다. 신미양요 때, 손돌목의 지세를 관측한 미군 장교는 손돌목은 암초 수령(mudshoals)이 깔려 있고, 파고는 30피트나 되기 때문에 이 일대로의 항해는 위험성이 농후하다고 했으며, 장병들 역시 손돌목을 뉴욕의 헬 게이트(Hell Gate)와 같은 최악의 위험 수로로 보았다.[27] 앞에서 이미 손돌목에서는 크고 작은 해난 사고가 자주 일어났던 위험한 곳임을 살펴보았다. 국난이라는 절박한 상황 속에서 손돌목과 같은 험로를 통해 피난하는 길이라면 위와 같은 상황에 순간적으로 의구심을 갖는 것은 당연하다고 하겠다.

손돌은 왕의 의구심에 대해 "'이 곳은 바다의 자연암초가 선회하여 앞목이 막힌 뱃길이오니 절대로 염려를 마시옵소서' 하고 진언"을 한다. 손돌이 피난길에 오른 왕을 모신 뱃사공이었다면, 그는 손돌목의 지형을 잘 알고 있는 인물이었을 것이다. 화자 중에는 "그 사람이 해로에 아주, 수로에 환한 사람인가 보던 걸요. 그래서 '거기는 맥히질 않았다. 뚫렸다.'"(<자료16>)고 구술하기도 한다. 손돌은 자신이 '이 곳의 지리를 잘 알고 있다'는 진언에도 불구하고 왕의 명에 의해 참수를 당한다. 본고에서 대상으로 삼은 36편의 구전설화 모두가 손돌목의 지형적 특성을 설명하고, 손돌이 이곳의 특성을 모르는 인물에 의해 참수당한 것으로 구술한다. 다만 <자료 24>의 경우 1) 변락단락에서의 설정이 다른 구전 설화들과 달리 된 까닭으로 2) 왕의 오해단락에서도 변이를 일으킨다. "근데 거기서 손돌목 거기로 와서 보니까, 어디로 배가 갈 곳이 없드래요. 그래서 그 손돌이가 지금 저기 우리 나루께 강에서 손돌이가 빠져 죽었지 뭐야."(282쪽)라고 하여 화자는 손돌 자신이 오판을 해서 죽은 것으로 구술하고 있다.

2) 왕의 오해단락에서는 '손돌목의 지형적 특성'과 '손돌의 참수'

---

27) 김원모, 앞의 논문, 277~278쪽.

가 핵심적인 요소이다. 이러한 요소들이 손돌목 전설의 진실성을 뒷받침하는 계기가 되고, 설화 전승집단으로 하여금 역사에 대한 비판의식을 갖게 한다. 설화 전승집단은 손돌목의 지형적 특성을 잘 알고 있는 손돌의 참수를 통해 임금의 근시안적 안목과 민중들을 버리고 자신들의 안위만을 생각하여 살길을 찾아 강화도로 들어가는 위정자들을 비판하고 있다. 위정자들은 자신들이 나라를 위해 큰일을 하기 때문에 권력과 부를 갖는다고 역설한다. 하지만 정작 외부의 적들이 침입할 때마다 대다수의 위정자들은 살길을 찾아 도망치기에 바빴다. 결국 그들의 빈자리는 백성들의 몫이었다. 백성들은 외적과 싸우는 항전의 주체이며, 그들에 의해 적들은 이 땅에서 물러날 수밖에 없었던 것이다. 손돌의 참수에는 위정자에 대한 비판의식이 내포되어 있다. 이렇게 볼 때, 손돌이 자신을 죽이려는 것으로 오판한 인물에 의해 참수당한다는 2) 왕의 오해단락은 손돌목 전설의 핵심 단락 중 하나이다.

(3) 고난 극복

전설에서는 오해에 따른 고난이 종종 등장하는데, 이러한 고난은 '초자연적인 경이'를 통해 극복되곤 한다. 구전되는 손돌목 전설에서 고난을 극복하는 과정을 문맥 그대로 받아들이기는 어렵다. 하지만 설화 전승집단의 사고방식으로는 실현 불가능한 이야기도 아니다. 손돌목 전설에서 등장하는 '초자연적 경이'는 화자로 하여금 전설이 실제로 있었던 사건임을 믿게 만드는 요소일 뿐만 아니라, 청자로 하여금 화자가 구술한 전설의 내용이 진실된 것으로 받아들이게 만드는 장치인 것이다.

> 손돌은 「배길 앞에 바가지를 띄우고 그 바가지가 떠나가는 대로 따라가면 자연 배길이 트일 것이옵니다」라는 마지막 한마디 충언을 남기고 형을 받았다 하며 왕은 그 바가지를 따라 진로를 택하여 무사히 난을 피하였다 한다. <자료 10>

<자료 10>에서 손돌은 왕을 험로에서 안전하게 벗어나게 하기 위해, 바가지를 물에 띄워 그것을 따라갈 것을 권고한다. 『여지도서』에는 "왕이 크게 노하여 이는 손돌이 나를 속이어 험지로 유인한 것이라 생각하여 참수할 것을 명하였다. 뱃사공들이 그의 시체를 강변에 묻고"라 하여 왕이 직면한 위험을 어떤 방식으로 벗어났는지 알 수 없다.

이에 비해 구전 설화 중에서 시기적으로 가장 앞서 채록된 것으로 보이는 <자료 1>에서 고난극복단락에 해당하는 대목을 보면, "왕은, '이는 필연코 손돌이란 놈이 무슨 흉계를 품은게 분명하다.' 생각하시고 시신에게 분부하여 손돌의 목을 베히었다. 그리하여 다행히 위험한 목을 노저어 나왔다고 한다."(23쪽)라 하여 '바가지를 이용해서 험지를 벗어난다'는 모티프가 언급되지 않는다. 다만 노를 저어서 위험에서 벗어나게 되었다고 하여 보다 현실적인 방법을 제시하여 험지인 손돌목을 통과하고 있다. 이렇게 볼 때, 구전 설화에

서 '바가지를 이용하여 왕이 직면한 위험을 모면했다'는 모티프는 설화 전승집단이 고난 극복단락을 보다 극적 상황을 연출하기 위해 이를 설화에 수용한 것으로 볼 수 있다.

손돌목 전설에서 손돌목의 험로를 벗어나는 방법으로 '바가지를 이용하여 험지를 벗어난다'는 모티프가 포함된 설화는 <자료 1>·<자료 5>·<자료 9>·<자료 11>·<자료 24>·<자료 32>·<자료 33>의 7편을 제외한 29편이다. 이들 29편 중에서 <자료 20>의 경우만 "그 목을 쳐니까 응, 그냥 손돌이 목이 인제 떨어져서 그 물위로 다 뱅뱅뱅 자꾸 그리 떠올라 간다 그거야. 그래 그리 쫓아 올라가니까 탁 터졌거든."(72쪽)라고 하여 바가지 대신에 손돌의 목이 왕의 앞길을 인도하여 고난 극복단락에 변이를 일으킨다.

고난 극복과정을 좀 더 재미있게 구술한 설화가 <자료 14>이다. 적에게 왕이 쫓기는 급박한 상황을 연출하고, 절체절명의 위기 상황에서 바가지를 등장시켜 재미를 배가시키고 있다.

> 왕의 신하들이 손돌의 목을 베자, 곧 적이 뒤따라 오며 왕이 탄 배를 공격하므로 왕은 손돌의 유언을 생각하고 붉은 바가지를 물에 띄웠다. 그러자 뒤따르던 적들은 번쩍이는 붉은 바가지를 보자 큰 보물이 들어있는 것으로 생각하고 열어 보았다. 그런데 그 속에서는 많은 벌떼가 쏟아져 나와 뱃속은 일시에 대혼란을 당하게 되었다. …(중략)… 이번에는 푸른 바가지가 떠내려오자 적들도 속지 않으려고 그 바가지에다 불을 질렀다. 그러자 갑자기 그 바가지가 폭음을 내면서 터지고, 적의 배는 침몰되고 말았다. 그 이유는 푸른 바가지 속에 화약이 들어 있었기 때문이다.(247~248쪽)

위의 인용문에서 손돌은 선견지명을 지닌 인물로 묘사된다. 급박한 상황에서 왕의 오해로 손돌이 처형을 당한다는 것은 <자료 14>의 경우도 마찬가지다. 다만 설화에 등장하는 바가지의 쓰임새가 여타의 설화들과는 차이를 보인다. 바가지가 등장하는 다른 설화의 경우, 바가지는 왕을 험지에서 벗어나게 하는 길 안내 역할을 한다. 이에 비해 <자료 14>의 바가지는 적을 물리치는 수단으로 사용되고 있다. 손돌은 왕을 모시고 피난길에 오르면서 장차 벌어질 일을 미리 예견하고 두 개의 바가지를 준비한다. 하나는 벌떼가 들어있는 붉은 바가지이고, 다른 하나는 폭약이 들어 있는 푸른 바가지이다. 적이 추적하자, 왕은 손돌이 준 붉은 바가지와 푸른 바가지를 적진에 던져 적선을 침몰시켰고 결국 위험에서 벗어나게 되었다는 것이다. 이러한 설정은 「삼형제와 여우누이」라는 민담에서도 찾아볼 수 있다. 자신의 뒤를 쫓는 대상을 향해 물건을 던져 혼란을 야기하고 죽음에 이르게 한다는 점에서 <자료 14>와 「삼형제와 여우누이」의 설정은 동일한 것으로 볼 수 있다. 따라서 <자료 14>에서 두 개의 바가지를 이용하여 적을 물리친다는 설정은 손돌목 전설에만 나타나는 특징이 아니다. 화자가 적을 물리치는 민담에서 모티프를 차용하여 재미있게 각색한 것으로 보인다.

3) 고난 극복단락에서 왕이 손돌의 충언을 수용하여 바가지를 따라갔다가 위험에서 벗어났다고 하는 것은 아이러니가 아닐 수 없다. 임진왜란에 참전했던 신립 장군이 조령을 포기하고 충주 탄금대에 배수의 진을 치게 된 연유를 설명하는 전설을 살펴보자. 이 전설에

서 신립은 죽을 처지에 있던 처녀를 구해 준다. 이 처녀는 신립을 평생 동안 받들겠다고 간청하나 이를 신립이 거절하자 죽음을 택한다. 이 처녀는 귀신이 되어 자질구레한 일과 관련해서는 신립에게 도움준다. 하지만 신립의 목숨이 경각에 처해 있을 때는 그릇된 정보를 제공하여 그를 죽음에 이르게 한다. 이처럼 원한을 품고 죽은 처녀가 신립 장군에게 그릇된 정보를 제공하고, 정세를 오판한 신립 장군이 충주 탄금대에서 죽었다는 이야기는 광포되어 전승한다.

자신을 해친 사람에게 해코지하고 싶어 하는 마음은 누구나 품게 되는 인지상정이다. 그럼에도 불구하고 손돌은 자신을 참수하려는 왕을 위해 죽는 순간까지도 충성을 다한다. 이러한 손돌의 충성심은 근시안적 안목의 왕과 자신들의 안위를 위해 피난길에 오른 위정자들의 모습과는 대비된다. 이런 손돌의 충성심이 그의 죽음을 더욱 숭고하게 만드는 구실을 한다. 국가의 안위를 걱정하는 손돌의 행위가 오늘날 우리에게 교훈을 주는 것이다.

이상에서 살펴본 바와 같이, 손돌목 전설의 3) 고난 극복단락은 설화 전승집단이 손돌의 충성심을 선양하려는 교훈적 목적을 달성하고자 하는 의도에서 첨가한 것으로 보인다. 이로 인해 전설의 내용은 더욱 흥미롭게 재구되는 것이다.

(4) 원혼 해소

손돌은 억울하게 참수당함으로써 원한을 품게 된다. 우리의 민간

신앙에 의하면, 비명횡사한 사람은 원한을 지닌 채 죽음으로 해서 그 넋이 하늘에 오르지 못하고 구천을 떠도는 귀신으로 화하는 것으로 여긴다.

그리고 그 날이 시월 스므날이었는데, 해마다 이 날이 되면 큰 바람이 일어나서 바다에는 배가 뜰 수가 없다고 하며, 이 날 큰 바람이 일어나는 것은 억울하게 죽은 손돌의 원한이 큰 바람이 되어 떠가는 배를 파선시키는 것이라고 전해 온다. <자료 1>

고종은 그 험한 배길을 피한 후에야 충성스런 손돌을 참수한 잘못을 후회하시고 정절을 지켜 슬프게 돌아간 손돌의 혼을 위로하기 위하여 나라에서 현 대곶면 신안리 덕포 하류(現大串面新雁里德浦下流) 손돌목상봉(孫乭項上峰)에 묘지를 만들고 사당을 건립하여 제사를 지냈다 한다. <자료 10>

그러자 갑자기 큰 바람이 일어나 도저히 뱃길을 노저어 갈 수 없으므로 신고 가던 왕의 말 머리를 베어 억울하게 죽은 손돌의 영을 위로하는 제사를 지내고서 무사히 강화도에 도착하였다고 하는데, <자료 11>

선돌이가 혼이 있는 거야. 으-음, 날 궂이래면 벌써 날이 응-하면 선돌이가 울어요. '에고, 에고' 선돌목 울어서 또 비 오겠다 하면 여지없이 비가 오거든. <자료 24>

위의 인용문을 보면, 손돌의 원한은 다양한 형태로 표출되고 있다. 풍랑을 일으켜 큰 배를 파선시키거나(자료 1) 바람을 일으켜 왕이 승선한 배의 진로를 막고(자료 11) 손돌의 넋이 울음으로써 비가 내린다.(자료 24) 구전 설화에서 <자료 5>·<자료 18>·<자료 35> 를 제외한 33편의 설화가 손돌의 원혼을 언급한다. 설화 전승집단 은 억울하게 죽은 손돌의 혼이 배를 앞으로 나아갈 수 없게도 하고, 그가 죽은 날에는 '강풍과 혹한'을 동반하는 것으로 설명한다. 이러 한 손돌목 전설은 한국에 있어 풍신 신앙의 면모를 지닌 것으로 볼 수도 있다.[28] 여기서는 손돌목 전설에 나타난 손돌의 원혼을 전국 적으로 흔히 볼 수 있는 민간사상의 하나인 원령사상에 국한해서 살펴본다.

일반적으로 원령은 생전에 지녔던 소망을 이루지 못한 채 죽은 영혼이나 원한을 품고 죽은 영혼을 가리킨다.[29] 이처럼 억울하게 죽은 사람이나 비명(非命)에 죽은 사람들은 그 원한이 흩어지지 않 고 귀매(鬼魅)가 된다. 이러한 생각은 중국의 경우도 마찬가지다. 원귀가 한 번 붙으면 정신착란을 일으키거나 병이 나고 사업이 망 하는 등의 불행을 겪게 된다고 한다.[30]

> 공(홍재추-필자 주)이 뒷날 남방 절도사(南方節度使)가 되어 진 (鎭)에 있었다. 하루는 도마뱀 같은 작은 생물이 공의 요 위에 기어 다녔다. 공이 아전을 시켜 밖에 던져 버리게 하였더니 아전이 죽여 버렸다. 이튿날에 조그마한 뱀이 방에 들어왔다. 아전이 또 죽여 버 렸다. 또 그 다음 날에도 뱀이 방에 들어왔다. 여기에서 비로소 여

---

28) 설성경, 앞의 논문, 254쪽.
29) 성기열, 『한국구비전승의 연구』(서울: 일조각, 1982), 38쪽.
30) 김용덕, 『한국민속문화대사전』(서울: 도서출판 창 솔, 2004), 1318쪽.

승의 귀신이 저주하는 것이 아닌가 하고 의심하게 되었다. 그러나
그 위세(威勢)와 무용(武勇)을 믿고 죄다 죽여 버리겠다고 생각하고
는 곧 아전에게 명령하여 죽여 버렸다. 그 뒤부터는 오지 않는 날이
없으며 올수록 날마다 점점 큰 것이 들어와서 마침내는 큰 구렁이
가 되었다. …(중략)… 공이 이에 밤에는 구렁이를 옷으로 싸서 궤
짝 안에 넣어서 침실에 두어 두고, 낮에는 궤속에 넣어 두었으며 변
경(邊境)을 행순(行巡)할 때에는 사람을 시켜서 궤를 지고 앞에서
가게 하였다. 공은 정신이 점점 흐려지고 얼굴빛이 파리하여지더니
마침내 병이 들어 졸(卒)하였다.[31]

위의 인용문은 홍재추가 현달하기 전에 만났던 어떤 여승과 정을
통한 이후의 이야기이다. 비를 피해 들어갔던 동굴에서 어여쁜 여승
을 보고 마음이 동한 홍재추는 여승과 정을 통하고 집으로 데려가
겠다는 약조를 한다. 그러나 약속한 기일이 지나도 아무런 소식이
없자 여승은 병들어 죽는다. 홍재추를 찾은 여승의 혼은 처음에는
작은 생물에 불과했지만, 이를 홍재추가 버리거나 죽이자 점점 더
큰 모습으로 화한다. 여승은 자신의 의지를 홍재추가 알아줄 때까지
지속적으로 나타난다. 홍재추는 자신의 능력으로는 물리칠 수 없음
을 깨닫고 여승의 혼을 받아들인다. 결국 여승의 혼이 화한 구렁이
를 받아들인 홍재추 역시 병들어 죽었다는 내용이다. 위의 인용문에
서 보듯이 인간이 원한을 품고 죽으면 귀신이 되고, 원한을 품게 만
든 인간 역시 귀신으로 인해 정상적인 생활을 영위할 수 없게 된다
는 것이다. 이러한 현상은 과학적 이론이나 논리적 사고로 해명되지

---

31) 成　俔, 南晩星 역『慵齋叢話』(서울: 대양서적, 1973), 139쪽.

않는다. 이때 등장하는 것이 죽은 사람의 영혼을 위로하는 굿이다. 우리 민족은 굿을 통해 원혼을 위로하여 악귀가 되는 것을 예방하곤 하였다. 위안을 받은 사령(死靈)은 품고 있던 '한'이 해소되어 승천하게 됨으로써 사람에게 붙어 사고를 일으키거나 작용하는 일이 없다고 믿었다. 굿 이외에 사령이 품고 있던 '한'을 해소시켜 주는 방편으로 사용된 것이 죽은 자를 위해 제사를 지내주는 것이다.

<자료 10>은 왕이 험한 뱃길을 뚫고 나온 연유로 손돌을 참수시킨 것을 후회하고 그의 충성심을 기리기 위해 "묘지를 만들고 사당을 건립하여 제사를 지냈다"고 한다. 옛날 봉상시[奉常寺]에서는 불의의 사고로 죽은 사람을 후하게 대접하고 제사를 지내주는 경우가 있었다. 이것은 죽은 사람이 원한을 품은 귀신으로 화하는 것을 예방하기 위해서이다.32) 구전되는 대부분의 손돌목 전설에서는 손돌의 원혼을 달래기 위해서 손돌의 묘를 만들고, 여기에 제사를 지냈다고 한다. 『여지도서』에도 "무덤의 형태는 지금도 완연하다."는 것으로 보아 손돌의 묘가 실재했음을 알 수 있다.

구전설화 중에는 "그 날은 소를 나라에서, 아주 소를 한 마리씩 잡고 제사를 크게 올리고. 매년 올렸어요. 그러다가 왜정 때니까 금지가 되고 지금은 제사도 안 지내지."(<자료 17>, 303쪽)라고 구술한다. 이것은 전설이 형성된 초기부터 손돌의 넋을 위로하는 제사를 지냈을 것으로 여긴 설화 전승집단의 사고를 반영한 것이다. 1988년 이후 현재에 이르기까지 김포문화원이 주관이 되어 매년 음력

---

32) 김용덕, 앞의 책, 1318쪽.

10월 20일에 손돌공 진혼제를 봉행하고 있다.

우리의 영혼관에 의하면, 원혼을 위로하여 정상적인 혼령으로 되돌리기 위해 사자의 명복을 기구하는데, 이는 원혼의 해소를 통해 복을 받고자 하는 사고가 밑바탕에 깔려 있는 것이다. 손돌목 전설 4) 원혼 해소단락은 손돌의 원혼을 위로함으로써 뱃길의 안전을 도모하고자 한 설화 전승집단의 염원이 반영된 것이다.

(5) 지명 유래

지명은 마을이나 지방·산천·지역 따위에 붙여진 이름으로, 지명 유래는 그러한 지명이 생성된 연유를 특정 인물·사건·지형적 특성·신앙 등과 연계해서 설명하는 방식이다. 따라서 지명 유래는 지역적인 색채를 띠게 된다.

이런 일이 있은 뒤에 그 험한 목을 "손돌목(孫乭項)"이라 부르며
<자료 1>

그로부터 이 좁은 물길을 손돌목(孫乭項)이라 부르게 되었고 <자료 10>

손돌의 목을 베었던 곳을 「손돌목(孫乭項)」이라 부른다고 한다.
<자료 11>

이 뱃길목은 지금도 손돌의 목을 벤 곳이라 하여 '손돌목'이라

부르며 <자료 12>

손돌이 억울하게 죽은 곳이기 때문에 이곳을 손돌목이라고 부르
게 되었다는 것이다. 이처럼 손돌이 죽은 연유로 손돌목이라고 부르
게 되었다고 한 설화는 모두 19편이다. 손돌목이라는 지명을 직접
언급하지 않은 설화의 경우도 '손돌의 묘'와 '손돌추위'를 언급하는
것으로 보아 이곳의 지명이 손돌과 연계된 것임을 짐작할 수 있다.
다만, <자료 15>는 손돌목을 통해 터진개라는 지명을 설명한 것이
특이하다.

『대동지지』 강화 산수조에 손돌항에는 돌다리가 굳세게 뻗쳐 있
어 물 밑이 마치 문지방과 같은데, 중앙이 약간 오목하여 조수가
들고 날 때 수세가 심히 급하여 또한 물 밑 돌부리가 마치 깎아 세
운 듯한 낭떠러지와 같으며 파도가 굽이치며 흐르는데 여울과 같이
빠르게 흐르기 때문에 뱃길이 극히 험난하다고 하였다.[33] 이런 손
돌목에 관한 이름이 처음 등장하는 것은 조선 후기인 순조 8년에
편찬된 『만기요람』이다.

孫乭項이 高麗時代에는 窄梁이라 불렀으며 그 이름이 末期까지
등장하나 朝鮮時代에 窄梁이나 孫乭項이라는 이름은 나타나지 않
다가 孫乭項이라는 이름이 官撰文書로는 朝鮮 後期인 純祖 8年에
編纂된 萬機要覽에 비로소 등장하고 있다. 이것으로 볼 때에 舟人
들 사이에 通用되던 孫乭項이라는 名稱이 어느 時期엔가 公式名稱

---

33) 김정호 편, 『대동지지(영인본)』(한양대학교부설국학연구원, 1976), 46쪽.

이던 窄梁을 대신하게 된 모양이나 그 時期는 알 수가 없다.[34]

박광성의 지적처럼 안흥의 관장항과 함께 조운의 2대 험로의 하나였던 착량은 조선시대에 들어 그 명칭이 손돌목으로 바뀌었을 개연성은 충분하다고 하겠다. 명칭이 바뀠을 개연성을 '梨泰院 傳說'과 「판목전설」의 하나인 '안면도 전설'을 통해 유추해 볼 수 있다. 오늘날 이태원(梨泰院)은 본래 이태원(異胎院)이라는 지명으로 불리던 곳으로, 시대 변천에 따라 뒷날 글자를 달리 사용한 데서 기인한 것이다.[35] 이유원의 『임하필기』에 "天一亭으로 가는 길은 異胎院으로 경유하는데, 壬辰년 후에 倭人의 자식[倭種]을 모아 두었던 곳이라 그곳 풍속이 아직까지 사납고 독하니 아마도 倭人의 자식을 남김으로 풍속이 닮은 것이 아닌가 한다."[36]고 하여 오늘날의 이태원(梨泰院)을 이태원(異胎院)으로 기록하고 있다. 원래 이태원(異胎院)은 임진왜란 때 왜놈에게 겁간을 당한 부녀자들이 왜인의 자식을 낳자, 서울의 남대문 밖 이태원(梨泰院) 지대에 이들을 모여 살게 한 데서 유래된 지명이다. 오늘날에도 이태원은 서울 속에서 이방인을 가장 많이 볼 수 있는 곳으로 본래의 지명이 생기게 된 유래를 떠올리게 한다.

충남 서해안에 위치한 안면도는 원래 섬이 아니었다. 조선 인조 때 영의정으로 있던 김유가 세곡선이 항해하는 데 불편을 덜기 위

---

34) 박광성, 앞의 논문, 16쪽.
35) 최상수, 『한국 민족 전설의 연구』, 86쪽.
36) 위의 책, 86쪽에서 재인용.

해 태안군 안면읍 창기리와 남면 신온리의 경계를 인위적으로 절단하여 바닷물이 통과하게 만든 것이다. 그런데 이러한 사실을 도외시한 채, 안면도는 원래 큰 인물이 날 형국이었는데 이여송이 이를 알고 지맥을 끊기 위해 판목을 했다고 한다. 그때 많은 피가 흘렀으며, 그 이후로 안면도는 섬이 되었고 큰 인물이 나지 않는 것으로 설명한다. 이 전설을 수용한 설화 전승집단은 이 전설을 수용함에 있어 풍수지리·이민족에 대한 저항의식과 민족자존의식을 바탕으로 이야기를 허구적으로 재구성하고 있음을 알 수 있다.[37] 이러한 사례들로 미루어 보아 설화 전승집단이 착량이라는 지명이 손돌목으로 개명되는 과정을 보다 합리적으로 설명하기 위해 역사적 사건과 손돌이라는 인물을 연계시킨 것이 아닌가 한다.

(6) 증거 제시 및 부연 설명

증거 제시 및 부연 설명단락은 손돌목 전설이 진실임을 뒷받침하는 증시부에 해당한다. 전설은 증거물이 있어 생성되기도 하지만 처음에는 전혀 증거물과 결부되지 않고 예기치 않던 사태가 발생해서 주인공에게 불행이 생기고 그 결과 나중에 증거물이 남기도 한다.[38] 손돌목 전설에서는 예기치 못했던 불행이 손돌에게 닥치고, 그가 참수당한 날에는 그의 혼이 바람과 추위를 동반한다는 것을 증거물로

---

37) 崔雲植, 『韓國說話硏究』(서울: 집문당, 1991), 89쪽.
38) 張德順·趙東一·徐大錫·曺喜雄, 『口碑文學槪說』(서울: 일조각, 1982), 46쪽.

제시한다. 손돌목 전설은 실재했던 역사적 사건을 바탕으로 생성되었음을 밝히는 것이다.

또 시월 스므날 일어나는 바람을 "손돌 바람(손돌풍)"이라 한다고. <자료 1>

그 기일(忌日)이 되면 매년 강풍과 혹한이 닥쳐오니 이는 필시 원통한 죽음을 당한 손돌의 넋이 바람을 일으킨다 하여 「손돌이 추위」라고 전하여 오고 있다. <자료 10>

공(公)의 기일인 음력 10월 20일 쯤이면 손돌의 원혼이 바람을 일으킨다 하였다. 이 때의 거센 바람을 '손돌이바람', 이 무렵의 추위를 '손돌이추위'라 전해온다. <자료 12>

시월 스무날이 손돌이 추위라고 그 날은 해마다 아주 춥단 말이야. 아주 뭐 시렵게 추운데, 그게 왜 그날은 추우냐 그러니깐으로 다 어른이고 남녀노소 할 것 없이 오늘은 손돌이 추위하는 날이다. 손돌이 추위하는 날이라고 해서 춥다. 그래 이거이 상식화인데, 여기서 그 전해 내려오는 손돌이에 관해서는 이렇게 되어 있죠. <자료 17>

설화 전승집단은 음력 10월 20일을 전후해서 부는 바람과 추위를 손돌의 넋이 일으키는 것으로 믿는다. 구전 설화 중에서 이 시기에 부는 바람이 손돌과 연계되어 있는 것으로 믿고 구술한 것은 모두 31편이었다. 31편 중에서 <자료 17>·<자료 19>·<자료 22>의 3편은 선돌의 추위를 전제로 '손돌목 전설'을 구술하는 점이 특이하다.

이렇게 손돌 추위와 바람이 언급된 설화 중에서 지금은 손돌과 관련된 추위와 바람이 사라진 것으로 부연 설명하는 설화들이 여러 편 전승하고 있다.

> 요전날에 지금 손돌이가 저 충청도가 고향이래요. 어느 충청도 짐을 싣고 가는데, 그 손돌이 혼이 그냥 큰 뱀이 배에 척 올라 앉드래요. …(중략)… 손돌이 떠나고 부터는 손돌이 추위도 안하고 손돌목도 안 울고. <자료 24>

> 손돌이 죽은 때가 어느 때냐 하면, 음력 시월 스무날입니다. 그래서 음력 시월 스무날께만 되면, 틀림없이 큰 추위가 와요. 요 근래에는 추위가 어디로 갔는지 안 오기도 하지만, 저희들이 자랄 때부터 4·50대까지는 큰 추위가 왔어요. <자료 36>

위에서 인용한 설화는 손돌 추위가 사라진 이유에 대해 화자 나름의 해석과 부연 설명이 첨가된 경우이다. 손돌 추위와 손돌 바람은 손돌목 전설의 진실성을 확인시켜 주는 구실을 하는 증거물이다. 그런데 죽은 손돌의 넋과 관련된 손돌 추위와 바람이 제 시기에 불어오지 않기 때문에 전설의 진실성은 반감될 수밖에 없다. 이를 방지하기 위한 장치의 일환으로 손돌의 넋이 이사를 갔다거나 손돌 추위가 예전에는 극심했으나 지금은 없어졌다고 말하는 것이다. 즉 손돌목 전설의 증시부를 현실에 맞게 변형시키고 있다. 화자들 중에는 손돌 추위가 닥치는 날짜를 정확하게 기억하지 못하여 "그래 손돌 추위라고 춥기만 하면 아주 메친날(며칠날)인가 음력 스무 메친

날."(<자료 20>, 72쪽)이라고 구술하기도 한다.

<자료 24>와 같이 손돌의 넋이 다른 곳으로 이사를 갔기 때문에 손돌 추위가 사라졌다고 구술한 설화도 <자료 24>를 포함해 모두 4편이 있다. 이 4편의 설화에서 손돌의 고향을 충청도라고 한다. 화자들은 어느 날 손돌의 넋이 육중한 짐승(<자료 3>), 구렁이(<자료 4>), 큰 뱀(<자료 24>, 혼(자료 38>)의 형태로 손돌목을 떠나서 고향인 충청도로 이사를 갔기 때문에 더 이상 추위가 찾아오지 않는다고 한다.

손돌 추위가 없어졌다고 구술한 설화는 모두 5편이다. 이 중에서 <자료 32>의 화자는 "그 옛날에는 먹질 못허구, 입은 게이 시원찮은데, 자꾸만 추웠지만, 이젠 입는 것도 잘 입구, 먹는 것도 이 허니깐. 추일(추위) 모르잖아."(482쪽)고 하여 요즘에 손돌 추위가 없어진 것을 의식주의 발달에 따른 것으로 합리화시켜 구술한다. 의식주의 발달에 따라 손돌 추위를 느끼지 못한다는 생각은 손돌 추위가 없어졌다고 구술한 다른 화자에게도 적용시킬 수 있을 것이다. 손돌목 전설의 증시부에서 전설의 증거물로 제시되는 손돌 추위와 손돌 바람에 변이 양상을 보이며 전승하는 것은 예전과 달라진 주택의 난방, 피복 등의 여건으로 인해 상대적으로 추위를 덜 타기 때문이다. 따라서 손돌목 전설을 구술한 화자들은 손돌 추위가 없어졌다거나 이사 간 것으로 또는 그 정확한 날짜를 기억하지 못하는 것이다.

한편, <자료 9>는 "근디 시월 스무 사흘날이 그 사람 제사라고,

그 지방에서는 제사를 모시고 그런 전설입니다."이라고 하여 손돌 추위와 손돌 바람에 대한 언급이 없다. <자료 9>는 변란단락에서 손돌이 모신 인물이 반역을 꾀했던 인물이라고 언급한 것과 연관되어 증거 제시 및 부연설명 단락도 변이를 일으키는 것으로 보인다. 더욱이 증거물과 지리적으로 멀리 떨어진 전라도 지역에서 채록된 것이기에 이러한 변이가 쉽게 일어난 것이 아닌가 한다. <자료 15>에도 손돌 바람이나 손돌 추위가 언급되지 않는데, 이것은 이미 '지명 유래' 단락에서도 살펴보았듯이 손돌목의 지형을 이용하여 터진 개라는 지명을 설명하기 때문이다.

설화 전승집단이 생각하는 것처럼 매년 음력 10월 20일을 전후로 해서 부는 바람이 굳이 고려 때부터 불기 시작했을 리는 만무하다. "그런데 그건 손돌이가 죽었다고 손돌이 추위할리도 없지만은 하여간 어쨌든간에 그때 많이들 그렇게 했어. 손돌이 추위를 한다고." (<자료 23>, 272쪽) 한 화자의 지적처럼 음력 10월 20일을 양력으로 환산하면 대략 11월 말에서 12월 초에 해당한다. 이때는 절기상 소설·대설을 전후한 시기로 기온이 급강하한다. 설화 전승집단은 갑작스레 날씨가 추워지는 데는 그만한 연유가 있다고 믿고, 이를 민간적 사고로 해석한 것이 바로 손돌목 전설인 것이다. 손돌목은 그 지형적 특성 때문에 해난사고가 빈번하게 일어나 사람들의 목숨을 앗아간 곳으로, 여기서 죽은 사람들의 넋이 추위와 바람을 몰고 온다고 믿는 것은 자연스런 현상이라 하겠다.

설화 전승집단은 손돌이라는 뱃사공을 등장시켜 그의 죽음이 억울하고 참혹했음을 부각시키고, 그로 인해 손돌목이라는 지명이 생기게 되었으며 손돌 추위와 손돌 바람이 불어온다고 함으로써 이야기에 진실성을 부여한다. 손돌목 전설에 부여된 진실성은 설화 전승집단이 전설을 구연하는 동안 전설의 내용을 실제 있었던 사건으로 인식하게끔 하면서 아울러 흥미를 갖고 이야기를 전승시키게 되는 동기를 부여한다. 설화 전승집단이 사실처럼 믿는 '의식'과 구술을 하는 데 있어서 사실답지 않은 '표현' 사이의 대립구조로 인해 증거 제시 및 부연 설명 단락에 변이가 생기는 것이다.

지금까지 <손돌목 전설>의 서사 구조를 단락별로 분석한 것을 도식화하면 아래와 같다.

〈손돌목 전설〉 단락 일람표

자료 번호	1) 변란		2) 왕의 오해	3) 고난 극복	4) 원혼 해소	5) 지명 유래	6) 증거 제시 및 부연 설명
	시 기	피신한 왕	지형 설명	손돌 참수	바가지 모티프	강풍과 혹한 및 제사	손돌목 (선돌목)	손돌 추위 손돌 바람
1	고려 때	왕	○	○	×	○	○	○
2	잘 못	높은 사람	○	○	○	○	×	○
3	×	모 름	○	○	○	○	×	○ (이사 감)
4	행 차	임 금	○	○	○	○	○	○ (이사 감)
5	피 난	임 금	○	○	×	×	×	○ (없어짐)
6	피 난	임 금	○	○	○	○	×	○ (없어짐)
7	병인양요	유명한 이	○	○	○	○	×	○
8	몽고병	고 종	○	○	○	○	○	○
9	반 역	장 군	○	○	×	○	×	×

<table>
<tr><td rowspan="4">자료
번호</td><td colspan="9" style="text-align:center">각 단락별 중요 요소</td></tr>
<tr><td colspan="2">1) 변 란</td><td colspan="2">2) 왕의
오해</td><td>3) 고난
극복</td><td>4) 원혼
해소</td><td>5) 지명
유래</td><td>6) 증거
제시 및
부연 설명</td></tr>
<tr><td>시 기</td><td>피신한왕</td><td>지형
설명</td><td>손돌
참수</td><td>바가지
모티프</td><td>강풍과
혹한
및 제사</td><td>손돌목
(선돌목)</td><td>손돌 추위
손돌 바람</td></tr>
<tr><td>10</td><td>몽고병</td><td>고 종</td><td>○</td><td>○</td><td>○</td><td>○</td><td>○</td><td>○</td></tr>
<tr><td>11</td><td>전 란</td><td>어느 왕</td><td>○</td><td>○</td><td>×</td><td>○</td><td>○</td><td>○ (없어짐)</td></tr>
<tr><td>12</td><td>몽 고</td><td>고 종</td><td>○</td><td>○</td><td>○</td><td>○</td><td>○</td><td>○</td></tr>
<tr><td>13</td><td>무슨 난</td><td>왕</td><td>○</td><td>○</td><td>○</td><td>○</td><td>○</td><td>○</td></tr>
<tr><td>14</td><td>난</td><td>왕</td><td>○</td><td>○</td><td>○</td><td>○</td><td>○</td><td>○</td></tr>
<tr><td>15</td><td>난</td><td>임금</td><td>○</td><td>○</td><td>○</td><td>○</td><td>○</td><td>×</td></tr>
<tr><td>16</td><td>이조시대</td><td>높은사람</td><td>○</td><td>○</td><td>○</td><td>○</td><td>○</td><td>×</td></tr>
<tr><td>17</td><td>고려왜적</td><td>임금</td><td>○</td><td>○</td><td>○</td><td>○</td><td>×</td><td>○</td></tr>
<tr><td>18</td><td>몽고</td><td>고종</td><td>○</td><td>○</td><td>○</td><td>×</td><td>×</td><td>○</td></tr>
<tr><td>19</td><td>×</td><td>고종</td><td>○</td><td>○</td><td>○</td><td>○</td><td>×</td><td>○</td></tr>
<tr><td>20</td><td>피난</td><td>임금</td><td>○</td><td>○</td><td>손돌의 목</td><td>○</td><td>×</td><td>○</td></tr>
<tr><td>21</td><td>난</td><td>임금</td><td>○</td><td>○</td><td>○</td><td>○</td><td>×</td><td>○ (없어짐)</td></tr>
<tr><td>22</td><td>고려</td><td>임금</td><td>○</td><td>○</td><td>○</td><td>○</td><td>×</td><td>○</td></tr>
<tr><td>23</td><td>피난</td><td>임금</td><td>○</td><td>○</td><td>○</td><td>○</td><td>○</td><td>○</td></tr>
<tr><td>24</td><td>피난</td><td>손돌</td><td>○</td><td>○</td><td>×</td><td>○</td><td>×</td><td>○ (이사 감)</td></tr>
<tr><td>25</td><td>난리</td><td>임금</td><td>○</td><td>○</td><td>○</td><td>○</td><td>○</td><td>○</td></tr>
<tr><td>26</td><td>난리</td><td>임금</td><td>○</td><td>○</td><td>○</td><td>○</td><td>×</td><td>○</td></tr>
<tr><td>27</td><td>난리</td><td>임금</td><td>○</td><td>○</td><td>○</td><td>○</td><td>×</td><td>×</td></tr>
<tr><td>28</td><td>난리</td><td>임금</td><td>○</td><td>○</td><td>○</td><td>○</td><td>○</td><td>○</td></tr>
<tr><td>29</td><td>고려 때</td><td>임금</td><td>○</td><td>○</td><td>○</td><td>○</td><td>○</td><td>○ (이사 감)</td></tr>
<tr><td>30</td><td>임진왜란</td><td>인조 대왕</td><td>○</td><td>○</td><td>○</td><td>○</td><td>×</td><td>○</td></tr>
<tr><td>31</td><td>임진왜란</td><td>임금</td><td>○</td><td>○</td><td>○</td><td>○</td><td>×</td><td>○</td></tr>
<tr><td>32</td><td>일본전쟁</td><td>대장</td><td>○</td><td>○</td><td>×</td><td>○</td><td>○</td><td>○ (없어짐)</td></tr>
<tr><td>33</td><td>난리</td><td>임금</td><td>○</td><td>○</td><td>×</td><td>○</td><td>○</td><td>○</td></tr>
<tr><td>34</td><td>피난</td><td>임금</td><td>○</td><td>○</td><td>○</td><td>○</td><td>○</td><td>○</td></tr>
<tr><td>35</td><td>임진왜란</td><td>임금</td><td>○</td><td>○</td><td>○</td><td>×</td><td>×</td><td>×</td></tr>
<tr><td>36</td><td>몽고</td><td>임금</td><td>○</td><td>○</td><td>○</td><td>○</td><td>○</td><td>○ (없어짐)</td></tr>
</table>

4. 결 론

전국의 모든 지명은 그와 관련된 유래담을 가지고 있다. 본고에서 살펴본 손돌목 전설의 경우도 마찬가지다. 손돌목 전설은 손돌이라는 인물에 역사적 사건이 첨가 또는 반대로 역사적 사건에 손돌이라는 인물의 일화가 첨가되어, 현재 김포군과 강화군 사이에 존재하는 손돌목의 유래를 설명하는 지명 전설이다.

본고에서는 문헌에 수록된 손돌목 관련 기록을 살펴보고, 구전설화의 서사구조를 분석하여 이를 통해 앞으로 손돌목 전설이 어떠한 모습으로 전승될 것인가를 파악하고자 하였다. 손돌목이라는 지명은 1) 뱃사공 손돌의 억울한 죽음과 관련해서 유래되었다는 설과 2) 손광유에서 유래되었다는 설, 3) 풍수지리적 관점에서 강화의 손방이기 때문에 손돌목이라는 지명이 유래되었다는 3가지 설이 있다. 문헌 기록을 종합해 보면, 손돌목은 억울하게 참수당한 뱃사공 손돌과 관련해서 생긴 지명임을 알 수 있었다. 『여지도서』 강화부 고적조의 기록을 보면, 손돌은 고려 공민왕이 몽고의 침입으로 강화로 천도할 당시 왕을 모신 뱃사공으로 되어 있다. 그런데 공민왕 때 고려를 침입한 세력은 몽고가 아닌 홍건적이었으며, 공민왕은 해로가 아닌 육로를 통해 지금의 안동으로 피난을 갔다. 공민왕이 피난지로 안동을 택하고 침략 세력 또한 몽고병이 아닌 홍건적으로 보아 손돌과 공민왕은 지역적으로나 역사적으로 서로 무관하다.

고려 때 몽고의 침입으로 인해 도성을 떠나 강화로 파천한 왕은 고종이다. 『고려사』 권 23 고종 19년 7월조에 의하면, 고종은 개경을 출발하여 승천부에서 1박한 후에 강화로 입어한다. 『고려사』에는 고종이 입어한 시기에 관한 기록만 존재할 뿐, 어느 지역을 통해 입어했는지에 대한 기록이 없다. 문헌에 의하면, 당시 육지와 강화를 오가는 항로는 크게 ‘승천포에서 승천포’로 이어지는 항로와 ‘갑곶진에서 갑곶진’으로 이어지는 항로가 있다. 『대동지지』 권2 개성부 진도조와 강화 진도조를 보면 ‘승천포에서 승천포’는 개경과 강화를 연결하는 항로이고, 『대동지지』 권2 강화 진도조와 『신증동국여지승람』 권10 통진현 산천조를 보면 ‘갑곶진과 갑곶진’ 항로는 현 김포 지역과 강화를 연결시켜 주는 항로였다.

육지와 강화도를 연결해 주는 지역의 나루 모두를 ‘승천포’ 또는 ‘갑곶진’이라고 불렀음을 알 수 있다. 고종이 강화로 입어한 지역은 통상 개경과 강화를 연결해 주는 ‘승천포’였을 것으로 생각된다. 그런데 고종이 입어할 당시는 장마 기간으로, 기상 악화로 인해서 ‘승천포’가 아닌 ‘갑곶진’으로 입어했을 가능성도 배제할 수는 없다. 그것은 포구에서 강화 객관까지의 거리가 ‘승천포’까지는 19리, ‘갑곶진’까지는 10리이기 때문이다. 당시의 악천후로 인해 객관까지의 거리가 가까운 포구를 이용했을 경우도 상정해 볼 수 있다. 그렇지만 악천후 속에 왕을 모시고 갑곶진에서 남하하여 강화 객관까지의 거리가 35리나 떨어진 손돌목을 경유했을 리는 만무하다. 또한 고종이 강화에 입어한 시기는 계절적으로 여름이므로 손돌이 참수를 당해 그 넋이 추위와 바람을 일으킨다는 겨울과는 시기적으로나 계절적으로 맞지 않는다.

이 밖에 강화를 경유했거나 머물렀던 왕으로는 희종·충렬왕·충정왕·우왕 등이 있으나, 이들도 여러 정황상 손돌과 연계시키는 것은 무리가 따른다. 이것은 손돌목이란 지명이 유래하게 된 계기를 특정한 역사적 사건과 연계시키기보다는 그러한 상황으로 이해하는 것이 옳을 듯싶다. 실존 인물인 손돌은 전란에 비교될 수 있는 절박한 상황하에서 배를 몰고 손돌목을 지나다가 억울하게 목숨을 빼앗겨 그의 죽음을 측은하게 여긴 설화 전승집단에 의해 손돌목 전설이 생성된 것으로 보아야 한다.

본고에서는 채록된 36편의 설화를 대상으로 하여, 손돌목 전설의 서사구조를 1) 변란 → 2) 왕의 오해 → 3) 고난극복 → 4) 원혼 해소 → 5) 지명 유래 → 6) 증거 제시 및 부연 설명 단락으로 세분하여 분석하였다.

변란 단락은 손돌목 전설의 도입부로 손돌이 전설에 등장하게 되는 사건이 제시된다. 36편의 설화 중에서 34편의 설화가 변란 단락을 포함하고 있으며, 변란의 성격을 전란으로 인식하고 언급한 설화가 대부분이다. 그런데 전란의 성격이 몽고의 침입, 병인양요, 임진왜란, 일본과의 전쟁, 반역 등으로 다양하게 나타나고 있다. 단순히 전란을 무슨 난 또는 피난 등으로 언급하여 그 성격을 막연하게 제시한 경우도 19편이나 된다. 이것은 설화 전승집단이 전설의 시대적 배경을 정치·사회적 혼란기로 인식하고 있음을 보여준다. 따라서 변란 단락에서 중요한 요소는 '전란에 의한 왕의 피난'과 '손돌의 등장'임을 알 수 있었다.

손돌목 전설에서 2) 왕의 오해 단락부터 5) 지명 유래 단락까지는 이 전설의 본담부로, 손돌목이라는 지명이 생기게 된 유래를 설명하는 부분이다. 2) 왕의 오해 단락은 피난길에 오른 왕이 손돌목의 지형적 특성을 이해하지 못하고 손돌을 의심하여 참수한다는 것이다. 36편의 설화 모두에 이 단락이 나타나는 것으로 보아 손돌목 전설의 핵심 단락임을 알 수 있다. 설화 전승집단은 손돌목의 지형적 특성을 잘 알고 있는 손돌의 참수를 통해 왕의 근시안적 안목과 자신의 안위를 위해 안간힘을 쓰는 위정자들을 비판하고 있다. 3) 고난 극복 단락에서 바가지를 이용하여 험지를 벗어난다는 설정은 초자연적 경이를 통한 허구적 이야기로 전설의 진실성을 뒷받침하기 위한 장치로 보인다. 36편의 설화 중에서 30편에 나타난다. 죽는 순간까지도 왕에게 충성을 다하는 손돌의 행위는 왕의 근시안적 안목과 대비되는 것으로, 그의 죽음을 더욱 숭고하게 만드는 역할을 한다. 바가지에 의한 고난 극복 과정은 전설이 생긴 이후에 흥미를 유발하고 손돌의 충성심을 선양하려는 목적으로 설화 전승집단에 의해 첨가된 것으로 보인다. 4) 원혼 해소 단락은 우리의 민간신앙에 바탕을 둔 것이다. 비명횡사한 사람은 원한을 지닌 채 구천을 떠돌며 사람들에게 해를 끼친다고 한다. 이를 방지하기 위해서는 억울하게 죽은 사람의 혼을 달래야 한다. 손돌목 전설에서는 손돌의 넋을 위로하기 위해 손돌의 묘를 만들고 그에게 제사를 지냈다고 한다. 사람들은 손돌의 원한을 해소시켜 뱃길의 안전을 도모했던 것이다. 이 단락은 36편의 설화 중에서 33편에 나타난다. 5) 지명 유래 단락은 착량이라는 지명이 손돌목으로 개명되는 과정을 설명한 것으로 보인다. 설화 전승집단은 개명이 이루어지게 된 내력을 보다 합리적으로 설명하기 위해 손돌이라는 인물을 역사적 사건과 연계시켜 손돌목의 유래를 설명한 것이다. 36편의 설화 중에서 절반인 18편이 손돌이 죽어서 손돌목이라는 지명이 유래하게 되었다고 한다. 본담부의 다른 단락에 비해 5) 지명유래 단락이 비교적 적게 구술된 것은 2) 왕의 오해 단락에서 손돌목의 지형적 특성을 구술한 것과 무관하지 않다. 설화 전승집단은 손돌목이 손돌과 관련해서 생긴 지명임을 인식하고 이야기를 구술하여 이와 같은 현상이 생긴 것이다.

6) 증거 제시 및 부연 설명 단락은 손돌목 전설이 진실임을 입증하는 증시부에 해당한다. 손돌목 전설에서 설화 전승집단은 예기치 못했던 불행이 손돌에게 닥쳐 그의 넋이 바람과 추위를 동반하는 것으로 인식한다. 36편의 설화 중에서 31편에 손돌 바람과 손돌 추위를 언급한다. 요즘에는 손돌 바람과 손돌 추위가 사라졌다는 부연 설명을 덧붙이기도 한다. 이러한 현상은 기상 이변과 주택, 피복 등이 예전보다 발달한 관계로 추위를 느끼지 못하는 것을 염두에 두고 이를 합리적으로 설명한 것이다.

이상의 손돌목 전설의 서사 구조를 분석한 것을 보면, 손돌목 전설이 다양한 변이를 겪으면서 전승되고 있음을 알 수 있다. 구전 설화에서 손돌이 등장하게 되는 계기인 전란의 성격은 그 의미가 퇴색되어 있으며, 설화 전승집단에게는 역사적 혼란기의 어느 시기쯤으로 인식되고 있다. 앞으로의 전승과정에서도 많은 변이가 일어날 것으로 보인다. 지명 유래와 관련해서도 손돌목이라는 지명을 손돌과 연관된 지명으로 생각하기에 전승과정에서 누락될 가능성이 높다. 그리고 전설의 증거물로 제시되었던 손돌 추위와 손돌 바람도 기상 이변과 주택, 피복 등의 제반 여건이 과거와 비교하여 월등히 향상된 관계로 해서 증거로서의 활용도는 약화될 것이다. 이에 비해 손돌목이라는 지형적 특성을 중심으로 이야기가 전승되는 경향을 보이고 있는 것으로 보아 손돌목 전설은 이를 중심으로 바가지를 이용해 험지인 손돌목을 빠져나가는 흥미소가 첨가된 형태를 띨 것으로 보인다. 결국 손돌목 전설은 손돌의 충정을 돋보이게 하는 경향의 전설로 설화 전승집단에 의해 전승하게 될 것으로 생각된다.

한국설화에 나타난 인신공희의 유형과 의미

I. 서 론

인간은 자연에서 일어나는 현상을 어떤 신적인 존재와 관련지어 생각하는 경향이 있다. 특히 인간의 사고로는 도저히 이해할 수 없는 자연 재난이 발생했을 경우, 이를 신이 내린 재앙으로 인식하고 신을 위무(慰撫)하는 제의를 거행하였다. 제의에서 인간은 신에게 희생제물을 바침으로써 자신들에게 내려진 재앙이 거두어지기를 기원하였다. 이때 신에게 바쳐지는 희생 제물은 현재 인간에게 일어난 재난을 모면하기 위한 방편일 뿐만 아니라, 앞으로 일어날지도 모르는 재난을 방지하기 위한 예방 차원에서 바쳐지기도 한다.

제의에서 인간이 신을 위무하기 위해 희생 제물로 바쳐지는 것을 인신공희(人身供犧)라고 한다. 이런 인신공희가 설화에서 핵심 모티프로 설정된 것을 '인신공희 설화'라고 부른다. 인신공희 풍습은 우리나라를 포함해서 세계 여러 나라에서 보편적으로 거행되었던 제의의 하나이다. 본고에서는 인신공희라는 용어를 제의적인 목적을 달성하기 위해 인간이 신에게 희생 제물로 바쳐지는 것에 국한해서 사용하고자 한다. 설화에서 인간의 희생이 언급되었다고 해서 이들 모두가 인신공희 설화에 포함되는 것은 아니기 때문이다. 인신공희 설화를 포함해서 『삼국유사』의 손순매아 설화와 같이 효를 위해 자식을 희생하는 희생효설화, <여우누이와 삼형제> 설화에서처럼 동물이나 귀신에 의한 인간의 희생, 그 밖의 설화에서 인간이나 동물이 희생되는 경우를 망라해서 사용할 수 있는 용어로는 희생설화가 있기 때문이다. 설화 분류상 인신공희 설화는 희생설화의 하위 개념에 해당한다.

기존의 인신공희 설화에 관한 연구로는 가옥·제방 공사와 주종형 전설을 중심으로 고찰한 연구,[1] 전설에 나타난 인간희생에 중점을 두고 고찰한 연구[2]와 인신공희를 성서와 우리의 벼락바위전설 그리고 스웨덴의 왕자희생전설을 대상으로 비교·고찰한 연구,[3] 사신(蛇神)의 개념을 뱀에 국한시키지 않고 그와 친연성을 지니고 있는 용·두꺼비·지네를 포함해서 사신설화(蛇神說話)의 형성과 변이를 통해 인신공희에 접근한 연구,[4] 특정 지역의 혼례 습속이 생기게 된 유래담과 그 지역 공동제의인 위민제를 통해 희생제의의 흔적을 발견한 연구[5] 등이 있다. 그리고 문헌과 구전설화를 망라해서 인신공희 설화의 전반적인 전승 양상을 살피고 이를 다른 나라 설화와 비교하여 인신공희 습속의 제양상과 의미를 분석한 연구[6]가 있다. 이러한 인신공희 설화의 연구는 인신공희 모티프가 설화의 한

---

1) 최상수, 「14. 인주 전설」, 『한국민족설화의 연구』(서울: 성문각, 1988).
   이임범, 「인신희생 전설 연구 ― 가옥·제방·종 전설을 중심으로 ― 」, 경희대학교 교육대학원 석사학위논문, 1990.
2) 박정세, 「희생설화의 구조와 희생관」, 『설화』(민속학회 편, 서울: 교문사, 1989).
   박정세, 「전설에 반영된 恨의 본질 연구 ― 희생인물 전설을 중심으로 ― 」, 『설화』(민속학회 편, 서울: 교문사, 1989).
3) 박정세, 『성서와 한국민담의 비교연구』(서울: 연세대학교 출판부, 1998).
4) 박종성, 「사신설화의 형성과 변이」, 서울대학교 대학원 국문학연구회, 1991.
5) 황경숙, 「사량도 옥녀봉설화의 형성과 희생제의적 성격고」, 『도남학보』15집, 1996.
6) 최운식, 「'인신공희 설화' 연구」, 『한국민속학보』10(한국민속학회, 1999).

유형으로 폭넓게 전승되었음을 밝혔다는 점에서 의의가 있다. 그런데 이들 연구의 경우, 인신공희의 의미를 지나치게 확대하였거나 일부에 국한해서 살폈다는 점을 지적할 수 있다.

본고에서는 기존의 연구 성과를 토대로 해서 우리나라에 전승되고 있는 설화들 중에서 인신공희 모티프를 포함한 설화를 대상으로 인신공희 설화의 유형을 고찰하고 각각의 설화에 나타난 전승 양상을 살펴보고자 한다.

Ⅱ. 인신공희 설화의 유형과 전승 양상

1. 인신공희 설화의 유형

인신공희는 나라와 민족에 따라 다양한 형태로 행해진 관습이며 제의의 하나이다. 엘리아데에 의하면, 인신공희 의례는 주로 농경의 풍요 의례, 성스러운 힘의 계절적 재생 등을 위해 거행되었다고 한다.[7] 이런 인신공희가 시대와 지역에 따라 그리고 인간의 인지가 발달함에 따라 차츰 희생 제물이 인간을 동물로 대체하게 되면서 우리 기억의 저편으로 사라지게 되었다. 우리나라의 경우, 전승되는 설화에 내재되어 있는 인신공희를 통해 그 습속의 일면을 엿볼 수 있다.

---

7) 엘리아데, 『종교형태론』, 이은봉 역(서울: 한길사, 1997), 446~454쪽.

일반적으로 인신공희는 제의적인 목적을 달성하기 위해 거행된다는 점에서 제의를 받는 신, 희생 제물, 바치는 집단을 상정해 볼 수 있다. 그런데 우리나라의 경우, 대부분의 인신공희 설화는 주로 어떤 대상에 의해 재난이 발생하고 이의 해결을 위해 그 대상에게 인간을 제물로 바치는 형식을 취하고 있다. 인신공희가 발생하는 원인(재난)과 그 소멸과정이 설화의 핵심을 이루게 된다. 따라서 제물을 수령하는 대상과 바치는 집단에 초점을 맞추고 인신공희 설화를 살펴보아야 한다. 본고에서는 희생 제물을 수령하는 신과 이를 바치는 집단이 상호보완적인 관계를 유지하기 위해 인신공희가 주기적으로 거행된 것을 이 설화 유형의 기본형으로, 이에서 벗어난 것을 변이형으로 설정하고자 한다.

1) 기본형

인신공희는 제의적 목적을 믿고 이를 실천하던 시대에 있어서 이를 거행하는 집단에게 있어서는 신성한 의식의 하나였다. 제물을 수령하는 대상인 신적인 존재와 바치는 집단 간에는 희생 제물을 매개로 해서 다양한 형태의 거래가 이루어진다. 신적 대상은 인간에게서 희생 제물을 받는 대신에 농경에서의 풍요와 해상의 안전, 그 밖의 일상생활에서 생길지도 모르는 재난으로부터 인간을 보호해 주는 구실을 한다.

설악산에 있는 비룡폭포의 유래를 설명한 설화를 통해 이를 살펴보겠다. 이 설화의 줄거리를 요약하면 다음과 같다.

<자료 1> 비룡폭포에 얽힌 전설[8]

1) 토왕성 계곡 주변에 있는 향성리라는 마을은 가뭄에도 계곡의 물이 마르지 않아 풍년이 드는 곳이다.

2) 어느 해, 가뭄이 들어 사람들이 폭포에 올라가 보니, 웅뎅이에 있는 괴물이 물의 흐름을 막는다.

3) 사람들이 고사를 지내기로 작정하고, 300근짜리 돼지를 괴물에게 바쳤으나 괴물이 이를 받지 않는다.

4) 인근 마을에 놀러 갔던 사람이 그곳 노인에게서 옛날 향성리에서는 처녀 고사를 지냈었다는 이야기를 듣고 마을로 돌아온다.

5) 마을 사람들이 돈을 모아 처녀 고사를 지내자, 많은 비가 쏟아져 농사를 지을 수 있었다.

6) 매년 그 시기가 되면 가뭄이 들어 정기적으로 처녀 고사를 지낸다.

7) 처녀 고사로 씨가 마를 것을 걱정한 사람들이 마을을 떠나 폐촌이 된다.

8) 어느 해엔가 이 마을을 지나던 나그네가 정착하여 농사를 짓기 시작하자, 이내 다른 사람들도 마을에 들어와 농사를 짓기 시작한다.

9) 몇 해가 지난 후, 마을에 가뭄이 들자 처녀 고사를 지낸다.

10) 처녀 고사를 받은 웅뎅이의 괴물이 비를 뿌리며 하늘로 승천한다.

11) 괴물은 아홉 명의 처녀를 잡아먹어야만 용이 되어 승천할 수 있었던 것이다.

---

8) 김선풍 외, 『한국구비문학대계 2 - 4(강원도 속초시 · 양양군편)』(한국정신문화연구원, 1983), 55～62쪽. 이하 『대계』로 약한다.

12) 용이 폭포의 물줄기를 타고 하늘로 올라갔다고 해서 이를 비
    룡폭포라 한다.

  <자료 1>은 비룡폭포라는 명칭이 생기게 된 연유를 인신공희와
관련지어 설명하고 있다. 설화에 등장하는 마을은 "천불동 계곡물은
다 말라도 이 토왕성 계곡에서 내려오는 물은 마르지 않아 가지고
이 물루다 이용해서 농사를 짓고 이 물루다 이용해서 농사를 풍년"
이 들던 곳으로 기와집이 즐비했던 부촌(富村)이었다. 이처럼 마을
이 부유해질 수 있었던 것은 마을 위쪽에 자리한 비룡폭포가 어떠
한 가뭄에도 물이 마르지 않았기 때문이다. 비룡폭포는 마을 사람들
에게 풍요와 번영을 보장하는 생명수와 같은 존재였던 것이다. 그런
비룡폭포에 괴물(용)이 나타나 물의 흐름을 방해하자, 마을 사람들
이 뜻을 모아 괴물에게 처녀를 제물로 바친다. <자료 1>은 처녀를
받은 괴물(용)이 승천함으로써 마을 사람들에게 내려진 재난이 소멸
되는 과정을 구술하고 있다. 이를 인신공희 모티프를 중심으로 정리
해 보면 다음과 같다.

    A. 폭포에 있는 괴물이 물의 흐름을 막아 마을에 가뭄이 들었다.
       -재난의 발생
    B. 처음에 돼지를 제물로 바쳤으나 괴물이 받지 않아 어쩔 수 없
       이 처녀를 제물로 바쳤다. -인신공희 시행
    C. 가뭄이 해소되고 풍년이 들었다. -재난의 일시적 소멸
    D. 매년 처녀를 제물로 바쳐야만 가뭄이 들지 않았다. -인신공희
       의 주기적 반복

E. 원주민이 떠난 자리에 새로운 사람들이 들어와 살게 되었다. ─ 부연설명

F. 평온했던 마을에 가뭄이 들었다. ─ 재난의 발생

G. 처녀를 제물로 바쳤다. ─ 인신공희 시행

H. 아홉 번째 처녀를 받은 괴물(용)이 큰비를 내리면서 승천하였다. ─ 재난의 소멸

I. 용이 승천했기 때문에 비룡폭포라고 부른다. ─ 부연설명(명칭 유래)

<자료 1>은 'A. 재난의 발생→ B. 인신공희 시행 → C. 재난의 일시적 소멸 → D. 인신공희의 주기적 반복 → E. 부연설명 → F. 재난의 발생 → G. 인신공희 시행 → H. 재난의 소멸 → I. 부연설명(비룡폭포라는 명칭의 유래)'과 같이 복잡한 구성을 취하고 있다. 그런데 E와 I단락을 제외하면, '재난의 발생과 인신공희'가 주기적으로 반복됨을 알 수 있다. 그것이 어느 시점에 이르러 마을 사람들에게 내려진 재난과 함께 인신공희가 영구적으로 소멸한다.

인신공희가 발생하는 원인은 A.단락에서 보듯이 괴물이 사람들에게 가뭄이라는 재난을 주기 때문이다. 괴물이 사람들에게 재난을 부여하는 이유는 인신공희를 받기 위해서이다. H.단락을 통해 그 이유를 알 수 있다. H.단락에서 재난이 소멸되면서 '괴물'은 '용'이 되어 승천한다. 괴물이 가뭄을 일으켜 인신공희를 받는 목적은 신격으로 승화하기 위해서였던 것이다. 이를 통해 괴물은 인간에게 해를 끼치는 두려운 존재에서 풍요를 상징하며 신앙의 대상이 되는 용으로 그 형상이 탈바꿈하게 된다.

우리 속담에 "농사꾼은 굶어 죽어도 종자는 베고 죽는다."는 말이

있다. 농사를 생업으로 삼는 사람에게 있어서 농작물은 자신들의 목숨과도 바꿀 수 없을 만큼 귀중한 것이다. 이런 마을사람들에게 있어서 가장 무서운 재난이 바로 가뭄인 것이다. 가뭄으로 인해 농작물이 말라죽는 재난이 발생하자, 마을 사람들은 희생 제물을 준비한다. 제물을 바치는 집단인 마을 사람들이 "고사 지내 가지고서라도아, 풍년을 만나야지, 가뭄어 가지구서 타 죽고 흉년을 만나 굶어 죽게 되면은 굶어 죽는 것보담은 나으니까"라는 것이 희생 제물을 준비하는 이유이다. 제물을 바치는 이유는 표면적으로는 굶어 죽지 않기 위해서이지만, 궁극적으로는 바로 풍년을 달성하기 위한 목적 때문이다. B.단락에서 마을사람들은 그들에게 닥친 재난을 역으로 풍년이 드는 기회로 삼고자 인신공희를 감행한다. 마을사람들이 신적인 존재에게 인신공희를 바치는 행위는 풍요를 보장받기 위한, 제물을 바치는 집단의 염원을 반영한 것이다.

마을 사람들이 처음에 희생 제물로 준비한 것은 300근짜리 돼지였다. 희생 제물로 선택된 돼지는 제물을 수령하는 대상인 괴물의 관심을 끌지 못한다. 그래서 사람들이 재난에서 벗어나기 위해 선택한 것이 바로 괴물에게 처녀 고사를 지내는 것이었다. "부락 사람들이 생각하니 만약에 처녀 고사를 지내 가지구서 비가 온다고 하면 그것이 어떻게든지 처녀 고사를" 지내야 하는 절박한 상황에 놓이게 된다. 괴물에게 바쳐진 처녀 고사, 즉 인신공희는 풍요를 위한 수단으로 행해진 것이다.

재난을 피하기 위한 수단이었던 인신공희는 또 다른 의미를 내포하고 있다. H.단락에서 제물을 수령하는 대상인 괴물은 사람들에게 가뭄을 내려 농작물을 말라죽게 하는 두려운 존재였다. 이런 괴물이 인신공희를 통해 용의 형상으로 탈바꿈하게 된다. 이제 용은 더 이상 두려움의 대상이 아니다. 괴물이 용으로 변하여 승천하면서 큰비를 내렸다는 점에서 재난이 소멸되었음을 알 수 있다. 제물을 수령하는 대상이 '괴물에서 용'으로 형상이 바뀌었을 뿐만 아니라 '재난을 일으키는 무서운 존재에서 풍요를 상징하는 존재'로 그 역할이 바뀌게 된 것이다. 이러한 역할의 변화는 제물을 바치는 집단의 염원인 풍요를 보장해 주는 동시에 제물을 수령하는 대상인 괴물의 바람이 성취된 것을 의미한다. 인신공희는 제물을 수령하는 대상과 바치는 집단 간에 상호 작용하여 그들의 제의적인 목적을 달성하게 하는 필수적인 요소인 것이다.

지금까지 살펴본 바를 정리하면, <자료 1>은 '재난의 발생 → 인신공희 시행 → 재난의 소멸 → 일상생활로의 복귀'과정을 반복한다. 그것이 어느 시기에 이르러 제물을 수령하는 대상이 제의적인 목적을 달성하게 되면 인신공희 습속은 사라진다는 것이다. 인신공희는 재난이 발생하게 되는 원인이면서 동시에 그 재난을 소멸시키는 결과인 것이다. 제물을 수령하는 대상과 바치는 집단을 놓고 볼 때, 제물을 수령하는 대상이 상대적으로 인간보다 우위에 있음을 알 수 있다. 신과 인간의 관계에서 신이 우위를 점하는 것이 제의의 원초적인 형태라고 할 때, <자료 1>과 같이 신격의 존재가 등장해서 인신공희를 주도하는 것이 인신공희 설화의 원형에 가깝다.

<자료 1>과 같은 설화를 원형이라 하지 않는 것은 우리나라에 전승되는 인신공희 설화 중에는 신이 우위를 확보한 상태에서 '재난의 발생과 인신공희의 시행'이 주기적으로 반복되는 경우보다는 'A.재난의 발생 → B.인신공희의 시행 → C.재난의 소멸 → D.부연설명(일상생활로의 복귀)'과정이 일회성에 그치는 경우가 많기 때문이다.

<자료 2> 비룡폭포와 육단폭포의 적교[9]

1) 토왕성 주변에 있는 마을에 3년 동안 가뭄이 들어 농사를 지을 수가 없었다.

2) 이것은 비룡폭포 못에 사는 공룡이 조화를 부렸기 때문이다.

3) 기우제를 지내려고 하자, 처녀 제물이어야만 된다고 한다.

4) 처녀를 제물로 받은 공룡이 폭포를 타고 올라감과 동시에 큰 비가 쏟아졌다.

5) 용이 올라갔다고 해서 이 폭포를 비룡폭포라고 한다.

<자료 2>는 <자료 1>과 마찬가지로 비룡폭포의 명칭이 유래하게 된 경위를 구술한 설화이다. 그런데 <자료 2>에서는 인신공희가 일회에 그치고 있다. <자료 2>에서 인신공희가 거행되는 것은 <자료 1>의 괴물이 인신공희를 받는 이유와 동일하다. 제물을 수령하는 대상인 공룡은 단 한 번의 인신공희로 자신의 목적을 달성하여, '용'이 되어 하늘로 승천한다. 이 두 자료의 경우, 인신공희가 거행되는 횟수에 차이를 보인다. 그 결과 <자료 2>의 경우, 이야기의 구성이 단순해지고 분량 면에서 <자료 1>과 차이를 보인다. 그럼에도

---

9) 『대계』 2-4, 161~163쪽.

불구하고 <자료 2>의 경우도 제의에서 신격이 인간보다 우위에 있을 뿐만 아니라, '공룡'에서 '용'으로 신격의 변화가 일어난다는 점에서 <자료 1>과 유사한 구조로 되어 있다. 본고에서는 <자료 1>·<자료 2>와 같이 재난을 일으키는 대상이 인간에게 두려움을 주는 존재에서 신앙의 대상으로 탈바꿈하게 되는 것을 인신공희 설화의 기본적인 구성 형태로 보았다. 기본형은 인신공희의 제의적 목적에 부합하는 설화인 것이다.

2) 변이형

변이형에서는 제물을 수령하는 대상이 일으킨 재난으로 인해 곤경에 처한 사람들을 구원하기 위하여 제3의 인물이 등장한다. 제3의 인물인 구원자는 이야기의 서두 또는 인신공희가 수차례 거행된 후에 등장한다. 이처럼 인신공희 설화에 구원자가 등장하는 것은 제의를 받는 대상이 더 이상 인간에게 이로운 존재가 아님을 의미한다. 따라서 재난을 일으켜 인신공희를 받는 대상은 구원자에 의해 제치되는 것이다. 변이형에서는 인신공희의 발생과 소멸 과정에 구원자가 등장하기 때문에 이야기의 진행이 기본형과는 사뭇 다른 양상으로 전개된다.

우리에게 널리 알려진 설화 중의 하나인 <구렁이(또는 지네) 퇴치> 설화를 살펴보겠다. 이 설화의 줄거리는 다음과 같다.

<자료 3> 구렁이(또는 지네) 퇴치 설화[10]

1) 옛날 가난한 모녀가 사는 집에 두꺼비가 들어온다.

2) 두꺼비는 처녀가 주는 밥을 먹고 자라서 개만큼 크게 된다.

3) 마을에는 커다란 구렁이가 한 마리 있어, 매년 한 명의 처녀를
   바쳐야 마을에 재앙이 일어나지 않는다.

4) 마침 두꺼비를 기르던 처녀가 제물로 바쳐질 차례가 된다.

5) 처녀가 제물로 바쳐지는 장소로 이동할 때, 몰래 두꺼비도 따
   라간다.

6) 구렁이가 처녀를 잡아먹으려는 순간, 두꺼비가 나타나 구렁이
   와 싸운다.

7) 두꺼비와 구렁이가 모두 죽는다.

8) 마을 사람들은 커다란 구렁이를 동굴에서 끄집어내어 태웠는
   데, 석 달하고도 열흘동안 탔다고 한다.

9) 그 뒤로부터는 처녀를 희생시키는 나쁜 풍습이 없어졌다고 한다.

<자료 3>과 같이 구렁이 또는 지네에 의해 동민들이 피해를 입었
다는 설화는 전국적으로 여러 편이 전승되고 있다.[11] <자료 3>과
같은 형의 설화에서는 인신공희의 제물로 선정된 처녀가 우연히 기
르던 두꺼비로 인해 마을에 내려진 재앙이 사라지게 되었다는 것이
이야기의 기본적인 틀이다. <자료 3>에서 재난을 겪는 당사자인 마
을 사람들은 대체로 수동적인 태도를 취한다. 그래서 재난을 일으킨
대상인 구렁이에게 굴복한 마을사람들이 자신들의 피해를 최소화하

---

10) 손진태, 『한국 민화에 대하여』, 김헌선 외 역, (서울: 역락, 2000), 43~45쪽.
11) 위와 같이 두꺼비가 은혜를 갚는다는 "두꺼비 보은형" 설화는 대략 40여
    편이 넘게 전승되고 있다.(배도식, 「두꺼비 보은 설화의 구조와 변이양상」,
    『국어국문학』 21, 동아대학교 국어국문학과, 2002. 참조.)

기 위한 목적으로 인신공희를 행하게 된다. <자료 3>에 속한 설화
의 전개 과정을 인신공희를 중심으로 정리하면 다음과 같다.

> A. 가난한 처녀가 두꺼비를 기른다. - 구원자 등장
> B. 지네가 나타나 동민을 괴롭힌다. - 재난의 발생
> C. 동민들이 매년 처녀를 제물로 바친다. - 인신공희 시행
> D. 처녀가 제물로 선정된다. - 희생자로 선정
> E. 두꺼비가 지네와 싸우고 결국에는 둘 다 죽는다. - 구원자에 의
>   한 재난 소멸
> F. 동네에 평화가 찾아온다. - 부연설명(일상생활로의 복귀)

<자료 3>은 설화에 새로운 인물이 등장함으로 해서 'A.구원자의
등장 → B.재난의 발생 → C.인신공희 시행 → D.희생자로의 선정
→ E.구원자에 의한 재난 소멸 → F.부연설명(일상생활로의 복귀)'과
정을 거친다. 변이형의 설화는 구원자의 등장과 그에 따른 재난의
소멸과정을 이야기하기 때문에 전체적으로 설화의 구성이 기본형보
다 복잡하게 되어 있다.

<자료 3>에서 인신공희는 제물을 수령하는 대상의 일방적인 요구
에 지나지 않는다. 인신공희를 바쳐야 하는 이유가 "그렇게 하지 않
으면 마을에 재앙이 일어나 구렁이의 난폭함에 의해 많은 사람과
가축이 죽게 되기 때문이다." 이 설화 유형의 기본형에 해당하는
<자료 1>에서 인신공희가 '신격의 변화와 마을의 풍요'와 관련되었
다면, 변이형에 해당하는 <자료 3>에서 인신공희는 단지 재앙을 모
면하기 위한 목적으로 행해진다. 인신공희를 바치는 집단의 목적이

다르기 때문에 마을 사람들에게 내려진 재난은 그들이 감내해야 할 재앙에 지나지 않는다.

제물을 수령하는 대상은 신성성을 상실한 채, 제물을 바치는 집단에게 일상생활에서 위협과 두려움을 주는 존재일 뿐이다. 이러한 존재는 퇴치되어야 하며, 이를 퇴치할 인물을 필요로 하게 된다.

> 또 다른 관습, 풍작의 원천인 강에 소녀를 희생으로 바치는 관습이 있다. 이것은 파종의 처음에 식물의 성장을 좋게 하기 위해 행해졌다. 그러나 이야기에서는, 주인공이 나타나 그녀를 삼키려는 괴물로부터 구출한다. …(중략)… 전에는 신성했던 관습, 소녀가 기꺼이 죽음 앞으로 나아가곤 했던 관습이 불필요하고 혐오스러운 것이 되면서, 희생 예식을 방해하는 불경자가 이야기의 주인공이 되는 것이다.[12]

<자료 3>에서 두꺼비에 의한 구렁이의 제치는 제의의 시대에 있어서는 마땅히 비난과 처벌을 받아야 할 불경스러운 행위인 것이다. 그러나 시대가 변하자 제의를 통해 소기의 목적을 달성하고자 했던 인간의 의식도 변화하여 설화에 구원자가 등장하게 된 것이다. 구원자의 등장은 제의적인 목적을 달성하기 위해 거행되었던 인신공희의 제의적 의미가 퇴색되었음을 보여주는 것이다.

지금까지 살펴본 바에 의하면, <자료 3>과 같은 변이형에서 중요한 것은 구원자의 등장이다. 전승되는 설화에 따라 구원자는 재난이 일어나기 전 혹은 후에, 아니면 동시에 등장하기도 한다. 이야기 전

---

12) V. Y. 프로프, 『민담의 역사적 기원』, 최애리 역(서울: 문학과지성사, 1990), 47쪽.

개상 재난의 발생과 구원자가 등장하는 순서는 별 상관이 없음을 알 수 있다. <자료 3>에서 중요한 것은 구원자의 등장이 바로 재난의 해결로 귀결된다는 점이다. 따라서 변이형은 'A.구원자의 등장(재난의 발생) → B.재난의 발생(구원자의 등장) → C.인신공희 시행 → D.희생자로 선정 → E.구원자에 의한 재난 소멸 → F.부연설명'과정을 거치게 된다. 변이형은 인간이 신보다 우위를 점하는 형태로, 구원자가 제물을 수령하는 대상을 제치한다는 점에서 시대에 따른 인신공희의 의미 변화를 엿볼 수 있다.

변이형에 등장하는 제물의 수령 대상은 인간에게 더 이상 이득을 주는 존재가 아니며, 제물을 바치는 집단은 자신의 피해를 최소화하기 위해 인신공희를 드리는 것이다. 따라서 희생 제물이 제물을 수령하는 대상의 속성을 변화시키지 못한다는 점에서 기본형과 구별되는 것이다.

2. 전승되는 설화에 나타난 인신공희의 제양상

우리에게 비교적 널리 알려진 설화 중에서 인신공희 모티프가 내재되어 있는 것을 중심으로 그 전승 양상을 살펴보고자 한다.

1) 〈공갈못〉 설화

우리나라에는 제방 공사와 관련해서 인신공희가 이루어졌다는 설화가 여러 편 전승되고 있다. 건축이나 토목 공사를 하면서 그것을 튼튼히 하기 위해 사람을 희생시켰다고 하는 이야기는 우리나라뿐만 아니라 인도·중국·일본·영국·이태리·독일·덴마크·그리스·러시아 등 세계 여러 나라에서 발견된다.[13] 먼저 경상북도 상주군에 있는 <공갈못>과 관련된 설화를 살펴보겠다.

    <자료 4> 공갈못의 뚝[14]
1) 옛날 함창에 있는 공갈못은 아무리 튼튼히 쌓아 올려도 비가 많이 오면 제방이 무너진다.
2) 어느 해 여름, 한 중이 마을에 나타나 집집마다 시주를 하면서 산 사람을 세워 못 둑을 쌓으면 "이후로는 절대로 끊어지지 않을 것이"라고 한다.
3) 이 말을 듣고 마을 사람들이 대책을 강구했으나, 선뜻 나서는 사람이 없다.
4) 전날의 중이 나타나 "사람 기둥으로 설 사람이 없으면 내가 서지요."라고 한다.
5) 중을 사람 기둥으로 세워 놓고 못 둑을 쌓아 올린다.
6) 이후로는 아무리 비가 억수 같이 내려도 못 둑이 끊어지는 일이 없었다고 한다.

---

13) 崔常壽, 『韓國民族說話의 研究』(서울: 성문각, 1988), 76쪽.
14) 崔常壽, 『韓國民間傳說集』(서울: 통문관, 1984), 243~244쪽.

　<자료 4>는 최상수에 의해 인주(人柱)형 설화의 하나로 분류된 바 있다. 이 설화에는 재난의 발생과 그 소멸과정에 인신공희가 나타나 있다. 이 설화를 인신공희와 관련해서 전개 과정을 살펴보면 다음과 같다.

> A. 큰비만 오면 제방이 무너진다. - 재난의 발생
> B. 사람들이 중을 인주로 삼는다. - 인신공희의 시행
> C. 공갈못의 둑을 완성시킨다. - 재난의 소멸
> D. 비가 많이 내려도 제방은 무사하다. - 부연설명

　A.단락에서 재난이 발생하고 그에 따라 B.단락에서 인신공희가 행해진다. 그런데 재난을 발생시키는 대상이 구체적으로 등장하지 않는다. 대상의 부재로 인해 재난의 성격도 모호하다. 여기서 재난이 일어나는 장소를 고려해 보면 그 답을 찾을 수 있다. A.단락에서 재난이 일어나는 장소는 농사에 있어서 절대적으로 필요한 물을 보관하는 저수지이다. 물은 생명의 상징이며 만물의 성장을 떠받들고 있다는 점에서 풍요의 상징이기도 하다.[15] 우리는 '용알뜨기'와 같은 풍습을 통해 물을 용과 연계시켜서 생각하는 경향이 강하다. <자료 4>에서 재난을 일으키는 대상을 용이라고 가정한다면, 비가 오면 무너지던 제방의 둑이 인신공희를 거행한 이후에 둑이 안전하게 된 상황을 설명할 수 있다. C.단락에서 공갈못의 제방이 더 이상 무너지지 않게 된 것은 신적 존재가 인신공희를 통해 소기의 목적

---

15) 엘리아데, 앞의 책, 265~266쪽.

을 달성하여 마을 사람들에게 풍요로운 삶을 보장한 것으로 해석할
수 있다. 따라서 <자료 4>에서 인신공희가 행해지는 것은 '신격의
변화와 마을의 풍요'를 위해서 거행된 것임을 알 수 있다.

한편, <자료 4>와 같은 내용의 설화로 <송학리의 제방>이 있
다.16) <자료 4>에서는 중이 자진해서 인신공희의 제물이 되는 것에
비해, <송학리의 제방>에서는 마을 사람들이 중에게 인신공희의 제
물이 되어달라고 부탁한다는 점이 다를 뿐, 전체적인 이야기의 진행
은 동일하다.

2) 〈벽골제〉 설화

<벽골제> 설화는 제방 공사와 관련된 인신공희에, 남녀의 애정
문제가 결합되어 있어 앞에서 살펴본 <공갈못의 둑> 설화보다 이야
기의 구성이 복잡하게 되어 있다.

　　<자료 5> 단야17)
1) 신라 제38대 원성왕 때, 벽골제가 축조된 지가 오래되어 붕괴직
　　전에 놓여 나라에서 원덕랑을 보내 보수공사케 했다.
2) 원덕랑은 김제 태수와 함께 둑쌓기를 의논하다가 태수의 딸인
　　단야와 친숙하게 되었다.
3) 단야는 원덕랑을 연모하였으나, 그에게는 월내라는 약혼녀가 있
　　었다.

---

16) 崔常壽, 『韓國民族傳說의 研究』, 80쪽.
17) 정진형, 『벽골문예지(상)』(한국예술문화단체총연합회김제지부, 1986), 68쪽.

4) 주민들은 큰 공사에는 반드시 용추에 있는 용에게 처녀 제사를
   지내야 된다고 하였다.
5) 원덕랑이 이를 미신이라 하여 제사를 지내지 않아 완공을 앞둔
   둑이 무너졌다.
6) 이때 월내가 남장을 하고 원덕랑을 찾아 김제에 왔다.
7) 김제 태수는 월내를 제물로 바쳐 둑을 완성하고, 아울러 딸의 소
   원을 풀어주려는 계책을 세운다.
8) 이런 부모의 계획을 눈치 챈 단야는 원덕랑에 대한 연모와 부모
   에 대한 효를 위해 자신을 희생하기로 결심한다.
9) 단야가 월내 대신에 희생되었다. 이래서 대망이구의 벽골제 보수
   공사는 완공되었다.
10) 이런 연유로 벽골문화제전에서 단야뽑기와 쌍룡놀이에서 단야
    소원무가 행해지게 된 것이다.

<자료 5>에서 김제 태수는 원덕랑의 약혼녀인 월내를 처녀 제사
의 희생 제물로 바침으로써 둑을 완성하라는 왕명을 완수하고, 한편
으로는 사랑하는 딸인 단야의 사랑을 지켜주고자 한다. 이러한 태수
의 불경스러운 의도는 본래 인신공희의 제의적 목적을 망각한 것이
다. 그 결과 단야의 죽음이라는 비극적인 결말을 맞이하게 된다.
<자료 5>에서 단야의 원덕랑에 대한 애틋한 사랑 이야기를 제외하
고 인신공희와 관련된 부분을 중심으로 정리하면 다음과 같다.

A. 벽골제 제방을 보수하는 데 완공이 가까운 둑이 무너진다. - 재난
   의 발생
B. 용추에 있는 용에게 처녀를 제물로 바친다. - 인신공희의 시행

C. 둑이 완성된다. - 재난의 소멸
D. 마을 사람들은 단야의 넋을 위로하고 기리는 제의와 행사를 한
   다. - 부연설명(단야와 관련된 제의와 행사)

<자료 5>는 재난의 발생과 소멸 과정에 인신공희가 등장한다. <자료 5>는 앞에서 살펴본 <공갈못의 둑> 설화와 마찬가지로 A.단락에서 둑이 무너지는 재난이 발생한 것은 용이 인신공희를 받기 위함이다. 그리고 인신공희를 통해 신과 인간의 욕구가 모두 충족된다. 이 설화에서 흥미로운 것은 B.단락에서 인신공희가 시행되는 과정이다. <자료 5>에서 행해진 인신공희는 두 가지 측면에서 살펴볼 수 있다. 하나는 본래의 제의적 목적을 이루기 위한 것과 다른 하나는 단야의 고귀한 희생정신을 강조하기 위한 경우로 구분할 수 있다. <자료 5>에서는 후자에 더 무게를 두고 있는 것으로 생각된다. 김제 태수는 단야가 원덕랑을 사랑하는 것을 알고 딸의 행복을 위해 원덕랑의 약혼녀인 월내를 희생 제물로 바치고자 한다. 이를 눈치 챈 단야는 자신이 사랑하는 원덕랑이 약혼녀와 행복하게 살기를 바라는 마음과 부모에 대한 효심에서 월내를 대신해서 희생제물이 된다. 월내를 대신해 희생한 단야의 숭고한 행동을 기리기 위해 D.단락에서 마을사람들이 단야와 관련된 제의와 행사를 거행한다는 설명이 덧붙여져 있다. 오늘날에도 김제 지역에서는 단야와 관련된 여러 가지 행사가 진행되고 있다. <자료 5>에서 인신공희 모티프는 단야의 원덕랑을 향한 사랑과 부모에 대한 효를 부각시키는 구실을 하고 있다.

실제로 벽골제의 수축은 신라와 고려, 그리고 조선 초기에 이르기까지 여러 차례 진행된 것으로 『신증동국여지승람』에 기록되어 있다.

> 각 군의 장정 총 1만 명과 일을 처리하는 사람 3백 명을 중발하고 …(중략)… 둑의 북쪽에는 대극포(大極浦)가 있는데, 조파(潮波)가 분격(奮激)하며, 남쪽에는 양지교(楊枝橋)가 있는데, 물이 깊게 고여 있어서 공사하기가 무척 힘이 들어, 자고로 어려운 문제로 되어 있었다. 이제 먼저 대극포의 조수가 치는 곳에 방축을 쌓아 그 기세를 죽이고, 다음으로는 아름드리 나무를 양지교(楊枝橋)의 물이 고여 웅덩이가 된 곳에 세워서 기둥을 만들고, 나무다리를 만들어 다섯 겹으로 목책(木柵)을 막아서 흙을 메우고, 또 제방 무너진 곳에 흙을 쌓아 편평하게 하며, 제방의 내외로는 버들을 두 줄로 심어서 그 기반을 단단하게 하였으니[18]

위의 인용문에는 벽골제의 수축과정이 자세히 기술되어 있다. 벽골제 수축 공사는 조수와 깊게 고인 물로 인해 공사에 어려움이 많았다는 것이다. 설화 전승집단이 난공사였던 벽골제의 수축 과정에서 겪었던 어려움을 자연 현상에 의한 것이 아닌 용(수신)의 조화에 의한 것으로 의미를 부여하고, 여기에 남녀의 슬픈 사랑이야기를 결합시켜 <벽골제>와 관련된 설화를 생성한 것이다.

---

18) 『신증동국여지승람Ⅳ(경상도・전라도)』(서울: 민족추진위원회, 1988), 430쪽.

3) 〈성황당의 슬픈 내력〉 설화

우리나라는 삼면이 바다로 둘러싸인 지리적인 여건상 이와 관련된 설화들이 많이 전승된다. 바다는 육지와 달리 위험요소들이 곳곳에 도사리고 있기 때문이다. 풍랑으로 인한 해난 사고도 그중의 하나로, <성황당의 슬픈 내력> 설화에서는 이와 관련해서 인신공희가 행해겼음을 보여준다.

<자료 6> 성황당(城隍堂)의 슬픈 내력[19]
1) 강원도 안무사인 김인후가 순찰을 나왔다가 갑자기 풍랑을 만나 표류하다가 울릉도에 도착하였다.
2) 울릉도는 왜구의 침입이 심해 사람들을 소개시켜 무인도로 남아 있었다.
3) 안무사의 꿈에 성인봉의 산신령이 나타나 남녀 한 명씩을 놓고 떠날 것을 명했다.
4) 안무사가 남녀 한 명씩을 놓고 떠나는 것은 못할 짓이라고 생각하고, 바람이 잠잠해진 틈을 타서 배를 타고 울릉도를 떠나려고 하였다.
5) 배가 섬에서 어느 정도 멀어지자, 갑자기 폭풍이 불어서 다시 제자리로 돌아오게 되었다.
6) 안무사의 꿈에 산신령이 나타나 약속을 지키지 않음을 꾸짖고, 다시 그러할 시에는 모두 죽이겠다고 호령하였다.
7) 안무사는 할 수 없이 남녀 한 명씩을 남겨두고 울릉도를 떠났다.
8) 안무사의 꿈속에 두 남녀가 나타나곤 하여 다시 울릉도를 찾아

---

19) 박영준, 『한국의 전설』 1(한국문화도서출판사, 1972), 396∼403쪽.

갔다.

9) 두 남녀를 찾은 안무사가 그들의 어깨를 잡고 흔들자, 남녀의 모
습은 간데없고 옷만이 남았다.

10) 안무사는 두 남녀의 영혼을 달래기 위해 사당을 짓고 그들의
유품인 옷을 그곳에 모셨다.

11) 새로 이주해 온 사람들은 이 애절한 이야기를 듣고 해마다 사
월 초하루에 원혼을 달래기 위해 옷 한 벌씩을 성황당에 걸어
놓고 제사를 지냈다고 한다.

위의 설화와 유사한 것으로는 <풍랑이 이는 뜻>,[20] <흑산도(黑山島)의 각시당>,[21] <숫총각을 제물로 받은 해신>,[22] <백련역사이야기>[23] 등이 있다. 이들 설화에 등장하는 울릉도와 흑산도는 본토와 먼 거리에 위치한 섬이며, 백령도의 경우는 조류의 흐름이 빠른 관계로 인해서 이곳을 지나던 배들이 난파를 당하는 크고 작은 사고들이 일어났던 곳이다. 이들 설화에서 인신공희가 행해지는 것은 <자료 6>의 5)와 같이 신적 존재가 일으키는 풍랑으로 인해 출항했던 배가 다시 섬으로 돌아오기 때문이다. <자료 6>에서 인신공희와 관련된 부분을 중심으로 살펴보면 다음과 같다.

A. 강원도 안무사인 김인후 일행이 표류하다가 울릉도에 도착한다.

---

20) 민병훈, 『한국야담전집』 2(민중서관, 1980), 211~220쪽.

21) 박영준, 『한국의 전설』 10, 1972, 307~308쪽.

22) 최운식, 『백령도』(서울: 집문당, 1997), 124~126쪽.

23) 이영수, 「'심청설화'의 전승과 형성배경」, 『인하어문연구』 4(인천: 인하대
학교 인하어문연구회, 1999), 457~458쪽.

-재난의 발생

  B. 성인봉 산신령이 안무사의 꿈에 나타나 남녀 한 명씩 두고 떠날 것을 명하여 어쩔 수 없이 그대로 거행한다.-인신공희의 시행
  C. 안무사 일행은 무사히 육지로 돌아온다.-재난의 소멸
  D. 울릉도를 다시 찾은 안무사가 두 남녀의 영혼을 달래기 위해 사당을 지었고, 사람들이 사월 초하루에 두 사람의 영혼을 달래기 위해 성황당에 옷 한 벌씩을 바치고 제사를 지냈다고 한다.-부연설명(성황당의 내력과 후일담)

<자료 6>에서 산신령은 인신공희를 전제로 안무사에게 항해의 안전을 보장하고 있다. <자료 6>에서 안무사에게 재난이 일어난 이유를 "절해고도에서는 토신도 너무 외로웠기 때문이리라."고 한다. A.단락에서 안무사가 강원도 해안을 순찰하다가 재난을 당한 것은 울릉도 성인봉 산신령이 인신공희를 받기 위해서이다. B.단락에서 안무사가 인신공희를 바치는 과정에 갈등부분이 첨가되어 사건 전개가 복잡해지고 이야기는 더욱 흥미롭게 재구성된다. 인신공희를 통해 소기의 목적을 달성한 산신령은 C.단락에서 재난을 소멸시켜 안무사 일행은 무사히 육지에 도착하게 된다.

그리고 D.단락에서 안무사가 두 사람의 원혼을 달래기 위해 사당을 건립했으며, 사월 초하루가 되면 동민들이 사당에 모여 두 남녀를 위해 옷을 한 벌씩 바치는 제사 습속이 아직까지도 남아 있다는 것이다. 후일담의 내용으로 보아 <자료 6>에서 인신공희로 바쳐진 남녀가 성황당의 신으로 좌정한다는 점이 특이하다. 이 성황당신 좌정담만을 놓고 볼 때, 두 가지 해석이 가능하다. 하나는 희생제물인

남녀가 신이 된 경우이고, 다른 하나는 성인봉의 산신령이 성황당으로 옮겨진 경우를 가정해 볼 수 있다. 여기서는 후자의 경우가 더 설득력을 지니는 것이 아닌가 싶다.

> 안인진과 신남리의 두 남근숭배 신앙에 있어서 이 두 곳이 같은 지리적 문화적 조건인데도 불구하고 전자는 남근을 제작하는 대신에 위패로 대신하여 해랑신과 결혼을 시킨 형식으로 바뀌면서 새로운 신혼(神婚)전설을 낳았다.[24]

신으로 숭배하는 대상인 '남근'을 '위패'가 대신하고 이와 관련된 전설이 생겼듯이, <자료 6>에서는 신이 거처하는 장소가 성인봉에서 해안가에 위치한 성황당으로 옮겨진 내력담을 인신공희 모티프와 연계시켜 설명하고 있다. 이 설화는 산신이 남녀를 제물로 받고 장수의 항해 안전을 보장해 주는 것을 기본 요소로 하고 장수가 울릉도까지 왕복하는 과정과 성인봉 황토구미 사당에 서낭제를 지내게 된 과정이 첨삭된 것[25]으로 볼 수도 있으나, 성인봉 산신령이 황토구미 성황당의 신으로 좌정하게 된 내력을 설명하기 위해 인신공희 모티프를 차용한 것으로 생각된다.

---

24) 최인학 외, 『한국민속학』(서울: 새문사, 1988), 85~86쪽.
25) 최운식, 「'인신공희설화'의 연구」, 174쪽.

4) 〈심청〉 설화

우리에게 널리 알려진 고전소설 중의 하나가 『심청전』이다. 이런 『심청전』이 설화화되어 특정 지역에서 널리 구전으로 전승되고 있다. <심청>설화는 소설이 설화화 과정을 거쳐 구전되는 대표적인 예라고 하겠다.[26] 현재까지 채록된 심청 설화는 약 80여 편이 있다.

<자료 7> 김종설의 심청이야기[27]

1) 아버지인 심학규가 눈뜰 욕심에 장사꾼에게 공양미 삼 백석에 심청을 판다.
2) 장산곶은 조금만 바람이 불어도 물이 빙글빙글 돈다. 그래서 용왕에게 처녀를 제물로 바쳐야 한다.
3) 심청이 장산곶에서 빠진다.
4) 용왕이 심청이 빠진 연유를 듣고, 두무진에서 연꽃으로 피어나게 한다.
5) 고을 원이 연꽃을 임금에게 바친다.
6) 임금이 꽃을 헤쳐보다가 심청을 발견한다.
7) 조선에 있는 맹인을 모두 모아 맹인연을 베풀고, 여기에 참석한 심봉사가 심청을 만나 눈을 뜬다.
8) 연화리의 연꽃은 이때 떠내려 온 것이며, 연화리라는 지명도 심청의 연꽃과 관련해서 생긴 것이다.

---

26) 이영수, 「'심청전'의 설화화와 그 전승 양상에 관한 연구」, 인하대 박사학위논문, 2001. 참조.
27) 위의 논문, 29쪽.

<자료 7>을 소설 『심청전』과 비교해 보면, 부분적으로는 변개 과
정을 겪고 있지만 전체적인 구성에 있어서는 소설과 유사하게 사건
이 전개된다. 이것은 소설이 설화화 과정을 거치면서 나타나는 현상
으로 볼 수 있다. <심청> 설화는 『심청전』이 설화화 과정을 거쳐
형성된 것임으로 설화의 속성상 여러 가지 변화를 겪으면서 전승하
게 된다. 이러한 소설이 설화화되는 계기는 개인적인 성향에 의해
이루어진 경우와 지역 구성원을 중심으로 이루어진 경우로 나누어
볼 수 있다. <심청> 설화는 후자에 해당한다. 백령도에서 <심청>설
화가 집중적으로 채록된 것은 『심청전』의 공간 배경이 황해도로 설
정된 것과 무관하지 않다. 설화 전승집단이 『심청전』에 나오는 인당
수를 백령도에서 바라다 보이는 장산곶 앞바다라고 믿고, 이를 『심
청전』과 연계시켜서 구술한 결과인 것이다. <심청> 설화에서 인신
공희와 관련된 부분을 중심으로 정리하면 다음과 같다.

    A. 장산곶 앞바다는 물살이 센 곳으로 용왕에게 처녀를 바쳐야만
       지날 수 있다. - 재난의 발생
    B. 심청이가 장산곶에 빠졌다. - 인신공희의 시행
    C. 심청이 용왕의 배려로 연꽃을 타고 살아났다. - 재난의 소멸
    D. 심청이 왕비가 되고 맹인연에서 만난 아버지가 눈을 뜬다. -
       부연설명(개안 모티프)
    E. 연화리는 심청이의 연꽃과 관련된 지명이다. - 부연설명(지명
       유래담)

  A.단락에선 인신공희가 행해져야 하는 이유를 밝히고 있다. 인신

공희는 용왕이 일으킨 재난을 무마하기 위해서 행해진다. A.단락에서 항해의 안전을 보장받기 위해 인신공희가 주기적으로 이루어졌음을 미루어 짐작할 수 있다. 주기적으로 거행되던 인신공희가 심청의 투신과 함께 소멸된 것으로 보인다. 그것은 C.단락에서 용왕이 심청의 사연을 듣고, 그녀를 연꽃에 쌓아서 인간세상으로 돌려보내기 때문이다. 연꽃으로 돌아왔다는 것은 재생을 의미한다. <심청> 설화의 화자 중에는 심청이가 인당수에 빠져죽는 것이 아니라, 마침 인당수 근처에 떠 있던 연꽃에 떨어졌다거나 아니면 중국상인들이 심청의 몸을 비단으로 동여매었는데 이것이 구명동의 역할을 했기 때문에 살았다고 구술한 경우도 있다.[28] <심청> 설화에서 용왕에 의해 일어난 재난이 소멸되어 인신공희 습속이 사라지게 되는 중요한 계기는 C.단락에서 보듯이 자신을 희생하는 심청의 효행에서 찾을 수 있다. 전체적으로 <심청> 설화는 선인들의 정성과 심청의 효행에 감동한 용왕이 심청을 인간 세상에 돌려보내고 선인들에게 항해의 안전과 이익을 보장해 주는 이야기이다.[29]

　<심청> 설화는 소설이 설화화된 것이기 때문에 소설에 포함된 모티프인 인신공희·재생·개안 모티프가 설화에도 나타나고 있다. 그리고 E.단락에서는 연꽃과 관련된 지명 유래담을 통해 <심청> 설화의 진실성을 뒷받침하는 것이다.

---

28) 위의 논문, 29~30쪽.
29) 최운식, 앞의 논문, 175쪽.

5) 〈김녕 뱀굴〉 설화

제의가 유효했던 시기에 있어서 매년 주기적으로 거행되던 인신공희는 인간들에게 당연한 것으로 받아들여졌다. 시대가 변하고 인지가 발달하면서 인간을 희생 제물로 바치는 제의를 주관했던 신은 인간의 도전을 받게 된다. 따라서 인간에게 제의를 받던 신격 중의 일부가 신성성을 상실한 채, 인간에 의해 제치되는 대상으로 전락하게 된다.

<자료 8> 김녕 뱀굴[30]

1) 옛날에 구좌면 김녕리(金寧里) 마을 동쪽의 뱀굴에는 큰 뱀이 살았다.
2) 이 뱀에게 매년 처녀를 제물로 바치고 큰 굿을 하지 않으면 대흉년이 들었다.
3) 천민의 딸들이 제물로 바쳐졌다.
4) 조선조 중종 때 서연(徐憐)이라는 판관이 부임하였다.
5) 서판관은 제의가 거행되는 장소에 군졸과 함께 나타나 처녀를 잡아먹으려는 뱀을 창검으로 찔러 죽였다.
6) 무당이 서판관에게 빨리 성안으로 가되 뒤돌아보지 마라는 금기를 제시한다.
7) 서판관이 말을 몰아 성의 동문 밖에 이른 순간, 뒤따르던 군졸이 "뒤쪽에서 피비[血雨]옵니다."라고 외쳤다.
8) 서판관이 무심코 뒤를 돌아보는 순간 그 자리에 쓰러져 죽었다.
9) 뱀의 피가 비가 되어 내린 것이다.

---

30) 현용준, 『제주도 전설』(서울: 서문당, 1996), 101~105쪽.

<자료 8>은 제주도에서 인신공희를 바치던 악습이 사라지게 된 연유를 서 판관과 관련지어 설명하고 있다. 서 판관은 부임하여 뱀에게 처녀를 희생 제물로 바치는 습속이 있다는 소리를 듣고 분개한다. 그래서 제의가 행해지는 장소에 군졸들과 함께 나타나 제물을 수령하는 대상인 구렁이를 죽여 인신공희의 습속을 사라지게 했다는 것이다. 원래 뱀은 탈피 현상으로 인해 달의 동물 중의 하나로 취급되었다. 뱀에게서 신성성이 배제되면서 그 생김새에서 풍기는 흉물스런 이미지로 인해 인간에게 해를 끼치는 동물로 인식하게 되었던 것이다. <자료 8>을 인신공희와 관련해서 이야기의 전개 과정을 살펴보면 다음과 같다.

A. 김녕리에 큰 구렁이가 나타난다. - 재난의 발생
B. 매년 처녀를 바치지 않으면 대흉년이 든다. - 인신공희의 시행
C. 서 판관이 부임한다. - 구원자 등장
D. 서 판관이 군사들과 함께 구렁이를 죽인다. - 재난의 소멸
E. 서 판관은 뱀의 피비로 인해 죽는다. - 부연설명(뱀의 복수)

A.단락에서 구렁이가 재난을 일으키는 목적은 인신공희를 받기 위해서이다. 마을 사람들이 희생 제물을 바치지 않으면, "그 뱀이 나와서 이 밭 저 밭 할 것 없이 곡식밭을 다 밟아 휘저어 버려서 대흉년이 들게" 하기 때문이다. 제주도와 같이 육지에서 멀리 떨어진 섬에서 대흉년은 그들의 생계와 직결된다. 그래서 마을사람들은 구렁이의 일방적인 요구를 수용하는 것이다.

B.단락에서 인신공희가 주기적으로 행해졌음을 알 수 있다. 제의에서 신은 두려움의 대상이면서 동시에 신앙의 대상이다. 그런데 <자료 8>에서 인신공희를 받는 구렁이는 인간에게 두려움의 대상일 뿐이다. 두려움을 주는 대상은 사라져야 한다. C.단락에서 마을 사람들이 처한 위험을 감지하고 그들을 위기에서 구해 줄 인물로 서 판관이 등장한다. 서 판관의 등장은 제물을 수령하는 대상인 구렁이가 제치되며 마을 사람들에게 내려졌던 재난이 소멸하게 됨을 의미한다.

D.단락에서 재난이 소멸되었음에도 불구하고 무당은 뱀을 제치하는 데 앞장선 서 판관에게 "빨리 말을 달려 성 안(제주시)으로 가십시오. 어떤 일이 있어도 뒤를 돌아보아선 안 됩니다."라고 경고한다. 이 설화에는 인신공희 모티프 이외에 '뒤돌아보지 마라'는 금기 모티프가 포함되어 있다. 만약 서 판관이 금기를 지켰다면 살아남을 수 있었을 것이다. 그런데 <선녀와 나무꾼>과 <장자못 전설>에서 보듯이 주어진 금기는 파기되기 마련이다. 서 판관은 금기를 지키지 못함으로써 뱀이 흘린 피에 의해 죽음을 당하게 된다. E.단락에서 서 판관이 죽음을 맞게 되는 의미를 음미해 볼 필요가 있다. 서 판관의 죽음은 인위적인 방법에 의해서 인신공희 습속이 사라졌다고 해서, 이를 전승한 집단의 내면에 자리잡은 인신공희에 대한 두려움이 동시에 사라진 것이 아님을 보여준다. 인신공희에 대한 두려움이 사라지기까지는 오랜 세월을 필요로 하는 것이다.

6) 〈백일홍(百日紅)에 얽힌 슬픈 사연〉 설화

백일홍은 꽃이 100일 동안 핀다고 해서 붙여진 이름으로, 이 꽃이 생기게 된 연유를 인신공희와 관련시킨 것이 <백일홍에 얽힌 슬픈 사연>이다. 이 설화의 줄거리는 다음과 같다.

<자료 9> 백일홍(百日紅)에 얽힌 슬픈 사연[31]
1) 충청도 당진의 연홍이라는 처녀가 사는 어촌에 머리가 셋 달린 이무기가 나타나 아이와 소, 돼지 등을 채어가 사람들을 괴롭혔다.
2) 마을 사람들이 이무기를 달래기 위해 처녀를 제물로 바치기로 결정하고, 해마다 예쁜 처녀를 뽑아 몸을 단장시켜서는 이무기에게 제물로 바쳤다.
3) 연홍이가 제물이 될 차례가 되었다.
4) 연홍으로 변장한 장사의 칼에 이무기는 목을 하나 잃고는 바다 속으로 도망친다.
5) 평생동안 장사를 모시고 살겠다는 연홍의 말에, 장사는 자신이 옥황상제의 아들임을 밝히고 천상에서 잃어버린 여의주를 찾아야만 옥황상제가 우리의 결혼을 허락할 것이라며 100일만 기다려달라고 말한다.
6) 장사는 길을 떠나면서 자신이 돌아올 때, 배의 깃발이 흰색이면 보물을 찾은 것이고 붉은 색이면 실패한 것이라고 말한다.
7) 백일 동안 기도를 올린 연홍은 머리에 화관을 쓰고 배를 기다린다. 연홍은 붉은 깃발을 단 배를 보고는 자신의 기도가 헛

---

31) 박영준, 『한국의 전설』 8(한국도서문화출판사, 1972), 245~247쪽.

된 것으로 생각하고 자결한다.

8) 장사가 보물을 찾아 돌아오는 길에 이무기를 만나 물리쳤는데, 그때 이무기의 피가 깃발을 붉게 물들였던 것이다.

9) 장사는 연홍을 양지바른 곳에 묻어주었다. 연홍의 무덤에서 족두리 같은 꽃심을 머리 위에 얹은 꽃이 피었는데, 마을 사람들은 백일 동안 혼례가 이루어지기를 빌던 연홍의 정성으로 핀 꽃이라 하여 백일홍이라고 불렀다고 한다.

<자료 9>는 백일홍의 생김새와 꽃이 피는 시기를 연홍의 애틋한 사랑이야기와 결부시키고 있다. 백일홍이 100일 동안 피는 것은 연홍이 장사와의 혼례를 기원하며 빌었던 기간이며, 족두리 같은 꽃심 모양을 한 것은 장사를 기다린 지 백 일째 되는 날 연홍이가 머리에 화관을 쓰고 있었기 때문이라는 것이다. 이 설화에서 인신공희와 관련된 부분을 정리하면 다음과 같다.

A. 머리 셋 달린 이무기가 나타나 사람들을 괴롭힌다. - 재난의 발생
B. 마을 사람들은 매년 처녀를 이무기에게 희생 제물로 바친다. - 인신공희의 시행
C. 연홍이가 희생 제물로 선정되어 제당에 바쳐지자, 장사가 나타난다. - 구원자 등장
D. 장사가 이무기의 머리 중에서 하나를 자른다. - 재난의 일시적 소멸
E. 보물을 찾은 장사가 돌아오는 길에 이무기를 만나 싸우고, 이무기의 피가 흰 깃발에 튀어 붉게 물들고 이를 본 연홍이 자

결한다. - 재난의 소멸과 괴물의 복수

　F. 장사가 연홍의 장례를 치르고, 연홍의 무덤에서 백일홍이 피어
　　 난다. - 부연설명(백일홍의 유래)

　A.단락에서 재난이 발생하는 곳은 충청도 당진의 연홍이라는 처녀가 사는 어촌이다. <자료 9>는 어촌을 공간적 배경으로 하지만, 재난은 "이무기는 마을의 어린 아이를 종종 채어가는가 하면 밤새에 소나 돼지도 채어가는 것이다."고 하여 해상에서 일어나는 것이 아니라 육지의 농경과 관련되어 일어나는 점이 특이하다. B.단락에서도 인신공희는 "마을 사람들은 의논 끝에 이무기를 달래기 위해 해마다 아름다운 처녀 하나씩을 제물로 바치기로 결심을 했다."고 하여 자발적인 의사에 의해 행해진다.

　자발적으로 거행되던 인신공희는 C.와 D.단락에서 연홍이 제물로 선정되고 장사라는 인물이 구원자로 등장하면서 재난이 일시적으로 중단된다. 그것은 장사가 이무기가 가진 세 개의 머리 중에서 하나만을 제거하기 때문이다. 이 설화에서 구원자인 장사가 이무기를 한 번에 제치하지 못했다는 설정은 이야기의 결말이 비극적임을 암시한다. D.단락은 장사와 이무기의 재대결이 이루어지게 하는 장치인 것이다.

　D.단락의 결과, 장사는 보물을 찾아 돌아오는 길에 이무기와 싸우게 된다. E.단락에서 장사는 이무기를 물리쳐 재난을 종식시켜 인신공희의 습속을 사라지게 하지만, 자신의 부주의로 인해 사랑하는 여인을 잃게 된다. <김녕 뱀굴>설화에서는 구원자로 등장한 서 판

관이 제치당한 구렁이에 의해 목숨을 잃는 데 반해 <자료 9>에서는 구원자가 아닌 원래 희생 제물이었던 연홍이가 죽게 된다. 이무기는 자신을 죽인 장사가 아닌 그를 사랑하는 여인을 죽음에 이르게 함으로써 이무기의 복수가 좀 더 극적인 상황을 연출하고 있다. F.단락에서 연홍의 못다한 사랑이 바로 백일홍이라는 것이다.

<자료 9>는 백일홍이라는 꽃이 생기게 된 유래를 인신공희와 연계시켜 설명하고 있다. 제물을 수령하는 대상과 인간과의 관계에서 인간이 우위를 점하고 있음에도 불구하고 장사가 이무기를 한 번에 제치하지 못한다. 장사와 이무기의 재대결을 위한 이러한 설정은 이야기의 흥미를 배가시키는 역할을 한다. 따라서 장사와 이무기의 새로운 대결 구도를 위해 장사에게 또 다른 임무가 부여되고, 장사는 임무를 수행하기 위해 길을 나선다. 장사는 부여된 임무를 완수하고 돌아오는 길에 이무기를 만나서 싸우게 되며, 이 싸움은 장사의 승리로 끝난다. 장사의 승리로 재난은 소멸되고 인신공희 습속은 사라지게 되지만, 장사는 사랑하는 여인을 잃게 된다. <자료 9>에서 인신공희 모티프는 연홍의 못다 이룬 사랑을 더욱 애절하고 극적으로 묘사하기 위한 역할을 하는 것이다.

7) 〈거타지〉 설화

인신공희를 논할 때 자주 언급되는 설화 중의 하나가 바로 『삼국유사』에 수록된 <거타지> 설화이다. 일찍이 <거타지> 설화는 "처녀

가 꽃으로 화하였다는 것과 수로만리의 안강을 걱정한 것과 용이
호위하여 일행이 목적지까지 무사히 갔다"[32]는 점 때문에 『심청전』
의 근원설화의 하나로 언급되기도 하였다.

<자료 10> 거타지(居陁知)[33]

1) 신라 진성여왕 때 양패(良貝)가 당나라에 사신으로 갈 때, 도
   적이 횡행한다는 소문을 듣고 궁사 50명을 대동한다.
2) 양패 일행이 곡도(지금의 백령도)에 이르자, 풍랑이 심해 10일
   동안 묵게 된다.
3) 양패의 꿈에 노인이 나타나 활을 잘 쏘는 사람을 한 사람 놓
   고 떠나라고 한다.
4) 궁사들끼리 남게 될 사람을 정하게 되고, 그 결과 거타지가 곡
   도에 남고 양패 일행은 항해를 계속한다.
5) 못 속에서 나온 노인(용왕)이 거타지에게 그간의 사정을 이야
   기하고 중으로 둔갑한 여우를 활로 쏘아 죽일 것을 부탁한다.
6) 거타지는 중으로 둔갑한 여우를 쏘아 죽인다.
7) 용왕이 은혜를 갚고자 자신의 딸을 꽃으로 변하게 하여 거타
   지에게 준다.
8) 신라로 돌아온 거타지는 용왕의 딸과 결혼한다.

   <거타지> 설화는 『고려사』 세계(世系)에 실린 <작제건> 설화와
유사하다.[34] 『고려사』 세계에 수록된 내용을 보면, 기존에 전승되어

---

32) 장덕순, 『설화문학개설』(서울: 이우출판사, 1980), 194쪽.
33) 일 연, 『삼국유사』, 이민수 역(서울: 을유문화사, 1993), 141~142쪽.
34) 『북역 고려사』 1, 사회과학원 고전연구실 편찬(서울: 신서원, 1992), 48~
    51쪽.

오던 몇 개의 설화를 윤색하여 고려 왕조가 탄생하게 된 배경을 설명하고 있다. 이것은 고려 건국의 당위성을 확보하기 위한 차원에서 이루어진 것이다. <거타지> 설화에서 인신공희를 중심으로 해서 이야기의 전개 과정을 살펴보면 다음과 같다.

     A. 양패 일행이 곡도에서 이르렀을 때 풍랑이 일어난다. - 재난의
        발생
     B. 노인(용왕)의 요구대로 궁사인 거타지를 남겨 놓고 일행은 떠
        난다. - 인신공희 시행과 재난의 소멸
     C. 노인이 거타지에게 중을 물리쳐 줄 것을 부탁한다. - 구원자
        등장
     D. 거타지가 중으로 둔갑한 여우를 쏘아 죽인다. - 또 다른 재난
        의 소멸
     E. 거타지는 용녀와 결혼한다. - 부연설명

A.단락에서 양패 일행이 곡도에 이르자, "풍랑이 크게 일어나 10여 일 동안 묵게 되었다." 양패 일행에게 일어난 재난은 B.단락에 의하면 용왕이 의도적으로 일으킨 것임을 알 수 있다. 용왕은 자기 가족을 잡아먹는 여우를 물리치기 위해 인신공희를 필요로 했던 것이다. 거타지가 곡도에 남겨진 것과 동시에 양패 일행에게 내려졌던 재난은 소멸된다. 그런데 <자료 10>에는 또 다른 재난이 존재한다. 그것은 제물을 수령한 대상인 용왕에게 부여된 재난이다.

C.단락에서 용왕은 희생 제물로 바쳐진 거타지에게 자신이 처한 상황을 설명하고 도와줄 것을 부탁한다. 거타지는 용왕에게 닥친 재

난을 물리치기 위해 선택된 인물이다. B.단락에서 양패가 궁사 한 사람이 남아야 한다고 말했을 때, 궁사들은 자신의 이름이 새겨진 나뭇조각을 물에 넣고 제비뽑기를 한다. 물은 용왕이 지배하는 세계이다. 거타지의 이름이 새겨진 나뭇조각이 물에 잠겼다는 것은 용왕이 거타지를 선택했음을 의미하는 것이다. <자료 10>에서 거타지는 인신공희의 희생자이면서 동시에 재난을 물리치는 구원자의 역할을 하고 있는 것이다. D.단락에서 거타지는 중으로 둔갑하여 용왕의 가족을 괴롭히던 여우를 물리친다. 용왕도 물리치지 못한 여우와 대적하는 거타지의 행동에서 영웅의 모습을 엿보게 된다. 거타지의 영웅적인 행위는 결과적으로 E.단락에서 용녀와의 결혼으로 보상을 받는다. 이러한 결말이 희랍의 페르세우스나 테세우스 계열의 영웅설화와 유사하다.

<거타지> 설화는 인신공희가 행해졌음에도 불구하고, 제물을 수령한 신과 인신공희로 바쳐진 인간의 희생이 뒤따르지 않는다. 그것은 인신공희를 받은 존재가 바다를 지배하는 용왕이었다는 점, 그리고 재난을 일으킨 이유가 용왕 자신에게 닥친 위험을 해소하기 위한 방편이었으며 사람들에게 피해를 주려는 의도가 전혀 없었다는 점이 앞에서 살펴본 인신공희 설화들과 다르기 때문이다. 인신공희의 제의적 목적이 다른 설화들과 구별됨으로 해서 <자료 10>에서는 인신공희가 행해졌음에도 불구하고 신과 인간 사이의 대결구도가 성립되지 않았던 것이다. 따라서 결말 부분에서 거타지와 용녀와의 결혼을 통해 신과 인간이 서로 융화하는 것이다.

8) 〈이시미 뱃속에서 살아나온 사람〉 설화

인신공희 모티프가 설화의 핵심이면서도 이야기의 진행이 색다른 설화가 <이시미 뱃속에서 살아나온 사람>이다. 이 설화는 이야기의 구조로 보았을 때, 설화를 구술한 화자가 인신공희 설화에 다른 설화의 내용을 첨가한 것처럼 보인다. 이 설화의 개요는 다음과 같다.

<자료 11> 이시미 뱃속에서 살아나온 사람[35]
1) 옛날 백두산 산상봉에는 큰 연못이 있었는데, 1년에 청년을 한 명씩 바쳐야 재앙이 생기지 않았다.
2) 강태공이라는 사람이 있었다. 그의 생질이 찾아와 이번에는 자기 차례라면서 문안 인사를 왔다. 강태공이 접는 칼을 주었다.
3) 강태공의 생질인 강태관이 이시미에게 잡혀 먹혔다.
4) 그는 강태공에게 받은 칼을 가지고 이시미의 간을 오려내어 죽이고 배를 가르고 살아서 나왔다.
5) 사람들이 이시미의 시체를 불에 태웠다. 그런데 연기가 서울 장안을 빙빙 돌았다.
6) 동침하지 말라는 명령이 내렸는데, 어느 재상이 금기를 어겨 연기가 그 집으로 들어갔다. 태기가 있어 아들을 낳았다.
7) 강태공 생질의 딸과 재상의 아들이 혼인을 했다.
8) 무슨 피해를 입었는지 내외가 산골로 피신을 한다.
9) 몇 십 년이 지나 우연찮게 아버지가 딸네를 들리게 되었다. 장인과 사위는 큰 싸움을 벌인다.
10) 딸의 중재로 장인과 사위가 화해를 한다.

---

35) 『대계』 7-4, 177~178쪽.

<자료 11>은 이야기의 전개 방식으로 보았을 때, 1)~4)와 5)~
10)으로 나눌 수 있다. 여기서는 1)~4)에 나타난 인신공희를 중심
으로 살펴보고자 한다. <자료 11>에서 인신공희가 행해지는 것은
1)단락에서 백두산 산상봉의 연못에 사는 이시미가 일으키는 재난
때문으로, 인신공희가 주기적으로 거행되었음을 알 수 있다. 사람들
에게 내려진 재난은 인신공희를 바쳤을 때만 일시적으로 중단된다.
앞에서 살펴보았듯이 인신공희를 받는 것만을 목적으로 재난을 일
으킨 존재는 제치의 대상이 된다.

2)단락에서는 사람들을 재난에서 구원해 줄 인물이 등장한다. 이
과정에 두 명의 등장인물이 나타난다. 한 명은 강태공이고 다른 한
명은 희생자로 선정된 강태공의 생질이다. <자료 11>에서 강태공과
강태공의 생질 중에서 누구를 구원자로 볼 것인가 하는 문제가 생
긴다. 강태공은 그의 생질에게 "접는 칼"을 주고, 4)단락에서 강태
공의 생질은 이 칼을 이용해서 이시미를 처치한다. 이시미를 직접
제치하는 인물이 강태공의 생질이므로 그를 구원자로 보아야 한다.
강태공은 그의 생질에게 "접는 칼"을 주는데, 이는 강태공이 '재앙
과 관련해서 무엇인가'를 알고 있었음을 암시한다. 그러나 강태공은
직접 나서서 이시미를 퇴치하지 않는다. 이 설화에서 강태공은 자신
의 생질에게 칼을 주어 재난을 물리치는 구원자를 도와주는 원조자
의 역할에 머물고 있다.

3)단락에서 인신공희의 희생 제물로 바쳐진 인간이 제치대상에
의해 삼켜졌음에도 불구하고 4)단락에서 이시미의 배를 가르고 살

아남았다는 것은 이 설화의 전개가 새로운 국면으로 접어들게 됨을 보여주는 것이다. <자료 11>에서 희생 제물로 바쳐진 인간이 죽지 않고 살아났다는 점에서 인신공희가 그 의미를 상실해 가는 과정을 엿볼 수 있다. 따라서 5)단락 이후에서 보듯이 설화가 신화적인 측면보다는 민담적인 측면이 우세한 이야기로 변모하게 되는 것이다.

9) 〈율곡선생과 해주 영명사의 지네〉 설화

<율곡선생과 해주 영명사의 지네> 설화는 <자료 11>과 마찬가지로 인신공희 모티프가 설화에 내재되어 있지만, 전체적인 이야기의 구성에 있어서는 일반적인 인신공희 설화와 차이를 보인다.

<자료 12> 율곡선생과 해주 영명사의 지네[36]
1) 해주 영명사에 있는 신선 바위에서는 5년에 한 번씩 도가 높은 중을 산 제사 지냈다.
2) 율곡이 해주 곡산의 원으로 있을 때, 이 절의 중들과도 스스럼없이 지냈다.
3) 하루는 이 절의 중이 율곡을 찾아와서 이번에 자신이 산 제사의 제물이 될 것을 고한다.
4) 율곡이 중에게 은장도를 선물로 준다.
5) 제물을 받기 위해 신선바위 밑의 굴에서 나오던 큰 지네가 중을 보고는 멈춰섰다.
6) 중이 율곡이 준 칼로 지네를 죽이고 포를 만들었다.

---

36) 『대계』 2-9, 762~766쪽.

7) 중이 율곡을 찾아가 칼을 반납하고 지네고기를 선물로 바친다.

8) 율곡이 지네고기(만리포라고 함)를 종이에 싸서 봉해 자손에게 주고는 찾는 사람이 있으면 주라고 유언을 남겼다.

9) 이여송이 외적을 물리치고 돌아가는 길에 병을 얻었는데, 만리포를 먹어야만 나을 수 있다고 한다.

10) 율곡의 자손이 이여송에게 만리포를 주어 병을 고쳐 중국으로 돌아갔다.

<자료 12>에서 인신공희 모티프는 율곡이 지닌 예지 능력을 부각시키는 기능을 하고 있다. 율곡이 도승에게 준 비수는 "용왕님이 그 용연과 같이 선물로 받은 비수"이며 "조금만 치다만 봐도 생명은 문제없는" 비수였던 것이다. 율곡이 생사여탈권을 쥐고 있는 비수를 가지고 있었다는 것은 신비한 능력을 지녔음을 의미한다. 이 설화의 전개 과정을 인신공희를 중심으로 살펴보면 다음과 같다.

A. 해주 영명사에서 중들은 5년마다 한 번씩 도승을 산제사 지낸다. - 인신공희의 시행

B. 율곡이 제물이 될 도승에게 칼을 선물한다. - 원조자의 등장과 선물 증여

C. 제물로 바쳐진 도승이 율곡이 준 칼로 지네를 죽인다. - 인신공희와 재난의 소멸

D. 도승이 율곡에게 칼을 반납하면서 지네고기(만리포)를 선물한다. - 부연설명

E. 율곡은 지네고기를 필요로 하는 사람에게 주라는 유언을 남긴다. - 부연설명

F. 병에 걸린 이여송이 지네고기를 먹고 살아난다. - 부연설명

<자료 12>는 인신공희의 발생과 소멸 과정에 많은 변이를 보인다. 먼저 A.단락에서 인신공희가 주기적으로 거행되었음에도 불구하고, 재난에 대한 설명이 없다. 그래서 인신공희가 "오년마다 도승하나 신선이 되어 올라간단 이 말이야."라고 하여 도가 높은 중이 승천하는 '도승의 승천 의식'으로 변질되어 '인신공희'의 제의적 의미가 상실되어 가는 양상을 보여주고 있다.[37]

B.단락에 등장하는 율곡은 <자료 11>의 강태공과 마찬가지로 재난을 물리치는 구원자에게 도움을 주는 원조자의 역할을 한다. 율곡은 희생 제물로 바쳐질 도승에게 칼을 주면서 "칼을 차고 가게. 차고 가면 자연즉 쓸 데가 있을 거야."라고 하여 도승이 지네를 물리칠 수 있게끔 도와준다. 그런데 원조자로서의 능력은 율곡과 강태공이 차이를 보인다. 율곡의 경우는 원조자의 역할에 그치지 않고 E.와 F.단락에서 보듯이 미래에 일어날 재난을 예견하고 그 처방을 준비하는 예언자로서의 모습을 보여준다.

C.단락에서 도승은 지네를 물리친다. 그런데 도승이 지네를 제치하는 과정이 여타의 인신공희 설화와는 차이를 보이며 전개된다. 희생 제물을 받기 위해 나타난 지네는 도승이 지닌 칼 때문에 오도 가도 못한 상태에 놓이고, 날이 밝아 정체가 드러나서 도승에 의해 죽음을 당한다. 구원자와 제물을 수령하는 대상의 대결구도는 인간의 일방적인 우세로 끝난다. 그리고 앞에서 살펴본 설화들과는 달리

---

37) 박종성, 앞의 논문, 50쪽.

<자료 12>의 경우는 희생자 내지 구원자에게 제치된 대상으로부터의 보복이 나타나지 않는다. 그것은 <자료 12>가 율곡의 특별한 능력을 보여주는 것에 이야기의 초점을 맞췄기 때문으로 보인다. 율곡의 남다른 능력은 D.~F.단락을 통해서 여실히 드러나게 된다. <자료 12>는 율곡이 다른 사람들과 다른 신통력을 지녔음을 보여주기 위해 인신공희 모티프를 차용한 것으로 볼 수 있다. 여기서 인신공희는 이야기에 재미와 흥미를 더해 주는 역할을 하는 것으로, 인신공희 본래의 의미는 상당부분 퇴색되어 있다.

Ⅲ. 결 론

지금까지 우리나라에 전승되는 설화 중에서 인신공희 모티프가 내재되어 있는 설화를 중심으로 인신공희의 제 양상을 살펴보았다. 설화에서 인신공희는 재난이 발생했을 때, 이를 무마하기 위한 방편으로 거행되었다. 따라서 인신공희의 발생 원인과 그 소멸과정을 중심으로 살펴보아야 설화의 의미를 제대로 파악할 수 있다. 본고에서는 기존의 연구에서 인신공희 설화의 하나로 다루었던 <옹주의 저택지(邸宅地)>와 <봉덕사 종>과 관련된 설화들은 논의에서 제외하였다. 그것은 이들 설화에 나타난 인간의 희생이 인신공희라기보다는 넓은 의미의 희생, 즉 희생설화에 해당한다고 보았기 때문이다.

인신공희 설화 중에서 본래 인신공희 의례에 부합하는 것을 기본형으로, 구원자가 등장하여 의례의 의미가 변질되어 가는 과정에 있는 것을 변이형으로 설정하였다. 기본형은 'A.재난의 발생 → B.인신공희 시행 → C. 재난의 소멸 → D.부연설명'의 과정을 거치면서, 넓은 의미에서 신은 인신공희 의례를 통해 인간에게 풍요를 약속한다. 이 과정에서 인신공희 제물을 수령하는 대상은 '악에서 선'을 대표하는 신적 존재로 역할이 바뀌게 된다. 기본형은 인신공희를 통해 제물을 수령하는 대상과 제물을 바치는 집단의 염원이 충족되어 제의적 목적을 달성하게 된다. 이에 비해 변이형은 제의를 주관하던 신의 신성성이 약화되어 인간에 의해 제치의 대상으로 인식된다. 이 과정에서 신과 집단 사이에 제3의 인물이 등장하여 신격을 제치하게 된다. 따라서 'A.구원자의 등장(재난의 발생) → B.재난의 발생(구원자의 등장) → C.인신공희 시행 → D.희생자로의 선정 → E.구원자에 의한 재난 소멸 → F.부연설명'과정을 거치며 다양한 형태의 설화로 발전하게 된다. 변이형의 경우, 신격이 제의적인 목적을 달성하지 못한다는 점에서 기본형보다 후대에 형성된 것임을 알 수 있다.

전승되는 설화에 나타난 인신공희의 면면을 살펴보면 여러 가지 양상으로 설화에 수용되었음을 알 수 있다. 기본형에 해당하는 <비룡폭포>, <공갈못>, <벽골제> 설화와 변이형에 해당하는 <구렁이(또는 지네) 퇴치> 설화는 농경사회에서 인신공희가 풍년을 기원하는 의식의 일환으로 행해졌음을 보여준다. 한편, 해난 사고가 발생하거나 또는 이를 미연에 방지하기 위해 인신공희가 행해졌음을 보여주는 설화도 있다. <심청> 설화와 <성황당의 슬픈 내력>, <백일홍에 얽힌 슬픈 사연>, <거타지> 설화가 이에 해당한다. 인신공희 설화에서 농경의 풍요와 해상의 안전을 보장하는 신은 대체로 용의 이미지로 나타난다. <공갈못> 설화와 <심청> 설화에서는 신적 대상이 구체적으로 묘사되어 있지 않지만, 우리의 정서상 용으로 가정해 볼 수 있다. <성황당의 슬픈 내력> 설화의 경우, 제물을 수령하는 대상이 산신령으로 묘사되었는데, 산신이 성황신으로 좌정한다는 점이 특이하다.

제물을 수령하는 신격이 단지 희생 제물을 받을 목적으로 재난을 일으켜 인신공희를 받는 경우에는 악신의 이미지를 가지며, 이무기·지네·구렁이(뱀) 등으로 묘사되어 있다. 이들 신격은 제3의 인물에 의해 제치를 당한다. 그런데 제치를 당한 신격에 의한 복수가 수반되는 점이 이 유형의 일반적인 특징이라 하겠다. <구렁이(또는 지네) 퇴치> 설화에서는 제치 당사자인 서 판관이, <백일홍에 얽힌 슬픈 사연> 설화에서는 구출된 처녀인 연홍이 제치된 대상에 의해 죽음을 당한다. 이를 통해 인신공희 습속에 대한 관념이 하루아침에 사라지는 것이 아님을 알 수 있다. 한편, <거타지> 설화에서는 희생 제물이 받쳐짐에도 불구하고 신과 인간의 희생이 뒤따르지 않는다. 그것은 희생 제물인 거타지가 수령자인 용왕의 안녕을 위해 선택되었기 때문에 앞에서 살펴본 설화들과는 그 의미가 다르기 때문이다. 그 밖에 <이시미 뱃속에서 살아나온 사람> 설화에서는 인신공희의 의미가 퇴색되어 새로운 형태의 이야기로 재구되는 과정을, <율곡

선생과 해주 영명사의 지네> 설화에서는 인신공희 모티프가 특정
인물의 비범함을 부각시키는 구실을 하고 있다. 이들 설화를 통해
우리 설화에서는 인신공희 모티프가 다양하게 활용되고 있음을 알
수 있다.

우리나라 설화에 등장하는 인신공희 모티프는 신의 역할 변화와
제물을 바치는 집단의 성격이 달라지면서 신화, 전설, 민담을 어우
르면서 폭넓게 전승되고 있다. 인신공희 모티프가 포함된 설화가 세
계 여러 나라에서 다양한 모습으로 전해지지만, 이들 설화와의 비교
연구까지 논의가 진행되지 못했다. 이들 설화와의 비교 연구는 다음
기회로 미룬다.

산이동 설화 연구
―인천 지역을 중심으로―

1. 서 론

설화 중에는 "움직이던 산이나 섬, 바위 등이 현재의 자리에 좌정"하게 된 내력을 설명해 주는 이야기가 전승되고 있다. 이 유형의 설화는 전국적으로 광범위하게 분포된 것으로, 지역에 따라 산·섬·바위 등이 움직인다고 한다. 이것은 전국토의 7할 이상이 산악지대이고 삼면이 바다로 둘러싸인 우리나라의 지형적 특성이 설화의 형성에 영향을 미친 것으로 볼 수 있다. 산이나 섬이 움직였다는 설화가 함께 전승하는 것은 설화 전승집단이 자신들의 거주지 주변의 자연 환경을 고려하여 이를 설화에 투영하였기 때문이다. 설화 전승집단의 주거 환경에 따라 움직이는 대상은 다양한 양상을 띠게 되는 것이다.

이 유형의 설화에 대해 기존 연구자들은 산이동, 부래설화, 부래산, 떠내려 온 섬 등으로 명명하고 있는데, 용어에 대한 정리가 필요하다고 하겠다. 『한국구비문학대계』에 수록된 전체 설화자료를 대상으로 한 『한국설화유형분류집』에 의하면,[1] 산과 섬의 움직임을 다룬 설화 중에서 다수를 차지하는 것이 산의 움직임에 관한 것이다. 그리고 산이 움직일 경우, 강이나 바다에서 떠내려 오거나 아니면 산이 걸어오기도 하며 간혹 날아오거나 땅속에서 자라난다고 한다. 이처럼 여러 가지 방식으로 산이 현재의 위치에 좌정하게 된

---

1) 조동일 외, 『한국구비문학대계 별책부록(Ⅰ)-한국설화유형분류집』(한국정신문화연구원, 1989.), 483~486쪽 참조.

내력을 설명하는 것은 설화 전승집단이 산의 움직임과 관련해서 이야기를 풀어나감을 의미하는 것이다. 이렇게 볼 때, 기존의 연구자들에 의해 사용된 용어 중에서 산이동 설화가 이 유형의 설화를 지칭하는 명칭으로 적합한 것이 아닌가 한다. 이에 본고에서는 '산이동 설화'란 용어를 사용하고자 한다.

산이동 설화에 관한 연구에서 선편을 잡은 사람은 최래옥이다. 그는「山移動說話의 研究」[2])에서 구전과 문헌을 통해 얻은 35편의 자료를 화소로 분석하고, 유형별 분류를 통해 산이동 설화의 전승 의미를 살펴보았다. 최래옥 이후에 진행된 산이동 설화의 연구는 일정지역에 전승하는 설화를 대상으로 한 것과 전국에 분포된 설화를 대상으로 한 것으로 이대별 할 수 있다. 전자의 경우, 정인진[3])은 삼천포시의 '목섬'과 관련된 설화를 3가지 형태로 구분하고 그에 따른 설화의 전승 양상과 전승 의미를 밝혔다. 김의숙[4])은 강원도 지역을 대상으로 한 부래설화를 ①浮來寺系, ②浮來櫃系, ③浮來岩系, ④浮來山系, ⑤浮來島系 등의 5계열로 나누고, 각각의 설화 구조와 변이 양상을 살피고 아울러 거기에 나타난 전승의미를 고찰하였다. 김의숙의 연구 중에서 ④와 ⑤의 내용이 본고와 관련된 것이다.

후자의 경우, 조석래[5])는 산이 아닌 섬에 논의의 초점을 맞추고,

---

2) 최래옥,「山移動說話의 研究」,『관악어문연구』3집(서울대학교 국어국문학과, 1978).

3) 정인진,「<목섬> 설화의 전승 양상과 전승 의미」,『청람어문학』9집(청람어문학회, 1993).

4) 김의숙,「강원도 浮來說話의 구조와 의미」,『강원도민속문화론』(집문당, 1995).

이를 7개의 화소와 5개의 모티브로 구분하여 설화를 분석하면서 거기에 나타난 설화 전승집단의 집단의식과 설화의 변모 양상을 살펴보았다. 오강원6)은 역사고고학적인 입장에서 부래산 유형의 설화를 ①지형지리적인 설명과 기대감의 반영, ②역사고고적인 영향관계 및 상황의 반영, ③행정구역 변천 및 소속관계 변화의 반영이라는 세 가지 측면에서 종합적으로 검토하였다. 그리고 권태효7)는 산이동 설화가 거인설화를 계승하는 후대적 자료라는 관점에서 산이동 설화를 거인설화와 관련지어 검토하였다. 그 결과 산이동 설화에는 거인설화의 잔존양상과 소멸과정이 드러나 있음을 밝혔다. 한미옥8)은 산이동 설화를 모티프의 첨가와 변이에 따라 원형과 기본형으로 정리하고, 이들 구조에 나타난 중층적인 전승의미를 살펴보았다.

산이동 설화와 같은 광포설화를 연구함에 있어 이에 포함되는 설화 모두를 하나의 유형으로 묶어 전체적인 안목에서 일목요연하게 정리하는 작업도 필요하지만, 한편으로는 왜 그와 같은 설화가 그 지역을 중심으로 전승하게 되었는가를 살피는 일도 중요하다고 본다. 본고는 후자의 입장에서 인천 지역에 전승하는 산이동 설화를 살펴보고자 한다. 인천 지역에 전승하는 여러 유형의 설화 중에서

---

5) 조석래, 「떠내려 온 섬(島) 傳說 硏究」, 『韓國이야기文學硏究』(학문사, 1993).
6) 오강원, 「'浮來山' 유형 설화에 대한 역사고고학적인 접근」, 『강원민속학』 12집(강원도민속학회, 1996).
7) 권태효, 「거인설화적 관점에서 본 산이동설화의 성격과 변이」, 『구비문학연구』 4집(한국구비문학회, 1997).
8) 한미옥, 「'山 移動' 설화의 전승의식 고찰」, 『남도민속연구』 8집(남도민속학회, 2002).

산이동 설화에 초점을 맞춘 것은 비교적 이 설화가 인천의 지역적 특성을 잘 반영하고 있다고 생각하기 때문이다.

인천 지역의 산이동 설화에 관해서는 소인호가 인천 지역의 구비 전설을 다루면서 소략하게나마 언급한 적이 있다.[9] 하지만 원론적 인 수준에 그쳤다는 점에서 본격적인 연구라고 보기 어렵다. 본고는 기존의 연구 성과를 토대로 하여 인천 지역 산이동 설화의 전승양 상을 살펴보고, 전승과정에 나타난 설화적 특징을 고찰하고자 한다. 본고에서 논의의 대상으로 삼은 설화는 모두 17편이다.[10]

2. 기존의 논의를 통해 본 산이동 설화의 구성과 형태

산이동 설화는 설화 전승집단이 구체적인 증거물을 제시한다는 점에서 전설적 속성을, 산의 생성과 형성과정을 천지창조적 사건과 결부시킨다는 점에서 신화적 속성을 지닌다. 이렇게 산이동 설화에 전설적 속성과 신화적 속성이 함께 내재되어 있다는 것은 이야기의 구성방식과 그에 따른 설화의 형태가 하나로 고정될 수 없음을 의 미하는 것이기도 하다. 이것은 기존의 연구자들에 의해 시도된 산이

---

9) 소인호, 「서해안지역 설화의 특성 연구」, 『구비문학연구』 제10집(한국구비 문학회, 2000), 95~96쪽.

10) 『옹진군지』와 『부평사』, 『한국구전설화5』에 각각 1편씩, 『한국구비문학대 계』 1-7에 5편, 『강화 구비문학 대관』에 9편이 수록되어 있다. 이하 『한 국구비문학대계』는 『대계』로, 『강화 구비문학 대관』은 『대관』으로 약한다.

동 설화의 분류에서도 살펴볼 수 있다.

최래옥은 산이동 설화를 산의 이동에 맞추어 'ㄱ. 이동형, ㄴ. 지역형, ㄷ. 실기형, ㄹ. 외입형' 등의 4가지 형으로 나누고, 이 중에서 ㄱ~ㄷ을 대상으로 하여 산이동 설화의 서사 구조를 살펴보았다. 그리고 이러한 산이동 설화가 'a.희망→b.방해→c.좌절→d.가상'의 4단계로 구성되었음을 밝혔다.[11] 최래옥의 연구는 산이동 설화에 대한 본격적인 연구라는 점에서 의의를 지닌다. 그런데 이 연구의 경우, 화소를 중심으로 논의를 진행한 까닭에 설화의 형태에 관해서는 전체적인 면모를 파악하기가 쉽지 않다. 조석래는 산이동 설화의 각 편의 서사 구조는 대체로 '떠내려 오는 섬(또는 산이나 바위)을 여자가 보고 경솔하게 언동을 하여 현재의 위치에 머물게 되었다.'는 공통점을 지니며, 여기에 제사·발전저해·세금 등의 모티프가 첨가되는 것으로 파악하였다. 이 연구에서는 산이동 설화의 형태에 대한 분류 대신에 서사 구조를 통해 추출된 5가지 모티브를 중심으로 설화를 분석하고 있다.[12] 이러한 조석래의 논의를 종합해 보면, 산이동 설화를 1)제사형, 2)발전 저해형, 3)세금형 등의 3가지 형태로 구분하고 있음을 알 수 있다. 이 연구는 화소와 모티브를 중심에 놓고 여기에 이들의 변이양상과 속성 및 의미해석, 그리고 전승 집단의 의식 구조를 종합적으로 고찰하다보니 전반적으로 논의가 체계적으로 전개되지 못한 인상을 준다.

---

11) 최래옥, 앞의 논문, 402쪽.
12) 조석래, 앞의 논문, 154~158쪽.

정인진은 '목섬'과 관련하여 전승하는 설화를 검토하고 이를 3가지 형태로 구분하였다. 제1형은 '이동 모티프＋방해 모티프＋설명적 모티프', 제2형은 '암장 형태＋금장 모티프＋설명적 모티프', 제3형은 제1형과 제2형을 아우르는 형태를 취하는 것으로 '이동 모티프＋방해 모티프＋설명적 모티프＋암장 형태＋금장 모티프＋설명적 모티프'로 구성된다. 제3형의 경우, 화자들이 1형을 먼저 구술하고 뒤이어 2형이 나오는 순차적 구성을 지니는 것으로 파악하였다.[13] 정인진의 연구는 특정 지역에 존재하는 하나의 증거물이 그 지역민들에 의해 얼마든지 다양한 형태의 설화로 수용될 수 있음을 보여준다. 다만 이 연구에서 아쉬운 점은 이들 설화에 대한 전승 및 변이 양상의 고찰 과정에서 설화 자료를 나열식으로 배열하다보니 본격적인 논의가 미흡하다는 점이다.

김의숙은 산이동 설화는 '금강산의 일원이 되기 위해(사유) ― 울산에서 왔으나(이동) ― 다 차서 지금의 자리에 머무르게 되었다(결과) ― 그래서 울산에서 세금을 받아갔다(세금) ― 그러나 동자의 기지로 세금을 내지 않게 되었다(해결 모티프)'고 하면서 '사유＋이동＋결과'로 구성된 설화를 기본형으로 설정하고, 여기에 세금과 해결의 모티프가 추가된 것을 첨가형으로 설정하였다. 이 중에서 기본형이 먼저 이루어지고, 뒤이어 첨가형이 형성된 것으로 보았다.[14] 그런데 실제로 설화를 분석한 것을 보면, 이보다 더 세분화시키고 있

---

13) 정인진, 앞의 논문, 143～145쪽.
14) 김의숙, 앞의 논문, 419～421쪽.

음을 볼 수 있다. 이것은 산이동 설화에 해당하는 부분인 '부래암계'와 '부래산계'에서 해당 설화 자료를 제시할 뿐, 이에 대한 논의가 진행되지 못했기 때문으로 보인다. 오강원은 산이동 설화의 내용을 (1)이동방식, (2)입지, (3)세금갈등의 유무에 따라 분류하고, 이를 다시 이동방식의 경우엔 7가지, 입지의 경우는 4가지, 세금갈등의 유무는 2가지 경우로 세분하였다. 그리고 산이동 설화의 발생 원인을 지형의 지리적 조건에 대한 설명과 기대, 역사고고적인 영향 관계 및 상황, 행정구역의 변천과 소속의 변화에 따른 3가지 조건으로 설명하였다.[15] 이 연구에서는 산이동 설화에 관한 구체적인 분류가 시도되고 있지 않다. 하지만 오강원이 설화의 발생 원인에 따라 설화를 종합적으로 검토하고 있다는 점에서 크게 1)지형지리적, 2)역사고고적, 3) 행정구역상의 변화에 따른 3가지 형태로 구분한 것으로 볼 수 있다. 이 연구는 우리의 역사와 지형적 특성을 고려하여 산이동 설화를 실증적인 입장에서 접근하였다는 점에서 다른 연구들과 구별되는 특징을 지닌다. 하지만 실증적인 자료들을 중심으로 논의를 전개하다보니 실제 산이동 설화에 대한 구체적인 분석이 미흡한 편이다.

권태효는 산이동 설화를 '산이동과 산멈춤, 산세다툼' 등 세 가지 구성요소로 이루어진 것으로 보고 있다. 그리고 이들 구성요소의 결합에 따라 산이동 설화를 '가. 산이동, 나. 산이동＋산멈춤, 다. 산이동＋산세다툼, 산이동＋산멈춤＋산세다툼'의 형태로 구분하였다. 이

---

15) 오강원, 앞의 논문, 57～78쪽 참조.

러한 산이동 설화의 형태 중에서 '가'를 원초적 형태로 보았다. 이
것이 후대로 전승하면서 여성의 역할이 강조되어 '나'의 형태를 취
하게 되었으며, 산이 스스로 이동하는 점에 대한 의문 때문에 진실
성과 흥미를 부여하고자 산세다툼을 추가하여 완결 짓는 '다'의 형
태로 발전한 것이라고 하였다.[16] 즉 산이동 설화는 전승과정에서
산의 이동에 대한 의문을 해소하기 위해 '가'에서 '나'로, 다시 '나'
에서 '다'의 형태로 변이되었다는 것이다. 권태효의 연구는 산이동
설화의 구성과 형태를 거시적 안목에서 바라보고 체계적으로 정리
하였다는 점에서 의의를 가진다, 그런데 이 과정에서 도출한 거인설
화적 면모와 천지창조적 요소를 모든 산이동 설화의 구성과 형태에
동일하게 적용하기에는 무리가 있다고 본다. 한미옥은 기존의 논의
에서 공통적으로 언급된 모티브를 근간으로 하여 '산의 이동 — 여
성의 말(방해) — 산의 멈춤'의 형태를 기본형으로 설정하였다. 그리
고 이 기본형보다 근본적이고 원초적인 유형, 곧 원형을 설정하였
다. 한미옥에 의해 설정된 원형과 기본형의 서사 구조를 보면, 원형
은 "산이 움직이다. - 산이 멈추다."는 단순 구조이며, 기본형은 "산
이 움직이다. — 여인이 보고 '산이 움직인다'는 말을 하다. — 산이
멈추어 버리다."는 것으로 원형의 단순함이 주는 지루함을 극복한
형태라는 것이다.[17] 그런데 이와 관련된 논의는 원론적인 수준에
머물렀다고 하겠다.

---

16) 권태효, 앞의 논문, 220∼225쪽.
17) 한미옥, 앞의 논문, 173∼174쪽.

이상으로 간략하게나마 기존 연구자들에 의해 논의된 산이동 설화의 구성과 형태에 관하여 살펴보았다. 기존의 산이동 설화의 연구에 의하면, "산이동설화의 자료를 검토하여 볼 때 지역적으로 뚜렷이 구분될만한 특징을 나타나지 않고 있다."[18]거나 "각 편들을 아우르고 대표하는 유형적인 차원에서의 분류 및 연구가 그동안 여러 학자들에 의해 시도되어 왔으며, 약간의 차이는 보이지만 대체로 일치되는 분류유형을 보여주고 있다."[19]고 하였다. 하지만 정인진과 김의숙의 연구에서 보듯이, 일정한 지역을 중심으로 전승하는 산이동 설화는 그 지역의 특성을 반영하고 있음을 알 수 있다. 설화는 전승과정에서 설화 전승집단에 의해 끊임없이 재해석되고 새로운 의미를 부여받게 된다. 이때 설화 전승집단은 자신들이 거주하는 지역의 사회적·문화적 요소와 지리적 특성을 가미하게 된다. 그 결과, 한 편의 설화는 그 지역의 특색을 살리는 방향으로 이야기가 전개되기 마련이다. 그래서 보편성과 함께 개별성도 염두에 둔 연구가 필요한 것이다.

3. 인천 지역의 산이동 설화의 유형 분석

인천 지역에 전승하는 산이동 설화에는 산의 이동을 방해하는 여

---

18) 권태효, 앞의 논문, 219쪽.
19) 한미옥, 앞의 논문, 172쪽.

성이 등장하지 않으며, 외부에서 들어온 산을 둘러싼 세금갈등이 드러나지 않는다. 여성의 등장과 세금갈등의 경우, 기존의 산이동 설화 연구에서는 핵심적인 구성요소로 인식되어 집중적으로 조명된 바 있다. 인천 지역의 산이동 설화의 경우, 여성과 세금공방과 같은 흥미소가 배제된 까닭에 이야기의 구성이 다른 지역의 산이동 설화에 비해 상대적으로 단순한 형태로 전승한다. 이러한 인천 지역의 산이동 설화를 종합적으로 고찰하면, 단순히 산의 움직임에만 주목한 이야기와 산의 움직임에 동기를 부여하고 그것이 지금의 자리에 안주하게 된 과정을 설명한 이야기로 나눌수 있다. 전자는 주로 산의 이동에, 후자는 산의 움직임과 멈춤에 주안점을 둔다는 점에서 차이를 보인다. 본고는 인천 지역의 산이동 설화를 이야기의 구성 방식에 따라 전자를 단순 구조형으로, 후자를 복잡 구조형으로 구분한다. 그리고 복잡 구조형의 경우, 산의 움직임에 부여된 동기에 따라 이를 다시 (1) 건도(建都)참여 좌절형과 (2) 내침 실패형으로 나누어 설화를 분석하고자 한다.

1) 단순 구조형

인천 지역의 산이동 설화에서 단순 구조형은 정확히 어느 시기인지는 모르지만 떠내려 오던 산이 지금의 자리에 머무르게 되었다는 이야기이다. 대부분 산의 생성과 관련된 이야기라는 점에서 신화적 속성을 지니며 전승한다. 이러한 단순 구조형은 천지 창조적 요소를 포함하고 있다. 기존 연구자의 분류에 따르면 권태효의 '가. 산이동', 한미옥의 '원형', 최래옥의 'ㄹ. 외입형(외지에서 들어왔다)'에 해당한다. 이것은 산의 움직임에 이야기의 초점을 맞춘 것으로, 서너 줄의 짧은 형식으로 이루어지는 것이 일반적이라고 한다.[20] 인천 지역의 산이동 설화 중에서 단순 구조형에 속하는 설화는 모두 10편이다.[21] 10편의 설화에 등장하는 산의 이름을 열거하면, '마리산, 상주산, 풍류산, 안남산' 등이다.

먼저 마리산과 관련된 설화를 살펴본다.

화도(華道)에 가며는 만리산(萬里山)인데 마니산이라고 그러더군요. 그게 만리서 들어왔다고 해서, 여기 지금 여기 것으론 만리서 떠 들어왔다고 만리산이라고 하는 거예요.(<마니산의 유래>, 『대계』 1-7, 707쪽)

천지 개벽 때 마리산도 만리에서 떠 내려와서 마리산이라는 그런 유래도 있어요.(<만리에서 떠 들어온 마리산>, 『대관』, 158쪽.)

위에서 인용한 두 편의 설화를 보면, 일반적으로 우리에게 마니

---

20) 권태효, 앞의 논문, 224쪽.
21) <바다에서 떠내려 온 안남산(安南山)>(『부평사』), <마니산 이야기>, <각시녀와 마니산>, <마니산 전설>, <마니산의 유래>(『대계』1-7), <만리에서 떠 들어온 마리산>, <떠내려오다 뒤집힌 상주산>, <청지벌에서 떠 들어온 상주산>, <떠 들어온 풍류산>①·②, (『대관』) 등이다. 『대관』에는 <떠 들어온 풍류산>이라는 제목으로 두 편의 설화가 실려 있다. 수록된 순서에 따라 임의적으로 ①, ②로 구분하였다. 이하 본문에서 설화를 인용할 경우에는 제목과 페이지만을 적는다.

산이라고 알려져 있는 산의 이름을 '만리산' 또는 '마리산'이라고 부르고 있다. 이것은 강화도 사람들이 마니산을 달리 부르는 이름인 것이다. 설화 전승집단은 "만리에서 떠 내려와서" 마리산 또는 만리산이란 명칭이 유래하게 되었다고 한다. 먼 곳으로부터 떠내려 왔기에 마리산이라고 부르게 되었다는 것은 <마니산 이야기>와 <각시녀와 마니산> 설화에서도 볼 수 있다. 다만, <마니산 이야기> 설화에서는 마니산 이외에 혈구산, 고려산, 능주산, 진강산 등이 중국에서부터 떠내려 왔다고 한다. 그리고 이들 중에서 마니산이 제일 큰 형이라고 하였다. 이 설화에서는 여러 산들이 떠내려 오기에 다른 설화보다 길게 구술된 편이다. 하지만 산의 움직임에 동기가 부여되지 않았다는 점에서 이를 단순 구조형에 포함시켰다.

지금까지 살펴본 바와 다른 각도에서 마니산의 생성과정을 설명한 설화가 <마니산 전설>이다.

"그 마니산이라는 것이 그게 단군이 쌓았는데, 게 단군제가 있잖아? 단군제사 지내는……. 그래 단군이 그거 쌓았는데 그의 누이가 그 만경대하고, 고 옆에 쌓는데 쌓다가 판쳤디야, 아 인제 고건 작지, 좀. [청중: 손으로 쌓는 거예요?] 응, 아 그 마니산 모양으루, 거기 전에 거 단군산성이 더 많은 힘도 많거니오니 그거 다 어떻게 죙일, 언제 다 쌓는지 근데 그 단군이 흙을 쌓고 그제 그래서인지 요즘엔 그 단군이 쌓았다구 해서 봉화불은 거기서 자꾸 허니까, 여기로 자꾸 으응, 꿍 시방 등산 경기나 이 참 서울사람이라두 거기 귀경을 허구 바람 잘 날이 없으니깐……."(<마니산 전설>, 『대계』 1－7, 411~412쪽.)

위의 인용문은 <마니산 전설>의 전문이다. 이 설화에서 화자는 마니산을 단군이 쌓았으며, 오늘날 전국체전에서 사용되는 불의 채화가 이곳에서 이루어지는 것도 단군과 관련된 곳이기 때문이라고 한다. 여기서 화자가 '단군제, 단군산성, 봉화불' 등에 주안점을 두고 이야기하는 것으로 보아, 마니산 정상에 있는 참성단을 염두에 두고 구술한 것으로 여겨진다. 참성단은 단군왕검이 이곳에 와서 하늘에 제사를 드린 이래 고구려의 유리왕과 광개토대왕, 그리고 을지문덕과 연개소문 장군이 이곳에 와서 하늘에 제사를 드렸다고 한다. 고려와 조선시대에는 몇몇 왕이 직접 이곳에 오거나, 신하를 보내어 제사를 지냈던 곳이다. 그리고 8·15 광복 후에는 매년 개천절에 강화군에서 주관하여 천제를 드리고, 1953년 전국 체육 대회 때부터는 이곳에서 7선녀에 의해 태양열로 채화된 성화가 체육대회 개최 장소로 옮겨져 대회 기간 내내 불을 밝히고 있다.[22] 이 설화는 마니산을 단군이 쌓았다는 점에서 앞에서 살펴본 마니산 설화들과는 차이를 보이며 전승하는 것이다.

마리산은 국조 단군이 제사한 성산(聖山)이기에 『고려사』에는 두악(頭嶽)으로 표기되어 있으며, 이를 '머리산'으로 읽을 수 있다고 한다. 머리는 '몰', 곧 장(長), 최(崔), 두(頭)를 의미하는 것으로, 이 단어가 '마리, 머리'로 변천하였다는 것이다. 그래서 『세종실록』, 『성종실록』, 『신증동국여지승람』 등에는 마리산(摩利山)으로 기록되었던 것이다. 마리산은 우리말의 취음(取音)이기에 글자 하나하나에는

---

22) 최운식, 『함께 떠나는 이야기 여행』(민속원, 2004), 108~109쪽.

별의미가 없다고 한다. 일반적으로 우리에게 알려진 마니산(摩尼山)이란 표기는 15세기 문헌부터 나타난 것으로, 이는 '마리산'의 다른 표기에 지나지 않는다고도 한다. 그래서 마니산이 아닌 마리산으로 쓰는 것이 옳다고 한다.23)

이렇게 볼 때, <마니산 전설>을 제외한 설화에서는 "만리에서 떠내려와서" 마리산 또는 만리산이라는 명칭이 유래하게 된 것이 아니라 오히려 마리산 내지 만리산이란 이름에서 "만리서 떠 들어왔다고" 하는 이야기를 유추해낸 것으로 볼 수 있다. 설화 전승집단은 마리산이라고 하는 산의 어원 풀이를 통해 설화의 진실성을 뒷받침하고 있는 것이다. <마니산 전설>에서 화자가 단군이 마니산을 쌓았다고 이야기하는 것은 이곳에 단군에게 제사를 지내는 참성단이 존재하기에 가능했던 것이다.

단순 구조형에서 마리산 이외에 산이 움직였다고 이야기되는 산으로는 상주산과 풍류산, 그리고 안남산이 있다. 이들 산에 관해서는 간략하게 언급하고자 한다.

> 이건 상주산, 저건 상봉산이라고 하는데, 상주산이 인화성에 있던 산인데, 고것이 시방 말하지만 홍수에 산이 떠내려 왔다는 거야, 상주산이. 상주산이 떠내려오다 보니까, 요거 상봉산인데, 그 놈이 보니까 거창한 게 떠내려오거든. 이 놈이 잃을 것도 같거든. 그래서 이 놈이 차버린 거야. 이 놈이 찼다는 거야. 그러니까 그냥 떠내려오던 산이 엎어진 거야. 그러니까 엎어지니까 상봉산이 젓가다리(양

---

23) 『仁川의 地名由來』(인천광역시, 1998), 606쪽.

반다리로 앉은 자세) 앉아 있는 형상이고, 상주산은 뒤집혔다는 거
야. 그래서 상주산 꼭대기에 아직도 굴깍지가 있어. 그래서 이게 뒤
집혔다 해서 이런 전설이 있는 거야.(<떠내려오다 뒤집힌 상주산>,
『대관』, 335쪽.)

위의 설화에서 화자는 상봉산이 자신의 자리를 지키기 위해 홍수
로 떠내려 오던 상주산을 발로 찼다고 한다. 이처럼 산을 의인화하
는 것은 비현실적인 면모를 상쇄하기 위해서라고 한다.[24] 즉 상봉
산이 발로 찼기 때문에 상주산의 형상이 뒤집힌 모습을 하게 되었
으며, 그 증거물로 산 정상에 있는 굴 껍질을 제시하는 것이다. 또
다른 설화인 <청지벌에서 떠 들어온 상주산>에서는 "그전에 천지개
벽이라는 게 있었잖아요? 그래서 그 산이 한 번 굴러서 거꾸로 박
혔다는 거예요. 그래서 산봉우리에 굴깍지 그런게 지금 있어요."[25]
라고 한다. 설화 전승집단은 산 정상에 굴 껍질이 존재하는 것에는
그만한 연유가 있을 것이라고 생각하고 이를 산의 뒤집힘 현상에서
찾고 있음을 알 수 있다.

여기 유래는 이 뒷산이요. 풍류산이에요. 옛날에 그러니까 이 산
이 떠 들어왔다는 거지요. 떠 들어와서 앉은 산이라서 풍류산이라고
이름이 붙었대요.(<떠 들어온 풍류산>, 『대관』, 525쪽)

위의 설화는 산이 움직이는 동기나 주체 등이 명확하지 않다. 그

---

24) 권태효, 앞의 논문, 232쪽.
25) 『대관』, 370쪽.

래서 이야기의 구성이 단순하고, 그로 인해서 의미 파악이 쉽지 않다. 이 설화의 경우는 어떤 면에서 내용이 너무 간단하여 이야기판에서 구술되지 않을 것 같은 간단한 줄거리로 되어 있다.[26] 또 다른 설화인 <떠 들어온 풍류산> 설화에서는 화자가 서두에 풍류산에 위치한 옥녀봉에 관해서 서너 줄 정도의 분량을 구술한 다음에 "저 산이. 풍류를 잡히고 들어오다 여기다 놓은 산이랴. 풍류치잖아? 원래 농악. 그 풍류를 잡혀서 여기다 갖다 놓은 산이랴. 그래서 풍류산이래, 풍류를 잡힌다고 그 한참 놀구 하는데, 그 산이 같이 오면서 풍류를 울렸다는 거지, 인제 풍류를 울렸다는 거지."[27]라고 하여 풍류산이란 지명이 풍물놀이에서 유래되었음을 밝히고 있다. 하지만 이 설화의 화자도 풍류산이 왜 움직였으며, 움직이던 산이 지금의 자리에 앉게 된 내력에 관해서는 구체적으로 언급하지 않는다. 풍류산이란 지명이 풍물놀이에서 유래되었음을 짐작하게 하는 설화로는 <선녀와 용마가 나온 풍류봉>[28] 설화를 들 수 있다. <선녀와 용마가 나온 풍류봉> 설화에서 화자는 왜정시대까지는 정월 초이튿날부터 보름까지 풍류를 잡으며 놀았다고 한다. 이때 풍류산 주변의 마을을 위아래의 두 패로 나누고, 서로 경쟁적으로 풍물을 놀아 손님이 많은 쪽이 이긴다고 한다. 이렇게 풍류를 잡으면 옥녀봉에서 옥녀가 나와 춤을 췄다는 것이다. 과거 풍류산 주변 마을에서는 정초에 풍물놀이가 성대히 거행되었으며, 그로 인하여 마을에 위치한 산

---

26) 한미옥, 앞의 논문, 174쪽.
27) 『대관』, 645쪽.
28) 『대관』, 646쪽.

의 이름을 풍류산으로 불렀음을 짐작할 수 있다.

> 이 산(安南山-필자 주)은 멀리서 떠내려 왔다는 전설이 있는가
> 하면 또한 바다에서 떠내려왔다는 전설도 있다. …(중략)… 계양산
> 의 한줄기가 북으로 뻗었을 뿐인데 한강이 그 주위를 둥글게 감돌
> 아 바다로 흐른다. 계양산을 멀리서 보면 이 산이 마치 물위에 서
> 있는 것 같아서 떠내려 왔다는 전설이 있음직하다. 또한 강화 마니
> 산(摩尼山)과 마주하고 바다 건너에 있는지라 그런 전설도 그럴듯하
> 다. 그래서 마니산은 형(兄)산, 계양산은 아우(弟)산이라고도 한다.
> (<바다에서 떠내려 온 안남산>, 『부평사』, 1257쪽.)

<바다에서 떠내려 온 안남산> 설화는 주변의 지형적 특성을 활용
하여 설화가 전승하게 된 이유를 합리적으로 설명하고 있다. 이처럼
합리적 사고에 기초하여 증거물의 존재를 설명하다 보면, 설화 전승
집단이 이야기의 진실성을 뒷받침하기 위해 제시한 증거물은 온전
히 증거물로써의 역할을 할 수 없게 된다. 위의 설화를 통해서 인
지의 발달이 설화의 전승력을 약화시키는 계기가 됨을 알 수 있다.
설화 전승집단이 이야기를 구술하면서 실재했다고 믿는 것이 현실
세계에서 실제로 있었던 사실 그 자체를 반영한 것은 아니다. 실제
로 있었던 사실과 설화 속에 등장하는 사실은 일정한 거리를 유지
하며 전승하게 된다. 이러한 괴리 현상은 설화 전승집단으로 하여금
설화의 내용에 의구심을 갖게 한다. 이를 해소하기 위한 방편으로,
설화 전승집단은 그에 따른 증거물을 제시된다. 설화 전승집단이 제
시하는 증거물은 실재적 사실과 설화적 사실 사이에 생긴 간극을

메워주는 구실을 하는 것이다. 설화 전승집단이 증거물을 대하는 태도에 따라서 설화는 계속 전승하기도 하고, 아니면 사람들의 뇌리에서 망각되어 전승이 멈추게 되기도 하는 것이다.

2) 복잡 구조형

복잡 구조형은 산의 움직임에 동기를 부여한 것으로, 움직이던 산이 지금의 자리에 안주하게 된 내력을 설명하는 이야기이다. 즉 '왜 산이 멈추게 되었는가?' 라는 의문에 대한 답을 설정한 형태이면서 동시에 모티브의 첨가를 통해서 이야기의 단순함에서 오는 지루함을 극복하고 있는 형태라고 할 수 있다.[29] 복잡 구조형은 권태효의 분류방식을 따르면 '나. 산이동+산멈춤'에, 한미옥의 분류방식으로는 '기본형'에 해당한다. 인천 지역의 산이동 설화 중에서 복잡 구조형에 속하는 설화는 모두 7편이다. 본고에서는 산의 움직임에 부여된 동기에 따라 이를 다시 (1) 건도(建都)참여 좌절형 과 (2) 내침 실패형으로 나누어 설화를 분석하고자 한다.

(1) 건도(建都)참여 좌절형

건도(建都)참여 좌절형은 산이 서울이 되기 위해 움직이지만 궁극적으로 소기의 목적을 달성하지 못하고 현재의 위치에 좌정하게

---

29) 한미옥, 앞의 논문, 174쪽.

되었다는 이야기이다. 건도참여 좌절형은 최래옥의 분류 기준에 따르면 'ㄱ. 이동형(서울로 가기)'에 해당한다. 인천 지역의 산이동 설화 중에서 도읍이 되고자 하는 동기로 산이 움직였다고 하는 설화는 모두 6편[30]이며, 그 대상은 '마리산, 우렁산(벼락산), 진강산, 선갑도' 등이다. 설화의 편수가 적지만, 4곳을 도읍과 관련지어 설명한 것은 인천이 한 나라의 도읍지로써 전혀 손색이 없는 지역임을 암시하는 것이다.

> 옛날 먼 옛날 西海 바다에 가장 멀리 떨어져 있는 한 섬이 큰 꿈을 꾸고 서울로 가서 크게 뽐내고자 한양으로 떠들어 가다가 알아보니 仙甲島가 들어 앉으려는 자리에는 이미 木覓山(南山)이 먼저 자리를 차지하고 있어 서울로 떠들어 가려던 仙甲島는 途中에 머무르게 된 것이라 한다. 이는 허무맹랑한 傳說이다. 그러나 이 仙甲島는 그럴만한 理由를 지니고 있는 것이다. 이 섬에는 6角으로 된 水晶性柱石이 70餘가 뒹굴고 있다. 이 6角 柱石이 마치 大闕의 기둥(柱)과 같다. 이 數 많은 6모 돌기둥은 宮闕建築資材로 使用할 것 같이 나란이 누어 있기 때문이다. 以上과 같은 理由로 그러한 傳說이 생겨났을 것이다.(<漢陽가다만 仙甲島>, 『옹진군지』, 1233쪽.)

<한양가다만 선갑도> 설화에서 화자는 선갑도에 있는 수십 개의 6각으로 된 돌기둥을 증거물로 제시하면서 설화의 진실성을 뒷받침하고 있다. 선갑도는 "큰 꿈을 꾸고 서울로 가서 크게 뽐내고자" 한

---

30) <한양가다만 선갑도>(『옹진군지』), <만 리에서 들어온 마니산>(『대계』 1-7), <한양 가다 돌아앉은 벼락바위>, <한양으로 머리 안 숙인 벼락산>, <서울 가다 멈춘 우렁산>, <떠 들어온 마리산과 진강산>(『대관』) 등이다.

다. 그런데 선갑도의 원대한 꿈은 목멱산이 먼저 자리를 잡는 바람에 좌절되고 만다. 이렇게 원대한 꿈이 좌절되기는 다른 도읍형 설화의 경우도 마찬가지다. <만 리에서 들어온 마니산> 설화에서 마니산은 "삼각산이 벌써 들어와 앉였으니깐 가질 못하구, 그냥 거기 주저 앉"[31]으며, <서울 가다 멈춘 우렁산> 설화에서는 "서울 삼각산이 먼저 들어갔다는 거야. 그래서 드러운 맘 먹어 가지고 돌아앉었"[32]던 것이다. 마니산과 우렁산의 계획은 삼각산이 먼저 자리를 잡는 바람에 수포로 돌아간다. 선갑도, 마니산, 우렁산 등은 자신들이 목적했던 바를 달성할 수 없음을 깨닫고 현재의 자리에 멈춰 서게 되었다는 것이다. 선갑도, 마니산, 우렁산 등이 목표로 했던 곳을 차지한 산은 목멱산과 삼각산이다. 목멱산은 오늘날의 남산을 지칭하는 말로, 마뫼·종남산·인경산 등으로 불렀다고 한다. 남산의 다른 이름인 종남산은 조선시대에 변방의 모든 봉수가 서울로 올라와서 횃불 통신이 끝나는 곳이 바로 남산이었기 때문에 붙여진 것이다.[33] 그리고 삼각산은 북한산의 다른 이름으로, 일명 화산·부악산으로 일컫던 곳으로 한양의 진산에 해당한다.[34] 건도참여 좌절형 설화에서 목멱산과 삼각산은 서울을 상징하는 의미로 쓰였음을 알 수 있다.

　선갑도와 마니산, 우렁산 등이 도읍을 조성하는 데 중추적인 역

---

31) 『대계』 1-7, 756쪽.

32) 『대관』, 664쪽.

33) 김기빈, 『한국의 지명유래』 4(지식산업사, 1993), 27쪽.

34) 『국역 신증동국여지승람』 I(민족문화문고간행회, 1988), 254쪽.

할을 담당할 수 있다고 생각하는 것은 과거 인천 지역이 한 국가의 도읍지였다는 자부심의 반영인 것이다. 『삼국사기』 권 23 백제본기 시조온조왕조에는 백제의 시조와 건국의 경위 등이 기술되어 있다. 백제의 시조인 온조는 고구려를 건국한 주몽의 아들이며, 북부여에서 주몽이 낳은 아들이 찾아와 태자에 봉해지자 위협을 느껴 그의 형인 비류와 열 명의 신하, 그리고 많은 백성을 이끌고 남쪽으로 내려온다. 그들은 한산에 이르러 負兒嶽에 올라 살만한 곳을 찾는다. 이때 비류는 海濱으로 나아가 거주하고자 한다. 비류는 十臣들의 만류에도 불구하고 백성을 나누어 미추홀로 가서 정착한다. 온조는 하남 위례성에 도읍을 정하고 국호를 十濟라 한다. 하지만 비류가 정착한 미추홀은 땅이 습하고 물이 짜서 백성이 안거할 수 없었다. 국가 경영에 실패한 비류는 참회 속에 죽고, 그의 백성은 온조의 위례성으로 돌아간다. 이때 백성들이 즐겁게 따랐으므로 국호를 十濟에서 百濟로 고쳤다. 그 世系는 고구려와 마찬가지로 夫餘에서 나왔기 때문에 부여로써 姓氏를 삼았다고 한다.35) 여기서 미추홀은 인천을 지칭한다. 『신증동국여지승람』에 인천은 "본래 고구려(高句麗)의 매소홀현(買召忽縣)이다: 또는 미추홀(彌鄒忽)이라 한다."36)고 기록되어 있다.

　비류가 미추홀에 세운 국가가 오래 존속하지 못하고 온조 세력에 의해 흡수되었을망정, 인천은 엄연히 한 나라의 도읍지였던 것은 자

---

35) 김부식, 『삼국사기』, 김종권 역(명문당, 1993), 381쪽.
36) 『국역 신증동국여지승람』 Ⅱ(민족문화문고간행회, 1988), 173쪽.

명한 사실이다. 인천이 과거 한 나라의 도읍지였다는 자부심이 건도 참여 좌절형 설화에 그대로 반영되어 있는 것이다. 그래서 서울을 향해 가던 산은 자신의 목적을 이룰 수 없음을 깨닫고 스스로의 의지에 따라 이동을 멈추게 되었던 것이다. 한 나라의 도읍지였다는 자부심은 떠들어오다가 멈췄다는 진강산에서도 찾아볼 수 있다.

> 그랬는데 진강산이 퍽 떠들어와서 마니산(자리)에 앉을려고 들어오다 보니깐은 벌써 마니산이 먼저 와 앉았드래요. 그래서 진강산이 자기가 앉을 자리를 못 앉은 거니까 어떻게 되겠습니까? 그래서 진강산이 돌아앉았대요.(<떠 들어온 마리산과 진강산>, 『대관』, 770쪽.)

<떠 들어온 마리산과 진강산> 설화에서 진강산은 지금의 마니산이 위치한 곳을 목표로 떠내려 온다. 하지만 마니산이 먼저 자리를 잡는 바람에 현재의 자리에서 이동을 멈추게 되었다는 것이다. 여기서 마니산이 있는 강화도에 주목할 필요가 있다. 강화도는 고려의 무신정권 때에는 몽골의 침략에 대항하기 위해 천도했던 곳이며, 병자호란 때에는 왕자 및 비빈들이 피신했던 곳이다. 강화도는 고려와 조선에서 유사시 제2의 수도로 고려되었던 지역이었다.[37] 강화도가 수도로써의 위상을 갖춘 곳임을 감안할 때, 위의 <떠 들어온 마리산과 진강산> 설화는 도읍과 관련된 것임을 알 수 있다. 이 설화에서의 마니산은 <한양가다만 선갑도>나 <서울 가다 멈춘 우렁산> 설화에서의 목멱산과 삼각산의 역할을 대신하는 것이다. 진강산은

---

37) 오강원, 앞의 논문, 67쪽.

자신의 목적을 달성할 수 없음을 깨닫고, 자신의 의지를 드러내기 위해 마니산을 향해 돌아앉는다.

이상에서 살펴보았듯이, 인천 지역 산이동 설화의 건도참여 좌절형에 등장하는 선갑도, 마니산, 우렁상, 진강산은 서울의 일원이 되고자 하는 확고한 신념하에 움직이며, 자신의 목적을 달성할 수 없음을 깨닫고 스스로의 의지로 이동을 멈추게 된다. 건도참여 좌절형 설화에서 움직이던 산과 섬이 스스로의 의지로 움직임을 멈추는 것은 과거 한 나라의 수도 역할을 담당했던 역사적 사실에 기인하는 것으로 보인다. 그래서 서울이 못된 것에 대한 아쉬움을 토로하기보다는 과거 한 나라의 수도로써의 위상을 세우는 방향으로 이야기가 전개되는 것이다.

(2) 내침 실패형

내침 실패형은 위해를 가하고자 하는 목적으로 떠내려 오던 섬이 어찌어찌하여 지금의 자리에 멈추게 되었다는 이야기이다. 이와 관련해서는 1편의 설화가 전해오고 있다.[38]

> 永宗島 옆에는 서풀섬이라는 섬이 있습니다. 이 섬은 中國서 떠들어온 불산이라고 합니다. 이 섬이 떠들어온 것은 永宗島를 불살러 버릴라고 왔다는 것입니다. 무슨 까닭으로 永宗島를 불살르라고 했넌지 모릅니다. 그런데 이 서풀섬이 떠들어오니까 永宗島 龍水洞

---

38) 임석재, <서풀섬>, 『한국구전설화』 5(평민사, 1991).

에 있는 큰 연못에서 용이 나와서 물을 뿜어서 서풀섬의 불을 껐답
니다. …(중략)… 이 서풀섬에서는 본토백이보다 他地에서 들어온
사람들이 더 잘삽니다. 이것도 이 섬이 떠들어왔기 때문에 他地 사
람을 더 잘살게 하는 것이라고 사람들은 말하고 있습니다.(<서풀
섬>,『한국구전설화』5, 36~37쪽.)

<서풀섬> 설화는 중국과 우리나라의 분쟁을 소재로 한 이야기이
다. 그런데 분쟁의 원인이 명확하지 않은 채 중국에 있던 불산이
영종도를 불사르기 위해 떠내려 왔다고 한다. 이것은 우리나라와 중
국이 서로 교류하는 데 있어서 인천이 중추적 역할을 했던 역사적
사실을 반영한 것으로 보인다. 인천이 중국과의 교류에 있어서 관문
역할을 했던 시기는 4세기 중반부터이다. 백제의 근초고왕은 371년
에 고구려의 평양성을 공격하여 고국원왕을 전사시킨다. 이를 계기
로 백제와 고구려는 서로 적대관계에 놓여 육로를 통해 중국과 통
교할 수 없게 된다. 그래서 해로를 통해 중국과 통교하게 되는데,
이때 인천이 관문 역할을 하게 된다. 백제는 한강 하류역인 인천을
출발하여 덕물도(德物島; 덕적도)를 거쳐 중국 산동반도의 등주에
이르는 등주항로를 해상교통로로 이용하였다. 이는 백제를 공격할
때 당나라의 소정방이 이용한 항로가 산동반도의 래주(萊州)에서 덕
물도를 거치는 항로였음에서도 알 수 있다. 이처럼 인천이 백제사신
의 출항지가 된 것은 백제의 한산에서 서해로 빠지는 한강 하류역
에 위치하고 있는 지리적인 조건과 함께 인천이 전통적인 해상활동
의 중심지였기 때문으로 여겨진다.[39]

<서풀섬> 설화에서 중국의 불산이 "永宗島를 불살러 버릴라고 왔다는 것"은 중국과의 교류에 이용되었던 해상교통로에서 인천이 중요한 위치에 있었음을 드러내는 것인 동시에 일방적으로 중국에 당했던 역사적 상황을 반영한 것이다. 그런데 설화에 등장하는 중국이란 나라는 실제 현실에서의 중국처럼 강대국이 아니다. <이여송을 혼내준 초립동이>40)와 <중국 사신을 이긴 떡보>41) 설화에서 이여송과 사신은 중국을 대변하는 인물이다. 이들 설화에서 조선 팔도의 산혈을 자르던 이여송은 초립동이와의 힘겨루기에서, 우리나라의 인재를 제거할 목적으로 오던 중국 사신은 떡보와의 수문답에서 여지없이 패배하고 만다. 설화 전승집단은 이러한 설화를 통해 비록 문화와 군사적인 측면에서는 중국에 비하여 열세에 놓여 있지만, 중국의 내로라하는 인물들을 손쉽게 물리칠 수 있는 인재가 많다는 점을 내세워 중국에 대한 민족적 우월의식을 드러내고 있는 것이다.42) 이러한 중국에 대한 민족적 우월의식은 <서풀섬> 설화에서도 그대로 드러난다. 영종도를 불살라 버리고자 했던 중국 불산의 의도는 용수동의 연못에서 나온 용에 의해 좌절되고 만다. 불은 물을 만나면 사그라지는 것이 일반적인 이치이기에 중국의 불산은 용수동의 용이 내뿜은 물에 의해 식어버려 지금의 자리에 멈춰 서게 되

---

39) 「2. 백제의 관문, 능허대」, 『CD─ROM인천광역시사─제2권 인천의 발자취』(인천광역시, 2002).
40) 『대계』 2─7, 111~114쪽.
41) 『대계』 7─8, 1098~1102쪽.
42) 임철호, 『설화와 민중의 역사의식』(집문당, 1989), 107쪽.

었던 것이다.

한편, <서풀섬>에는 중국과의 분쟁 이외에 토박이와 외지인과의 갈등이 표출되고 있다는 점에 주목할 필요가 있다. 영종도는 본래 자연도라고 불리던 곳으로, 조선시대에는 삼남의 조세선과 선박들이 집결하는 삼남수로의 요충지였다.[43] 조선 이전의 백제시대에도 운남동 토기산포지에서 대표적인 생활 토기인 大甕片이 발견된 것으로 보아 영종도엔 대규모 취락지가 조성되었을 것으로 여겨지고 있다. 인천 지역에는 백제와 중국이 교류했음을 보여주는 여러 편의 설화가 전승된다. 즉 別離 고개, 사모지고개[三呼峴], 妓巖 전설 등이 그것이다.[44] 중국으로 떠나는 사신을 배웅하기 위해 따라 왔던 가족들은 부평의 이별 고개[離別峴]에서 마음 아픈 이별을 고해야 한다. 가족들이 더 이상 배웅하지 않는 것은 풍랑을 만나 불길한 일이 생길지도 모른다는 걱정에서이다. 중국으로 가는 사신은 이별 고개를 지나 사모지고개에 이르러서 이별 고개에 있는 가족들을 바라보고, "모두들 잘 있거라.", "그동안 잘 있거라.", "다녀올께, 잘 있거라."고 세 번 부르고 넘어갔다고 한다. 이런 연유로 이 고개를 사모지고개라고 일컫게 되었다고 한다.[45]

이상의 여러 가지 정황으로 미루어 볼 때, 인천 지역은 삼국시대 이래로 해상활동이 활발하게 전개되었던 곳임을 짐작할 수 있다. 해

---

43) 『인천의 지명유래』, 49쪽.
44) 김상열, 「미추홀에 대하여」, 『인천역사』 1호(인천광역시 역사자료관 역사문화연구실, 2004), 51~52쪽.
45) 『인천시사(하)』(인천직할시, 1993), 747쪽.

상교역이 활성화되면서 영종도와 서풀섬 등에는 선인들을 대상으로 물물교환이나 상거래를 하는 외지인들이 유입되었을 것이다. 이렇게 유입된 외지인들이 선인들을 대상으로 하여 부를 축적하고, 축적된 부를 통해 본토백이들의 경제적 기반을 잠식해 갔을 것이다. 이러한 정황을 "이 섬이 떠들어왔기 때문에 他地 사람을 더 잘살게 하는 것"으로 표현하고 있는 것이다. 위의 설화에서 불산을 용수동의 용이 잠재우는 것은 외지인의 몰락을 바라는 토박이들의 소망을 우회적으로 표현한 것으로 여겨진다. 결국 이 <서풀섬> 설화에서 대외적 관계의 갈등 양상은 대내적 문제 제기를 위한 방편으로 활용된 것이 아닌가 한다.

4. 인천 지역 산이동 설화에 나타난 전승상의 특징

인천 지역에 전승하는 산이동 설화는 인천 지역의 문화와 역사, 지리적 배경 등의 제반 사항을 고려하여 형성된 것이다. 그래서 전승과정에서 인천의 지역적 특성을 드러내는 방향으로 이야기가 전개되는가 하면, 한편으로는 산이동 설화 자체가 전국적으로 광범위한 지역에 분포되어 전승하는 설화이기에 이들 설화에서 보이는 일반적인 특성도 포함하게 된다.

단순 구조형의 경우는 화자가 산의 생성에 주안점을 두고 비교적 짧게 구술한 이야기로, 신화적 속성을 내포하고 있다. 이러한 신화적 속성은 다른 지역의 산이동 설화에서도 나타난다는 점에서 일반적인 특징이라 하겠다. 단순 구조형에 속하는 10편의 설화 중에서 <마니산 전설>에서는 단군이 마니산을 쌓은 것으로, <떠내려오다 뒤집힌 상주산>에서는 상주산이 홍수에 떠내려 오는 것으로 이야기된다. 이들을 제외한 8편의 설화에서는 산을 움직이게 하는 주체가 명확하게 드러나 있지 않다. 그런데 설화 전승집단에 의해 떠내려 왔다고 표현되는 산 중에서 강화도에 있는 '마리산, 상주산, 풍류산' 등은 오늘날에도 기우제나 동제를 비롯한 일련의 제의 대상이자 제단으로 정착되어 명산으로 인식되는 곳이다. 이들 산에는 공히 선녀·장수·용마 등이 현신하거나 거처하고 있으며 신성하다고 인식되는 물이 존재한다. 이 산들과 관련된 설화에서는 구체적인 양상이 드러나 있지 않으나, 원초적으로는 신 내지 신격이 내림하는 장소였을 것이나 후대로 오면서 신 내지 신격이 거처하는 장소로 의미가 전이되었다고 한다.46) 이렇게 볼 때, 설화에 등장하는 산들은 신의 하강처이자 세계의 중심을 상징하는 것으로 볼 수 있다.

　설화 전승집단에 의하면, 이 산들은 떠내려 왔다거나 떠 들어왔다고 표현된다. 이것은 이 산들이 물에 의해 이동하였음을 의미한다. 산의 물에 의한 이동은 <떠내려오다 뒤집힌 상주산>에서처럼 홍수로 상정할 수 있다. 산이동 설화에 등장하는 홍수를 거인설화에서 소변과 같은 배설물로 새로운 지형을 형성하는 모티프가 중요하게 또 흔히 나타난다는 점에 착안하여 산이동 설화의 홍수는 단순

---

46) 김문태, 「강화 구비문학의 특징」, 『대관』, 795쪽.

한 홍수가 아닌 거인의 배설물에 따른 홍수로 보거나,[47] 남매혼 설화나 서양의 노아의 방주의 홍수와 마찬가지로 새로운 세상을 만들기 위한 즉 천지만물의 생성에 대한 이유를 해명하는 고대인적 사유에 의한 결과물이라고 한다.[48] 새로운 세상의 시작을 알리는 데 홍수가 등장한다는 기존 연구자들의 논의에는 공감한다. 하지만 새로운 세상의 시작은 홍수가 아닌 산을 그 중심에 놓아야 한다. 그것은 이 산들이 신의 하강처이자 세계의 중심을 상징한다면, 이는 우주산을 의미하는 것이다. "우주산의 정상은 단지 지상에서 가장 높은 장소만이 아니라, 창조가 시작된 대지의 배꼽"[49]이기 때문이다. 설화 전승집단은 산을 움직이는 주체는 산 그 자신이며, 홍수는 산을 움직이는 매개물로 생각하는 것이다. 여기서 홍수는 산의 움직임을 합리화시키기 위한 설화적 장치로 보인다. 일상생활에서 홍수로 강이 범람하고 집채 같은 바위덩어리가 순식간에 물에 휩쓸려 떠내려가는 광경을 심심치 않게 목도하게 된다. 실생활에서의 설화 전승집단의 경험이 거대한 산을 떠내려 왔다고 표현하는 것은 자연스런 현상이라 하겠다.

복잡 구조형에 속하는 설화에서 산을 움직이는 주체는 산 그 자체이다. 이들 설화에 등장하는 산들은 움직이고자 하는 뚜렷한 목적을 갖고 있기에 스스로의 의지에 따라 이동한다. 본고에서는 산의 움직이는 양상에 따라 이를 건도참여 좌절형과 내침 실패형으로 나

---

47) 권태효, 앞의 논문, 227~228쪽.
48) 한미옥, 앞의 논문, 177쪽.
49) 미르치아 엘리아데, 이재실 옮김, 『이미지와 상징』(까치, 2005), 50쪽.

누어 살펴보았다. 건도참여 좌절형 설화에서 산이 움직이는 이유는 서울에 도읍을 조성하는 데 있어 주도적 역할을 담당하기 위해서이다. 기존의 산이동 설화의 연구에 의하면 산이 움직이는 동기는 크게 "조물주가 금강산 또는 다른 절경을 만드는 데 가기 위해, 진시황이 만리장성을 쌓는 데 가기 위해, 서울의 산이 되기 위해"[50]서라고 한다. 최래옥에 의하면, 무명산들이 금강산의 일만 이천 봉과 만리장성에 참가하려는 것은 다름 아닌 산이 서울을 찾아가서 출세하려는 의도와 일맥상통한다는 것이다. 이러한 산의 이동을 인간의 입장에서 보면, 신분이 낮은 남자가 서울로 가서 출세하여 부와 귀, 색을 얻으려는 강한 성취동기를 갖고 행동하는 것을 의미하는 것이다.[51] 김의숙은 강원도의 산이동 설화를 분석하면서 금강산을 목적지로 하는 설화가 많은 것은 금강산을 최고의 명산으로 인식한 데서 비롯된 것으로, 설화 전승집단이 산들이 주위의 경관과 비교해 볼 때 상대적으로 뛰어난 경관을 갖고 있기에 이를 금강산과 결부시킨 것이라고 한다. 그리고 산들이 금강산을 지향하는 것으로 설정한 것은 신분상승이나 문화지향성이라는 점에서 저변에 깔린 민중의 심리적 욕구가 표출된 것으로 보았다.[52] 이렇게 볼 때, 금강산과 만리장성은 서울의 또 다른 표현인 것이다.

산들이 서울을 지향하는 경우, 서울은 기존의 서울이 아닌 새로 시작되는 서울을 의미하는 것으로 파악하고, 이를 새로운 세상과 질

---

50) 권태효, 앞의 논문, 228쪽.
51) 최래옥, 앞의 논문, 495~496쪽.
52) 김의숙, 앞의 논문, 424쪽.

서를 세우기 위한 태초의 창세 모습에의 대응으로 보거나[53] 아니면 기존의 세상을 부정하고 새로운 세상이 도래하기를 기원하는 민중의 의식이 반영된 곳으로 보기도 한다.[54] 산이동 설화에서 산이 지향하는 서울을 최래옥과 김의숙은 현실세계에 실존하는 서울의 의미로 파악하는 데 비해 권태효와 한미옥은 현실세계가 아닌 이상세계로써의 서울을 상정하고 있음을 볼 수 있다.

기존의 산이동 설화에 의하면, 서울로 향하던 산이 멈추게 되는 원인을 여성들의 경솔한 행동 탓으로 돌리고 있다.[55] 산이동 설화에서 산을 멈추게 한 여성의 모습은 여러 가지 형태로 그려지고 있는데 서답하는 여인, 아이 업은 여인, 밥 짓는 여인, 물 길어오는 여인, 임신부 등이 그것이다. 이들 여인들이 산이 이동하는 것을 보고 '산이 걸어온다거나 움직인다.'는 말을 하였기에 지금의 자리에 멈춰 섰다고 한다. 산은 방해자로 등장한 여자의 불의의 기습으로 인해 자신의 꿈이 좌절되는 비극을 맞이하는 것이다.[56] 당시에 여인의 경솔한 행동만 아니었더라면 산은 지금의 자리보다 좋은 곳에 위치했을 것이다. 그러면 지형이 협소하거나 불리하지 않았을 것이며 큰 도시(서울, 항구)로 발전하게 되었을 것으로 여긴다.[57] 그래서 여자의 방해로 산이 제자리를 잡지 못했다는 아쉬움이 설화의 저변

---

53) 권태효, 앞의 논문, 229쪽.
54) 한미옥, 앞의 논문, 178쪽.
55) 최래옥, 앞의 논문, 493쪽; 조석래, 앞의 논문, 161쪽; 권태효, 앞의 논문, 221~222쪽; 오강원, 앞의 논문, 57쪽; 한미옥, 앞의 논문, 178~181쪽 참조.
56) 최래옥, 앞의 논문, 493쪽.
57) 조석래, 앞의 논문, 167~168쪽 참조.

에 깔려 있는 것이다.

인천 지역 산이동 설화의 건도참여 좌절형에서 산들이 지향하는 서울은 현실세계에 존재하는 서울로 볼 수 있다. 이 산들은 서울의 일원으로 참여하기 위해 움직인다. 하지만 이들이 목표로 했던 자리는 먼저 들어온 목멱산과 삼각산이 차지하고, 이 소식을 접한 산들은 스스로의 의지에 따라 이동을 멈추게 된다. 그래서 인천 지역 산이동 설화의 건도참여 좌절형에는 산의 움직임을 저지하는 방해자로서의 여성이 등장하지 않는다. 이로 인해서 여성에 대한 부정적인 관념 또한 나타나지 않는다. 산이동 설화에서 산이 멈추는 데 있어서 여성이 등장하지 않는 경우는 강원도의 산이동 설화에서도 찾아볼 수 있다. <춘천 孤山>, <원주 流失島>, <영월 삼척산>, <철원 외동산>, <인제 도룡봉>의 경우가 그것이다.58) 그런데 이들 산과 관련된 설화에서는 원래 산이 위치해 있던 마을과 지금의 산이 자리잡은 마을 사이에 이 산을 둘러싼 세금 공방이 벌어진다. 이들 설화에서는 방해꾼으로서의 여성이 등장하지 않는 대신에 산을 둘러싼 세금 공방이 설화의 주요 화소로 등장하는 것이다. 그리고 산세 다툼은 어린 아이의 기지에 의해서 해결된다는 공통점을 지니고 있다.

인천의 산이동 설화에는 산의 움직임을 방해하는 여성이 등장하지 않을 뿐만 아니라 산을 둘러싼 세금 공방도 나타나지 않는다. <한양으로 머리 안 숙인 벼락산> 설화에서 벼락산은 "한양으로 머

---

58) 김의숙, 앞의 논문, 411∼416쪽.

리를 안 숙여서. 그 산만은 안 숙여서. 이 산은 머리를, 고개를 틀고 있으니까는. 삼각산으로 머리를 뒀어야 할건데 삼각산으로 안 뒀기 때문에 벼락을 쳤다.”[59]고 해서 붙여진 이름이라고 한다. 삼각산을 향해 머리를 숙이지 않겠다고 하는 것은 비록 서울이 되고자 하는 목적은 좌절되었지만 결코 자신의 의지를 꺾을 수 없다는 강력한 의사 표시인 것이다. 이처럼 산이 멈추게 된 요인에 대한 현격한 시각차는 다른 지역의 산이동 설화와 인천 지역 산이동 설화를 구별해 주는 특징이기도 하다.

이 밖에 인천 지역에는 도읍과 관련해서 또 다른 형태의 설화가 전승되고 있다. <원통이고개[圓通峴]>[60]와 관련된 이야기가 그것이다. <원통이고개[圓通峴]> 설화에서 이성계가 새 도읍지를 정할 때, 무학대사는 부평 지역이 들이 넓고 기름지며 멀리 한강까지 끼고 있으므로 나라의 도읍지가 될 만하다고 여긴다. 그래서 무학대사가 골짜기를 세는데 아흔아홉 개였다고 한다. 도읍지가 되기 위해서는 골까지가 백 개가 되어야 하는데 한 개가 모자라서 “아, 원통하도다, 원통하도다. 한 골짜기가 모자라는구나.”라고 하여, 그 후로는 이 고개를 ‘원통이 고개’라고 부르게 되었다는 전설이 전해진다. 또 다른 전설에서는 무학대사와 이성계가 부평 땅의 골짜기를 세어보니 처음에는 100개였다고 한다. 그래서 산신께 제사를 지내고, 그 뒤에 이성계가 다시 문무백관을 거느리고 이곳으로 와서 골짜기를

---

59) 『대관』, 658쪽.
60) 『인천시사(하)』, 748～749쪽.

세어보니 한 봉우리가 낮은 언덕으로 바뀌었다는 것이다. 그래서 이 성계가 "아 원통한지고! 원통한지고! 이 봉우리가 언덕으로 바뀌었다니!"라고 하여 '원통이 고개'라 불렀으며, 그래서 부평이 조선의 도읍지가 되지 못했다고 한다. 산이동 설화의 건도참여 좌절형과 달리 <원통이고개> 설화에는 도읍지가 되지 못한 것에 대한 아쉬움이 짙게 배어 있다. 이것은 건도참여 좌절형과 <원통이고개> 설화가 서울을 지향한다는 점에서는 공통되지만, 그 방법에 있어서는 차이를 보이기 때문에 나타난 현상이다. 건도참여 좌절형 설화에서는 서울이 되기 위한 적극적인 노력을 경주하지만, <원통이고개> 설화에 등장하는 부평은 타인이 서울로 지정해 주기를 기다리는 소극적인 자세를 취한다. 서울이 되고자 하는 대상이 품고 있는 염원의 정도가 설화 전승집단으로 하여금 설화 속에서 아쉬움을 토로하기도 하고, 강렬한 의지를 표출하게도 하는 것이다.

한편, 인천 지역의 산이동 설화에서 특이한 것이 <서풀섬>이다. 이 설화는 중국의 불산과 우리의 영종도 사이의 분쟁을 통해 인천이 중국과의 왕래에 있어서 중요한 역할을 하였음을 보여준다. 그리고 대외적인 갈등 상황을 통해 대내적인 문제를 풀어간다는 점에서 흥미롭다. 다분히 내부적으로 갈등의 소지가 있는 문제를, 시각을 외부로 돌림으로써 문제의 심각성을 희석시키고자 하는 의도가 엿보인다.

5. 결 론

　지금까지 인천 지역에 전승되는 산이동 설화를 살펴보았다. 다른 지역의 산이동 설화와 마찬가지로 인천 지역 산이동 설화에서도 설화 전승집단이 관심을 기울이는 것은 산의 움직임과 함께 움직이던 산이 멈추게 된 내력에 관한 것이다. 산이동 설화 자체가 광포설화이기에 산의 움직임과 산의 멈춤에 관심을 기울이는 것은 보편적인 현상이라 하겠다. 이와 함께 산의 움직임과 산의 멈춤을 그 지역의 사회적·문화적·지리적 특성을 반영하여 이를 합리화시키는 과정에 개별적인 특성이 드러나게 된다. 본고에서는 인천 지역의 산이동 설화를 이야기의 구성형태에 따라 단순 구조형과 복잡 구조형으로 구분하였고, 복잡 구조형은 산을 움직이게 하는 동기에 따라 이를 다시 건도참여 좌절형과 내침 실패형으로 세분하여 각각의 설화를 분석하였다. 논의의 대상으로 삼은 설화는 모두 17편이었다.

　단순 구조형에 속하는 설화는 정확히 어느 시기에, 어느 곳에서인지는 모르지만 떠내려 오던 산이 지금의 자리에 멈춰 서게 된 내력을 설명하는 이야기이다. 이 유형에 속하는 설화는 10편이며, 움직이는 대상은 '마리산, 상주산, 풍류산, 안남산' 등이었다. 그런데 이 산들의 움직임에는 특별히 동기가 부여되지 않는다는 공통점을 지니고 있다. 설화 전승집단이 이 산들을 떠내려 왔다고 표현한 것으로 보아 천지개벽 때 홍수와 같은 매개물을 이용하여 이동한 것으로 상정해 볼 수 있다. 단순 구조형에서는 산을 움직이게 하는 주체가 명확하지 않다. 다만 강화도에 있는 '마리산, 상주산, 풍류산' 등이 오늘날에도 기우제나 동제를 비롯한 일련의 제의의 대상이자 제단으로 정착되어 명산으로 인식된다는 점에서 산은 신의 하강처이자 세계의 중심을 상징하는 것으로 볼 수 있다. 이것은 산을 움직이는 주체가 산 그 자신임을 암시하는 것이다. 설화 전승집단이 물을 매개로 하여 산이 움직인다고 하는 것은 실생활에서의 경험이 설화의 형성에 영향을 미친 것으로 여겨진다.

산을 움직이는 주체가 산 그 자체임은 복잡 구조형에서 보다 더 분명하게 드러난다. 이 유형에 속하는 설화에서 산의 움직임은 뚜렷한 목적의식 하에 이루어진다. 건도참여 좌절형에 속하는 '선갑도, 마니산, 벼락산(우렁산)' 등은 서울의 일원이 되고자 하는 염원을 갖고 움직인다. 하지만 먼저 자리잡은 목멱산과 삼각산으로 인해 자신들이 서울을 조성하는 데 주도적 역할을 담당할 수 없음을 깨닫고 스스로의 의지에 따라 이동을 멈춘다. 즉 움직이던 산이 멈추게 되는 동인이 자발적인 의지에 따른 것이라는 점에서 제3자에 의해 이동이 멈춰지는 다른 지역의 산이동 설화와는 구별된다.

제3자에 의해 산 이동이 저지되는 설화에서는 대부분 방해꾼으로 여성이 등장한다. 그래서 산이동 설화에서 여성들은 부정적인 이미지로 그려지며, 그들로 인해 좌절된 꿈에 대한 아쉬움을 토로한다. 산의 움직임을 방해하는 인물이 등장하지 않는 산이동 설화는 강원도에서 전승되는 설화 속에서도 찾아볼 수 있다. 그런데 이들 설화에서는 방해꾼으로서의 여성이 등장하지 않는 대신 떠내려 온 산을 둘러싼 마을 간의 세금 다툼이 이야기의 핵심을 이룬다. 이에 비해서 인천 지역 산이동 설화에서는 방해꾼으로서의 여성이 등장하지 않으며, 산을 둘러싼 산세 다툼이 벌어지지 않는다. 그래서 여성으로 인해 꿈이 좌절된 것에 대한 아쉬움과 산을 둘러싼 마을 사이의 대립양상이 눈에 띄지 않는다. 오히려 서울이 되고자 하는 꿈은 좌절되었지만 자신의 의지만은 꺾일 수 없다는 강력한 의사를 표출하는 방향으로 이야기가 전개된다. 이와 같은 설정은 한 나라의 수도였다는 자부심에서 비롯된 것이 아닌가 한다.

내침 실패형은 바다를 끼고 있는 인천의 지리적 특성을 이용하여 섬의 형성을 설명한 설화이다. <서풀섬> 설화는 중국과의 다툼을 통해 본토박이와 외지인의 갈등을 묘사하고 있다. 대외적인 갈등 양상을 통해 대내적인 문제를 풀어간다는 점에서 흥미롭다 하겠다.

본고는 인천 지역에 전승되는 산이동 설화에 국한해서 논의를 진행하였기에 산이동 설화 전반에 대한 조명에는 이르지 못했다. 이는 추후의 과제로 남긴다.

참고문헌

〈자료집〉

강화사편찬위원회, 『강화사』, 강화문화원, 1976.

국사편찬위원회 편, 『여지도서 (상)』, 탐구당, 1973.

김기빈, 『한국의 지명유래』 4, 지식산업사, 1993.

김기창·박미영, 『한국구전설화집 9(충남 청양편)』, 민속원, 2004.

김부식, 김종권 역, 『삼국사기』, 명문당, 1993.

김용덕, 『한국민속문화대사전』, 서울: 도서출판 창 솔, 2004.

김정호, 『대동지지(영인본)』, 한양대학교부설국학연구원, 1976.

김포군지편찬위원회, 『김포군지』, 김포군, 1993.

김현룡, 『한국문헌설화』 1, 건국대학교 출판부, 1998.

단양군지편찬위원회, 『단양군지』, 단양군, 1977.

민병훈, 『한국야담전집』 2, 민중서관, 1980.

박영준, 『한국의 전설』 1·8·10, 한국문화도서출판사, 1972.

성　현, 남만성 역, 『용재총화』, 서울: 대양서적, 1973.

손진태, 김헌선 외 역, 『한국 민화에 대하여』, 서울: 역락, 2000.

이석호 편, 『한국명저대전집』, 대양서적, 1972.

이중환, 『택리지』, 대양서적, 1972.

인천카톨릭대학교·김문태 편, 『강화 구비문학 대관』, 인천카톨릭대학
　　　교, 2001.
일　연, 이재호 옮김, 『삼국유사』, 솔출판사, 1997.
임동권, 『한국의 민담』, 서문당, 1996.
임석재, 『한국구전설화』 5, 평민사, 1991.
정진형, 『벽골문예지(상)』, 한국예술문화단체총연합회김제지부, 1986.
조희웅·노영근·임주영, 『경기북부 구전자료집』 Ⅰ, 박이정, 2001.
조흥욱·박인희·조재현, 『경기북부 구전자료집』 Ⅱ, 박이정, 2001.
조희웅·노영근·박인희 엮음, 『영남 구전자료집』 2.5, 박이정, 2003.
철원군지증보편찬위원회, 『철원군지(하)』, 철원군, 1992.
최　웅·김용구·함복희, 『강원설화총람』 Ⅴ, 북스힐, 2006.
최상수, 『조선 민간전설집』, 서울: 통문관, 1958.
＿＿＿＿, 『한국민족설화의 연구』, 서울: 성문각, 1988.
최운식, 『충청남도 민담』, 서울: 집문당, 1984.
＿＿＿＿, 『한국의 민담』, 시인사, 1988.
＿＿＿＿, 『백령도』, 서울: 집문당, 1997.
＿＿＿＿, 『전설의 현장을 찾아서』, 민속원, 1997.
＿＿＿＿, 『함께 떠나는 이야기 여행』, 민속원, 2004.
＿＿＿＿·최진형, 『한국구전설화집 10(충남 예산편)』, 민속원, 2005.
최인학·엄용희 편저, 『옛날이야기꾸러미』 3, 집문당, 2003.
추　적, 추용훈 역, 『명심보감』, 천지성지사, 2002.
포천군지편찬위원회, 『포천군지』, 포천군, 1984.
＿＿＿＿＿＿＿＿＿＿, 『포천군지(하) – 문화재와 인물』, 포천군, 1997.
韓國文化象徵辭典編纂委員會, 『韓國文化상징사전』, 동아출판사, 1992.
韓國氏族史硏究會 편, 『韓國族譜大典』, 도서출판 청화, 1989.

현용준, 『제주도 전설』, 서울: 서문당, 1996.

『경기민속지 Ⅶ(구비전승)』, 경기도 박물관, 2004.

『구비문학 현지답사 보고서 - 전라남도 장흥군』, 국민대학교, 2006.

『국역 고려사절요Ⅲ』, 민족문화추진회, 1977.

『국역 신증동국여지승람』 Ⅰ · Ⅱ · Ⅳ, 민족문화문고간행회, 1988.

『내고장의 향기』, 김포군 문화공보실, 1982.

『부평사』, 부평구청, 1997.

『북역 고려사』 1, 사회과학원 고전연구실 편찬, 서울: 신서원, 1992.

『세시풍속』, 강화문화원, 1990.

『인천시사(하)』, 인천광역시, 1993.

『인천의 地名由來』, 인천광역시, 1998.

『한국구비문학대계』 1 - 2, 1 - 4, 1 - 6, 1 - 7, 2 - 4, 2 - 5, 2 - 7, 2 - 9, 3 - 1,
    3 - 2, 3 - 3, 3 - 4, 4 - 4, 5 - 4, 5 - 6, 6 - 4, 6 - 6, 6 - 10, 6 - 12, 7 - 4,
    7 - 8, 7 - 9, 7 - 13, 8 - 5, 8 - 6, 8 - 8, 8 - 12, 8 - 13, 8 - 14, 9 - 2, 별
    책부록Ⅰ, 한국정신문화연구원, 1980~1989.

『CD - ROM인천광역시사』, 인천광역시, 2002.

〈논 저〉

권태효, 「거인설화적 관점에서 본 산이동설화의 성격과 변이」, 『구비
    문학연구』 4집, 한국구비문학회, 1997.

金光淳, 『韓國口碑傳承의 文學』, 형설출판사, 1988.

김대숙, 「'온달'전의 구비문학적 이해」, 『이화어문논집』 10집, 이화여
    대 한국어문학연구소, 1989.

김상열, 「미추홀에 대하여」, 『인천역사』 1호, 인천광역시 역사자료관, 2004.

김영숙, 「악부의 온달열전 수용양상」, 『온달문학의 설화성과 역사성』, 박이정, 2000.

김용덕, 『한국의 풍속사Ⅰ』, 밀알, 1994.

______, 『우리불교 우리문화』, 밀알, 2005.

김원모, 「초기 한미 관계 연구(1852~1871)」, 고려대 박사학위논문, 1980.

김의숙, 「강원도 浮來說話의 구조와 의미」, 『강원도민속문화론』, 집문당, 1995.

김창룡, 「고구려의 문학Ⅱ ─ 바보 온달과 평강공주 ─ 」, 『연민학지』 2집, 연민학회, 1994.

김태곤, 『巫俗과 靈의 세계』, 한울, 1993.

柳仁順, 「鐵原地方 人物傳說 硏究 ─ 弓裔, 金時習, 林巨正, 金應河, 洪·柳氏, 高진해를 中心으로」, 『江原文化硏究 8』, 江原大學校, 1998.

미르치아 엘리아데, 이재실 옮김, 『이미지와 상징』, 까치, 2005.

朴桂弘, 「口碑文學에 나타난 韓國人의 靈魂觀」, 『인문과학연구소 논문집』 제7권 1호, 충남대, 1981.

______, 『韓國民俗硏究』, 형설출판사, 1973.

박광성, 「손돌항에 대하여」, 『기전문화연구』 9, 인천교대 기전문화연구소, 1978.

박대복, 『고소설과 민간신앙』, 계명문화사, 1995.

박정세, 『성서와 한국민담의 비교연구』, 서울: 연세대학교 출판부, 1998.

______, 민속학회 편, 「전설에 반영된 恨의 본질 연구 ─ 희생인물 전설을 중심으로 ─ 」『설화』, 서울: 교문사, 1989.

______, 민속학회 편, 「희생설화의 구조와 희생관」, 『설화』, 서울: 교

문사, 1989.

박종성, 「사신설화의 형성과 변이」, 서울대학교 대학원 국문학연구회, 1991.

朴泰尙, 「異界說話 研究」, 『說話文學研究(上)』, 화경고전문학연구회, 단국대학교 출판부, 1998.

배도식, 「두꺼비 보은 설화의 구조와 변이양상」, 『국어국문학』 21, 동아대학교 국어국문학과, 2002.

설성경, 민속학회 편, 「손돌 전설의 변이유형 연구」, 『설화』, 교문사, 1989.

성기열, 『한국구비전승의 연구』, 서울: 일조각, 1982.

______, 「褪色된 建國說話 — '奉氏始祖說話'의 경우 — 」, 『韓國說話의 研究』, 인하대학교 출판부, 1988.

소인호, 「서해안지역 설화의 특성 연구」, 『구비문학연구』 10집, 한국구비문학회, 2000.

孫晋泰, 『韓國民族說話의 研究』, 을유문화사, 1991.

宋俊浩, 「韓國에 있어서의 家系記錄의 歷史와 그 解釋」, 『역사학보』 87, 역사학회, 1980.

申奭鎬, 「韓國姓氏의 槪說」, 『韓國姓氏大觀』, 창조사, 1971.

安炳國, 「저승설화 연구」, 『우리문학연구』 16집, 우리문학회, 2003.

______, 「'저승'관념에 관한 비교문학적 고찰 — 저승설화 연구를 위한 시론 — 」, 『한국사상과 문화』 제26집, 한국사상문화학회, 2004.

엘리아데 저, 이은봉 옮김, 『종교형태론』, 한길사, 1996.

오강원, 「浮來山 유형 설화에 대한 역사고고학적 접근」, 『강원민속학』 12집, 강원도민속학회, 1996.

윤복희, 「여성중심 시각에서 본 <온달> 설화」, 『지역학논집』 4집, 숙명여대 지역학연구소, 2000.

윤인근, 「한국씨족설화연구」, 한국교원대학교 대학원, 1993.

이강문, 「<온달설화>의 구조와 의미 및 교육적 활용에 관한 연구」, 한국교원대 대학원 석사학위논문, 1992.

李圭泰, 『韓國人의 性과 迷信』, 기린원, 1990.

이덕일·이희근, 『우리 역사의 수수께끼』 2, 김영사, 2000.

이수자, 김승혜 외, 「저승, 이승의 투사물로서의 공간」, 『죽음이란 무엇인가 — 여러 종교에서 본 죽음의 문제 — 』, 도서출판 창, 1990.

이영수, 「손돌목[孫乭項]의 전설의 분석과 현장」, 『비교민속학』 13, 비교민속학회, 1996.

______, 「'심청설화'의 전승과 형성배경」, 『인하어문연구』 4, 인천: 인하대학교 인하어문연구회, 1999.

______, 「'심청전'의 설화화와 그 전승 양상에 관한 연구」, 인하대학교 박사학위논문, 2001.

______, 「저승설화의 전승 양상에 관한 연구 — 구전설화를 중심으로 — 」, 『比較民俗學』 제33집, 비교민속학회, 2007.

이은봉, 「한국인의 저승사자와 환생 이야기」, 『한국종교연구』 2집, 서강대학교 종교연구소, 2000.

이재범, 『슬픈 궁예』, 푸른역사, 2000.

이현복, 「김포지방의 전설고」, 『기전문화연구』 15, 인천교대 기전문화연구소, 1984.

임동권, 『한국민속문화론』, 집문당, 1989.

임동철, 「온달전설의 분포와 전승」, 『온달문학의 설화성과 역사성』, 박이정, 2000.

임재해, 「온달형 설화의 유형적 성격과 부녀갈등」, 『여성문제연구』 11

집, 효성여대 한국여성문제연구소, 1982.

임철호, 『설화와 민중의 역사의식』, 집문당, 1989.

장덕순, 「삼국설화와 현대한국소설 ― 도미·광덕·온달설화를 중심으로 ― 」, 『문화비평』 1 3(가을호), 1969.

______, 『설화문학개설』, 서울: 이우출판사, 1980.

______, 『韓國說話文學研究』, 박이정, 1995.

장덕순 외, 『구비문학개설』, 서울: 일조각, 1982.

張長植, 「<궉씨 씨족설화>의 형성과 신화성」, 『'98년도 경희대학교 민속학연구소 추계학술세미나』, 1998.

______, 『韓國의 風水說話』, 민속원, 1995.

鄭炅日, 「마리산 참성단 연구」, 『靑藍史學』 창간호, 한국교원대학교 청람사학회, 1997.

鄭光鉉, 『姓氏論考』, 동광당서점, 1940.

정인진, 「<목섬> 설화의 전승 양상과 전승 의미」, 『청람어문학』 9집, 청람어문학회, 1993.

조석래, 「떠내려 온 섬(島) 傳說 研究」, 『韓國이야기文學研究』, 학문사, 1993.

조현설, 이종찬·손병국 엮음, 「궁예이야기의 전승양상과 의미」, 『우리 역사인물전승』 2, 집문당, 1997.

조흥윤, 「한국지옥 연구巫의 저승」, 『민족과 문화』 7집, 한양대 민족문화연구소, 1998.

村山智順, 김희경 옮김, 『朝鮮의 鬼神』, 동문선, 1990

최 웅·김용구 편저, 『설화』, 국학자료원, 1998.

崔吉城, 『韓國의 祖上崇拜』, 예전사, 1986.

______, 『한국민간신앙의 연구』, 계명대학교 출판부, 1989.

최래옥, 「산이동설화의 연구」, 『관악어문연구』 3집, 서울대학교 국어국
　　　　문학과, 1978.

＿＿＿＿, 「저승설화연구」, 『국어국문학』 93, 국어국문학회, 1985.

최상수, 『한국 민족 전설의 연구』, 서울: 성문각, 1988.

崔雲植, 민속학회 편, 「再生說話의 再生樣式」, 『설화』, 교문사, 1989.

＿＿＿＿, 『韓國說話硏究』, 집문당, 1994.

＿＿＿＿, 「<온달설화>의 전승 양상」, 『청람어문학』 20집, 청람어문학회,
　　　　1998.

＿＿＿＿, 「'인신공희 설화' 연구」, 『한국민속학보』 10, 한국민속학회,
　　　　1999.

＿＿＿＿, 「'저승 재물 차용 설화' 연구」, 『한국민속학보』 11집, 한국민
　　　　속학회, 2000.

최인학 외, 『한국민속학』, 서울: 새문사, 1988.

崔昌祚, 『韓國의 風水思想』, 민음사, 1993.

V. Y. 프로프, 최애리 역, 『민담의 역사적 기원』, 서울: 문학과지성사,
　　　　1990.

한미옥, 「'山 移動' 설화의 전승의식 고찰」, 『남도민속연구』 8집, 남도
　　　　민속학회, 2002.

許慶會, 『韓國氏族說話研究』, 전남대학교 출판부, 1990.

홍태한, 「한국 무가에 나타난 저승」, 『한국문화연구』 3집, 경희대학교
　　　　민속학연구소, 2000.

황경숙, 「사량도 옥녀봉설화의 형성과 희생제의적 성격고」, 『도남학보』
　　　　15집, 1996.

· 저자 ·

이영수 ·약 력·
(李瑛洙) 서울 출생
인하대학교 국어국문학과, 동대학원 수료(문학박사)
현 인하대, 경원대, 안산1대학 강사

·주요논저·
「'심청전'의 설화화와 그 전승 양상에 관한 연구」
「전승시기에 따른 설화의 변이 양상에 관한 연구」
외 다수

한국설화연구

· 초판 인쇄   2008년 4월 30일
· 초판 발행   2008년 4월 30일

· 지 은 이   이영수
· 펴 낸 이   채종준
· 펴 낸 곳   한국학술정보㈜
         경기도 파주시 교하읍 문발리 513-5
         파주출판문화정보산업단지
         전화   031) 908-3181(대표)·팩스 031) 908-3189
         홈페이지 http://www.kstudy.com
         e-mail(출판사업부) publish@kstudy.com
· 등   록   제일산-115호(2000. 6. 19)
· 가   32,000원

ISBN   978-89-534-8668-3 93810 (Paper Book)
        978-89-534-8669-0 98810 (e-Book)